全球最经典的一百本少儿书

绿山墙的安妮

一个热爱自然的小姑娘幸福成长的美丽童话

Anne Of Green Gables

Lucy Maud Montgomery

[加] 露西・莫德・蒙哥马利◎著　杨灿◎译

江苏文艺出版社
JIANGSU LITERATURE AND ART
PUBLISHING HOUSE

图书在版编目（CIP）数据

绿山墙的安妮 / (加) 蒙哥马利 (Montgomery,L.M.) 著 ; 杨灿译 . -- 南京 : 江苏文艺出版社 , 2014.2 (2024.10 重印)

ISBN 978-7-5399-7032-5

Ⅰ . ①绿… Ⅱ . ①蒙… ②杨… Ⅲ . ①儿童文学—长篇小说—加拿大—现代 Ⅳ . ① I711.84

中国版本图书馆 CIP 数据核字 (2014) 第 019434 号

书　　名	绿山墙的安妮
著　　者	（加）蒙哥马利
译　　者	杨　灿
责任编辑	孙金荣
出版发行	凤凰出版传媒股份有限公司 江苏文艺出版社
出版社地址	南京市中央路 165 号，邮编：210009
出版社网址	http://www.jswenyi.com
经　　销	凤凰出版传媒股份有限公司
印　　刷	艺通印刷（天津）有限公司
开　　本	652 毫米 ×960 毫米　1/16
印　　张	15.25
字　　数	240 千字
版　　次	2014 年 4 月第 1 版
印　　次	2024 年 10 月第 3 次印刷
标准书号	978-7-5399-7032-5
定　　价	49.80 元

目　　录

第一章

林德太太大吃一惊

安维利大街延伸进幽深的山谷，两旁长满了赤杨木和奇花异草。大街与山谷相接的地方，便是雷切尔·林德太太的家。溪流从老卡斯伯特家农场的树林奔流而出，穿过山谷。水流湍急，两旁是黑不见底的水塘和泥潭。溪流流到林德太太家旁边的时候，仿佛变了性子，忽的变得安静、乖顺起来。无论谁从林德太太门前经过，都丝毫不敢松懈，唯恐容貌不整、举止不恭而惹怒了林德太太。就算是不通人性的溪流，也只得乖乖顺从。大概，这溪流也发现了，此时的林德太太正端坐在窗前，目不转睛地盯着窗外的一切。不管是缓缓流淌的小溪，还是跑跳吵闹的孩子，只要她发现不合理的地方，她都要盘根究底探个究竟才作罢。

安维利镇上的人们总是乐于助人，对于街坊邻居也总是会多一份热情，有时候他们会因此而忽略了自己。在这方面，雷切尔·林德太太显然是一位不可多得的能手。她不但把自己的事情料理得妥妥帖帖，把别人的事情也都照顾得井井有条。作为一位出色的家庭主妇，她奉行“要做就要做到最好”的原则。她建立了“缝纫社”，还帮助主日学校管理日常事务。与此同时，她还是教会互助协会以及外交事务办公室的得力助手。尽管如此，大部分时间林德太太还是呆在自己的家里。她的家位于马路边上，马路环绕着红色小山而下，一直延伸进山谷。林德太太喜欢坐在厨房的窗前，一边缝制棉被，一边观察窗外。她曾经创下了一下午缝制十六条棉被的最高纪录，每每谈及此，安维利的主妇们无不咋舌称赞。安维利镇就坐落在圣·劳伦斯河的一个三角半岛上，任何想要出镇或进镇的人，都得从这山间小路经过，无一例外地都要经受林德太太那洞察一切、火钳一般的目光的检视。

六月初的一个下午，林德太太如往常一样坐在窗前。温暖明亮的阳光从窗外扫了进来。屋子下斜坡上的果林，此时正一片繁花。蜜蜂嗡嗡地采着蜜，彼此追赶，白色粉色的花朵把果园打扮得如同一场婚礼宴会。托马斯·林德正在往谷仓旁的田地里播晚种的萝卜种子。安维利的人们都称呼这个瘦小的男人为“雷切尔·林德的丈夫”。林德太太心想，此时马修·卡斯伯特应该也在往绿山墙旁的红色土地里播种。昨天晚上在卡莫迪的威廉姆·杰·布莱尔的店里买东西的时候,她曾亲耳听到马修跟皮特·莫里森说准备第二天下午播种的。谁先开口的?是皮特开口问马修的,马修·卡斯伯特可从不主动跟人说起自己的私事。

可是,现在映入眼帘的可不就是马修·卡斯伯特吗?林德太太吃了一惊。这会是下午三点半,正是忙的时候,而卡斯伯特正不紧不慢地往山上走着呢!而且,他穿着一件白色领子的衬衫,外面套着他最好的那件西服。很显然,他这是要出镇啊!而且他赶的是那匹栗色木马拉的轻便马车,看来他是准备长途跋涉了!可是,马修·卡斯伯特这是要去哪呢?他要干什么去呢?

要是换做安维利镇的其他人,雷切尔只要稍稍思索一下,总能猜出个八九不离十。可是马修从来都是深居简出,所以推算起来难度就大了许多。林德太太估摸着,他这趟外出肯定是要处理什么紧急而又不寻常的事情!在雷切尔看来,马修是她认识的人中最最害羞的一个。马修从不去扎堆陌生人,也几乎不去那些需要他开口讲话的地方。而此时,他竟然正穿着白色领子的衬衫,驾着轻便马车要出镇!雷切尔可从没见过这场面。雷切尔揣摩了很久,还是想不出个所以然来。唉,美好下午的悠闲时光全给毁了!

"喝完茶我得赶紧去绿山墙一趟,好好问问玛瑞拉才行!"伟大的主妇思忖道,"眼下这个时节,马修是从不进城的,而且他也从不会去探亲访友。如果是去买萝卜种子,又何必打扮得这么正式,连轻便马车都用上了?他走得不紧不慢的,不像是去请医生。一定是昨晚发生了什么事情,才让他不得不现在出城的。唉,若是搞不明白的话,我这心里就别打算消停了。我今天一定得查个水落石出,弄清楚马修·卡斯伯特出城干嘛去了才行!"

于是,刚喝完茶,林德太太就出发去往卡斯伯特家了。卡斯伯特兄妹住在绿山墙,那里离这里并不远。那座缠绕着藤蔓,掩盖在茂密果园里的大房子,距离林德太太家只有不到四分之一英里。不过,由于没有径直的小路,那房子看起来很近,走起来却还是挺远的。马修·卡斯伯特与他父亲一样,都是腼腆内向的老实人。想当初,马修的父亲刚来安维利镇的时候,便毫不犹豫地选了这么一块远离人烟的地方,然后在那里置办了田地。绿山墙就建在田地的最边上。然而即便是现在,从安维利的主街往田边看,依旧很难看见绿山墙的影子。对于天生爱热闹的林德太太来说,住在这荒凉偏僻的地方,根本不能称为"住"。

“这哪能叫‘住’，顶多叫‘呆着’！”林德太太一边迈过刚才马车轧过泥路留下的车轮印，一边沿着两边开满野玫瑰丛和长满杂草的小路前进。“怪不得马修和玛瑞拉两个人都有点古怪，两个人相依为命呆在这么偏僻的地方，不出问题才怪。这里树倒是挺多，可是树又不能陪人聊天说话。也不是说树就不好啦，但我更喜欢‘人’的陪伴。卡斯伯特兄妹倒似乎对现状很满意！不过，想想也能理解，时间久了谁都能习惯的。只要多给点时间，人是什么都能适应的，就像爱尔兰人说的那样，‘就算是绞刑也是能适应的！’”

这时，林德太太来到了绿山墙的后院。院子里，草皮十分平整，一片翠绿。院子的一边是几十年的柳树，另一边是一排笔直的白杨。地面上干干净净，没有一根树枝或一块石子，如果有的话，一定逃不过林德太太的法眼。地面一尘不染，都能当成饭桌吃饭了。看到这，林德太太暗暗点了点头。她想，玛瑞拉一定跟她一样，是位勤劳能干的主妇。

林德太太轻轻地敲了敲厨房的门，听到应声后走了进去。首先映入眼帘的，便是绿山墙那精巧别致的厨房。可仔细一看，又不免让人觉得这有些过于干净了，干净得就像是一处无人拜访的客厅。厨房的东面和西面都各开了一扇窗户。西面的窗户外是绿山墙的后院，柔美的六月阳光正从窗口倾泻进来；而东面的窗户外是果园，开满白色樱花的果树郁郁葱葱地遮住了大半个窗户。窗户边上镶满了缠绕纠结的藤蔓，透过窗户，远远地还能看到溪流旁摇曳生姿的桦树。玛瑞拉·卡斯伯特坐在窗户旁，一边打着毛衣，一边不自在地打量着窗外明媚的阳光。在她看来，阳光这种东西总是显得太过活泼、轻佻了，根本就不适合这个严肃的世界。而在玛瑞拉身后的餐桌上，已经整整齐齐地摆好了餐具。

林德太太谨慎地把门带上，然后又习惯性地扫视了一遍屋里的陈设。她细心地发现，桌上放了三个盘子，也就是说玛瑞拉正在等待马修带着一位客人进来共进晚餐。不过，这些盘子并不是很高档，桌上也仅仅放着些山楂酱，蛋糕也只有一种。看来，这位客人并不是什么贵客。那马修何必要穿着白硬领的衬衫，驾着栗色木马的轻便马车去呢？想着想着，林德太太觉得无比烦躁。一贯安静而朴素的绿山墙竟然会有这样神秘的故事！

“晚上好，雷切尔。”玛瑞拉响亮地打着招呼，“这可真是个美好的夜晚啊！来，坐下吧。家人还好吗？”

玛瑞拉与林德太太可不一样，也许正是因为这种不一样，她们俩之间才保持着一种若有似无的联系——姑且称之为友谊吧。

玛瑞拉个子很高，身材瘦长，几乎皮包骨头，没有一点曲线。乌黑的头发里夹杂着几丝银发。玛瑞拉把所有头发紧紧地盘成一个发髻，用两根发卡从中穿过固定。她看起来就像是一个阅历短浅、古板傲慢的女人，而她确实就是这样的人。还好，她的嘴巴总是略带笑意，看起来总有几分幽默的意味。

“我们都挺好的，”林德太太说道，“我倒是有点担心你呢。刚才我看到马修出城了，我还以为你身体不舒服去请大夫了呢！”

玛瑞拉的嘴角微微抽动了一下，她早就猜到林德太太会来拜访的。马修这么出人意料地出远门，一定会激起这位邻居的好奇心的。

“噢，别担心。昨天晚上我是有点头疼，但现在可好着呢。”玛瑞拉说道，“马修去布莱特河了。我们从新斯科特省的孤儿院领养了一个小男孩，他坐火车今晚就能到。”

听到这，林德太太呆呆地怔住了，她在想，玛瑞拉不会在开玩笑吧。哪怕玛瑞拉说马修是去布莱特河接一只从澳大利亚远道而来的袋鼠，也比这一句简单的“领养了一个小男孩”更能让林德太太信服啊！这实在太难以置信了，林德太太感到震惊！

“玛瑞拉，你是认真的吗？”林德太太转向玛瑞拉，语调不经意间上扬了。

“是啊，当然啦。”玛瑞拉毫不犹豫地肯定道。就如同在讨论安维利农场上的春季农活一样，她的语气没有任何起伏，似乎在她看来，从新斯科特省的孤儿院领养一个小男孩，是一件平淡无奇、司空见惯的事情。

林德太太感到心头一紧，脑海中冒出无数个感叹号。一个男孩！小镇上这么多人，偏偏是玛瑞拉和马修去领养一个男孩！从一个孤儿院！天啊，这世界真是变化太快了！这以后还会有什么事情能让她感到吃惊吗？不会了！再也不会有了！

“你怎么会有这样的想法啊？”林德太太毫不掩饰语气里的不满。

做这么大的决定都不先跟林德太太商讨一下，林德太太自然有些情绪。

“这件事，我们已经考虑很久啦，事实上，我们已经考虑了一整个冬天。”玛瑞拉说道。“圣诞节那天，亚历山大·斯潘塞夫人来我们这坐了坐。聊天的时候她告诉我们，她准备春天的时候在霍普顿的孤儿院领养一个女孩。她有个表妹就住在霍普顿镇上，所以她对那里的情况比较了解。自那以后，马修跟我就商量着要不要领养一个孩子。我们思来想去，还是决定领养一个男孩。马修年纪也大了，已经六十了，身体不如以前那般敏捷了。他心脏也不太好。而你知道的，现在这世道，想要雇个帮手也不是那么简单的事情。想找个干活麻利的男孩自然是找不到的，只有那些半大的、笨笨的法国男孩能拿来使唤。可是，你好不容易把这孩子教会了、带上道了，他转身就去龙虾罐头厂打工了，不然就是直接跑去美国了。一开始，马修想从英国的孤儿院领养一个男孩。我一口否决了。我说：'再怎么样，也得领养一个本地男孩。虽说不管领养什么样的孩子都会担些风险，但如果这孩子是土生土长的加拿大人，我总归感觉上更放心，晚上睡觉也更踏实一点。'所以，最后我们拜托斯潘塞夫人，让她去领养女孩的时候帮我们挑一个男孩。后来，我们听说她上个星期就去孤儿院挑人了，所以就请了理查德·斯潘塞在卡莫迪的同乡捎信给她，拜托她给我们挑一个十岁、十一岁左右的聪明男孩。我们觉得，这个年纪是最好的，刚好有力气帮着做农活，同时年纪也没有大到不好调教的地步。我们想着，将来要好好养育他，再供他上学。今天，邮递员就送来了斯潘塞夫人的电报，说他们坐上了五点半的火车，今晚就能到。于是，我就让马修去布莱特河去接那个男孩了。把男孩送走后，斯潘塞夫人留在车上，直到怀特桑德站才下车。"

林德太太向来有话直说，她自认为这是她为数众多的优点之一。听到这则惊人的消息之后，她略微调整了态度，直截了当地批评了起来。

"我说，玛瑞拉，我跟你实话实说吧，我觉得你这样做真是太愚蠢了。不但愚蠢，还很危险！你完全不清楚自己在做什么。你要带一个从没见过的男孩进家门，然后让他住下来！你根本都不认识他！你知道他性情如何吗？你知道他的父母是什么样的人吗？你知道他会成为什么样的人吗？我跟你说，就在上周，我从报纸上看到一条新闻，说小岛西北边，有一对夫妇领养了一个男孩，结果这男孩晚上放了一把火把他们家房子给烧掉了，而且是故意的！你知道吗，玛瑞拉，当时这对夫妻还睡在床上呢，差点被烧成灰烬！我还听说，那户人家领养的孩子有个怪毛病——喜欢喝生鸡蛋，无论他们怎么教育，他都改不掉这习惯。唉，如果你早点问问我的意见就好了。玛瑞拉，你怎么不先问问我呢？如果我提前知道，我一定不会让你做这么荒唐的事情的！"

费了这么多口舌，但这番话似乎并未对玛瑞拉产生任何作用。玛瑞拉既没有感到被冒犯，也没有为此警醒，她只是继续打着毛衣。

"无可否认，雷切尔，你说得很有道理，我确实也担心了很久，但是马修在这件事上异常坚定。我看得出来，他是不会动摇的，所以我也就让步了。马修平时都很随和，难得有强硬的时候。所以，这次他有如此坚定的态度，让我觉得是时候让让他了。至于说风险嘛，这世上做什么事情会没有风险呢？就算是自己亲生的孩子，都有可能发生意料之外的事情。谁能知道自己的孩子究竟会变成什么样呢？而且，新斯科特省离这里很近，我们又不是从英国或者美国领养孩子，毕竟还是知根知底的，他不会和我们这里的孩子有太大差别的。”

“好吧，那我就祝你一切顺利了。”林德太太说，语气里满是怀疑，“到时候，他把这绿山墙一把火烧掉，或是在井里下毒，可别怪我没提醒你噢！听说新布伦瑞克就发生过这种事：一个孤儿给养父母下毒，一家人都痛苦地死掉了。不过，听说那是个女孩。”

“放心，我们领养的不是女孩。”玛瑞拉说道。似乎她也认为，在井里下毒是女孩子的“专利”，而男孩子就不会做出这种事。“反正我是从没想过要领养一个女孩的。真不明白斯潘塞太太怎么想的。不过话说回来，她这种人，一时兴起要把整个孤儿院都给收养下来也是有可能的！”

林德太太本想一直等到马修回来，好看一看那个孤儿长什么模样。不过，仔细一想，要等到他回来还需要再等两个多小时，于是，她决定还是先去罗伯特·贝尔家，传播一下这条爆炸性新闻。这条新闻一定会让大家轰动好一阵子——林德太太最喜欢制造轰动了。林德太太立刻起身走了，这让玛瑞拉松了一口气。可是，林德太太前脚刚走，潜抑着的担忧和恐惧又一次爬上玛瑞拉的心头。

“天啊，这真是史无前例的大新闻啊！”刚一踏上小路林德太太便脱口说道，“感觉就像在做梦！我真为那新来的小男孩感到难过。马修和玛瑞拉两个人没带过孩子，他们说不定还指望这孩子比他的爷爷还聪明、健康呢！可谁知道这孩子究竟会是什么样呢！不管怎么说，绿山墙终于要有小生命了！这绿山墙建起来的时候，马修和玛瑞拉两人都已长大成人了。真是难以想象，像马修和玛瑞拉这样的人，也是有童年时代的，现在怎么看都觉得难以置信！我也想不出我能为这孩子做些什么，大概只能给些同情吧！”

林德太太满怀深情地对着路边的野玫瑰诉说着。她哪里知道，如果她能看到此刻远在布莱特河火车站等待的那个孩子，她一定会萌发出深深的同情和遗憾。

第二章

马修·卡斯伯特大吃一惊

马修·卡斯伯特不紧不慢地赶着栗色母马，走在风景宜人的路上。布莱特河火车站离这里只有八英里，沿路错落有致地排列着一个个农庄，时不时还会有几片纵树林掠过。野生的梅子树从山谷中探出沾满露水的花骨朵，在微风中轻轻抖动。空气里浸透着苹果园的甜味和青草的香气。翠绿的草地延绵向远方，在粉紫色的迷雾中渐渐模糊，最后消失在天际线。此时，“鸟儿尽情地歌唱，迎来夏季最美的时光。”

马修慢悠悠、自顾自地赶着马车，一副闲庭信步的样子。只是，有女士路过的时候，他都需要鼓足勇气点头问好。在爱德华王子岛上，人们在路上遇见，都要相互问好，不管认识与否。对于马修来说，这着实是个不小的挑战。

马修惧怕所有的女人，除了玛瑞拉和林德太太。他感到，女人这个神秘的物种似乎总是在背地里嘲笑他。其实，他这么想也是不无道理的，他的长相实在太古怪了。他身型怪异，灰白的长发一直盖到他佝偻的肩头，下巴上留着浓密的软软的褐色胡须——他从二十岁就开始蓄胡须了。他二十岁的时候就已经有了一副六十岁的样子，只是当时的头发没有现在这么灰白罢了。

马修赶到布莱特河火车站的时候，那里一辆火车都没有。马修想，也许是自己到得太早了。于是，马修把马拴在了布莱特河小旅馆的后院里，然后来到火车站的站台上。长长的站台上空无一人，唯一的身影便是远处一堆木板上的人影，似乎是个瘦小的姑娘。马修发现是个女孩，于是快速从她身旁走了过去，丝毫没有停留。女孩神情紧张地正等待着什么，全心全意地等待着。由于在站台上实在无事可做，小女孩只好对着面前的空地发呆。

马修走到火车站里，刚好碰到正在给售票厅锁门的站长。马修问他，五点半的火车是不是马上就到。

“五点半的火车早就到了，半个小时前就走了。”站长热情地说道，“不过，有一位乘客，一个小姑娘，正在等你呢，她正坐在那边的木板上。

我请她去妇女专用候车室，她却严肃地对我说，她宁愿呆在外面。按照她的话说，‘呆在外面可以有更多的想象空间。’这孩子，不简单哪。”

马修一下子懵了，呆呆地说：“可我要接的不是女孩啊，我是来接一个男孩的，他应该在这等我。斯潘塞太太说，她会从新斯科特省把那男孩一路送过来的。”

站长吹了个口哨。

“噢！我想，这中间肯定是有什么误会了。”站长说道，“斯潘塞夫人确实带了个孩子过来，还请我代她照顾一会呢，但就是那个小女孩啊。她告诉我说，是你跟你姐姐托她从孤儿院挑一个女孩的，而且你们会来接这女孩走的。我就知道这么多，我这里可没藏别的孤儿啊。”

“这是怎么回事啊？”马修无助地说。他心里暗想，要是玛瑞拉在就好了，她一定可以很好地解决这个问题。

“要不，你去问问那孩子吧。”站长心不在焉地说，“我敢说，她肯定比你们更清楚现在的情况。可以确定的是，这孩子非常能说。说不定，你们想要的那种男孩正缺货呢。”

说完，饿得肚子咕咕叫的站长迈着轻快的步伐，赶着去吃晚饭了，只留下不幸的马修独自一人面对这难题。对马修来说，接下来要做的，简直比虎口拔牙还要艰难。他要去见这个素不相识的女孩，去见这个孤儿，问她为什么不是男孩。马修在心里默默地抱怨了一万遍，然后鼓足勇气走到女孩面前。

其实，就在马修最初从站台上走过的时候，女孩就把目光锁定在他身上了。不过，马修当时根本没正眼瞧她，自然也就不知道她长什么样啦。在普通人看来，这只是一个十一岁左右的女孩，身上穿着一件又短又紧的土黄色棉绒裙子，头上戴着一顶褪色的棕色水手帽，两条又粗又红的辫子搭在瘦弱的肩上，瘦小而白皙的脸上长满了雀斑，嘴巴大大的，眼睛也大大的。从一个角度看，她的瞳孔呈墨绿色，从另一个角度看，又似乎是灰色。

是的，在一般人眼里，这就是一位长相平平的小姑娘。可是，细心的人一定能发现，她的下巴小巧精致，脸庞轮廓清晰，大大的眼睛忽闪忽闪，充满灵气和活力。她的嘴巴娇俏甜美，仿佛随时都能发表一番演讲。她的额头，宽阔而饱满。简单地说，细心的人一定能得出另外一个结论，那就是，在这位无家可归的小姑娘的体内，一定蕴含着特别而美好的灵魂。

马修怀着惶恐的心情，往女孩走过来。看到马修走来，小女孩立刻起身，一只手（干瘦的小手）提起一个破旧的尼布包，另一只手主动向马修伸过来。

“您一定就是绿山墙的马修·卡斯伯特先生吧？”小女孩的声音清脆而甜美，“很高兴认识您。我早先还在担心您不来接我了呢，我甚至想象了您不能来接我的各种理由。我都想好啦，如果您今晚不来接我，我就去街的那一头，爬上那棵高大的樱花树过夜。我一点都不害怕。在繁花盛开的白色樱树中，伴着皎洁的月光入眠，该是多么浪漫呀！就跟睡在大理石墙面的华丽客房里一样，不是吗？而且呀，我知道，就算您今晚不来接我，明天一大早您也一定会来接我的。”

马修握着小女孩纤细的手，当下做了一个决定。看着小女孩忽闪忽闪的大眼睛，他不忍心告诉她她不是他们要领养的孩子。还是把她带回家，让玛瑞拉告诉她吧。无论如何也不能把孩子就这么丢在布莱特河不管不问了。

“抱歉，我来晚了。”马修有些不好意思，“来吧，马车就停在那边院子里。来，我帮你拿包。”

“噢，不必了，我可以自己拿的。”孩子高兴地回答，“虽然包里装着我所有值钱的家当，但并不是很重。而且，只有我知道怎么拿这个包它的把手才不会断，所以还是我拿着吧。这包可旧了。啊，尽管在樱树上过夜是一件很浪漫的事，但我还是很高兴您来接我回家！我们是不是要走很远的路呀？斯潘塞太太说有八英里远呢。还好我天生喜欢远行。想想，我可以成为您的家人了，这是多么美妙的事情啊！我没有亲人，也不曾拥有过真正的家。在我看来，孤儿院是我住过的最差的地方了。虽然我只在那待了四个月，但是对于我来说，这已经足够了！我想，您应该没在孤儿院待过吧，您自然也不知道那里是什么样子吧。那里糟透了，比你能想象到的还要恶劣一万倍。斯潘塞太太跟我说，我不应该这样讲话，这样显得很没教养，但我并没有恶意。人总是很容易显得没教养，是不是？我自己根本都意识不到呢！他们其实对我挺好的，我是说那些孤儿院的工作人员。可是，对于我来说，那里可以想象的东西太少了，只有别的孤儿可以拿来想象一下。想象一下别的孩子的身世和故事总是很有趣的。我会想象，坐在我旁边的那个女孩，其实是个伯爵家的小姐，还是婴儿的时候她便被一个残忍的护士偷走了，结果，护士还没来得及把这个事实坦白，就一命呜呼了。由于白天没什么时间，所以我只能在晚上想象这些事，而且常常一想就是一夜。或许，这就是我长得这么瘦的原因吧。我瘦得快跟树叶一样了，浑身上下没有一块多余的肉。我一直渴望自己成为一个健康、胖胖的女孩,我喜欢胳膊肘上有浅浅的小坑的样子。”

说到这,小姑娘终于停住了。一方面,她已说得喘不上气了,另一方面,他们已来至马车前。马车一路奔驰,远远地把火车站抛在了后面。小姑娘安静了一会,直到马车走到一段陡急的下坡旁,她才又开口说话。这段路是人们挖出来的,路两边长满了野生的樱桃树和细长的白桦树。松软的路牙高低不平,有的地方还会高出他们的脑袋。

马车时不时会刮到路边的野杏树。女孩伸出手,折了一段野杏树的树枝。

“看,多美呀!从路边斜伸出来,洁白得像蕾丝一样。让您联想到了什么吗?”

“呃,想不到。”马修说道。

“怎么会想不到呀?当然是新娘啦!一个穿着洁白的婚纱、戴着可爱面纱的新娘呀!虽然我从未见过,但我能想象出她是什么样子。我是不指望有一天能成为新娘的了——我太平凡了,没有人愿意娶我。但也不一定,说不定哪位外国传教士会看上我呢!我觉得,外国的传教士一定不会那么计较我的长相!我多么希望自己也能有一件白色的裙子啊!这是我目前最大的心愿啦!我太喜欢漂亮衣服了。我这一生中,还从未有过一件漂亮的裙子呢。不过,这样我也就更有盼头了,对吧?这样,我就可以把一切美丽、奢华的衣服都往身上想象啦!今天早上离开孤儿院的时候,我自己都觉得难为情,因为除了这件讨厌的棉绒裙子外,我没有一件像样的衣服可穿。孤儿院规定,所有的孤儿都得穿统一的衣服。去年冬天的时候,霍普顿的一位商人给孤儿院捐了三百码的棉绒布。孤儿院就拿这些棉绒布给我们做了裙子。有人说,那个商人是因为卖不掉了,才捐到孤儿院来的。我倒是认为,他是因为好心才捐的,您说呢?穿着这身衣服上了火车后,我感到大家都在用同情的眼光看着我。但我并不在乎,我只要动动脑子想象一番就好啦。我想象着,自己正穿着世界上最漂亮的浅蓝色丝绸裙子缓缓走过。要想就得想最华丽的那种料子,反正是想象嘛!我还想象着,自己戴着镶有五彩的鲜花和华丽的羽毛的帽子,左手戴着一块金表,右手套着羊皮手套,脚上穿着羊皮靴。想到自己穿着如此华美的衣服,我立刻感到自己光彩照人,于是,来这里的路上,我一直很开心。就连坐船的时候,我都一点没有难受。斯潘塞太太经常晕船,但这次她却一点都没有晕。她说,这次她要一直看着我,防止我从船上翻下去,所以就没时间晕船了。在船上,我总是上蹦下跳的,一刻也不停歇。对此，斯潘塞太太颇有意见。不过，我想，如果我这样闹腾可以帮她减轻晕船的感觉，倒也不失为一件好事啊！而且，我好不容易坐一趟船，我要珍惜在船上的每一秒，把风景都看遍！我都不知道还有没有下一次了呢。啊，你看，好多盛开的樱花呀！这个岛好美，简直是世界上鲜花最多的地方啦！我已经爱上这里啦！真高兴，我可以住在这里。我早就听说，爱德华王子岛是这个世界上最美丽的地方，我以前经常想象着自己就住在这里，但我从没想过有一天真能住在这里！梦想成真的感觉真是太美啦！这些红色的小路真有意思！我们刚从夏洛特丹坐上火车的时候，我就发现外面开始飞快地闪出红色的小路了。那时，我就问斯潘塞太太，这些路为什么是红色的，她却说不知道，还补充了一句说，'上帝啊，不要再问我任何问题了！'她说我起码问了她一千个问题了。我想，大概确实有一千了，但要是一直不问问题的话，那自己永远都没办法学知识啦！先生，您能告诉我这些路为什么是红色的吗。"

"呃，不清楚。"马修说道。

"嗯，那我一定要把这件事记下来，以便将来搞清楚！一想到还有那么多事情等待我去探索，我就觉得一切都很奇妙！我感到很庆幸，自己能活在这样一个有趣的世界上。如果我们对所有的事情都了解得很清楚了，这个世界也就失去趣味了，对吧？那样，我们就没有任何想象的空间了呀，对不对？我是不是说太多话啦？总是有人告诉我说，我的话太多了。您希望我安静一会吗？只要您让我停，我就停。只要我下定决心，我就可以很久不说话的，尽管这很难。"

马修并没有觉得小姑娘烦，恰恰相反，他很喜欢身边有这样一个叽叽喳喳说个不停的伙伴。跟大多数安静的人一样，他也喜欢那些很健谈的人，这样他就不用插嘴，只需听着别人说话就可以了。他怎么也想不到，自己竟然会如此喜欢小姑娘的陪伴。对马修来说，所有的女人都不太好对付，小女孩尤其难对付。小孩子从他身边走过的时候，总会露出一脸胆怯而又鄙夷的表情，就好像马修会一口吞掉他们一样。马修太讨厌这群小孩了。安维利镇上的孩子都是这个样，而这位满脸雀斑的小姑娘却不是。尽管马修觉得自己迟钝的思维很难跟上小姑娘的讲话，但这丝毫不影响他对她的喜欢。于是，他一如往常，腼腆地说道：

"你尽管说吧，我不介意。"

"噢，太好了！我知道我们一定会相处得很好的！想说就说的感觉真是太好啦！总是有大人告诉我，小孩子应该安安静静的，规规矩矩的。幸好你不是那样的大人！我听别人这么跟我说过不下一百万遍了！而且，每次我用比较大的句子，他们就会笑我。但是我想，如果你的想法本来就很大，那你当然要用很大的句子啦！对不对？”

“呃，我觉得你说的没错。”马修说道。

“斯潘塞太太还说，我的舌头一定悬在半空中呢，所以才一直说个不停。但是，你看，我的舌头好好地放在嘴巴里呢。斯潘塞太太说，您的房子叫做‘绿山墙’。我问她这是什么意思，她告诉我说，因为房子的四周都是树，所以叫‘绿山墙’。听完她的解释，我非常高兴。我太喜欢树啦！孤儿院就没什么树，只在门口白色栅栏旁长着那么几株小树苗。那些树看起来很孤单，简直跟我们孤儿一样。每次看到这些树苗，我就想哭。我经常跟它们聊天，我会说：‘噢，可怜的小树！如果你身在一片大森林，周围都是你的兄弟姐妹，你的树根周围长满苔藓和蘑菇，远处有小溪潺潺流过，小鸟在你的枝头唱歌，那你一定能长得又高又壮。不过，你现在身在这里呢。我特别理解你的感受，小树苗。’今天早上跟它们告别的时候，我特别难过。人总是很容易留恋陪伴自己的东西，对不对？绿山墙旁边有溪流吗？我忘记问斯潘塞太太这个问题了。”

“呃，有的。屋子的土坡下方就有一条。”

“太好了！我一直梦想自己能住在小溪旁边呢。不过，我从来没想过自己能真的住在溪流旁边。梦想总是很少变成事实的，对吧？如果所有的梦想都能成真，那该多好啊！不过，我感觉自己现在已经开心到接近天堂啦！再怎么样也不会开心到像真的在天堂一样的。您看，这是什么颜色？”

小姑娘把一条粗辫子举到肩膀上，然后伸到马修的眼前。马修从来都不懂女人的发色，不过这次他却一点都没犹豫。

“是红色吧？”马修说道。

女孩任由辫子滑到背后，然后发出一声长叹。这声叹息仿佛是从她的每一个脚趾头传来的，仿佛积攒了多年的悲伤一下子吐了出来。

“是啊，是红色。”小姑娘无奈地说，“现在你知道为什么我永远都不会开心到像在天堂一样了！红头发的人永远不会那么开心的。我倒不是很在乎别的事情：雀斑啦，绿眼睛啦，骨瘦如柴啦。我可以靠想象把这些毛病甩到脑后。我可以想象自己拥有玫瑰粉色的肌肤，眼睛是透着星芒的深紫色。但是，我却没办法想象自己不是红头发。我尽力了。我总是在心里暗示自己：我的头发是黑色，是亮丽乌黑，就如同乌鸦的羽毛一样油黑发亮。但一睁眼，我的头发还是红色的，这太让人心碎了！这会成为我一生的悲哀。我曾经在小说里读到过这样一个女孩，她也悲伤了一辈子，但她的头发并不是红色的。她有一头金色波浪卷发，从她雪花膏一般的额头上倾泻而下。您说，雪花膏一般的额头是什么样的呀？我大概永远也不会知道了。您能告诉我吗？”

“呃，我也不知道。”马修被小姑娘的话绕得有点晕。马修此刻的感觉，就跟他在年少冲动时和另一个男孩一起去偷骑旋转木马一样。

“不管是什么样，一定是很美的。那女孩就像‘女神’一般美丽。你能想象出‘女神’有多美丽吗？”

“呃，想象不出来。”马修诚实地回答。

“我倒是经常想象。如果可以选择，您会选哪个呢——‘女神’一般的美貌，令人咋舌的智慧，还是天使般的仁慈？”

“呃，我想不出来。”

“我也没办法决定。不过，这也不会有多大区别——我永远也不会拥有三者之一的。尤其可以确定的是，我永远不会拥有天使一般的仁慈。斯潘塞太太说——噢！卡斯伯特先生！卡斯伯特先生！！卡斯伯特先生！！！”

这当然不是斯潘塞太太的原话了，也不是发生了什么事故。孩子没有翻下马车，马修也没有做什么惊天动地的事情。只是马车绕了个弯，走上了“林荫道”而已。是眼前的美景让小姑娘惊讶得连喊了三声卡斯伯特先生。

被纽布里奇人们称为“林荫道”的，其实就是一段四五百码长的大街。大街两边长满了高大的苹果树，繁茂的枝叶在大街上空连成一片，如同绿色的拱门。据说，这些苹果树都是很多年以前由一个古怪的老头栽种的。头顶的苹果花纷纷扬扬洒下一些花瓣和花粉，走在树下就如同在云朵中漫步一般。郁郁葱葱的树冠下，阳光从缝隙中透进来，折射出紫色的霞光，像半透明的教堂窗户。抬头望去，远处恢弘的落日之景仿佛一副挂在走廊尽头的油画。

美景让孩子一下子懵住了。她靠在马车后背上，纤细的双手交叉在胸前，小脸轻轻扬着，眼睛一眨不眨地看着头顶这片美丽的景色。马车已经驶离林荫道，开始沿着纽布里奇的斜坡往下走。小女孩依旧一动不动，也不说话。她紧锁眉头，专注地看着西面的落日，执着的眼神似乎能穿透这纷繁的背景。马车穿过纽布里奇这个热闹的小村庄，一只狗大声吠叫，几个调皮的小男孩一路追赶，趴在马车窗上好奇地向里张望。小女孩依然沉默着。马车又前进了三英里，小女孩还是没有说话。很显然，这个小姑娘可以精力充沛地讲一天话，也可以安安稳稳地保持沉默。

"我猜,你一定又累又饿吧。"马修鼓起勇气开口说话了。看到神气活现的小姑娘一下子不吭声了,马修心想,她一定是长途跋涉累坏了。"别担心,我们就快到啦。再走一英里就到了。"

听到马修的话,小女孩这才如梦初醒。她眨了眨眼睛,长叹了一声,仿佛她的灵魂出去游玩了一圈刚刚回来一样。她出神地说道:

"卡斯伯特先生,刚才我们经过的地方,那片雪白的地方,叫什么名字啊?"

"你是说刚才那段林荫路吗?"马修认真地思考了一会,"那是个蛮不错的地方。"

"不错?噢,我觉得'不错'这个词用在这里不合适,'美丽'也不太适合。这些词都不能完全表现刚才那番景色。我知道了,应该用'奇妙'!是的,奇妙!这是我有生以来见过的唯一一件不需要用想象力来进行任何修饰的东西。它让我这里好欣慰。"小女孩把一只手放在胸前心脏的位置,"我感到这里有点隐隐地疼,但是这种疼是深深的、感动的疼。卡斯伯特先生,您也有过这样的感觉吗?"

"噢,不,我想我没有过这种感觉。"

"我经常有这样的感觉。每当我看到华丽的东西时,我就会有这样的感觉。你们怎么能称呼刚才的地方叫'林荫道'呢?这个名字太没有意义了。你们应该称呼那里为'悠哉小路'。这名字是不是很妙?如果我不喜欢一个地方或者一个人的名字,我就会帮它想一个普通一些的名字。孤儿院里有个小姑娘,叫赫普泽伯·詹金斯,但是我给她起的名字叫罗莎莉亚·德维尔,很可爱对不对?所以,尽管大家都叫刚才那个地方为'林荫道',我却要叫它'悠哉小路'。真的只有一英里就到家了吗?我现在真是既高兴又难过。这一路的旅程真是太美了,要结束这样快乐的旅程总是会让我难过的。当然了,事情也可能会越来越精彩,可是,谁都不能打包票的。很多时候,事情只会往更糟的方向发展。不管怎么说,这只是我自己的经历。想到终于有家了,我还是很开心的。你知道吗,从我有记忆以来,我就不曾有过一个真正的家。想到即将有一个真正的家,我的心里又激动地疼了起来啦!噢,真是太棒了!"

他们驱车爬上一个小山丘,山丘下是蜿蜒绵长的水池,一架小桥把池塘划为两半。桥的一端是琥珀色的带状沙丘,另一端则是深蓝色水晶般的海湾。池水在阳光的照耀下折射出五彩斑斓的颜色——番红花的猩红,蔷薇的紫,青草的碧绿,还有各种各样叫不上名字的植物的颜色。另一端,池水蜿蜒流向杉树林和枫树林的边界,半透明的池水在摇曳的树影中若隐若现。野生李子树在岸边摇曳生姿，仿若一位踮着脚欣赏自己倒影的芭蕾舞女。池塘一端的沼泽地里，青蛙正发出整齐划一而又响亮的鸣叫，诉说着自己的悲喜。不远处，已经能看到斜坡上开满白色鲜花的苹果园，以及掩映在花丛中的灰色小屋。天还没黑，但是已经能够看到窗户里正闪着温暖的灯光。

“那是巴里的池塘。”马修说道。

“噢，这个名字我也不喜欢。让我想想，我叫它什么好呢。星芒池！是的，这个名字太适合它了。你猜我是怎么知道的，因为我又感到心头一颤了呢！当我想到最适合的名字的时候，总会心头一颤的！您也有这样的感觉吗？”

马修陷入了沉思。

“这个嘛——倒是有过。当我看到黄瓜地里白色的蛆虫挤来挤去的时候，我也会心头一颤的！那东西太恶心了！”

“我想，我们说的好像不是同一种‘心头一颤’吧。你觉得呢？蛆虫和波光闪闪的湖水好像没有多大关联呀。可是，为什么大家都叫它‘巴里的池塘’呢？”

“我记得，好像是因为巴里先生就住在这池塘上面的房子里吧。那房子叫‘苹果坡’。要不是房子后面长了一大块灌木丛，你就能从这里看到绿山墙了。我们过个桥再转个弯，就到绿山墙了。大概还有半英里。”

“巴里先生有女儿吗？差不多我这么大的小女孩，有吗？”

“有一个十一岁左右的女孩，叫黛安娜。”

“噢！”小女孩倒吸一口气，“这名字太美了！”

“我倒不觉得。我总觉得这名字有点异教徒的感觉，我更喜欢‘简’或者‘玛丽’这样简单好记的名字。黛安娜出生的时候，他们请了一个校长过来。校长给她起了名字，就叫做黛安娜了。”

“啊，我多么希望我出生的时候也有校长给我取名字啊。噢，我们上桥了吗？我得赶紧把眼睛闭起来，我最怕过桥了。我总是会忍不住去想那些可怕的情景。比如，我们刚走到桥中央，桥就像折叠刀一样收起来了，那我们就会被夹在里面出不来了！不过每次走到桥中间的时候，我又会睁开眼睛，因为我想，如果桥真的折起来了，我可以看看它是怎么折起来的呀。啊，马车发出的隆隆声可真有意思，我喜欢这种隆隆声！世界上有这么多我喜欢的东西，这真是件美妙无比的事情呀！噢，下桥咯！我再回头看看。晚安啦，亲爱的星芒河！我总是喜欢对我喜爱的东西道别的，对我爱的人我也会道别的。我觉得，大家都喜欢亲切的彼此道别。

你看，那湖水好像在对我微笑呢！”

他们爬上最后一个土坡，又拐了一个弯。这时，马修说道：

“快到啦。你看——”

“噢，不！不要告诉我。”小女孩局促不安地打断了马修的话，紧紧抓住马修抬到一半的胳膊，眼睛紧紧地闭着。“我要猜猜看，我一定能猜到的。”

小女孩睁开双眼，神气地看着四周。此时，他们已在小土坡顶上。太阳已经下山了，但整个大地在微量的霞光下依然清晰可见。西面，有一处深色建筑，屋顶高耸，在琥珀色的天空中映出挺拔的轮廓——那是教堂。再往下看，便是山谷了。山谷那边连接着一道斜长的、弧线悠长的土坡，上面零星分布着几个农庄。孩子忽闪着眼睛，一个一个地看了过去，一脸热诚与希望。最后，她的目光停留在左手边，小路尽头的一处屋子上。小屋在开满鲜花的果树中蒙蒙发亮，越过这屋顶便是辽阔而纯净的天空。天空中一颗璀璨的钻石般闪亮的星星，正向路灯一样照耀着他们前进的路。

“就是那一座，是不是？”小女孩伸出手，指着那栋房子。

马修笑了，扬鞭起驾。

“是的，你猜对啦！一定是斯潘塞太太跟你说过我们家房子的样子了吧？”

“不，她没有说过，她真的没说过。她只说，那房子跟别人家的差不多。我一点都不知道它长什么样。不过，我刚才一看到它，就觉得这就是我的家。啊，我感觉好像在做梦啊！你知道吗，我的胳膊上面都又青又紫的了！因为我刚才总是不断地掐自己，我总觉得这一切来得太突然了，就好像在做梦一样！只要一掐自己，我就知道自己不是在做梦了！不过，我又忽然想到，如果这真是个梦，那我也不应该浪费这样的美梦呀！所以，我就没再继续掐自己了。但我现在知道，这不是梦！我真的有家了！”

女孩心满意足地叹了一口气，终于决定安安静静地享受这段美好的等待。而马修却有些不安起来。与此同时，他又感到很放松，起码这件麻烦事不需要他来做了，玛瑞拉自会告诉这个可怜的孤儿，她祈求盼望着的家并不欢迎她。他们的马车驶过林德太太的家，那里的灯光已经灭了，但这并不能妨碍林德太太那火炬般的目光穿透这昏黄的夜色，目送他们上坡然后驶入绿山墙的小路。到达绿山墙的时候，马修已止不住地颤抖。就要真相大白了，可不知道为什么，他此刻很不愿接受这事实。

倒不是想到即将火冒三丈的玛瑞拉，也不是想到这将给他自己带来多大的麻烦，只是，一想到这孩子会很失望，马修的心里便如翻江倒海般难受。想到孩子眼里闪烁的光彩即将被扑灭，马修止不住地自责起来。这种感觉，就好像要他去屠杀一只小羊羔、小牛仔或是其他无辜的小动物一样。

此时，院子里鸦雀无声，只有脚步踩在白杨树叶上发出的丝绸一样的沙沙声。

“你听，小树在说梦话呢。”女孩轻声说道，一面踮着脚尖轻轻走着，“它们一定在做美梦呢！”

接着，小女孩抱着那只“装着全部家当”的棉布包，紧紧跟着马修，走到了门前。

第三章

玛瑞拉·卡斯伯特大吃一惊

马修刚打开门，玛瑞拉便兴冲冲地走了过来。她的目光落在了这个陌生小女孩的身上。粗陋的裙子，红色的长辫，热切明亮的眼睛，玛瑞拉不解地端详着这个古怪的姑娘。

“马修，这是谁?”玛瑞拉叫道，“我们领的男孩呢?”

“没有男孩，”马修可怜地说道，“只有这个女孩。”

“没有男孩? 怎么可能呢?”玛瑞拉不可置信地叫嚷，“我们托斯潘塞夫人找的可是男孩啊!”

“是啊，可是，她带来的，就是个女孩。我问了车站站长，他说斯潘塞夫人就带来一个女孩。我想，不管怎样，先把孩子带回家再说，总不能把她扔在那让她挨冷受冻吧。”

“哈，这可真是有意思!”玛瑞拉冷笑了一声。

女孩一直瞪大眼睛在一旁听着。她的眼睛从马修身上转到玛瑞拉身上，然后又转回来。她脸上激动的神采渐渐消失，她终于明白到底发生了什么。她一惊，“宝贵”的棉布包一下子摔在地上。然后，她攥紧小拳头，朝两个大人走了一步。

“你们不想要我!”女孩哭喊道，“因为我不是男孩，所以你们不要我!我早就想到了! 谁都不想要我。我早就该想到，这一切都太美好了，一定不会维持很久的! 我早就该知道的，没有人会愿意收留我的。我该怎么办? 我，我要哭了!”

她真的“哇”一声哭了起来。她跌坐在餐桌旁的凳子上，伸出两只胳膊，把脸埋了进去。她号啕大哭着。玛瑞拉和马修隔着火炉，面面相觑，不知道这时候该说些什么来安慰这个小女孩。最后，玛瑞拉决定主动来挑下这个担子。

“哎呀，哎呀，没必要哭成这个样子啦!”

“有必要! 就有必要!”孩子扬起泪痕满面的小脸，嘴唇不停颤抖着，“换了是您，您也会哭成这个样子的! 如果您也是个孤儿，您终于找到了愿意收养您的家庭，可他们告诉您说他们不要您了，只因您不是个男孩，那您也会哭成我这个样子的！天啊，这是我这辈子经历过的最悲惨的事情啦！”

玛瑞拉的脸上勉强挤出一个久违的微笑。

“哎呀，别哭啦。我们今晚不会把你送回去的，一切都等这件事情查个水落石出之后再说。这段时间，你就先住在这里吧。你叫什么呀？”

女孩默默揣度了一会。

“你们叫我科迪莉亚好吗？”小女孩恳切地说。

“叫你科迪莉亚？那是你的名字吗？”

“不，不是，不是我的名字，但是我很希望被叫作‘科迪莉亚’，这个名字特别高雅。”

“你在胡说八道什么呀！科迪莉亚不是你的名字，那什么才是你的名字啊？”

“安妮·雪莉，”小女孩支支吾吾地说，“可是，可是……请你们叫我科迪莉亚吧！既然我在这里也住不长久，那你们叫我什么名字也不要紧呀，对不对？安妮这个名字实在太不浪漫了。”

“什么浪漫不浪漫的！”玛瑞拉强硬地说，“安妮这个名字很质朴，也很实用，你没必要为这个名字而不好意思。”

“噢，我没有为名字不好意思，”安妮解释道，“只是我更喜欢科迪莉亚。我总是会想象自己的名字就是科迪莉亚，至少最近几年我是这么想的。我小的时候，还想象着自己的名字是杰拉尔丁，但我现在更喜欢科迪莉亚啦！不过，如果您一定要叫我安妮的话，请一定要记住，我是‘女’字旁的‘安妮’，而不是‘安尼’。”

“写法不一样又怎样，读起来不都一样吗？”玛瑞拉拿起茶壶，笑了起来。她已很久没有笑过了，乍一笑，脸面竟有些抽搐。

“噢，区别可大啦！‘女’字旁的‘安妮’，看起来要好看得多！听到一个名字的时候，我总是会在心里把这个名字写出来，就像打字机打出来一样！您不是吗？没有‘女’字旁的那个‘安尼’，看起来太无趣了，有‘女’字旁的‘安妮’，看起来却很特别！如果您能一直称呼我为‘女’字旁的‘安妮’，我想，不叫我科迪莉亚也可以。”

“好吧，好吧。‘女字旁的安妮’，你能给我讲讲这中间到底是哪里出了差错吗？我们明明带话给斯潘塞夫人，请她给我们挑一个男孩的呀。难道孤儿院里没有男孩了吗？”

“有的呀，有好多呢！不过，斯潘塞夫人特别交待说，你们要一个十一岁左右的女孩，所以孤儿院的院长就推荐了我。你们不知道，院长告诉我的那一天我有多高兴！我兴奋得晚上都睡不着觉！”说完，安妮转过身哀怨地看着马修，“为什么在火车站的时候您不告诉我你们想要一个男孩呢？那样您就可以把我丢在那里不用管了啊。要是我没见过‘悠哉小路’和‘星芒池’，那我现在也不会这么难过了！”

“她在说些什么呀？”玛瑞拉疑惑地盯着马修问道。

“她……都是来这的路上，她给路边的地方起的名字。”马修忙不迭解释道，“呃，玛瑞拉，我去外面把马送到马圈里去。泡壶茶吧，我等会回来喝。”

“除了你，斯潘塞夫人还带了别人吗？”马修出去以后，玛瑞拉继续问道。

“她自己还领养了莉莉·琼斯。莉莉只有五岁，长得非常漂亮，她有一头榛子棕的头发。如果我也长得漂亮，有一头榛子棕色的头发，你们会收留我吗？”

“不会。我们想要一个男孩，好帮马修做做农活。我们不要女孩。来，把帽子摘了。我来把你的帽子和包放到客厅的桌子上去。”

安妮顺从地照做了。这时，马修也回来了。他们一同坐在餐桌旁，准备吃晚饭。可是安妮却一点也吃不下。她抿了一点涂了黄油的面包，然后用勺子划拉了一点玻璃碟子上的山楂酱。她几乎一点都吃不下去。

“你怎么不吃饭？”玛瑞拉严厉地看着她，就好像这是一个严重的罪过。安妮叹了一口气。

“我吃不下，我正处于绝望的谷底。当您处于绝望的谷底的时候，您能吃得下饭吗？”

“我从没到过绝望的谷底，所以我不知道。”玛瑞拉说。

“从没有过？那么，您有没有想象过自己在绝望的谷底呢？”

“没有。”

“那，您一定无法理解这是一种什么感觉。这种感觉太难受了。当你想吞咽东西的时候，你会感到喉咙里好像有块石头堵在那里。不管吃什么，都是一样的感觉，哪怕是巧克力焦糖，都无法改变这样的感觉。两年前我吃过一次巧克力焦糖，那可真是美味啊。从那以后，我就经常做梦，梦到自己面前放了一大堆巧克力焦糖。可是每次张嘴要吃的时候，我就醒了。对不起，我实在吃不下，请原谅。您做的每一样菜都很好吃，可我吃不下。”

从马圈回来以后，马修就一句话没说，这时候他终于开口了：“她大概是累了。玛瑞拉，让她上床睡觉吧。”

应该在哪里给安妮铺床呢？玛瑞拉想了很久。厨房里倒是有张沙发，那是玛瑞拉给"期待中的"那个男孩准备的。这张沙发，虽说收拾得很干净，但不太适合女孩子睡。客房，用来给一个流浪的孤儿睡，似乎又有些过于隆重了。最后，玛瑞拉决定带她去东边的三角阁楼睡。玛瑞拉点了一根蜡烛，让安妮跟着她过去。安妮无精打采地照做了，一手拿着帽子，一手抱着棉布包。路过客厅的时候，安妮发现，客厅非常整洁。当她们走到三角阁楼以后，安妮又发现，那里的房间比客厅更整洁。

玛瑞拉把蜡烛放在一张三腿床头桌上，然后帮安妮掀开床铺。

"我想，你应该带睡衣了吧？"玛瑞拉问道。

安妮点了点头。

"是的，我有两件睡衣。孤儿院的院长给我们每人两套睡衣，这两套睡衣可简陋了。不过，孤儿院一直很拮据，所以大家的衣服做得都不合身。我讨厌又短又紧的睡裙。还好我可以想象，我总想象着我的睡衣有可爱的长拖尾，脖子上还有一圈荷叶边，这样我心里就好过多啦。"

"好了，快把衣服脱了上床吧！我过会回来取蜡烛，我可不放心让你灭蜡烛。你要是把这屋子放一把火烧了可就惨了。"

玛瑞拉走了，安妮这才睁大眼睛看看四周。石灰白的墙面上什么都没有，惨白的颜色看起来很晃眼。安妮想，要是这些墙面知道自己现在的形象，一定会难过得哭出来的。地板上也光秃秃的，只在中间的位置上放了一块圆形草编毯。一个角落里放着一张帐帘很高的深色老式矮脚床，另外一个角落里放着那张三脚床头桌，桌上放着一个厚厚的、红色天鹅绒针线垫子。垫子看起来很硬，估计什么样的针都会被扎折。垫子上挂着一面八英寸长、六英寸宽的镜子。在桌子与床中间的窗户上，挂着洁白的细纱布窗帘，窗户对面放着洗脸架。整个房间充满着一种无法用言语表达的冰冷，安妮被这种冰冷逼得瑟瑟发抖。她抽泣了一声，然后脱去衣服，穿上短小的睡衣，钻进被窝，把脸埋在枕头里，又扯过衣服蒙住脑袋。玛瑞拉回来取蜡烛的时候，看到散落一地的衣服和乱七八糟的床褥。这至少说明，小女孩还在屋里。

玛瑞拉一件件捡起安妮的衣服，将它们仔细叠好，放在一张黄色原木椅子上。然后，她举起蜡烛，走到床边。

"晚安。"玛瑞拉说，有些拘谨，但还是饱含着温情。

安妮从被子里露出半个脑袋，露出苍白的脸庞和吃惊的表情，她似乎受到了惊吓。

“您明知道这将是我遭遇过的最不安的夜晚，还跟我说‘晚安’?”安妮气呼呼地说。

发完牢骚，安妮又躲到被子里，看不见了。

玛瑞拉慢慢地走到厨房里，把晚饭的盘子给洗了。马修正在抽烟，这是他心烦意乱的信号。马修很少抽烟，因为玛瑞拉已经很清楚地告诉他，这是一种不好的习惯。但马修还是会偶尔感到需要放松一下，这种时候，玛瑞拉一般都会睁一只眼闭一只眼——男人也需要发泄自己的情绪。

“唉，真是一团糟!”玛瑞拉生气地说，“这就是自己不亲自去的后果。理查德·斯潘塞的同乡肯定是把我们的意思弄错了。明天我们俩中得有一个人去找斯潘塞夫人问问，然后把这女孩送回孤儿院去。”

“是的，我想是得这样。”马修迟疑了一下。

“‘你想是得这样’? 难道你不觉得应该这样做吗?”

“呃，她是个挺有意思的小孩。玛瑞拉，她一心想留在这，如果被送回去，她肯定会很难过的。”

“马修·卡斯伯特，你不会是想把她留下来吧?”

就算这会马修说自己从此以后想拿头走路，玛瑞拉都不会像现在这般震惊了。

“呃，不是，我觉得——准确地说，”马修有些结巴，照这情形，他只得有一说一了，“我的意思是——我们是不太可能收留这样一个女孩的吧?”

“当然不可能了。一个女孩，能帮上什么忙?”

“不过，我们能帮上她很多忙啊……”马修出人意料地说道。

“马修·卡斯伯特，你是不是被那孩子施了魔法了? 我看得很清楚，你想把那孩子留下来!”

“呃，这孩子很讨人喜欢，”马修坚持道，“你要是能听她说说话就知道了。我从车站一路送她回来，听了不少有趣的事情。”

“噢，这我看得出来! 这孩子确实伶牙俐齿，但这一点却不讨喜，我不喜欢叽叽喳喳说个不停的孩子。我本来就没打算要孤女，就算要选孤女，我也不会选她这样的。她的想法很奇怪，太难以捉摸了。不，我不打算收留她。她必须从哪儿来，回哪儿去。”

“我可以雇个法国男孩帮我干活，”马修说道，“这个小女孩正好给你做伴。”

“我不需要人做伴，”玛瑞拉简短地回道，“我绝不会留下她。”

“那好吧……就照你说的做，玛瑞拉。我去睡了。”说完，马修起身，把烟斗收起来。

玛瑞拉把碗碟收好，紧蹙着眉头，也上床去了。而在东山墙的三角阁楼里，一个孤独、凄寒而又无人关爱的孩子，在哭泣中入眠了。

第四章

绿山墙的清晨

安妮一觉醒来，天已经亮了。安妮坐起身，看到一缕活泼的金色阳光从窗口漫进小屋；窗外，一种纯白的羽毛似的东西正在湛蓝的天空下摇摆。

安妮忽然想不起来自己身在何处了。她的心快乐地跳跃着，这是她曾经梦想过的美景。可转念一想，可怕的回忆又侵袭而来。这里是绿山墙，而他们并不想收留她，因为她不是个男孩！

不过，现在正是美好的六月的清晨，窗外的樱桃树正开着花。安妮从床上蹦起来，如箭一般跑到窗户边。她费力地推着窗框。窗框又干涩又僵硬，好像很多年没开过一样，而它确实是很多年没有打开过了。窗框结实地卡住了，因此也不需要窗搭来固定。

安妮跪在地板上，贪婪地看着窗外的美景。她的眼睛闪烁着。噢，这里多么美丽啊！这地方太可爱了！既然不能真的住在这里，那只好用想象力来弥补啦！这里可以想象的内容太丰富了！

一棵高大的樱桃树倚墙而立，树上花团锦簇，几乎看不到一片叶子。房子的两边各开了一片苹果园和一片樱桃园，鲜花开满了两处果园，草地上则星星点点洒落着一些蒲公英。近处的丁香花正又红又紫地缠绕着藤蔓，醉人的花香伴着轻风飘了进来，沁人心脾。

果园下方，一亩三叶草的茵茵田地沿着斜坡一直蔓延到山谷中。溪流缓缓流淌，岸边的白桦树苗斜倚横出，在清晨的阳光中随风舞动。树根处，各种蕨类、苔藓类植物在露水中闪着绿莹莹的光芒。山谷的另一边，有一处小土坡，土坡上的各类云杉和冷杉树长得枝繁叶茂，仿佛一朵朵绿色的云朵。越过星芒池，便是昨天看到的那座灰色的小屋子。

往左手边的远处看去，是大大的谷仓，谷仓的下方是一大片绿色的田野，再远处则是波光粼粼的大海。

爱美的安妮贪婪地看着这一切，仿佛想要把这美丽的画面拍成相片永远存在脑海里。有着颠簸流离生活的她，这一生看过很多悲惨的景象，而这里的一切，是她做梦都不曾梦到过的美丽。

安妮跪在床前，半晌回不过神，直到她感觉到肩膀上一只手轻轻地搭了上来。她猛地一回头，原来是玛瑞拉。小小的梦游家一下子跌回了现实。

“该穿衣服了。”玛瑞拉简短地说道。

玛瑞拉在与孩子交流方面经验甚少。于是，这种生疏感让她听起来总是那般严厉而古板，虽然这并非她本意。

安妮站了起来，长长地舒了一口气。

“真是太美了！”安妮一边说，一边用手挥向窗外的美景。

“是棵大树。”玛瑞拉说道，“开的花很多，果实却结得少，又小，虫又多。”

“噢，我不是说这棵树，当然这棵树也很可爱。是的，‘华丽的’可爱！似乎它生来就是为了在这一刻开出朵朵鲜花的！不过我要说的是，这里的一切都太美了！花园，果园，小溪，树林，这一切的一切！在这样的一个清晨醒来，谁会不爱自己的生活呢？我能听到小溪一路奔腾而来，欢声笑语。啊，小溪永远是在咯咯地发出笑声呢！就算是冬天，我也能听见溪流在冰面下穿流而过的声音！绿山墙旁边就有一条小溪，这真是太美好了！可能您觉得，这对我来说没有什么意义，因为你们并不准备收留我。可是我觉得这依旧对我很重要，因为，我永远都会记得，绿山墙旁边有一条小溪，哪怕我再也没机会见它了！如果这里没有小溪的话，我会一直耿耿于怀的。今天早上，我没有处在绝望的深谷。早晨总是太过美好，谁都不会在早上就跌入绝望的深谷的！想一想，一生中有那么多个早晨，这简直太棒啦！不过，我还是有些难过。我刚才在想，你们想要收留的就是我这样的一个女孩，而我会永远永远地住在这里。这样想象的时候，一切都是那么完美。不过，就跟任何一次想象一样，最难过的便是你不得不从梦想回到现实，然后被现实狠狠地咬一口。”

“你还是赶紧穿上衣服下楼来吧，别再乱琢磨了。”玛瑞拉快人快语地说道，“早饭已经做好了。洗脸，梳好头发，然后把被褥叠好，放在床头。机灵一点，快。”

显然，必要的时候，安妮可以非常机灵。十分钟后，她就已经到楼下了。她整整齐齐地穿好了衣服，头发梳成了光滑的辫子，脸也洗过了。她颇有些洋洋得意，认为自己这份“作业”完成得异常出色。不过事实上，她还是忘了一点——她没有把被子叠好。

“今天早上我特别饿，”安妮一蜷身子坐到了玛瑞拉给她准备的椅子上，“这世界不像昨晚看起来那么残暴了。真高兴今天的早晨很晴朗，当然，下雨的早晨我也喜欢。所有的早晨都让人精神振奋，你们说是不是？因为，你不知道这一天到底会发生什么，所以可以想象的空间无穷大。不过，我还是很高兴今天不是下雨天，因为晴天的时候，人更容易承受住打击和摧残。我觉得，今天这一天，我会经历很多重大的变化。读悲剧小说，把自己想象成其中的勇敢的主人公，这固然是简单的，可是，当你自己亲身经历的时候，一切就不是那么简单了。”

“行行好，快把嘴闭上吧！”玛瑞拉说道，“你一个小姑娘家的，怎么会有这么多话要说啊！”

安妮乖乖地闭上嘴巴。这顿饭吃得异常安静，玛瑞拉都有些不自在了，总感觉有什么不正常。马修也一句话没说，尽管这是正常的。总的来说，这顿饭吃得很安静。

很快，安妮不再像刚才那般闹腾，而是睁大眼睛，怔怔地看着窗外的天空，一面还机械地往嘴里塞些东西。这让玛瑞拉更加紧张起来。她有一种感觉，此刻这个古怪小女孩的身体还在餐桌旁，可是她的心思早就飘到云端去了，正搭着想象的翅膀到处遨游呢。谁会愿意留这样一个女孩在自己家里呢？

可是马修还是想把她留下来，不管这有多荒唐！玛瑞拉感到，马修今早的态度跟他昨晚的态度一样坚决，而且他会继续一意孤行！这就是马修，一旦他认准了一点，就会毫不动摇地坚持下去，并且用无声的沉默来坚持下去，而这种沉默，远比言语更有力量。

吃完饭，安妮忽然从自己的遐想中醒了过来，并主动提出要洗碗碟。

“你会洗吗？”玛瑞拉满腹狐疑地问道。

“我洗得很好的。不过，我更擅长照顾小孩。我在带小孩这方面很有经验，只可惜你这里没有小孩需要我带。”

“有你这么一个就够了，我想不会有比你更难带的小孩了！你真是让人捉摸不透，我实在不知道该拿你怎么办！也就只有马修才会有那样莫名其妙的想法……”

“我觉得他人很不错。”安妮反驳道，“他很善解人意，他也不在乎我说话多，他似乎挺喜欢有我做伴的。我感觉，我跟他很有缘。”

“你们俩都挺怪的，大概这就是你说的‘有缘’吧。”玛瑞拉嗤笑了一声，“好吧，你来洗碗碟，多倒点热水，洗完以后要擦干净。今天上午我有好多事要忙，下午还得去怀特桑德镇上拜访斯潘塞夫人。到时候，你跟我一起去，然后我们再做进一步的决定。洗完碗碟，上楼去把自己的床铺好。”

安妮熟练地洗着碗碟，玛瑞拉则在一旁监督。洗好碗碟，安妮又到楼上铺床。不过，由于没学过如何与羽绒被打交道，所以铺得有些手忙脚乱。不管怎样，最后床也铺好了。玛瑞拉不想安妮老粘着她，于是就打发她出门自己玩，午饭时候再回来。

安妮像鸟儿一样欢快地朝门外跑去。可就在她跑到门口的时候，她忽然停下脚步，又慢慢折了回来，坐在了餐桌旁。她脸上的光芒和眼睛中的神采也渐渐暗淡，最终熄灭了，就像有人关上了她心里的小打火机。

"又怎么了?"玛瑞拉问道。

"我不敢出去，"安妮用一种已经看破尘世烦恼的语气回答，"如果我不能住在这里，那我再怎么爱绿山墙也是徒劳。如果我出去，跟这里的树木、花草、果园和小溪熟悉起来，我一定会忍不住爱上这里的。现在，离开对于我来说就已经够难的了，我不想让离别时更加痛苦。我是多么想出去玩啊！每一件事物都好像在呼唤我，'安妮，安妮，来吧！安妮，安妮，跟我们一起玩吧！'但我最好还是不要出去吧。如果注定要离别，那最好不要相识，对不对？一旦与它们相识，我一定会情不自禁爱上这里的！当我得知自己能住在这里的时候，我是多么高兴啊！有那么多事物值得我去爱，什么也不能阻挡我。可是那短暂的美梦已经结束了，我不得不听从命运的安排。我不会出去玩的，我不想失望。窗台上那株天竺葵叫什么呀?"

"苹果天竺葵。"

"噢，我不是问它的学名。我的意思是，您给它取的名字是什么？难道您没给它起个名字吗？那我来起个名字好不好？我可不可以叫它——我想想——邦妮？我在这里的时候，可不可以称呼它'邦妮'呀？噢，求您了！"

"天啊，随便你吧。给一株天竺葵起名字有什么用啊?"

"我喜欢给东西取名字，哪怕只是一株天竺葵。这样，它们就跟人类一样啦。如果只称呼天竺葵为'天竺葵'，那它一定会很难过的。就好像如果别人称呼你为'妇女'，你也会很难过一样。嗯，我就叫它'邦妮'吧！今天早上，我已经给我房间窗外的那棵樱桃树取好了名字。我叫它'白雪女王'，因为它雪白雪白的。当然了，它不可能永远像现在这样开满雪白的樱花，但是我们可以想象它一年四季都纯白似雪啊！"

"真是没见过这样的女孩！"玛瑞拉一边在心里嘀咕，一边噔噔地下楼去地窖取土豆，"确实如马修所言，这是个很有意思的女孩。我发现，自己也在不由自主地猜测她下一句话会说什么了。她一定也对我施了魔法了，马修反正是已经中毒了。今天他出去时候的表情，似乎又在跟我重复他昨晚说的那些话。唉，我真希望他能跟别的男人一样，有什么说什么。他要是说出来了，我也好去反驳他。这种用表情吵架的男人真是无法反驳啊！”

玛瑞拉从地窖回来后，发现安妮又回到了之前神游的状态。此刻，她正双手托腮望着外面的天空发呆呢。玛瑞拉没再管她，而是去把午饭提前做好了放在餐桌上。

“我想下午用一下马车，马修？”玛瑞拉说道。

马修点了点头，担忧地看向安妮。玛瑞拉立刻挡住了他的视线，冷冰冰地说：

“我下午去一趟怀特桑德镇，把这事给解决了。我会带上安妮的，这样，斯潘塞夫人也好安排她立刻回到新斯科舍的孤儿院去。我会提前把茶准备好，然后准时回来挤牛奶。”

马修听完，还是一声不吭。玛瑞拉感觉自己真是白费口舌。一个不搭理人的男人真是天底下最烦人的东西，当然还有不搭理你的女人。

马修准时把马套上马车，于是玛瑞拉和安妮一起出发了。马修打开院子大门，马车缓缓地从门口穿过。这时，马修谁都没看，好像在自言自语一般说着：

“今天早上，溪那边的小杰里·波特来过，我告诉他我可能会雇他干一夏天的活。”

玛瑞拉当做什么都没听见，扬起马鞭狠狠地抽了母马一鞭子。这匹肥肥的母马从没遭受过这样的待遇，于是嘶叫了一声，旋风一样往前奔去，扬起一地的尘土。马车一上一下地极速颠簸着，玛瑞拉回过头看了一下，发现那烦人的马修竟然还靠在门口，一脸忧郁地看着她们。

第五章

安妮的复杂身世

“您知道吗，”安妮神秘兮兮地说，“我已经下定决心享受这趟旅程啦。我有经验，只要你下定决心，你就可以全神贯注地享受一件事情。当然了，我说的‘下定决心’可是要非常坚定的那种决心哦。所以在路上，我决定一点都不去想孤儿院，我只要全心全意享受这次旅程就好了。噢，看啊，那里有一朵提前盛开的野蔷薇！多可爱啊！您觉得，做一朵蔷薇是不是一件特别美好的事情？啊，如果蔷薇也能说话那该多好啊！我敢肯定，它们的故事一定很棒！粉色真是世界上最让人着迷的颜色！我好喜欢粉色，可我不能穿粉色的衣服。红头发的人是不可以穿粉色衣服的，想都不要想。您有没有认识什么人，小时候头发是红色的，长大了以后就变成另外的颜色的？”

“不，我从没见过这样的人，”玛瑞拉毫不留情地说，“我觉得你的头发也不会变了。”

安妮叹了一口气。

“好吧，又一个希望落空了。‘我的生活就是埋葬希望的坟墓啊！’这是我在一本书里看到的句子，每次失望、难过的时候，我都会拿出这句话来安慰自己。”

“我实在看不出这句话有什么安慰作用。”玛瑞拉说道。

“怎么会呢？这句话多么美好、多么浪漫啊！每次默念这句话的时候，我都感到自己就像小说里的女主角！啊，我太喜爱浪漫的东西啦！埋葬希望的坟墓，听起来就很浪漫啊，不是吗？我真高兴，我能有这样一句话来安慰自己。今天我们还从‘星芒池’走吗？”

“如果你说的‘星芒池’指的是巴里的池塘的话，那我告诉你，我们今天不从那走，我们从海滨大道走。”

“海滨大道，听起来就很棒！”安妮兴奋地说道，“您觉得是不是听起来就很棒！当您说‘海滨大道’这四个字的时候，我的脑海就立刻出现了一幅画。当然了，怀特桑德也是个不错的名字，但我更喜欢安维利。安维利是一个多么可爱的名字呀，念起来就像唱歌一样！怀特桑德镇离这里有多远呀?”

“五英里。我说,既然你这么爱说话,不如跟我讲讲你自己吧。”

“噢,我自己,实在没什么好讲的。”安妮急切地说,“如果您愿意,不如我给您讲讲我想象的关于我自己的故事吧,那可有趣多啦!”

“不,我不想听想象出来的。你就实话实说吧!来,咱们从头开始说。你在哪儿出生的?今年多大啦?”

“我去年三月刚满十一岁。”安妮叹了一口气,“我是在新斯科舍的博林布鲁克出生的。我父亲叫沃特·雪莉,他是博林布鲁克高中的一名教师。我母亲叫贝莎·雪莉。沃特和贝莎,这两个名字很美吧?我真高兴,爸爸和妈妈的名字都这么可爱!你说,如果自己的爸爸名叫——比如,嗯,杰迪·戴亚,那这个人得多郁闷啊!”

“不管一个人叫什么名字,只要他品行端正,就是好人。”玛瑞拉说道,她觉得有必要给这个小姑娘进行一点价值观上的正确引导。

“这个,我就不清楚了。”安妮若有所思地说,“我在书里读到过,说玫瑰就算叫其他的名字,也一样会散发出甜美的香气。可我觉得这句话很难理解。我觉得,如果玫瑰叫做别的名字,比如说‘蓟草’,或者‘臭菘草’,那再怎么样也不会很浪漫甜美呀。不过我想,就算我爸爸的名字是‘杰迪·戴亚’,他也一样会是个好人的。但是,总归有些别扭的吧。嗯,总之,我的妈妈也是那所高中的老师。不过,他们俩结婚以后,妈妈就辞职了。于是,家里就靠爸爸赚钱养家了。托马斯太太说,爸爸妈妈当年就像一对长不大的小孩,穷得跟教堂的老鼠一样。他们住在博林布鲁克一个很小很小的黄色房子里。我是从没见过那房子的,不过我在脑海里千百遍地想象过了。我想,那座房子的客厅窗台边一定开满了金银花,前院里一定缠满了紫色的丁香,而栅栏里一定还有些百合。然后,所有的窗户上都挂着细棉布的窗帘——细棉布的窗帘总是能给房间带来一种温柔的气氛。我就是在那样的房子里出生的。托马斯太太说,我是她见过的最可怜的宝宝。她说,我当时瘦得皮包骨头,脸上一点肉都没有,就剩下两只大眼睛了。不过我母亲当时跟她说,她依旧觉得我是这世上最美丽的宝宝。我想,母亲的眼光还是要比一个穷困的女佣的眼光高一些的吧。不管怎么说,幸好我的母亲对我还算满意,因为如果连我都让她烦心的话,那她就太惨了。我刚三个月的时候,她就发高烧,去世了。我真希望,她能活到我有记忆的时候,这样我也可以看着她好好叫她一声‘妈妈’呀。我觉得,称呼一个人为‘妈妈’,真是一件甜蜜的事情!您觉得呢?爸爸在妈妈死后四天,也因为发烧走了。于是,我就变成了孤儿，而我们家的邻居们都不知道该怎么办。托马斯太太问该怎么处理我的时候，没有一个人愿意收养我。我想，这大概就是我的命运吧。爸爸妈妈都是从很远的地方迁到这里的，所以这里根本找不到一个亲戚。最后，托马斯太太决定收留我，尽管她自己也很穷，还有一个酗酒的丈夫。她把我一手带大。为什么‘一手带大’是个褒义词呢，好像被‘一手带大’的人就应该比别人出色一样？每次我调皮捣蛋的时候，托马斯太太都会质问我，说我作为一个由她‘一手带大’的女孩，怎么可以那样做。

“后来，托马斯夫妇二人从博林布鲁克搬到了玛丽斯维尔。我在他们家一直住到八岁。我在那里帮忙照看孩子。一共有四个孩子，他们都比我小，照顾起来真是麻烦极了。后来，托马斯先生被火车轧死了，他的母亲收留了托马斯太太和他们的孩子，可她不愿意收留我。当时，托马斯太太自身都难保，所以实在想不出该如何帮我。还好，河上流的哈蒙太太听说了这事，决定收留我，因为她得知我很会照顾小孩。于是，我穿过小树林，来到了她家。那地方可真是清冷，要是没有点想象力，真的很难在那里活下来。哈蒙先生在那里开了一家小的锯木厂。他和太太总共生了八个孩子，其中有三对双胞胎。总的来说，我是挺喜欢孩子的，但是连续生三对双胞胎就太多了。哈蒙太太生完第三对双胞胎之后，我严肃地告诉她，再生我就应付不过来了，照顾起来真是太累人了。

“我跟着哈蒙太太一起过了两年。之后，哈蒙先生去世了，哈蒙太太把八个孩子分别送给几个亲戚收养，然后独自一人去了美国。由于没有人愿意收留我，我只好去了霍普顿的孤儿院。其实，孤儿院也不想收留我，因为那里已经人满为患。但是像我这种情况，他们也不好拒收。于是，我就在那里呆了四个月，直到斯潘塞太太来接我。”

安妮又长叹了一口气，好像终于经历完了一场磨难。很显然，安妮不喜欢跟别人讲太多自己的悲惨经历。

“你上过学吗？”玛瑞拉一边问，一边调转栗色母马，向海滨大道走去。

“没怎么上过学。在托马斯太太家的最后一年，我上过学。去了哈蒙太太家的时候，我家离学校太远了，所以冬天的时候我就没有办法去学校了，而夏天的时候又放暑假，所以我也就春天和秋天的时候去学校。不过在孤儿院的时候，我上过一段时间。我很喜欢读书，我能背好几首诗呢。‘霍恩林登之战’，‘弗洛登之后的爱丁堡’，‘莱茵河的宾根’，还有‘池边女郎’的大部分和詹姆斯·汤普生的‘四季’的大部分。诗歌真是太迷人了，总能让我浑身颤抖。您一定也爱诗歌吧？教材第五册里有一首诗——

'波兰的沦陷'，那可真是一首让人激动不已的诗啊！不过，我还没学到第五册呢，我才学到第四册课本，但是孤儿院大一点的女孩总是愿意借书给我看。"

"她们——托马斯太太和哈蒙太太，她们对你好吗？"玛瑞拉问道，一边从眼角观察着安妮。

"噢——"安妮有些语塞，小小的脸蛋一下子红了起来，眉头也尴尬地皱了起来，"噢，她们是想要对我好的，我知道她们是好人。所以，就算有时候她们……我只要心里知道她们是对我好的，也就不会介意了。您知道，她们自己的日子也难过，所以难免会有些不在意的。要是家里有个酗酒的丈夫，或是三对双胞胎，我敢打赌，换了谁都不会过上好日子，对不对？但是我心里知道，她们是想对我好的。"

玛瑞拉没有继续追问。安妮也放松了心情，着迷地看着海滨大道的美景。玛瑞拉心不在焉地赶着马车，一方面却又陷入了深深的思考。她的心里忽然泛起了同情的涟漪。这是一个多么可怜而又可爱的孩子啊！她经历了劳苦、饥饿，从没得到过关爱和关注。怪不得，当她得知自己会有一个真正的家的时候，她会那么开心。可惜，她还是要被送回去啊。如果玛瑞拉听从马修那荒唐的决定，让这小女孩留下来呢？马修是那么笃定，而这孩子看起来也是个讨人喜欢又可以调教的小东西。

"不过，她话可真够多的，"玛瑞拉想，"但是还是可以调教的。而且，虽然她话很多，但言语里从来都没有市井之语。她是个小淑女，她的家人看来也都是有教养之辈。"

海滨大道是一块"森林茂密、杂草丛生而又荒凉冷僻"的地方。右手边的矮杉树，常年与海风搏斗，却依旧生得高大笔直。而左手边，便是红色沙石的悬崖。要不是这匹栗色母马颇有经验，换作别的马车在这里行驶，那马车上的乘客一定会被惊得坐立不安的。悬崖下便是由海浪冲刷过的小石子，或是小沙滩，上面零星散落着各式鹅卵石或者其他海洋珍宝。再远处便是大海了，在阳光下熠熠生辉。海鸥在海面上滑翔，翅尖上洒满金色的阳光。

"大海多么美丽啊！"安妮大睁着眼睛，终于又开口了，"我住在玛丽斯维尔的时候，有一次，托马斯先生雇车带我们去十英里以外的海边玩了一天。虽然还是要照料孩子，但是我感觉在那里的每一分钟都过得特别开心。之后的好多年，我常常梦到自己又回到那里的海滩。不过，这一片海滩比玛丽斯维尔的更美。啊，这些海鸥多棒啊！您想不想变成一只海鸥？我想如果可以不做人类的话，我倒是很想变成海鸥。清晨醒来，在海面滑翔，时不时俯冲到海面捉小鱼，然后一整天都在碧海蓝天中翱翔，晚上再回到自己的小窝。这该多美啊！啊，我都能想象到自己变成海鸥的样子了！咦，前面那座大房子是什么呀？”

“那是怀特桑德酒店，柯克先生开的。每年夏天都会有很多美国游客来这里度假，他们似乎觉得这儿的海滩很不错，不过现在还没到旅游旺季。”

“我还担心那就是斯潘塞太太家呢。”安妮喃喃地说道，“我不想去斯潘塞家，对我来说，那里就像是世界的尽头。”

第六章

玛瑞拉下定了决心

她们终于来到了斯潘塞太太家。斯潘塞太太住在怀特桑德海边一栋黄色外墙的大房子里。看到马车进院后，斯潘塞太太赶忙出来迎接客人，脸上半是惊讶半是惊喜。

“哎呀，”斯潘塞太太招呼道，“真是没想到，你们怎么有空来这里了呀？见到你们真高兴！来，把马车拴上吧。安妮，你最近怎么样呀？”

“很好，谢谢。”安妮面无表情地说道，整个人都闷闷不乐的。

“我们在这里呆一会吧，也好让母马休息一下。”玛瑞拉说，“不过我跟马修说过，要早点回去的。事情是这样的，斯潘塞太太，领养孩子这件事好像出了点岔子，我这是来问问清楚的。马修和我想从孤儿院领养一个男孩，后来就托了您的哥哥罗伯特，让他转告您我们想要一个十一岁左右的男孩。”

“玛瑞拉·卡斯伯特，不会吧！”斯潘塞夫人大吃一惊，“罗伯特让他女人南希告诉我说，你们想要一个女孩的啊。是不是这样说的，芙罗拉·简？”斯潘塞朝着刚走到门口的女儿喊道。

“是这么说的，卡斯伯特小姐。”芙罗拉·简热心地回答。

“真是太抱歉了，”斯潘塞太太说，“真是太糟糕了，但这并不是我的错啊，卡斯伯特小姐。我是按照您的吩咐去做的，我已经尽力了。南希实在是太不靠谱了，她总是粗心大意，我已经教训过她好几次了。”

“是我们自己的错，”玛瑞拉惭愧地说，“这么大的事，我们应该到您这里来当面跟您说的，实在不应该让人捎信。不管怎么样，事已至此，我们还是要把事情给处理好了。这孩子能送回到孤儿院去吗？孤儿院应该会继续收留她吧？”

“应该会的，”斯潘塞太太若有所思地说，“不过我想，没必要把她送回去。昨天，彼特·布里埃特太太来找过我，她说她非常想领养一个小女孩来帮她干活呢。你知道的，彼特太太家是个大家庭，人很多，她一个人实在忙不过来。安妮刚好适合，这可真是天意啊！”

这真是个摆脱这个烦人的小孤儿的好机会，可玛瑞拉却没有感到一丝的高兴。

玛瑞拉与彼特太太只碰过几次面。在玛瑞拉看来，彼特太太是一个瘦小精悍而又面相刻薄的女人，她的脸上几乎一两肉都没有。听说，彼特太太还是位“糟糕的工人和司机”，而从她家里被赶出来的女孩，逢人就讲在她家的悲惨经历。据说她脾气恶劣，说话尖酸，更不用提她那一大家子人和吵闹的孩子了。一想到要把安妮交到这样一个女人的手里，玛瑞拉又犹豫起来。

“咱们进去慢慢商量吧。”玛瑞拉说道。

“瞧，那不就是彼特太太吗！真是巧了！”看见彼特太太，斯潘塞太太立刻招呼起来。她把几位贵客都请到客厅里坐下。深绿色的百叶窗将外面的热闹隔开了，大家面面相觑地坐在客厅里，周围是死一般的沉寂，屋子里没有一点热气。“真是太巧了，我们现在就可以把这事给彻底解决了。来，卡斯伯特小姐，坐这把椅子吧。安妮，坐在那边的长凳上，不要扭个不停。把帽子给我吧。芙罗拉·简，去烧一壶茶水。噢，下午好，彼特太太。我们刚说到您，您就来了，真是太巧了。我来介绍一下二位吧，这是彼特太太，这是卡斯伯特小姐。噢，不好意思，我忘记告诉芙罗拉把面包从烤炉里拿出来了。”

斯潘塞太太起身把百叶窗打开，然后走开了。安妮默不作声地坐在长凳上，两只小手紧紧地攥在一起放在膝头，两眼怔怔地看着彼特太太。她真的要被送到这个尖嘴猴腮的女人家里去吗？她感到如鲠在喉，眼睛忽然一阵刺痛，她开始担心自己会忍不住哭出来。这时候，斯潘塞夫人回来了，红光满面，看上去就像所有的困难和问题都会迎刃而解一样，不管是物质的，精神的，还是心理的，都不在话下。

“在领养孩子的事情上出了点问题，彼特太太。”斯潘塞太太说道，“我以为卡斯伯特兄妹二人想要领养的是一个女孩呢，捎信的人就是这么跟我说的。可实际上，他们想领养的是个男孩。您昨天不是提到，说您想领养一个女孩的吗，您要是没变主意，这个女孩就由您领回家吧。”

彼特太太的眼睛像扫描仪一样把安妮从头到脚扫了一遍。

“你多大了？叫什么？”布里埃特太太问道。

“安妮·雪莉，十一岁。”吓得畏畏缩缩的安妮支支吾吾地说道，一句话都不敢多说。

“哼！我瞧瞧，你可真瘦啊。不过，还算结实。虽然不确定，但我觉得长得结实就够了。如果我把你领回家，你可得做一个好女孩——听话、机灵、懂事。希望你安分守己，不要动歪脑筋。卡斯伯特小姐，就这么说定了，我就把这女孩接走了。您可不知道我们家的宝宝有多难缠，我都快累趴下了。要不，我现在就带她走吧？”

玛瑞拉看着安妮，看到她苍白的脸上露出无声的胆怯，就好像一只身陷陷阱的可怜的小动物。玛瑞拉有一种奇怪的感觉，如果她现在拒绝了这女孩，那她做梦都会看到这孩子的表情的，也许会伴随到她死的那一天。再说，玛瑞拉也实在不喜欢彼特太太。把一个敏感又冲动的孩子交到这样一个女人的手里？不！她绝不会做出这样的事情！

“呃，这个，”玛瑞拉慢慢地说道，“我倒也没说就一定不要收养这个孩子了。事实上，马修一直竭力想把这孩子留下。我也只是过来问问清楚。我想，最好还是这样处理吧：我先带这孩子回家，跟马修好好商量一下。我觉得，还是得问一下马修的意思再做决定。如果我们决定不收留这个孩子，明天晚上我们就把这孩子送到您府上。如果没送过去，那就说明我们收留了这孩子了。您看，这样行吗，彼特太太？”

“也行啊。”彼特太太不高兴地答道。

就在玛瑞拉说这话的时候，安妮的小脸上泛起了日出一样的霞光。绝望的表情消失了，取而代之的是充满希望的红晕。她的眼睛深邃而明亮，就像早晨的星光。这模样跟刚才简直判若两人。接着，彼特太太说明了来意。原来，她是要找斯潘塞太太借一个食谱，于是二人一起去了厨房。二人刚出客厅，安妮便像离弦的箭一般冲到了玛瑞拉身旁。

“噢，卡斯伯特小姐，是真的吗？我有可能留在绿山墙？”安妮大气不敢出地轻声说道，就好像大一点声就会把这美好的机会给吹跑一样，“您真的是这么说的吗？还是这一切只是我的想象？”

“你真得学会控制一下自己的想象力了，安妮。你现在连现实与想象都分不清啦。”玛瑞拉装作生气地说道，“是的，我确实是这么说的，但是仅此而已。我们还没有最终决定要不要把你留下来，所以布里埃特太太（也就是彼特太太）还是有可能收留你的，她比我们更需要你。”

“我宁愿回孤儿院也不要去她家。”安妮激动地说，“她看起来就像——一支圆锥。”

玛瑞拉竭力忍住没笑出来，因为她想，绝不可以鼓励安妮用这样的言辞来评价别人。

“一个小女孩怎么可以这样评价一位初次见面的太太呢？”玛瑞拉严厉地责罚道，“回去乖乖坐下，闭上嘴巴，像一个淑女一样。”

“好的，只要您肯收留我，我愿意做任何事情。”安妮顺从地回到了长凳上。

傍晚的时候，安妮与玛瑞拉回到了绿山墙。老远就看到，马修正在小路上张望。马修看到小安妮也坐在马车上的时候，脸上忽然出现了一副欣慰的表情。这一切都看在玛瑞拉的眼里，不过玛瑞拉还是什么都没说。一直到他们吃完晚饭，在谷仓后面挤牛奶的时候，玛瑞拉才蜻蜓点水地把安妮的身世以及与斯潘塞夫人的约见向马修说了一遍。

“就算是我喜欢的狗，我也不会让给那个叫布里埃特的女人的！”马修带着一副不常见的义愤填膺说道。

“我自己也不太喜欢那个女人，”玛瑞拉点了点头，“但是如果不把安妮给她收养，那我们就不得不自己收养了。马修，我看得出来，你很想收留这女孩，我想我也愿意，我也不得不同意你的决定了。我一直在思考这个问题，现在想想，也能慢慢接受了。我总感觉，这件事落在我们头上很像是天意。我从没带过孩子，尤其是女孩。我想，我一定会弄得一团糟的，但我会努力做到最好。所以，马修，暂时来说，安妮就先待在这里吧。”

“好的，我就知道你会想通的，玛瑞拉，”马修说道，“她是个有趣的小家伙。”

“要是你说她是个有用的小家伙，会更有说服力的。”玛瑞拉反驳道，“这项工作就交给我吧，我会负责把她培养成一个有用之材的。还有，马修，记住了，不要干涉我教育孩子的方式。也许一个老姑娘在培育孩子方面知之甚少，但相对于一个老单身汉来说，还是老姑娘更胜一筹。所以，你就让我来教育安妮吧。如果我失败了，你再接手也不迟。”

“好的，好的，玛瑞拉，就按你说的做。”马修满口应承，“只要在不溺爱的情况下，对她尽可能地好就行了。我觉得，只要能赢得这孩子的爱，让她做什么她都会愿意的。”

玛瑞拉嗤笑了一声，提着奶桶去制奶厂去了。每一次马修发表有关女性的评论时，玛瑞拉都会觉得很好笑。

“今晚先不告诉她这个决定吧，”玛瑞拉思忖着，一边把牛奶倒到奶油分离器里，“这孩子要是现在就知道了这个消息，一定会激动得合不上眼的。玛瑞拉·卡斯伯特啊，你这下可有的忙了。谁能想到，自己竟然会收养一个孤女呢？这已足够神奇了，更神奇的是，竟然还是马修这个生来惧怕女孩的大男人首先提出来的。不管怎样，八字已经有一撇了，天知道接下来会发生些什么。”

第七章

复杂的祷告词

晚上，玛瑞拉领着安妮到了三角阁楼，然后严肃地对她说：

“安妮，我注意到，昨天晚上你把衣服丢得满地都是。这是一个非常邋遢的习惯，在我这里是不准这样做的。衣服脱下来以后，一定要叠得整整齐齐，放到椅子上。我可不想要一个邋里邋遢的女孩。”

“昨天晚上我实在是太难过了，所以把叠衣服忘到脑后去了。”安妮说道，“今晚我一定会认真叠好衣服再睡的。在孤儿院的时候，护工就要求我们叠衣服再睡。可是好多次我都忘了，因为我要急着上床，好安安静静地在自己的小天地里想象。”

“如果想住在这里，就必须时刻记得叠好衣服。”玛瑞拉告诫她，“嗯，这样就叠得挺好的。好了，念一下祷告词就睡觉吧。”

“可我从不念祷告啊。”安妮说。

玛瑞拉震惊了。

“什么，安妮？你在说什么？你从没念过祷告词？可是上帝要求小女孩念祷告词啊，难道你不知道上帝是谁吗？”

“上帝是万物的灵，他代表智慧、力量、神圣、公正、仁慈和真理，他是无限的、永恒的、亘古不变的存在。”安妮急忙一口气说了出来。

玛瑞拉松了口气。

“看来，你还是懂一些的，谢天谢地！这么说你并不是个异教徒。那你到底是从哪里学来这番话的？”

“噢，在孤儿院的主日学校。他们让我们把教义词都背下来。我很喜欢那段话，用词特别华丽。‘无限的、永恒的、亘古不变的’，这些词听起来就很壮丽，而且很有节奏，听起来就像有管风琴在演奏一样。这不能算诗歌吧，但是听起来很像，对不对？”

“我们并不是在讨论诗歌，安妮，我们在说祷告词。你不知道吗，睡前不念祷告词是一种很恶劣的习惯啊。看来你是个坏小孩！”

“如果你也是生来就有一头红头发，那你就会发现，做坏小孩比做好小孩简单多了。”安妮不满地说道，“那些头发不是红色的人，根本不会理解这是一种怎样的折磨。托马斯太太告诉我说，上帝是故意把我的头发染成红色的，从那以后我就再也不信上帝了。而且，每天晚上我都快累趴下了，哪有力气再去念祷告词呀。白天要照顾三对双胞胎，晚上还要念祷告词，这样的要求也太苛刻了吧？换作您，您觉得您做得到吗？”

玛瑞拉决定，对安妮的信仰教育必须立刻开始，一分钟都不能耽误。

“在我的屋檐下，你必须念祷告词。”

“好的，您要我念，我就念吧。”安妮开心地说道，“您说什么我都会听的。但是这一次，请您先告诉我该怎么念好吗？每次上床后，我总能想到很多精彩的祷告词，因为我有很大的想象空间。”

“你得先跪下。”玛瑞拉在心里叹了口气。

安妮顺从地跪在玛瑞拉身旁，肃穆地扬起小脸看着玛瑞拉。

“为什么人要跪着祈祷呢？如果我真心想要祷告，我会跑到一大片草原上，或是到树林深处，把头抬得很高很高，就那样看着蓝色的天空，一直看到天尽头。这样，我会觉得自己是一个真正的祈祷者。嗯，我准备好啦！我应该说什么？”

玛瑞拉更加无语了。她本想教安妮一些简单的祷告词的，比如“感谢主赐予我睡眠”之类的。可转念一想，这句话对安妮又不太合适。这种简单而程式化的祷告，是包在襁褓里的宝宝牙牙学语时才说的，而面前这个满脸雀斑的小魔女，她完全应该用自己的语言来组织祷告词。

“你都这么大了，应该自己想祷告词。”玛瑞拉说道，“感恩上帝的庇佑，然后虔诚地提出希望。”

“好吧，我会尽力的。”安妮答应道，她一边说，一边把脸深深地埋在玛瑞拉的大腿里。“仁慈的主啊——教堂里的牧师就是这么喊的，我想我也可以这么开头的，是吧？”安妮突然抬起头，问道。

“仁慈的主啊，我感谢您赐给我悠哉小径、星芒池、邦妮还有白雪皇后。

“我由衷地感激您。现在我暂时就想到这么多感激的事情。

“至于我的希望，这个世界上有太多我想要的东西了，都说完了要好长时间，所以我就先说最重要的两件吧。

“求求您让我留在绿山墙吧，还有，求求您让我长大以后变得漂亮一些吧。

“此致，敬爱的您，

“安妮·雪莉”

“好啦，我说得怎么样？”安妮急切地爬了起来，兴冲冲地问玛瑞拉，

“要是能多一点时间想想，我就可以说得更好。”

玛瑞拉差点气得昏过去。安妮的祷告虽然说不上无礼，但跟主直言不讳地提出那样的请求，实在是太随意了。她帮安妮掖好被子，在心里默默地发誓，明天一定得让这孩子背一首像样的祷告词，然后拿着蜡烛出去了。

这时，安妮突然叫住她：“我才想起来，我不应该说‘敬爱的您’的，我应该说‘阿门’，对不对？‘敬爱的您’是牧师说的，哎呀我都忘了。我想着，祷告词总得有个结束词嘛，所以就把‘敬爱的您’给加上去了。您说，这样要不要紧呀？”

“呃，我想不要紧，”玛瑞拉说，“快去睡吧，乖乖的。晚安。”

“今晚，我真心觉得是个美妙的夜晚。”安妮一边说，一边乐滋滋地把大枕头抱在怀里。

玛瑞拉回厨房收拾了一下，把蜡烛固定在桌子上，又看了看一旁的马修。

“马修·卡斯伯特，是时候给这孩子点教育了。这孩子跟异教徒没多大区别。你知道今晚的祷告词她都念了些什么吗？简直让人太难以相信了！我明天就把她送到牧师那里去，给她借一套《天际初开》丛书，就这么说定了。等我给她准备好几套衣服后，我们就送她去主日学校。这下可有的忙了。以前的生活多悠闲啊，好日子到头了，我只能忙里偷闲了！”

第八章

安妮的成长计划

不知道玛瑞拉是怎么想的，她到第二天下午还没告诉小安妮他们已决定收养她了。玛瑞拉让安妮做了各种各样的家务，而且还全程在一旁仔细观察。中午的时候，玛瑞拉得出这样的结论：安妮很聪明，也很听话，很愿意干活，而且学得很快。安妮唯一的毛病，就是爱做白日梦。她常常在干活的时候就做起白日梦，然后把该做的事忘得一干二净，直到听到玛瑞拉的呵斥，她才回过神来。

安妮终于洗完了碗碟，然后决定前来听取最后的审判。她怯生生地挪到玛瑞拉身旁，脸上的表情像是在奔赴刑场。她小小的身体从头到脚地颤抖着，脸涨得红红的，眼睛瞪得大大的，绿色的瞳孔都呈现出了深绿色。她紧紧地攥着小拳头，用一种恳求的语气说道：

"噢，求您了，卡斯伯特小姐，您不打算告诉我您究竟收不收留我了吗？整个上午我都忍住没问，我觉得我再也受不了了。等待的过程简直太痛苦了，求求您告诉我吧。"

"我让你把刷碗巾放在热水里洗一下，你还没洗完呢。"玛瑞拉不动声色地说，"做完了再来问问题。"

安妮赶紧去把刷碗巾洗好，然后又回到玛瑞拉身旁，紧紧地皱着眉头，眼睛瞪得更大了。"嗯，"玛瑞拉说道，发现自己再也找不到拖延的借口了，"还是现在就告诉你吧。马修和我决定，把你留下了。你要做一个乖孩子，要感恩——怎么了，孩子？"

"我哭了，"安妮语气中有些迷惑，"我也不知道为什么。我太高兴了！噢，不应该用高兴这个词。当我看到那白色小路和樱花的时候，我是高兴的，可是现在，比高兴要强烈一万倍！我太开心了！我会乖乖地做个好孩子的！我知道这可能不太容易做到，因为托马斯太太告诉我说，我是个无可救药的坏孩子。但不管怎样，我会努力的。您能告诉我，我为什么哭了吗？"

"我想，是因为你太激动了。"玛瑞拉不满地说，"去，坐到那边的椅子上，平静下来。你这孩子，一会笑一会哭的。既然你要住下来，我们也会对你好的。你得去上学，但是现在，再过两个礼拜就放暑假了，所以我们准备九月份再送你去学校。”

“我应该称呼您什么？”安妮问道，“是叫‘卡斯伯特小姐’，还是‘玛瑞拉阿姨’？”

“都不要，你就叫我玛瑞拉好了。我不习惯别人叫我卡斯伯特小姐，听起来怪怪的。”

“可是直接喊玛瑞拉，听起来很不尊重。”安妮抗议。

“我觉得，只要你在讲话时注意礼节，称呼什么都不要紧。安维利的老老少少都喊我玛瑞拉，只有牧师不这么叫我，他称呼我为‘卡斯伯特小姐’。”

“我想喊您‘玛瑞拉阿姨’。”安妮动情地说，“我没有阿姨或是别的什么亲戚，连祖母都没有。喊您阿姨，会让我有一种我是您的家人的感觉。我真的不能喊您‘玛瑞拉阿姨’吗？”

“不行，我不是你的阿姨，不是你的家人，你不要这样称呼我。”

“可是，我可以想象您就是我的阿姨呀！”

“可我想象不出来。”玛瑞拉冷冷地回绝道。

“您是不是从来都不把事情想象成别的样子？”安妮睁大眼睛问道。

“从不。”

“噢！”安妮倒吸一口冷气，“噢，卡斯——玛瑞拉，您错过太多东西啦！”

“我不认为把事情想象成别的样子会有什么用。”玛瑞拉反驳道，“上帝把我们放在现在的位置上，不是为了让我们去瞎想自己在别的位置上会是什么样子的。说到这，我想起来了。去起居室，安妮，把脚擦干净了再进去。还有，开门的时候要小心，别把飞虫放进去。把放在壁炉上的卡片拿给我。卡片上写着主的祷告词，今天下午你就把它给我背掉，我可再也不想听见昨晚那样的祷告了。”

“我想也是，我说得太糟糕了。”安妮惭愧地说，“但是，我之前一点经验都没有呀。任何人第一次做祷告的时候，都不会说得特别棒，对不对？上床之后，我想了一个特别棒的祷告词。我跟你说过的吧，我上床后特别有灵感！那篇祷告词，跟牧师的祷告词差不多长，而且还充满了诗意。但是你知道吗，今天早上我醒过来之后，竟然一个字都不记得了。我觉得我再也想不出像昨晚那么棒的祷告词了。唉，不管什么事，重复地做总是没有第一次那么有新意！您觉不觉得？”

“安妮，给我听仔细了，当我让你去做一件事的时候，我希望你马上就去做，而不是杵在这说一大通废话。去吧，按照我说的做。”

安妮立刻小跑着去了，可这一去便没了人影。玛瑞拉等了十分钟还不见安妮回来，于是只好板起脸去找。刚走到起居室门口，玛瑞拉便发现，安妮正盯着窗户间的一幅画出神，眼睛里闪烁着梦幻般的光彩。阳光透过苹果树叶和纠结的藤蔓，从窗外照进来，带着白绿色的光彩，照在安妮身上。安妮有半个身子都处在阴影里。

“安妮，你又在想什么呢？”玛瑞拉严厉地质问。

安妮怔了一下，立刻醒了过来。

“那个……”安妮用手指着墙上的画（这是一幅生动的彩色石印画，名为“降福孩童的圣主”），回答道，“我在想象，自己就是这些孩子中的一个——就是那个穿着蓝色裙子的小女孩，她一个人站在角落里，好像没有任何人注意到她，就跟我一样。她看起来很孤独，很难过，您觉得是不是？我猜，她应该跟我一样，没有家人，没有爸爸妈妈。但是她是多么希望能够得到主的降福啊，所以她悄悄地站在人群的边上，不想引起别人的关注，只想被主看到。我非常能理解她的感受，她的心一定在怦怦直跳，她这会一定手脚冰凉，就像我问您能不能收留我时一样。她担心主会看不到她，可是主看到了。我在脑海里已经想了很久了——她小心翼翼地往主靠近，直到来到主的身边。主慈爱地看着她，然后把手放在她头上，给她降福庇佑。啊，她感到内心一阵激动与感恩！不过我还是觉得，这个画家把主画得太过悲伤了。你有没有注意到，几乎所有的图画里，主永远都是一副很难过的表情。可是我觉得，主不应该永远都那么悲伤啊！他这个样子会吓到小孩子的！”

“安妮！”玛瑞拉喝道，心里还在想怎么一直由着她说了这么多才制止她，“你不可以这样讲话！这样大不敬，非常大不敬！”

安妮的眼睛里满是好奇。

“可是为什么呢？我是非常尊敬他的呀！我一点都没有不尊敬他的意思！”

“我知道你没有恶意，只是，用这么随意的口吻谈论主，是不可以的。还有，安妮，我让你去拿东西，你怎么又在这里做起白日梦来了？记住了，再也不要乱想了。现在，去把卡片拿到厨房去。坐在那个角落里，把祷告词背下来。”

安妮把卡片拿来，插在了餐桌上她刚插满的一个花瓶里。玛瑞拉用余光注意到了这件装饰品，但什么都没说。而小安妮则用双手托着腮帮子，一板一眼地背着卡片上的祷告词。

读了几分钟之后，安妮大呼精彩。“真是太美了。我以前听过一遍，是孤儿院主日学校的校长念的。不过，我当时没觉得这段祷告词有多美，因为我们校长的声音又老又嘶哑，听起来很痛苦。我甚至觉得，他并不是诚心在做祈祷这件事。这段祷告词并不是诗歌，可是念起来却跟诗歌一样美。‘您就是天国中的主啊’，听起来就跟歌词一样！噢，真感谢您让我学这个！卡斯——玛瑞拉！”

“行了，默读吧，不要说个不停。”玛瑞拉简短地回答道。

安妮把插满苹果花的花瓶斜过来，轻轻吻了一下一朵粉色的花蕾，然后又认真地读了好一会。

“玛瑞拉，”安妮又问道，“你说我在安维利能交到知心朋友吗？”

“一个——什么朋友？”

“知心朋友啊！一个亲密无间的朋友！就是那种心心相印的朋友！从出生开始，我就梦想着能有这样一个朋友了。以前，我从不以为我会真的有这样一个朋友的，但是现在，我的好多梦想都已经实现了，所以我觉得这个梦想也会实现的！您觉得有可能吗？”

“住在苹果园斜坡那边的黛安娜·巴里，跟你年纪差不多，是个懂事又乖巧的小女孩，她也许会成为你的朋友。不过，她现在正在卡莫迪看望她的阿姨，等她回来你可以去找她。不过，要想成为她的朋友，你首先得注意自己的言行举止，做一个乖孩子。巴里太太可是一个要求非常严格的女人，她是不会让黛安娜跟那些调皮捣蛋的孩子做朋友的。”

安妮越过苹果花，伸长脖子看着玛瑞拉，眼睛里满是好奇。

“黛安娜什么样呀？她的头发不是红色的吧？噢，我希望不要是红色！我自己头发是红色就已经够难过的了，如果我的知心朋友的头发也是红色的，那我岂不是要难过死了。”

“黛安娜是一个非常可爱、非常漂亮的小女孩，她有一双乌黑的大眼睛和一头乌黑的头发，脸蛋粉扑扑的。另外，她心地善良，头脑也聪明，这才是最重要的。”

玛瑞拉非常喜欢说教，有时候她就跟《爱丽丝梦游仙境》里的公爵夫人一样，总是随时准备对这个即将在她家里长大的小姑娘进行一番道德教育。

可是，安妮完全没把握住玛瑞拉这番话的重点，除了开头那一句，她后面什么都没听到。

“噢，太好了，她是个漂亮的女孩！如果自己不能美丽，那么求其次，找一个美丽的知心朋友也不错呀！我跟托马斯太太住在一起的时候，她的起居室里放着一架书橱。不过书橱里并没有书，而是摆着托马斯太太那些珍贵的瓷器和果酱。有一天晚上，托马斯先生喝醉了，一拳把书橱的一扇玻璃门给打碎了，另外一扇倒是没事。当时我就假装，从那扇玻璃门里倒映出来的我是另外一个女孩。她天天住在书橱里，我给她取名叫凯蒂·莫里斯，我们当时可要好了！我经常跟她聊天，一聊就是好几个小时。周末的时候，我会跟她讲在我身上发生的一切事情。凯蒂非常善解人意，经常安慰我。于是我们就假装，这个书橱其实是一座城堡，它是有魔法的，只有找到正确的咒语，才能打开书橱的大门，进到凯蒂的房间去。否则，打开来就是瓷器和果酱。等我进去之后，凯蒂就会牵着我的手，带我去看各种奇妙的美景！鲜花呀，阳光呀，精灵呀……我们在一起，过着快乐的日子！可是后来，我被哈蒙太太接走了，我不得不跟凯蒂告别。当时我心都碎了，她也很难过。当我在书橱的玻璃门上向她吻别的时候，她的眼睛里都是泪水。哈蒙太太家没有书橱，但她家周围有条小河，小河的旁边有一片很长的绿色山谷，在山谷里讲话会带来有意思的回声。在那里，你讲的每一句话、每一个字，都会有回声，哪怕你纤声细语，也会有回声。于是我就想象，那山谷其实是一个女孩，名叫薇奥列塔，我们是最要好的朋友。我爱她就如同我爱凯蒂一样深。不，不能说完全一样，但也差不多。在我去孤儿院的前一天晚上，我去向薇奥列塔告别，她看起来特别忧伤。我对她太痴情了，以至于到了孤儿院，我也没有忘掉她，而且再也没找新朋友，尽管孤儿院也有很多想象的空间。”

“还好没有，”玛瑞拉冷冷地说道，“我可不喜欢你这些胡思乱想。有时候你太沉迷于自己的幻想了。我觉得，要是交上一位真正的朋友可以把你脑袋瓜里这些乱七八糟的幻想都赶跑，倒也不失为一件好事。不过，你可千万不要在巴里太太面前提什么凯蒂·莫里斯或薇奥列塔，不然她会认为你是一个爱胡说八道的小姑娘的。”

“噢，放心吧，不会的，我不会把这些故事讲给每个人听的，这些都是我最宝贵的记忆。但是我很愿意跟您分享。噢，看啊！一只大蜜蜂从苹果花苞里飞出来了！啊，能够住在苹果花苞里，多美啊！想想，要是能睡在被轻风摇动的花苞里，我做梦都要笑醒了！如果我不是一个人类的女孩的话，那我希望自己能够成为一只蜜蜂，这样就可以住在花苞里了！”

“昨天你还说自己想变成海鸥的呢，”玛瑞拉说，“你真是太三心二意了。我让你好好背诵祷告词，不要讲话。怎么你一抓到听众，就口若悬河说个不停啊！去你房间背！”

“噢，我就快背完了，就剩最后一行了。”

“少啰嗦,照我说的做。快,去你自己房间背诵。等我喊你下来,你再下来——你要帮我准备晚饭。”

“我可以把苹果花带上去吗?”安妮请求道。

“不行。不要把房间弄得一团糟。而且,你实在不应该把花摘下来的。”

“我也认为这样做不对,”安妮说道,“我这样把它们摘下来,其实就缩短了它们的生命了!如果我是一朵花,我一定不愿意被人摘下。可是这种诱惑太大了,当你遇到不可抵挡的诱惑的时候,你会怎么办呀?”

“安妮,我不是让你回自己的房间吗?”

安妮叹了口气,回到东山墙的三角阁楼,拉过椅子,坐在了靠窗的位置上。

“哈,我背下来啦!刚才上楼的时候,我就已经把最后一句背掉了。现在,我要好好用想象力来打扮一下这个房间啦,这样它在我心里就永远都是美美的了!嗯……房间就用白色天鹅绒地毯铺上好了,上面还有刺绣的粉色玫瑰,窗台上放着粉色的丝绸靠垫,墙上挂满了金色和银色的织锦挂毯。家具都是桃花心木的,虽然我也不知道桃花心木是什么样子,但是这个词听起来就特别奢华!这里应该放一张长沙发,沙发上堆满华丽的丝绸枕头,有粉色的,蓝色的,紫红色的,还有金色的,而我正优雅地斜靠在上面。哦,我可以从挂在墙上的立式镜子中看到自己美丽的身影。我身材高挑,穿着一件白色蕾丝的精致长裙,脖子上戴着一条珍珠项链,头发里也点缀着珍珠。我的头发如午夜般漆黑,皮肤则像象牙一样洁白。我的名字叫做科迪莉亚·菲茨杰拉德夫人!不行,这个名字有点假。”

安妮一跃而起,蹦跳着来到小小的穿衣镜前。镜子里是一张长满雀斑的小脸,灰色的大眼睛正瞪着自己。

“你只不过是绿山墙的安妮,”她诚恳地告诉自己,“我可以看见你,就像你能看见我一样。每次我幻想自己是科迪莉亚夫人的时候,我都能看见你。但是,做绿山墙的安妮,要比做科迪莉亚夫人好一万倍!不是吗?”

她朝着镜子行礼,饱含感情地吻了镜子里的自己,然后又来到窗户旁。

“亲爱的白雪皇后,下午好!山谷里的白桦树,下午好!山坡上的灰色小房子,下午好!不知道黛安娜会不会成为我的知心朋友……我希望她会,而我也会非常非常爱她。但我永远也不会忘记凯蒂和薇奥列塔的！如果我忘记她们了，她们会很难过的。任何人都不应该受到伤害，就算是书橱女孩和山谷回声女孩，也不应该受到伤害。我应该在心里铭记她们的模样，每一天都给她们飞吻。”

安妮越过樱花树飞了几个吻，然后继续托腮，沉浸在幻想的海洋里。

第九章

林德太太再次大吃一惊

林德太太再次拜访绿山墙的时候，安妮已经住下两个礼拜了。让林德太太忍住好奇而没前来探访的唯一原因，便是一场无法预估的重感冒。这位热心主妇其实很少生病，她甚至还有些瞧不起那些生病的人。在她看来，感冒与任何其他疾病都不同，得不得感冒完全是很偶然的事。换句话说，林德太太认为，那些得了感冒的人完全是因为“人品”不行。大夫刚刚准许她进行少量的室外活动，她便火急火燎地来绿山墙了，她来一睹孤儿的模样。这一阵子，有关马修和玛瑞拉收养孤儿的流言，在安维利镇传得很凶，这可让自认为是当事人的这位主妇憋得快要疯了。

安妮则好好地利用了这两个礼拜，把绿山墙里里外外走了个遍。她对这里的一草一木已经了如指掌了。她甚至发现，在果园下面有一条小路，可以直接通向小树林。安妮沿着这条小路走到了树林的尽头，在那里她又发现了各种奇花异草，枞树林，野樱花树形成的拱门，填满羊齿草的角落，两边是枫树的岔路，如此等等，应有尽有。

安妮已经与山谷下的小溪成为朋友了。那是一条深不见底的、冰凉刺骨的溪流。红色的鹅卵石被泉水冲刷得光滑锃亮，溪流两边的羊齿草肥大茂盛，犹如椰子树叶一般。不远处，则是一座横跨小溪的木桥。

安妮顺着小桥，一路唱着跳着来到长满小树的山坡。茂密的树林将刺眼的阳光挡在了外面，只留下温暖的金色阳光在里面徜徉。喇叭花，这林中唯一的鲜花，静静地开放着，散发出宜人的清香。浅粉色半透明的琉璃苣，如同凝固了的雕塑。树与树之间缠绕着银线一般的蜘蛛网，白杉树则用树枝相互交谈。

安妮每天有半小时的室外活动时间，所有这些冒险都是在这半小时内进行的。每次回来后，安妮都会滔滔不绝地讲述她的奇妙历程。马修是不会抱怨的，他只会默默地点头赞许，脸上还不时浮现出一阵微笑。玛瑞拉也会饶有兴致地听一会，直到她发现自己也在跟着马修傻笑时，她才会板起脸，让安妮马上闭嘴。

林德太太来的时候，安妮正在果园里玩耍。绿草地被晚霞染得一片嫣红，安妮正漫无目的地在小树林里闲逛。林德太太终于有机会向玛瑞拉解释自己的病情了。从每一次疼痛到每一次脉搏的起伏，林德太太讲得有声有色，甚是享受。玛瑞拉不由得心想，看来不管是什么病，总会有些后遗症，感冒也不例外。讲完了病痛，林德太太很自然地把话题转向了玛瑞拉他们。

“我听说了你跟马修的事情，真是让我大吃一惊啊！”

“你一定不会比我还吃惊的。”玛瑞拉说，“不过还好，我现在已经慢慢习惯了。”

“怎么会出这样的岔子啊？”林德太太不无同情地说道，“就没想过把她送回去吗？”

“想过，但后来我们决定留下她了。马修很喜欢这个孩子，我也觉得这孩子不错，虽然她有不少毛病。她是个活泼、有趣的小家伙，她给这个家带来了很大的变化。”

林德太太一副不以为然的样子，玛瑞拉这才意识到，自己已于不知不觉中说了那么多夸赞小安妮的话。

“你能挑下这个担子可真不容易啊！”林德太太不无嘲讽地说，“你以前可从没带过孩子，你也根本不了解她的处境和家世，谁知道这孩子将来会变成什么样子呢。玛瑞拉，我说这话可不是给你泼凉水啊。”

“噢，不会的。”玛瑞拉果断地回答，“当我下定决心做一件事的时候，我是不会动摇的。你想见见安妮吧？我叫她进来。”

不多会，安妮就跑了进来。刚从果园跑回来的安妮正大口喘着气，小脸红扑扑的。看到家里来了陌生的客人，安妮一下子变得局促不安起来，她在门口停下了脚步。此时，安妮还穿着孤儿院的短小的棉布裙子，下面露出两条瘦长的小腿；脸上的雀斑在阳光的照射下特别显眼；由于没戴帽子，风把她的头发吹成了一团乱麻，红红的头发在阳光的照射下异常醒目。

“嗬！可以肯定的是，你们兄妹二人收养这小姑娘，一定不是看中了她的长相。”林德太太毫不留情地说道。林德太太是这镇上为数不多的几位人缘颇好而又牙尖嘴利的市民之一。她从来都是心直口快，有什么说什么，从不顾及别人的情面。“玛瑞拉，这孩子怎么瘦成这个样子？哎呀，小姑娘，过来，让我好好瞧瞧你！我的天，你们眼睛有问题吗？看不见她有一脸的雀斑啊？这头发红得跟胡萝卜似的！孩子，我让你过来，听见没?”

安妮过去了,但不是按照林德太太希望的形式。安妮大步流星地穿过厨房,一下子就站到了林德太太的面前。因为生气,她的小脸涨得紫红,嘴唇打着颤,整个身体也在不停地颤抖着。

“我讨厌你!”安妮哽咽着吼道,边说边用力跺脚,“我讨厌你!我讨厌你!我讨厌你!”安妮每说一遍,都用力跺一下脚,“你怎么可以说我又瘦又丑?你怎么可以嘲笑我的雀斑和红头发?你真是一个粗鲁无礼、麻木不仁的女人!”

“安妮!”玛瑞拉惊慌失措地喊着。

可是安妮没有动摇,她毫不畏惧地仰着头看着林德太太,她的眼睛瞪得滚圆,小手紧紧地攥成拳头,甚至连呼出来的气都带着愤怒的火焰。

“你怎么可以对我说出这样的话来?”安妮继续怒吼,“如果别人对你说这样的话,你会怎么想?如果有人告诉你,你是个又矮又胖,迟钝又毫无想象力的老太婆,你会怎么想?我丝毫不在乎这样说是否伤害到了你的感情!我甚至希望伤害到了!你对我的伤害,比托马斯太太那位经常喝醉酒的丈夫对我的伤害还要大!而我,永远都不会原谅你!永远永远!”

说“永远”的时候,安妮又更起劲地跺了两下脚,震得地板梆梆响。

“天啊,谁见过这样暴脾气的小孩啊!”林德太太吓坏了。

“安妮,到你的房间去,等我上去找你。”玛瑞拉一面发出命令,一面担心自己的这番话是否有用。

安妮“哇”的一声哭了出来。她跑出客厅,把客厅的门重重地关上,震得门廊里的罐头一阵颤抖。接着,她又有如一阵旋风跑到楼上自己的房间,依旧狠狠地把门关上,发出“砰”的一声巨响。

“玛瑞拉,祝你好运。这孩子,我可带不来。”林德太太不乏言外之意地说道。

玛瑞拉张着嘴想说些什么,但又拿不准是道歉好还是反对好。可她还是说了,而且说出来的话,让她自己都不敢相信。

“雷切尔,你确实不该评价孩子的长相的。”

“玛瑞拉·卡斯伯特,刚才的场面你也看到了,你不会还认为她是无辜的吧?”林德太太反唇相讥。

“不,不是,”玛瑞拉缓缓说道,“我并不是在包庇她。她确实很淘气,我们也跟她说过好几次了。不过,我们应该多理解她,毕竟她没接受过正经的教育。而你刚才说的话,确实有些过分了。”

话刚一出口，玛瑞拉便意识到了不妥。林德太太感到受了侮辱，起身便要走。

“我算是看出来了，我以后一定得小心了，玛瑞拉。很显然，在你心里，这小孤儿的感受比任何人的都更加重要。哦，不，我才没有生气，别担心。我为你难过还来不及呢，根本没工夫生气。你等着看吧，这孩子有你受的。你要是愿意听我的，我建议你用‘桦木条’来好好跟她‘谈谈’。当然了，你大概是不会听我的，即便你知道我就是这样养大十个孩子的，还埋了两个。依我看，在教育孩子上，桦木条比任何东西都有‘说服力’。这孩子的脾气，跟她的头发一个风格，疯疯癫癫的。晚安了，玛瑞拉。我希望你还能跟往常一样，经常来看我。不过，短期内，我是不打算再来你家了，我可不想再被一个孩子骂一顿。我还从没见过这样的孩子呢！”

林德太太一说完，便冲了出去。而玛瑞拉则板着脸，去了东山墙。

上楼梯的时候，玛瑞拉愁眉不展地想着，到底该如何处理这件事。对于刚才这一幕，玛瑞拉感到震惊。不知安妮到底是怎么想的！安维利镇有这么多人，她偏偏挑了林德太太来发火！玛瑞拉忽然意识到，自己对于这件事的感觉，是羞愧大于难过。这件事给她带来了负面影响，让她感受到了压力的巨大。相较之下，安妮的坏脾气以及无礼，倒不是玛瑞拉现在最担心的。她该怎样惩罚安妮呢？林德太太的建议肯定不可取。玛瑞拉认为，一定有更好的办法可以让安妮认识到自己犯下的错误！

走到东山墙门口，玛瑞拉便看到，布满泥点子的靴子正赫然放在洁白的床单上，而安妮正趴在床上抽泣。

“安妮！”玛瑞拉轻声唤道。

安妮没有反应。

“安妮！”玛瑞拉板起脸喊道，“立刻从床上下来！”

安妮挣扎着从床上爬下来，规矩地坐在床边一张椅子上。整个小脸都哭肿了，泪迹斑斑，两个大眼睛怔怔地盯着面前的地板。

“看你做的好事，安妮！你就不为自己感到羞愧吗？”

“她凭什么说我丑，头发又红！”安妮毫不留情地反击道。

“那你凭什么发那么大脾气，对林德太太那么无礼啊！安妮，我为你感到羞耻，彻底的羞耻。我希望能给林德太太看看你乖巧懂事的样子，而不是你粗鲁放肆的样子。就因为林德太太说你头发红，长得不好看，你就要发那么大的脾气吗？你不是成天这样说自己吗？”

“可是，自己知道与听到别人说出来是不一样的啊！”安妮抱怨道，“你可以心里很清楚自己的缺点，但你还是不希望别人看出来啊！你一定认为我的脾气差劲极了，可我实在是忍不住了。刚才听到她那么说，我感到好像一块石头堵在了嗓子眼，我快要透不过气了，于是就向她发了火。”

“我只能说，这下你是出尽了风头。这下，林德太太可有的说了，而且她一定会到处讲的。你发脾气的样子实在太可怕了，安妮。”

“如果别人当着你的面，说你又瘦又丑，你会怎么想？”安妮哭诉道。

玛瑞拉的脑海里忽然浮现出自己小时候的经历。小时候的玛瑞拉个子很小。有一次，她听到一个阿姨跟另一个亲戚聊起自己说，“这孩子长得又黑又丑，真是个可怜的小家伙。”五十年过去了，每每想起这句话，玛瑞拉还是会感到一阵刺痛。

“林德太太那样讲，确实有些过分。”玛瑞拉口气稍微柔和了些，“林德太太向来心直口快。但这并不能成为你没有礼貌的理由啊。她这是第一次见你，是我们家的客人，还是你的长辈，这三点理由，任何一点都足以让你拿出应有的礼貌和尊重。你那样做实在是太粗鲁、太莽撞了。”玛瑞拉突然想到该如何惩罚安妮了，“你必须去找林德太太，向她道歉，请她原谅你。”

“我不会请求她原谅的。”安妮毅然决然地说道，“随便你怎样惩罚我，玛瑞拉。你可以把我跟毒蛇和癞蛤蟆关在一起，关在阴冷潮湿的地牢里，只喂我吃干面包和水，怎么做都行，我绝不会有一句怨言！但我死都不会求林德太太原谅。”

“我们可没有把人关到阴暗潮湿的地窖的习惯，”玛瑞拉干干地说道，“而且在安维利，根本找不到这样的地窖。你必须向林德太太道歉，否则你就一直呆在这房间，直到你愿意去道歉为止！”

“那就让我永远待在这吧，”安妮悲恸地说，“我不会跟林德太太说，我为我所说的话感到抱歉的。我怎么可以这样讲！我一点都不感到抱歉。我只为自己让你苦恼而难过，但我为我刚才说的话而感到高兴。应该说，我很高兴！我不可以言不由衷！我甚至无法想象自己难过！”

“也许给你一个晚上，你的想象力会恢复一些！”玛瑞拉站起身，“好好想想你的所作所为，反省反省！你说过，如果我们让你留在绿山墙，你一定会做一个好孩子。可从你今天的表现来看，你似乎并不是那么想的。”

玛瑞拉任凭安妮哭成泪人，一个人去了厨房。她一方面感到焦虑，另一方面还有些生气。她不但在生安妮的气，还在生自己的气，因为她发现自己每当想到林德太太那气得说不出话来的样子，便会不自觉地嘴角往上扬。是幸灾乐祸吗？为什么此刻这么想笑呢？

第十章

自愿道歉

那天晚上，玛瑞拉没有跟马修提起这件事。第二天早上，倔强的安妮态度一如昨天，并坚决不下楼吃早饭。至此，玛瑞拉觉得有必要向马修解释一下这件事情了。玛瑞拉把整个情况向马修描述了一下，竭力地想把叙述的重心放在安妮的胡作非为上。

“雷切尔·林德也该好好教训一下了，她就是个多嘴多舌的老太婆！”这竟然是马修听完之后的第一反应。

“马修·卡斯伯特！你太让我失望了！你明知道安妮这么做是非常无礼的，可你还是站在她那一边。你不会觉得我们根本就不用惩罚安妮吧？”

“噢，不，不，不能这么说。”马修忙说，“我想，她还是应该受到一些惩罚的。但是……不要对她太凶了，玛瑞拉。你想，以前还没有人教过她该如何控制自己的情绪呢。你，你还是会给她做饭的吧？”

“你什么时候听说过我会靠饿着孩子来教育她守规矩的？”玛瑞拉尖刻地说道，“不会饿着她的，每顿饭我都会按时送去。但是，在自愿向林德太太道歉之前，她得一直待在自己屋里。这一点没得商量，马修。”

于是，当天的早饭、午饭以及晚饭，都是在悄无声息中进行的，但安妮坚决不让步。每顿饭之后，玛瑞拉都会端着一只堆得满满的餐盘去东山墙的小阁楼，过一会再去拿下来。马修每次都会留心观察，他忧虑地发现，饭菜几乎一点都没少。小安妮到底吃了没有？

晚上，玛瑞拉去屋后的牧场赶牛。整个下午都在谷仓旁边转悠、观察的马修，现在终于等到了机会。他立刻像盗贼一样爬上楼梯，往东山墙的小阁楼跑去。对马修来说，从厨房到小卧室这一块面积，便是他日常生活的主要活动区间。除非有牧师来家里喝茶，他才会被迫走进客厅或是起居室。至于楼上，马修几乎从没去过。上一次去那里，还是四年前的一个春天，当时他去楼上是帮玛瑞拉更换房间的墙纸的。

马修蹑手蹑脚地爬上楼梯，又站在东山墙阁楼的门外静静地等待了几分钟，这才鼓足勇气敲门进去。

安妮正蜷着身子坐在窗户边上的黄色木椅上，哀怨的目光飘忽地落在窗外的花园里。看到瘦小、可怜的小家伙，马修感到无比的心疼。他轻轻把门带上，又轻轻走到安妮身旁。

"安妮，"马修小声问候道，生怕被别人听到一样，"你怎么样了？"

安妮无力地笑了笑。

"还不错。我想象了很多东西，打发了不少时间。不过，一个人待在这里还是有些孤单。但也不要紧，我会习惯的。"

安妮又露出一个淡淡的微笑，似乎已经下定决心勇敢面对即将来临的数年累月的孤独。

马修认为，得趁着玛瑞拉不在屋子里，赶紧把事情解决了。于是，他很快就转入了正题："安妮，还是赶紧把这事了结了吧，反正迟早要做的，拖久了不好。要知道，玛瑞拉的脾气很倔，从不轻易松口的。所以我说，就去道个歉吧，一了百了。"

"你是说，要我去向林德太太道歉？"

"呃，是的。道歉，很对。"马修急切地说道，"应付一下，好交差。我就是这个意思。"

"既然你这么说了，我可以这样做。"安妮若有所思地说，"我现在可以说我很难过了，因为我确实有些难过。昨天晚上我可一点都不难过，我只是生气，一晚上都没睡着。其间我醒了三次，都是气醒的！但是今天早上醒来之后，似乎一切都好了。我不像昨天晚上那么歇斯底里了，而且我感觉自己虚弱的要命。我感到好丢脸，但一想到要去向林德太太道歉，我就感到害怕。实在是太丢人了，我想我还是一辈子待在这里吧！但是如果你这么希望我去道歉……那我就去吧，这样你就不用烦恼了。"

"可不是吗，我当然希望你去啦。没有你在，我们在楼下吃饭都特别冷清。还是去应付一下，把这事结了吧！好孩子！"

"好的，"安妮深吸一口气，"那等会我就告诉玛瑞拉，我准备好了。"

"太好了，太好了，安妮。但是，你可不要对玛瑞拉说是我让你这么做的，她不喜欢我插手，而且我答应过她不插手的。"

"就算用野马拉着我，我也不会说出这个秘密的！"安妮一脸严肃地说，"不过野马要怎样才能把秘密拖出去呢？"

马修来不及回答这个问题就下楼了。他一面在心里感叹，一面惊讶，自己竟然这么轻松地说服了安妮。他蹑手蹑脚地快步走到离马圈最远的一侧，以防玛瑞拉发现他。玛瑞拉一回到家，便听到一个熟悉的忧伤的声音从楼上的扶手处传来："玛瑞拉，玛瑞拉，玛瑞拉！"

"怎么了?"玛瑞拉走到走廊里,朝着楼上问道。

"很抱歉我失态了,还说了很多不该说的话。我愿意去向林德太太道歉。"

"好吧,等挤完奶,我就带你过去。"玛瑞拉压抑住喜出望外的心情,轻描淡写地回答。刚才她还在担心,这孩子要是一直这样僵持下去该怎么办。

挤完牛奶,玛瑞拉带着安妮走在去往林德太太家的小路上。玛瑞拉得意洋洋,精神振奋,而小安妮则垂头丧气,萎靡不振。不过很快,安妮身上的萎靡就消失了,整个人都精神了起来。她扬着头看着红彤彤的晚霞,大跨步往前走,眼睛聚焦在日落的天尽头,似乎身上憋着一股子兴奋劲。玛瑞拉敏锐地发现了这个变化。安妮的脸上写的全是兴奋,半点忏悔都没有。玛瑞拉不禁担心起来,她可不想带一个洋洋得意的小家伙去向林德太太道歉!

"你在想什么呢?"玛瑞拉尖锐地问。

"我在想,等会我要对林德太太说些什么。"安妮一脸憧憬地说道。

这才是好孩子,玛瑞拉心想。但她很快又发现,对安妮的惩罚似乎并没有达到预期的效果,安妮不应该看起来这么神采奕奕的啊!

安妮活蹦乱跳地走到林德太太门前。林德太太依然雷打不动地坐在厨房窗前打毛线。一看到林德太太,安妮脸上的神采就消失了,取而代之的是痛彻心扉的忏悔。话还未出口,安妮便"扑通"一声跪在林德太太的面前,并恳切地伸出双手。

"噢,林德太太,我太为自己羞愧了!"安妮用颤抖的声音说道,"我实在无法表达我内心的悲痛,哪怕用尽字典上所有的词汇,都难以表达我此刻的感受。我的行为实在是太放肆了!我让我最亲爱的朋友,马修和玛瑞拉,丢脸了。他们待我如亲人。尽管我不是男孩,但他们还是把我留在了绿山墙。我是一个不懂礼数、不知感恩、大逆不道的坏孩子,我应该受到惩罚。他们应该把我赶出这个温暖的家。就因为您直言不讳地对我说了一些实话,我就发那么大的脾气,这实在是太过分了!您说的字字句句都是实话。我的头发是红色的,我脸上长满了雀斑,我又瘦又丑,您说的一句都没错!我对您说的也都是实话,可我实在不应该说出来。噢,林德太太,求求您,原谅我吧!如果您不原谅我,那我这个可怜的孤女一定会后悔一辈子的!求求您,原谅一个脾气恶劣的孤女吧!您一定不会忍心拒绝我的道歉的,对不对?求求您,原谅我吧,林德太太!"

安妮紧紧地攥着小手,把头垂得很低,默默等待着最后的"判决"。

小姑娘确实真诚，这从她每一个音调、每一个语气里都能体现出来。这一点，玛瑞拉和林德太太都看出来了。可是玛瑞拉遗憾地发现，安妮虽然在忏悔，但她并不感到痛苦，相反她很享受这个过程。这就是玛瑞拉精心策划的惩罚措施吗？安妮完全是在享受这个过程啊。

善良的林德太太，可没有那么强的洞察力。她只感觉，安妮的道歉是真心实意的，而在她有些八卦但依旧善良的心里，她已经完全原谅了这个可怜的小女孩。

“来来，起来吧，孩子，”林德太太心软了，“我当然会原谅你的。我对你的确是有些太严厉了。但你要明白，我就是这样一个直来直去的人。你的头发确实红得厉害，不过我以前认识一个女孩，她是我的同学，她年轻的时候头发跟你的一样红，可长大以后就变成了漂亮的赤褐色。所以，我觉得，要是你的头发以后也变成了赤褐色，我一点也不会感到意外的。”

“噢，林德太太！”安妮站起身，倒吸了一口气，“您给了我莫大的希望，您就是我的大恩人，我会永远记住您的！如果长大以后我的头发真的变成了赤褐色，我想什么困难我都不怕了！如果头发是赤褐色的，那么做一个好女孩似乎更容易一些，不是吗？林德太太，你们聊天的时候，我能去您的花园里看看吗？我可以坐在那棵苹果树下的长凳上休息吗？我想，坐在那里一定可以有巨大的想象空间！”

“当然可以了。去吧，孩子。要是喜欢，还可以折一束角落里的白百合！”

门在安妮身后关上了，林德太太立刻起身把油灯点上。

“啊，她确实是个古怪的小家伙。玛瑞拉，坐这把椅子吧！这把比你坐的那把舒服，那把是给来帮工的男孩坐的。虽说这孩子有些古怪，但她确实挺招人喜欢。现在，我终于明白你们为什么要收养她了，我也不再为你们感到难过了。这孩子可能会很有出息呢！她的表达方式确实有些太——呃，太强烈了。但是我相信，有你们两个好好教育她，她一定会慢慢调整自己的。还有，她的脾气确实有点急，但这也有好处。脾气急的孩子发完火，自己生一会闷气就好了，她不会去耍心眼或是蒙骗别人。噢，天呐，千万别让我碰到那些爱耍心眼的孩子。总之，玛瑞拉，我有点喜欢上这孩子了。”

玛瑞拉正准备回去，而安妮也手捧一束白色水仙，从香气袭人、暮色满园的果园深处走了出来。

“我的道歉很棒吧！”刚走上小路，安妮便迫不及待地问道，“我想过了，既然要做，就要做到最好！”

“你做得很好，忏悔得很彻底。”玛瑞拉不动声色地回答。玛瑞拉苦恼地发现，自己一想到刚才的道歉场景，就忍不住想放声大笑。安妮竟然做了如此精彩的道歉，玛瑞拉真想好好“批评”她一下。但转念一想，这不是跟自己过不去吗？于是，她调整了一下语气，严肃地说道：

“我希望这样的‘道歉’不要有下一次了。从现在开始，你要学习如何控制自己的情绪。”

“只要不评论我的外表，任别人怎么说，我都不会介意的。”安妮叹了一口气，“我对别的事情都不是很在乎，但一听到别人议论我的头发，我就会火冒三丈。您觉得，我的头发以后会变成漂亮的赤褐色吗？”

“你不应该老想着自己的长相，安妮！你可别做那种爱慕虚荣的小姑娘啊！”

“我长得这么丑，还怎么可能爱慕虚荣呢？”安妮抗议道，“我喜欢美丽的东西，所以每当照镜子看到自己的那张丑脸时，我总会很难过。看到别的丑陋的东西，我也会很难过。”

“内在美才是真的美。”玛瑞拉引经据典地教育道。“我听过这句话，可我不太相信。”安妮半信半疑地回答，一边陶醉地嗅着手里的水仙花。“噢！这些花可真是太美了！林德太太真好，愿意把这样美的花送给我。我现在一点都不讨厌林德太太了。道歉能够被接受，并且被原谅，这种感觉真是太棒了！今晚的星星好明亮啊！如果可以挑一颗星星住在里面，你会挑哪一颗呀？我会选挂在黝黑山丘顶上那颗又大又亮的！”

“安妮，快把嘴闭上吧！”玛瑞拉说道。玛瑞拉已被安妮那跳跃的思维搅得筋疲力尽了。

于是，安妮一路上不再讲话。转眼间，她们来到了自家门前的小路上。微风拂面，吹来新生的沾满露水的羊蕨草的清香。远处的漆黑夜色里，一束温暖的月光正穿过树丛，从绿山墙的厨房里传来。安妮突然凑到玛瑞拉身旁，把自己纤细的小手放到玛瑞拉布满老茧的手掌上。

“有家可回的感觉真好！”安妮说道，“我已经爱上绿山墙啦！以前我还从未爱上过一个地方呢。没有一个地方能给我家的感觉。噢，玛瑞拉，我真是太幸福了。我现在就可以开始祈祷了，这一点都不难。”

玛瑞拉握住那只纤细的小手，一股温情在心中跳动。这大概就是玛瑞拉错过了的母爱吧。这股温情既甜蜜又陌生，玛瑞拉只得通过她最擅长的说教来恢复内心的平静。

“只要你乖乖的，你会永远都这么幸福的。念祈祷词本来就不该是一件难事。”

“念祈祷词与祈祷完全就是两回事嘛！”安妮若有所思地说，“还好，我可以想象自己就是扫过树顶的微风。当我玩累了，我就在蕨草地上休息。然后，我飞进林德太太的小花园，吹得鲜花乱舞。接着，我一个猛冲，来到长满三叶草的苜蓿地。最后，我再去星芒池，吹得那里水波荡漾。啊，有关微风的想象真是太广阔啦，讲都讲不完，所以我最好还是闭嘴吧。”

“那真是谢天谢地了。”玛瑞拉满意地松了一口气。

第十一章

安妮与主日学校

“你觉得怎么样?”玛瑞拉问道。

安妮站在小阁楼里,正严肃地看着床上铺展开的三件新裙子。一件是烟灰色小格子花布的,那是去年夏天玛瑞拉从一个小贩手里买下的,这布料看起来很实用;一件是黑白格的棉锻,那是今年冬天玛瑞拉在一个打折柜台买的;另外一件是硬花布做的,上面印着丑陋的蓝色图案,那是玛瑞拉在卡莫迪的小商店里买的。

三件裙子都是玛瑞拉亲手缝制的,式样一模一样:简单的裙摆,上面连着简单的腰身,两只袖子也毫无创新,而且又窄又紧。

“我会想象喜欢它们的。”安妮冷静地说。

“我不要你去想象!”玛瑞拉气坏了,“噢,我看出来了,你不喜欢这些裙子,是吧? 这些裙子哪里不好啊? 又干净又简洁,还都是新的! 还不好吗?”

“很好。”

“那你为什么不喜欢?”

“它们不……不漂亮。”安妮迟疑地回答。

“漂亮?”玛瑞拉气得鼻孔直喷气,“我可没有闲工夫去给你做什么‘漂亮’裙子! 我不喜欢爱慕虚荣的孩子,也不希望你变成那样的人! 这些裙子很好、很实用,没有华而不实的褶皱或花边,你今年夏天就只有这三条裙子! 烟灰色格子的和那件蓝色印花的裙子,是你上学穿的,而那件棉锻布的是给你去教堂和上主日学校的时候穿的。我希望你好好爱护这些裙子,不要弄脏,更不要扯破它们。我本以为你会对此表示感激的!”

“噢,我是很感谢您的!”安妮回应道,“但是,如果您能给我做有泡泡袖的裙子的话,我会更感激您的! 泡泡袖现在可时髦了……如果我能穿上一件有泡泡袖的衣服,我会激动得浑身颤抖的!”

“我可没办法,你没法‘浑身颤抖’了。我没有多余的布料浪费在泡泡袖上。那东西看起来很蠢,我喜欢简洁实用的款式。”

“可我宁愿跟别人一样穿得蠢蠢的，也不要自己一个人穿得简洁又实用。”安妮难过地说道。

“你只能如此了！好了，把裙子整齐地挂在衣柜里，然后坐下，好好看看主日学校的课程。我从贝尔先生那里给你借了一本季刊，你明天就要去主日学校了。”说完，玛瑞拉愤愤地踩着楼梯下去了。

安妮看着三条裙子，焦虑地绞着双手。

“我是多么希望能有一件白色泡泡袖的裙子啊！”安妮伤心地说，“我祈祷过，但也没指望能真的得到。我想，上帝那么忙，一定不会有时间给一个孤女做裙子的。我只能靠玛瑞拉来实现这个梦想了。还好，我可以用想象力，把其中一件想象成白色纱裙，带有可爱的蕾丝花边和三层的泡泡袖。”

第二天早上，玛瑞拉忽然感觉自己有些头疼，于是不能送安妮去主日学校了。

“你去找林德太太送你去吧，安妮，”玛瑞拉说，“她会送你去合适的班级的。听着，你一定要规规矩矩的，不要调皮捣蛋。把布道听完以后，让林德太太带你去我们的座位。募捐的时候，你就把这一分钱捐出去。不要盯着别人看，也不要在座位上动个不停。回来后，你要跟我说说你在主日学校都学了些什么。”

安妮准时出发了，身上就穿着那件黑白棋盘格的棉锻布裙子。这件裙子，大小刚好合适，把安妮身上的每一个棱角都凸现了出来。安妮头上戴着一顶光滑的小平顶海军帽，样式同样朴实无华。安妮除了失望，还是失望，她本以为可以戴上一顶有缎带和鲜花点缀的帽子的。幸好，走到主街的时候，她看到了怒放的金凤花和娇艳的野蔷薇，她毫不犹豫地采摘了一大把，把它们编成花环戴在了帽子上。安妮顶着这顶五彩斑斓的帽子，自豪地大步走下去。

安妮到林德太太家之后，才发现林德太太不在家。没关系，安妮才不担心呢。她自己往教堂走去。教堂的门廊前，安维利镇的孩子们正聚在一起有说有笑，女孩们都穿着或白或粉或蓝的裙子。大家显然被这个戴着夸张头饰的“新人”吓坏了。有关安妮的传言早就不是新闻了，大家对这个小姑娘也早有耳闻。据林德太太说，安妮的脾气糟透了；而根据杰瑞·波特，那个在绿山墙做帮工的男孩的描述，安妮经常对着花草自言自语，好像脑子有问题一样。孩子们一边悄悄看着安妮，一边用主日学校的季刊挡住自己的脸，彼此窃窃私语。没有一个人主动向安妮问好。开场布道结束之后，安妮又一个人去了罗杰森小姐的班。

罗杰森小姐在主日学校已经工作了二十多年，如今已人到中年。她最喜欢的教学方式，便是把季刊上印好的问题一个个提出来，然后用犀利的目光扫视每一个学生，再跳过季刊的上端来提问。罗杰森小姐经常提问安妮。多亏玛瑞拉平时的“演练”，安妮回答得游刃有余。可是她到底有没有理解清楚问题或答案呢？那就不一定了。

安妮不是很喜欢这位罗杰森小姐，而更让她感到悲惨的是，班上每一个女孩都穿着有泡泡袖的裙子，唯独她不是。没有泡泡袖的人生还有什么好活的？

“怎么样？主日学校有意思吗？”安妮一回到家，玛瑞拉便问道。因为花环上的鲜花已经枯萎了，所以回来的路上，安妮就把花环给丢掉了。所以，玛瑞拉暂时还发现不了有关花环的故事。

“一点都不好玩，我一点都不喜欢。”

“安妮·雪莉！”玛瑞拉指责道。

安妮长长地叹了一口气，坐到了摇椅旁。她亲了亲邦妮的叶子，又向盛开的金钟海棠挥了挥手。

“我不在，它们一定很孤单。”安妮说，“好吧，现在说说主日学校。我表现得很好，全都是按照您说的做的。不过，林德太太不在家，我自己去的教堂。我和一大群别的小女孩一起进的教堂，我坐在角落里一个窗户边的位子上。贝尔先生的布道特别特别漫长，要不是坐的位置好，估计听到一半我就睡着了。不过还好，从我的位置看出去，刚好可以看到星芒池。所以我全程都看着星芒池，想象了好多美丽的故事。”

“你怎么能这么胡闹？你应该好好听贝尔先生布道的啊！”

“可他又不是在对我讲话，”安妮抗议道，“他是在对上帝说话呢。我感觉，他似乎也不是很想跟上帝说话，我想，他一定是认为上帝离他太远了。星芒池边种着一排高大的白桦树，阳光穿过白桦树叶，深深地映在水里。噢，玛瑞拉，那画面太美了，就跟美梦一样！我打心眼里感到深深的陶醉，于是我说了两三遍‘感谢你，上帝’！”

“但愿你没大声说出来。”玛瑞拉担心地说道。

“噢，没有，我很小声很小声的。贝尔先生布道结束后，他们让我去罗杰森小姐的班。班上一共有九个女孩，她们都有泡泡袖。我试着想象自己的裙子也有泡泡袖，可总是想不出来。这是为什么呢？我一个人在东山墙的小阁楼的时候，总是很容易就能想象到自己是穿着泡泡袖的，可是当你身在一群真的有泡泡袖的人中间的时候，这就很难了。”

“在主日学校还胡思乱想衣服袖子！你应该认真听讲啊！”

“噢,我认真听的!我还回答了好多问题呢。罗杰森小姐问了好多问题。我觉得不应该都由她来问问题,我还想问她很多问题呢,但是我没有问,因为我觉得她并不是我的知己。接着,每个女孩都背了一段释义。罗杰森小姐问我会不会背,我说我不会背释义,但是我会背一首‘主人墓前的狗’,那是《皇家文选》第三册里的。严格意义上说,这并不是一首宗教诗歌,但是这首诗又悲伤又优美,跟宗教诗歌差不多。不过罗杰森小姐说,这不一样,所以让我下周去背第十九释义。后来我在教堂里把那段释义读了一下,好美!我最喜欢的是这样两句:

在米甸的罪恶日子,
被屠杀的骑兵轰然倒地。

“我不明白‘骑兵’是什么意思,也不明白‘米甸’是什么,但是这两句话听起来好悲伤啊。我等不及下周日再来背诵这段释义了,这个礼拜我都会拿来练习的。上完主日学校以后,我请罗杰森小姐带我去了您的座位,因为林德太太离我太远了。我笔直地坐在位子上。今天我们读的是《启示录》第三章的第二节和第三节。这两段经文好长啊,如果我是牧师,我一定会挑选那些短小、精悍的经文。这次的布道也长得要命。我在想,牧师是不是为了配合这两段经文,而特意作了这么长的布道。这段布道好无聊,我觉得牧师最大的问题就是缺乏想象力。所以,我也没怎么听得进去他在说什么。我任由自己的思绪飞驰,我想到了很多有趣的事情!”

玛瑞拉感到很绝望,这孩子怎么可以这样评价神圣的布道呢?但是转念一想,玛瑞拉又觉得安妮说的其实都是实话,尤其是有关牧师的布道和贝尔先生祈祷的评价。事实上,从玛瑞拉第一次来这里做礼拜,就已经在心里形成了这样的想法,只是从没说出来过。如今,那些隐秘的、无法启齿的、负面的想法,被这胸无城府的小家伙用一种看得见摸得着的方式说了出来。

第十二章

宣誓与承诺

玛瑞拉终于在第二个礼拜的礼拜五听说了“花环帽子”的事。她刚从林德太太家里回来，就立即叫来安妮。

“安妮，林德太太告诉我，你上周日去教堂的时候，在自己的帽子上插满了玫瑰和金凤花。你到底是怎么想的？好看得很呐！”

“噢，我应该想到的。粉色和金色实在不配我。”安妮回答道。

“什么乱七八糟的！愚蠢的是在自己的帽子上插花，而不是花的颜色！你这孩子怎么这么不让人省心啊！”

“大家都可以在衣服上别花，为什么我不能在帽子上插花呀？”安妮抗议道，“很多女孩都把小花束别在自己的裙子上呢，这有什么区别吗？”

这个强有力的例子并没有让玛瑞拉语塞。

“安妮，不准顶嘴。你这样做实在是太愚蠢了！我再也不想看到你这样做了。林德太太告诉我说，看到你那样走进教堂，她第一个反应就是钻到地板下面去。她没来得及告诉你把花环拿下去，大家就全都看到你了。她还说，所有人都在讨论你那顶花帽子。他们一定都认为，我实在不会打扮孩子，才让你顶着花帽子去做礼拜的。”

“噢，对不起。”安妮说着，泪水夺眶而出，“我不知道你会介意的。我只是觉得那些玫瑰和金凤花很美，插在帽子上也会很美。很多小女孩的帽子上都有人造花的装饰的呀！我真是羞愧，又让你蒙羞了！你还是把我送回孤儿院吧。那太可怕了，我觉得我再也坚持不下去了，我大概很快就会得肺痨的，你看我现在就已经这么瘦了，得肺痨是迟早的事。但至少，这样，我就不会再惹你心烦了。”

“又在胡说八道了！”看到自己把孩子说哭了，玛瑞拉不由得有些心疼，“我不会把你送回孤儿院的，绝对不会的。我只是希望你能像其他女孩一样踏踏实实的，不要老做傻事。别哭了。我有个好消息，今天下午黛安娜·巴里回家了。我正好准备去向巴里太太借个裙样，你可以跟我一起去，正好见见黛安娜。”

安妮立刻站起身，丝毫没意识到放在膝头的洗碗巾滑落到了地上。

她握紧小拳头，脸上还闪着泪花。

"噢，玛瑞拉，我好害怕。这一天终于来临了，可我却害怕起来。如果她不喜欢我可怎么办？这将成为我这一生最大的悲哀！"

"别大惊小怪的。还有，不要动不动就用一些大人说话才会用的词。这些话从你这个小丫头嘴里跑出来，感觉怪滑稽的。黛安娜一定会喜欢你的，你要担心的是她的妈妈。如果巴里太太不喜欢你，黛安娜再怎么喜欢你也没用。如果巴里太太听说了你冲林德太太发火，还戴着插满金凤花的帽子去教堂，她会怎么看你可真不好说了。所以，等会你一定要表现得谦虚有礼，还有，不要发表那些长篇大论。你这孩子，不会是在颤抖吧？"

安妮确实在颤抖，脸上白一块紫一块的。

"噢，玛瑞拉，如果你跟我一样，要去见一个你钟爱的女孩，可你却不清楚她妈妈的态度，我想你一定也会紧张得要命的！"安妮一边拿帽子，一边说道。

她们抄近道走过小溪，又翻了一个种着杉树的小山丘，这才到达果园斜坡。玛瑞拉敲了敲厨房的门，巴里太太立刻赶来开门。巴里太太身材高大，黑眼睛黑头发，嘴巴总是紧闭着。她平时对子女教导有方，从不大意。

"你好吗，玛瑞拉？"巴里太太亲切地问候道，"快进来吧。哦，这就是你领养的那个小女孩吧？"

"是的，她叫安妮·雪莉。"玛瑞拉回答。

"是'女'字旁的'妮'。"安妮大气不出地说道。尽管全身上下都在颤抖，但她还是觉得，在名字拼写这么大的问题上容不得半点含糊。

不知是没听见还是没听懂，巴里太太只是简单地握了握安妮的手，慈爱地问道：

"你好吗？"

"我身体很好，但是头脑一片混乱。谢谢您，夫人。"安妮严肃地回答。说完，她又凑到玛瑞拉身旁，用大家都能听见的声音说道，"这次我没说错吧，玛瑞拉？"

黛安娜刚才正在沙发上读书，听到有客人来访，便立即丢下书跑到门口。黛安娜是个可爱的小姑娘，跟妈妈一样黑眼睛黑头发，同时还遗传了爸爸活泼开朗的笑容。

"这是我女儿，黛安娜。"巴里太太说，"黛安娜，你带安妮去花园转转吧！看书也看累了，正好放松一下眼睛。"两个小姑娘刚跑出门，巴里太太便又对玛瑞拉抱怨道:“这孩子看书看得太多了,我怎么说她都不听。她爸爸总是站在她那一边,我也没办法。她老是抱着一本书看,能有个玩伴也是好事啊,这样她就能多出去活动活动了。”

花园里,夕阳西下,橘红色的霞光从西边老杉树的缝隙里透进来。两个小姑娘隔着一丛卷丹花面对面站着,害羞地看着彼此。

巴里家的花园真是美极了。要不是此时安妮的心正怦怦直跳,她一定会为这里的美景惊呼的。花园的四周种着高大的柳树和杉树,树阴里开满了各色鲜花。简洁、规整的小路用贝壳镶边,从花园中穿过,宛如一条粉色的绸带。花园里,争奇斗艳的花朵们争相开放,毫不示弱。粉紫色的荷包牡丹,瑰丽的绛红牡丹,香气袭人的纯白水仙,多刺甜美的苏格兰玫瑰,或粉或白或蓝的色子柱花,染紫色的朱栾草,一丛丛青蒿、带状草和薄荷,紫色的美洲兰,水仙花,纤细的白色麦穗簇拥下的三叶草,猩红色的闪电花,如此等等,不一而足。阳光在此流连,蜜蜂在此嗡嗡采蜜,就连狂风进到这里,也不由得放慢了脚步,温柔地与这些可爱的花草树木打闹嬉戏,发出沙沙的笑声。

“噢,黛安娜,”安妮终于鼓起勇气开口了,声音小得像蚊子,“噢,你喜欢我……你愿意做我的知心朋友吗?”

黛安娜大笑起来。讲话前黛安娜总会习惯性地笑一下。

“嗯,我想我会的。”黛安娜爽快地回答,“你能来绿山墙,真是太好了,终于有人陪我玩了。这附近没有什么女孩,而我的妹妹们年纪又太小。”

“你愿意发誓,永永远远做我的朋友吗?”安妮急切地问。

黛安娜吓了一跳。

“发誓?听起来好恐怖啊!”黛安娜有些生气了。

“不不,不是恐怖的那种发誓。发誓有两种的,不一样。”

“我只听过一种发誓。”黛安娜不相信。

“还有另一种,一点都不恐怖。只要郑重地许诺就好了!”

“嗯,那好吧。”黛安娜松了口气,点了点头,“该怎么做?”

“我们要手牵手,”安妮严肃地说道,“照理说,发誓应该在河边,我们就把这条小路当成小河吧。我先说。我郑重发誓,只要日月俱存,我便会永远忠于我的知心朋友,黛安娜·巴里。好了,现在该你了,只要把我的名字加进去就好了。”

黛安娜一字不落地重复了一遍这句“誓言”,从头到尾笑个不停,“你真是个古怪的女孩,我之前就听说过你有点古怪,不过,我还是很喜欢你。"

天色已晚，玛瑞拉和安妮得回去了。黛安娜挽着安妮的胳膊，一直把她送到小桥边。两个小姑娘千遍万遍地彼此约定，第二天下午再在一起玩。

"你觉得黛安娜会是你的'知己'吗？"刚走到自家花园，玛瑞拉便问道。

"噢，是的。"安妮心满意足地叹了一口气，一点都没听出玛瑞拉话里的讽刺。"玛瑞拉，此时此刻，我一定是爱德华王子岛上最幸福的女孩了！我今晚一定会衷心祈祷的！黛安娜和我准备明天去威廉姆·贝尔先生的桦树林，我们想在那里搭一座扮家家的小木屋。我们可以用丢在灌木丛里的那些缺口的瓷器吗？黛安娜是二月的生日，我是三月的生日，这是多么大的巧合啊！黛安娜说她要借一本书给我看，那本书写得扣人心弦，精彩极了。她还说，她要带我去树林里看百合花！你不觉得黛安娜的眼睛特别深邃吗？要是我也有那么迷人的眼睛就好了。黛安娜还说她要教我唱一首歌，歌的名字叫'榛树谷中的希丽'。黛安娜还要送我一幅画，我可以拿来挂在自己房间里。她说那幅画非常漂亮，画的是一个穿着淡蓝色丝绸裙子的女士，她说是一个卖缝纫机的商人给她的。真希望我也有些东西送给她。我比黛安娜高三厘米，却没有她重。黛安娜说，她倒是希望自己瘦一点，这样看起来更优雅。我想，她大概是想安慰我才这么说的吧。我们准备下次去海边捡贝壳。我们还商量好了，小木桥下面那条小溪的名字就叫'得律阿德斯清泉①'。很可爱对不对？我以前在书里读到过一条小溪，就叫这个名字。我认为得律阿德斯应该是什么仙女之类的吧。"

"天啊，黛安娜没有被你烦死吗？"玛瑞拉说，"我想提醒你一下，安妮，计划归计划，你要先把家里的活都干完了才可以出去玩。"

安妮已经满心欢喜了，马修又带来了一个意外的惊喜。他刚从卡莫迪的小店回来，笨手笨脚地从口袋里拿出一个小包递给安妮，还不忘怯怯地望了一眼玛瑞拉。

"听说你喜欢巧克力糖，我给你买了一些。"马修说道。

"哼，"玛瑞拉不动声色地回应道，"这东西容易引起蛀牙，对胃也不好。行啦，孩子，别一副可怜巴巴的样子了！既然都买回来了，你就吃吧。马修，下次最好买薄荷糖，那东西很提神。千万别一下都吃完了！"

---

① Dryad（得律阿德斯），在古希腊神话中为森林女神的统称。

"噢，当然，我不会的！"安妮急切地说道，"我今晚就吃一个！玛瑞拉，我想留给黛安娜一半，好吗？这样，另一半尝起来就会双倍的甜了！想想自己也有礼物送给黛安娜，心里真是甜蜜啊！"

"我不得不承认，"安妮刚离开，玛瑞拉便说道，"这孩子很大方。我最讨厌自私的孩子了。仔细算来，安妮来我们家才三个礼拜，可我怎么感觉她早就来我们家了呢！绿山墙要是没有安妮，真不知道会变成什么样子。行了，别一副'我早就说过'的样子了，马修。一个女人做出那副表情就已经够惹人厌的了，更别提男的了。说实话，我很庆幸自己当时听了你的建议，留下了这孩子。我已经喜欢上这孩子了——马修，你最好不要重提旧事。"

第十三章

假想的狂喜

“安妮怎么还不回来缝纫呢?”玛瑞拉看了一眼挂钟，自言自语道。此时正值炎热的八月，黄昏中，一切都在昏昏欲睡。“这孩子，一玩就没个头。我跟她说好了回来的时间的，可现在都已过了半个小时了。她刚跟黛安娜说再见，现在又坐在木板堆上跟马修聊天了。她明知道我跟她规定好时间的，可还是自顾自地玩。唉，马修听得好入神，我真是没见过这么荒唐的男人。安妮讲得越起劲，他就听得越开心。安妮·雪莉！现在就给我回来！听见了没有!”

玛瑞拉边说，边用手指敲着窗户玻璃。安妮一听到玛瑞拉的呼唤，便飞快地从院子里跑回家。安妮一面呼哧呼哧地喘着气，一面眨着大眼睛，脸蛋红红的，散开的头发在夕阳中熠熠生辉。

“噢，玛瑞拉，”安妮上气不接下气地说，“下个礼拜，主日学校会组织一次野餐，就在哈蒙·安德鲁斯先生的农场，星芒池的旁边。到时，校长贝尔先生和林德太太会给大家做冰淇淋。哇，冰淇淋！玛瑞拉，我可以去吗?”

“看看现在的时间，安妮。我让你几点回来的?”

“两点，但是下周有野餐啊！多棒啊！求求你了，让我去吧！我还从没参加过野餐呢，我倒是想象过，但从没——”

“我让你两点回来，可现在差一刻就到三点了。我很想知道，你为什么这么不听话呢!”

“玛瑞拉，我真的很想两点回来的。可你不知道，‘爱德怀特’有多迷人！然后，我当然得跟马修说说下礼拜的野餐啦，马修是个好听众。求您了，让我去吧!”

“那你得学会抵挡诱惑啊！我告诉你几点回来，你就应该几点回来，而不是等半个小时后再回来。而且，你也没有必要去跟那些殷勤的听众多费口舌啊。至于野餐，你当然可以去啦。你在主日学校上课，当然应该去啦。别的女孩都去，我怎么可能不让你去!”

“可是……可是，”安妮有些结巴了，“黛安娜说每个人都要带一篮食物。我，我不会做饭，玛瑞拉。嗯……我其实不是很介意自己的衣服没有泡泡袖，但我很担心自己不能带一篮食物过去，那样会被别人看不起的。自从黛安娜告诉我要带食物后，我就一直在心里祈祷了。”

“哦，不用祈祷啦，我会给你准备好的。”

“噢，亲爱的玛瑞拉！你对我真好，我一定会好好听你的话的！”

安妮一头扎进玛瑞拉的臂弯，不停地咯咯笑，还热切地吻着玛瑞拉蜡黄的面庞。这是第一次有小孩子主动来亲吻玛瑞拉，这种突如其来的感动和甜蜜让玛瑞拉一下子慌了手脚。玛瑞拉心里美滋滋的，但很快又义正言辞地说道：

“行了，行了，不要没头没脑地乱亲。我等着看你表现呢！至于做饭嘛，我准备过几天就教你。但是你太三心二意了，安妮，我想还是等你更认真一点、稳重一点再教你做饭。做饭的时候得聚精会神，可不能中途开小差。好了，去把碎布片拿来吧，晚饭前缝一个方布垫子。”

“我不喜欢拼布。”安妮嘟着嘴说道。她摸索着自己的针线筐，然后叹了口气坐在一堆红白相间的方布片中间。“有的缝纫手工还是蛮好玩的，但拼布就没意思了，不过就是一个接一个地缝拼，一点想象空间都没有。但是话又说回来，我宁愿做‘绿山墙缝拼布的安妮’，也不要做‘在别处无事可做的安妮’。我真希望，在我缝拼布的时候，时间能走得飞快。我跟黛安娜一起玩的时候，就感觉时间过得飞快。噢，那可真是美好的时光啊！当然啦，大多数的想象都是我来的，但是我一点都不觉得累。黛安娜真是个完美的人儿。你知道小溪旁边那块地吗？就是我们的农场和巴里先生的农场中间的那块地，那是威廉姆·贝尔先生的农场。农场里有一处角落，种着一圈白桦树。啊，那真是世界上最浪漫的地方！我们扮家家的小木屋就搭在那里，我们给它取名为‘爱德怀特’。是不是很有诗意？我花了好长时间才想到这个名字呢。我几乎一夜都没睡，就在我差点睡着的时候，这个名字忽然闪现在我脑海！黛安娜听到这个名字，惊叫了好久！我们已经把小木屋装潢好啦。玛瑞拉，你一定要来看看呀！我们找了一些铺着绿色青苔的大石头做凳子，然后在树枝之间搭上木板，做陈列架。我们在陈列架上摆上所有的盘子。盘子都是破的啦，但很容易就能想象它们是完好无缺的啦！有一个盘子可美了，上面画着红色和黄色的常青藤，我们专门把它放在客厅里。客厅里还放着仙女玻璃。啊，那简直美得跟梦一样，那是黛安娜在他们家鸡舍后面的树丛里捡来的。玻璃上画满了彩虹，都是小小的彩虹，不是大彩虹。黛安娜的妈妈说，那是从一个吊灯上掉下来的。可是，我们想象着，这是仙女在天堂开舞会的时候不小心掉到人间来的，于是我们就叫它‘仙女玻璃’啦！马修说他愿意给我们做一张桌子。噢，对了，我们还给巴里先生田地旁的那个小池塘取了名字——‘垂柳池’。这个名字，是我从黛安娜借给我的书里面看到的。啊，那真是一本好书！书里的主角有五个爱人。我觉得，我只要一个就够了。你呢？女主角非常漂亮，但是却经受了好多磨难。她一不小心就会晕倒。我也希望自己可以晕倒，你希望吗，玛瑞拉？能晕倒真的好浪漫啊！但是我太健康了，尽管我很瘦。不管怎样，我觉得我好像有点胖了呢！玛瑞拉，你觉得我有没有胖一点？每天早上起床，我都会伸直胳膊，看看臂弯那里有没有小肉坑。黛安娜刚刚得到一条新裙子，是中袖的，她准备野餐的时候穿过去。噢，我希望下周四是个好天气。如果真的有什么意外，让我最后没去成野餐，我一定会失望的！虽然最后我还是能挺过来，但毕竟这会成为我一生的悲伤啊！哪怕今后的人生中能参加一百场野餐，也无法弥补这一次的失去！他们会在星芒池上划船，还有冰淇淋呢，我刚才跟你说过的吧。我还从没吃过冰淇淋呢！黛安娜向我描述过冰淇淋的味道，但我还是想象不出来。不过，后来我也释然了，因为总有一些东西是想象不出来的，冰淇淋就是其中之一吧。”

“安妮，你已经连续讲了十分钟了！”玛瑞拉终于忍不住了，“现在我很想看看，你把嘴巴闭上十分钟，可以吗？”

安妮乖乖地闭上了嘴巴。但是整个礼拜，安妮在吃饭的时候说野餐，甚至连做梦都是在想野餐。周六的时候下雨了，安妮急得像热锅上的蚂蚁，担心这场雨会一直下到下周四。玛瑞拉让安妮又缝了一块方布垫子，好分散一下她的注意力，稳定一下她的情绪。

礼拜天，安妮在从教堂回家的路上告诉玛瑞拉，当牧师在讲台上宣布野餐计划的时候，她激动得浑身颤抖。

“我从上到下都在颤抖啊！我一直担心这只是我的想象，直到刚才牧师在讲台上宣布了这个计划，我才知道这一切都是真的。牧师都已经在讲台上这么说了，那就一定是真的，假不了啦！”

“安妮，你这孩子，心事太重啦！”玛瑞拉叹了口气，“在以后的生活中，你会碰到很多困难，真担心你会应付不过来。”

“噢，玛瑞拉，不用担心，单单是期待就已经有一半的乐趣了！”安妮说道，“也许我不会真的得到那些东西，但是谁都不能阻止我去期待啊！林德太太说，‘那些没有希望的人是幸福的，因为他们永远不会失望。’可我认为，如果一个人连希望都没有，那还不如绝望呢！”

玛瑞拉那天戴着一枚紫水晶的胸针。每次去教堂，玛瑞拉都会戴上这枚胸针，这已经成为了一个习惯。若是哪天忘记戴它了，玛瑞拉会觉得对主不敬，就好比忘带《圣经》，或是忘带募捐用的钱一样。这枚胸针是玛瑞拉最最宝贵的财富。那是一个从事航海事业的舅舅给她的母亲的，后来母亲又把它给了玛瑞拉。这是一枚椭圆形的胸针，里面藏着一束玛瑞拉母亲的头发，外面镶嵌着一圈上等紫水晶。玛瑞拉对宝石之类的东西研究甚少，所以不是很清楚这枚胸针的价值。不过，她知道这枚胸针很美，戴在胸前熠熠生辉。她甚至觉得，在胸针的映照下，她身上那件棕色的绸缎裙显得更加美丽了。

第一次看到这枚胸针的时候，安妮就被它迷倒了。

“啊，玛瑞拉，这枚胸针简直太精美了！你戴着它，还怎么能听得进那些布道和祈祷呀？如果换做我戴着这枚胸针，别人对我说什么我都不会听见的。紫水晶实在是太美了！我以前没见过钻石，只在书里读到过，所以在我的想象中，钻石就是紫色的石头。然而有一天，当我在一位女士的手上看到真的钻石戒指的时候，我却失望得哭了。真的钻石确实很漂亮，但跟我的想象一点都不一样。噢，玛瑞拉，可不可以让我捧一会你的胸针啊？你觉得，紫色水晶是不是就是紫罗兰的灵魂呀？”

第十四章

安妮的自白

野餐前的那个周一的晚上，玛瑞拉愁容满面地从自己房间走出来。

"安妮！"玛瑞拉轻声唤着在一尘不染的餐桌旁剥豆子的小家伙。自从黛安娜教会安妮唱那首"榛树谷的希丽"之后，安妮便像模像样地唱个不停，脸上还带着黛安娜的招牌笑容。"你看见我的胸针了吗？昨天晚上从教堂回来后，我把它别在了针垫上，可现在不见了。"

"噢，这个……今天下午你去互助会的时候，我还看到的。"安妮有些迟疑，"我经过你房门前的时候看到过，当时正别在针垫上，我还跑过去看了一下。"

"你拿下来了？"玛瑞拉严肃地问。

"是……的。"安妮承认道，"我把胸针拿下来，别在自己的胸前，想看看是什么样子的。"

"你怎么可以这样做？一个小姑娘家怎么这么喜欢掺和事情哪？首先，你不应该进我的房间；其次，当然也是更重要的，你不应该去碰不属于你的东西。你把胸针放哪了？"

"我，我把它放回去了呀！我没有拿走。我真的不是存心捣乱的，玛瑞拉。我不知道进你的房间是不对的，我更不知道试戴胸针也是不对的。但是我现在知道了，我保证以后绝不会再犯了！我的优点之一，就是从不会犯同样的错误。"

"你没有放回去，"玛瑞拉说道，"梳妆台上没有胸针。安妮，你是不是拿走了？"

"我真的放回去了！"安妮赶紧回答，"只是不记得是把它别在针垫上还是放在陶瓷托盘里了。但是我确定，我放回去了。"

"那我再回去看一下。"为了不冤枉人，玛瑞拉决定还是再检查一下为好，"如果你把胸针放回去了，那一定还在那里。但是如果那里没有胸针，那就说明你没放回去。就是这样！"

玛瑞拉回到自己的房间，仔细搜查了一遍。不单单是梳妆台，玛瑞拉把房间里每一个可能的地方都检查了一遍，还是没有发现胸针的踪迹。玛瑞拉气呼呼地回到了厨房。

“安妮，胸针不在那里。你刚才也承认了，你是最后一个碰过胸针的人。你告诉我，你到底把胸针放在哪里了。跟我说实话，是不是带出去弄丢了?”

“不，我没有!”安妮坚定地回答，毫不畏惧地迎上玛瑞拉喷火的眼神，“我没有把你的胸针拿出房间，这就是实话! 就算送我上断头台，我也还是这句话，尽管我不清楚断头台是什么。就是这样，玛瑞拉。”

安妮说的那句“就是这样”，其实只是为了强调她的肯定，但在玛瑞拉看来，这句话像是在挑衅。

“你简直在一派胡言，安妮!”玛瑞拉尖刻地回击，“我就知道你会说谎! 行了，如果不说实话，那就请你一个字都不要再说了。去你的房间好好待着，直到你反省清楚，准备好向我坦白为止。”

“那我要把豆子带上楼去剥吗?”安妮老实地问。

“不必了，我自己会剥完的。照我说的做，现在就去!”

安妮走后，玛瑞拉感到心头一团糟，做什么都不顺。她一心想着自己的胸针，忍不住怀疑是安妮把它弄丢了。明明就是她弄丢的，还满口谎言，拒不承认，而且还装得一脸无辜! 真是太不像话了!

“真不知道自己要面临的后果!”玛瑞拉一边担心地想，一边还剥着豆子，“不过，我相信，这孩子并不是存心想偷的，她只是拿出去玩罢了，或是拿去辅助‘想象’了。胸针一定是她拿走的，这一点毋庸置疑，因为除了她，再没第二个人进过我的房间。她肯定是把胸针弄丢了，又担心我会责怪她，所以才不敢承认的。她竟然会说谎，这真是让人悲哀啊。不过，更糟糕的则是她的脾气! 家里有这么一个小孩，真是让人不放心! 她已经将奸诈与虚伪表现得淋漓尽致了，这样的孩子还能放在家里吗? 相较于丢胸针这件事，我更为她的表现而难过! 如果她告诉我实话，我也不会这么生气了。”

当天晚上，玛瑞拉又把自己的房间翻箱倒柜地找了几遍，但仍旧一无所获。临睡前，她又去了一趟东山墙的小阁楼，结果也是失望而归。安妮一口咬定，自己不知道胸针的下落，而玛瑞拉，则更加肯定了胸针就是安妮拿走的。

第二天早上，玛瑞拉把事情讲给了马修听。马修大吃一惊，同时百思不得其解。他还没对安妮完全失去希望，但他不得不承认，情况对安妮十分不利。

“会不会掉在梳妆台后面了呢?”这是马修能提出的唯一的建议了。

"我把整个梳妆台都挪开了，甚至把每一层抽屉都拖了出来，里里外外，上上下下，我全都看过了，但就是不见胸针的踪影。胸针就是这孩子拿走的，她却谎称自己不知道。真相就是这么简单，事实就是这么残酷，马修·卡斯伯特，我们别无他法，只得面对！"

"那么，你准备怎么做？"马修小心翼翼地问，心里有些暗暗的欣慰，还好是玛瑞拉来解决这个问题，不用他出面。这件事，马修一点都不想掺和。

"她必须一直待在自己的房间里，直到她愿意认错为止！"玛瑞拉冷冰冰地说。她似乎对这种做法颇为得意，因为上次的小意外就是这么解决的。"我们就等着瞧吧！她要是说出把胸针拿到哪里去了，我们兴许还能找到。但是不管怎样，这顿惩罚是免不了的了。"

"可不是吗，你必须惩罚这孩子一顿。"马修摘下帽子，说，"反正我是不会插手的，你还记得吧，是你让我不要管的。"

玛瑞拉感到身心俱疲，孤独无助。她又不能去问林德太太要建议，于是思来想去，只得冷着脸又去了一趟东山墙的小阁楼。结果，她带着一张更冷的脸出来了。安妮依旧拒绝认错，她一口咬定，自己没拿走胸针。孩子的脸有些浮肿，一看就是哭过的。看到这，玛瑞拉心头酸酸的，但还是忍住了。又一天过去了，用玛瑞拉自己的话说，她已经"被打败了"。

"如果不认错，就一直待在这里。仔细想想吧！"玛瑞拉坚定地对安妮说。

"可是明天就要野餐了啊！"安妮喊道，"你一定会让我去的，不是吗？就放我下午出去吧，好不好？回来后，我还是会待在这里。我必须参加野餐啊！"

"听着，安妮，如果不认错，就哪儿也别想去，更不用提什么野餐了。"

"噢，玛瑞拉！"安妮都无法呼吸了。

玛瑞拉权当没听见，背过身，关上门，走了。

周四的早晨，如预期一样阳光明媚，就像是特意为当天的野餐定制似的。鸟儿在绿山墙上空唱着歌。花园中，白色百合花随着微风轻轻摆动，花瓣散发出的幽香，从门窗渗透进房间，在那里徘徊游荡，给每一个角落都带去祝福。山谷里的白桦树欢快地摇摆着，像往常那样向安妮招手问好。可是小安妮并没有在窗户边，因此也看不见窗外的美景。玛瑞拉把早饭端上去时看到，这孩子正笔直地坐在床上，脸上没有一丝血色，看起来冷漠而脆弱。嘴巴也紧闭着，眼睛里几乎没有一点神采。

“玛瑞拉，我准备好了，我要坦白。”

“啊！”玛瑞拉立刻放下手中的托盘。她的方法再一次取得了胜利，虽然这胜利来得有些残忍。“那我来听听你要说些什么吧，安妮。”

“我把胸针拿了出去，”安妮不紧不慢地说着，就像是在背诵一篇文章一样，“你说的对，我把胸针拿走了。刚进你房间的时候，我并没有想过要把它拿走。但那胸针实在是太美了，我完全抵抗不了它的诱惑，于是就把它别在了自己的胸前。然后我又想，如果能戴着这枚美丽的胸针去爱德怀特小木屋，那该多棒啊！那样，我就可以把自己想象成科迪莉亚·菲茨杰拉德夫人了。如果胸前佩戴着华丽的紫水晶，再去把自己想象成夫人，那就简单多了。黛安娜和我都用浆果做过项链，但是浆果怎么能跟紫水晶比呢？于是我就把胸针拿走了。我心想，只要在你回家之前把胸针放回去就好了。于是，我一路慢悠悠地走着，享受着我与胸针独处的美妙时光。走到星芒池的时候，我靠在桥上，把胸针取下来想好好欣赏一下。啊，紫水晶在阳光的照射下闪闪发光，紫色的璀璨光芒是那么迷人！可就在这时，胸针忽然从我的指尖滑了下去，然后一直往下落，一直往下落，最终沉在了星芒池的池底。好啦，这就是我能做的最好的忏悔啦，玛瑞拉。”

听到这，玛瑞拉的心里顿时燃起了熊熊怒火。这孩子把她最珍贵的胸针弄丢了，还能坐在这里慢条斯理地讲述整个过程，脸上一点悔意都没有！

“安妮……这太可怕了！”玛瑞拉尽量保持平静，试着不发火，“你真是我见过的最恶劣的女孩！”

“是的，我想是的。”安妮平静地回答，“我知道我会受到惩罚的。玛瑞拉，请你惩罚我吧！可不可以现在就惩罚我，这样我就可以无牵无挂地去参加野餐了。”

“野餐？想得美！今天你别想去野餐了，这就是给你的惩罚！相对于你的所作所为，这样的惩罚还太轻了呢！”

“不能去野餐？”安妮一下子蹦了起来，抓住玛瑞拉的手，“可是你答应过的啊！你答应让我去的啊，玛瑞拉！我一定要去野餐！就是因为这个，我才认错的啊！求求你了，用别的办法惩罚我吧！噢，玛瑞拉，求你了，求你了，让我去野餐吧！那里有冰淇淋呢，我从未吃过冰淇淋，而且以后，可能永远都吃不到了！”

玛瑞拉冷酷地把安妮的小手拨开。

“不要求我，安妮。你不准去野餐，没得商量。一个字都不要说了。”

安妮意识到玛瑞拉不会改变主意了，她彻底绝望了。只见她攥紧拳头，发出一声尖叫，然后一头扑倒在床上，打着滚号啕大哭起来。

“天啊，”玛瑞拉喘着气，从房间里出来，说道，“这孩子一定是疯了。我还从没见过像她这样无法无天的小孩子！她不是疯了，就是太恶毒。我想雷切尔说的没错，可是事已至此，覆水难收了。”

礼拜四的上午过得无比沉重。玛瑞拉卖力地收拾着家务，把门廊的地板和牛奶架都重新刷了一遍。尽管它们一点都不脏，但玛瑞拉还是刷了一遍。接着，她又把院子扫了一遍。

午饭快准备好了，玛瑞拉站在楼梯口喊安妮。一张泪迹斑斑的小脸露了出来，绝望的大眼睛在扶手上眨巴。

“下来吃饭，安妮。”

“我什么都不想吃，玛瑞拉！”安妮带着哭腔说道，“我什么都吃不下。我的心已经碎了。玛瑞拉，总有一天你会后悔的，但是我原谅你了。当你终于意识到你伤害了我的时候，请记住，我原谅你了。但是请你不要让我吃饭，尤其是青菜烧肉。一个人在难过的时候，是吃不下青菜烧肉这么不浪漫的东西的。”

玛瑞拉气坏了，只得回到厨房向马修吐苦水。而马修正在主持正义与同情安妮这两种情绪之间挣扎不已。

“玛瑞拉，安妮确实不应该拿走胸针，更不应该说谎。”马修拨拉着那盘“不浪漫的”青菜烧肉，好像他跟安妮一样，觉得这盘菜不适合他此时的心情。“可是，她毕竟还小。她那么想去野餐，你不让她去，这是不是有点太残忍了？”

“马修，你可真是让我大跌眼镜啊！我还觉得我放过她了呢！她一点都没意识到自己有多顽劣，这才是最让我担心的啊！如果她能有一些悔意，我也不会这么难过了。你似乎并没有意识到这个问题的严重性，你一直在为她找借口！我算是看出来了！”

“玛瑞拉，她还小啊。”马修无力地重复道，“我们应该对她多宽容一些。以前也没有人告诉过她应该怎么做，她没有受过正式的教育啊。”

“以前没有，现在不正是在教育吗？”玛瑞拉反驳道。

虽然马修依旧不满，但这句话确实无法反驳。两个人的午饭吃得无比压抑。此刻，唯一高兴的人，就是那个帮工男孩，杰里·波特。玛瑞拉甚至怀疑，杰里是不是在故意气他们。

盘子洗好了，面团也在发酵了，母鸡也喂好了，玛瑞拉这才想起来还有一件事没做。上个星期一的下午，她从女士互助会回来，脱衣服的时候发现自己最好的那件黑色蕾丝披肩破了一道口子。

嗯，还是去修补一下吧。玛瑞拉打开木箱，取出那件蕾丝披肩。窗外的阳光穿过纠缠的藤蔓照进来，打在披肩一个闪闪发亮的小物件上。在阳光的照射下，通透玲珑的石头折射出耀眼的紫色光芒。玛瑞拉一把抓到手里。挂在蕾丝披肩上的，可不就是她丢失的那枚紫水晶胸针吗？

“上帝啊，”玛瑞拉哑口无言，“这是怎么回事啊？我的胸针好好地挂在披肩上呢，根本不在巴里的池塘里啊！安妮为什么要说是自己拿走弄丢了呢？哎呀，绿山墙真是一团糟！我想起来了，上个礼拜一，我把披肩脱下来以后，先是放在了梳妆台上，肯定是那会钩上那胸针的！唉！”

玛瑞拉来到东山墙，手里拿着那枚胸针。安妮已经哭得没了力气，正瘫坐在窗户旁。

“安妮·雪莉，”玛瑞拉严肃地说道，“我刚才在我的黑色蕾丝披肩上找到了胸针。你今天早上那么一长段演讲是什么意思呢？”

“因为你说，只要我认错，你就会放我出去了呀。”安妮无力地回答，“所以我就决定认错了，因为我太想去参加野餐了。昨天晚上睡觉之前，我就想了这么一长段话，还尽力把它编得很有趣。然后我在脑子里过了一遍又一遍，直到背得滚瓜烂熟。但是你还是不让我去参加野餐，我的努力都白费啦！”

玛瑞拉用理智控制了一下自己的情绪，努力不笑出来。

“安妮，你真了不起！我知道，是我错了，我不应该怀疑你说的话，我知道你不会说谎的。当然了，为自己没有做过的事情道歉也不对，非常不对。但是，是我逼你这么做的，所以如果你原谅我的话，我就原谅你啦。这样，我们就扯平了。好了，现在收拾一下，去野餐吧！”

安妮像火箭一样窜了起来。

“噢，玛瑞拉，不会太迟了吧？”

“不会迟的，现在才两点。人还没去全呢，起码要再过一个小时才有下午茶喝。把脸洗一下，头发梳好，然后穿上那套棉锻裙。我给你装一篮子吃的。家里烤了很多饼干和面包，够你们吃的了。我让杰里赶马车送你过去。”

“噢，玛瑞拉！”安妮一边说，一边跑向洗脸池，“五分钟前，我还绝望地希望自己从没出生过呢，现在我感觉自己快乐得就像天使！”

晚上，玩得筋疲力尽却兴致不减的小安妮回到了绿山墙，脸上带着如痴如醉的欣喜。

“噢，玛瑞拉！我过了一个极度精彩的下午！‘极度’是我今天刚学的新词。我听玛丽·爱丽丝·贝尔这么说的。这个词太有表现力啦！啊，每一样东西都是那么完美！我们喝了美味的下午茶，然后哈蒙·安德鲁斯先生划船带我们在星芒池上玩——一次带六个！简·安德鲁斯差点掉下船，因为她趴在船边想采一朵睡莲，幸好安德鲁斯先生及时抓住了她的腰带，不然她说不定就掉下船淹水了。我真希望我也可以淹一次水。如果能被水淹，那该是多么浪漫的事情啊！那是多么惊心动魄的经历啊！然后，我们又一起吃了冰淇淋。任何语言都无法描述冰淇淋的美味。玛瑞拉，那简直是一种无上的美味！”

当天晚上，玛瑞拉一边补着袜子，一边又把整个事情向马修讲了一遍。

“只能说，我确实犯了一个错误。”玛瑞拉诚恳地说，“我算是得到教训了。啊，一想到安妮的‘坦白’，我就忍不住想笑，但我还是没笑出来，这毕竟是在撒谎啊。不过，与有的孩子犯的那些大错相比，这点错根本算不了什么。再者说，要不是我逼她，她也不至于想到这么一个办法。那孩子确实有些地方让人难以理解，但我相信她会越来越好的！有一点是可以肯定的，哪家有了小安妮，哪家就有了欢乐。”

第十五章

小学校的大风暴

“多好的天气啊!”安妮长长地吸了一口气,“有福气享受这样美好的一天真是太棒了,不是吗?我真为那些还没出生的人感到可惜,虽然他们也会碰上好天气,可是他们永远也没办法碰上今天了呀!而且能从这么可爱的小路上学,真是一件美事!”

“是比走大路舒服,大路上灰尘太重了,而且热得要命。”黛安娜看着自己的午餐篮,现实地说道。午餐篮里放着三块美味多汁,让人食指大动的覆盆子馅饼。黛安娜盘算着如果把这三块馅饼分给十个女孩,那自己能吃上几口。

安维利学校的女孩们总是喜欢把各自的午餐合在一起分享。如果有人胆敢独吞三块馅饼,或是只跟自己的好朋友分享的话,一定会被冠以“特别小气”的名号。可是,如果真的把三块馅饼平分成十份,那根本不够塞牙缝的呀。

安妮和黛安娜上学时走的那条小路确实很美。安妮甚至于觉得,这条路已经美得不能再美了。哪怕全世界最有想象力的孩子,也无法把这条小路设计得更美一些。走大路可是一点都不浪漫的。除小路之外,同样浪漫的还有白桦路、柳树池、恋人小道,以及紫罗兰山谷。

恋人小道从绿山墙的果园一直延伸到卡斯伯特家农场后的树林中。玛瑞拉平时常常赶着牛群从这条路到后院的牧场去,冬天时木材也得通过这条路运出去。在绿山墙待了快满一个月的时候,安妮为这条小路取名“恋人小道”。

“并不是说恋人们真的会从这条小路上走,”安妮向玛瑞拉解释道,“那是黛安娜和我从一本精彩的书上看到的名字。我们也想有这样的一条小路。这名字太美了,对不对?好浪漫啊!我都无法想象,如果这条小路上真的有恋人的话会是什么样子。我最喜欢这条小路的原因是,在这条路上我可以大声地自言自语,而不会有人说我疯了。”

安妮每天早上独自出发,沿着恋人小道走到小溪旁边与朋友黛安娜会合。然后她们一起顺着小路走进高大的枫树林里。“枫树特别爱说话，”安妮说道，“你看，它们总喜欢沙沙地跟你说悄悄话。”出了枫树林是一座破旧的小桥，小桥对面是巴里先生的农田。她们穿过农田，再走过柳树池，就到达了紫罗兰山谷。紫罗兰山谷其实只是一片小树丛，属于安德烈·贝尔先生家的树林。“现在当然是没有紫罗兰花的，”安妮告诉玛瑞拉，“但是黛安娜和我说，在春天的时候，那里会有成千上万的紫罗兰花。啊，玛瑞拉，你能想象吗？那简直美得让人窒息！我给那里取名为‘紫罗兰山谷’。黛安娜说，她从没见过像我一样擅长给美丽的东西取名字的人！擅长一样事情的感觉真棒！不过，黛安娜也取了一个名字——白桦路。当然，这个名字没什么特别的，谁都能想得出来。可是白桦路真的是这个世界上最最漂亮的地方了，玛瑞拉！”

那里确实很美，不单单安妮这样认为，镇上很多人都这么觉得。那是一条窄窄的、弯弯曲曲的小路，从小土丘上一直蜿蜒到贝尔先生家的小树林。当阳光透过层层叠叠的枝杈射下来，小路上就会如钻石之心一般闪烁着璀璨的光芒。小路两旁新种上了白桦树，笔直的树干、柔软的树枝和翠绿的叶苗煞是惹人喜爱。羊齿蕨、七瓣莲、野生铃兰，还有一簇簇鲜红的鸽子梅在小路两旁争相怒放。空气中总是沁着一股幽香，鸟儿的歌唱伴着树叶摩挲的沙沙声在小路上空萦绕。如果足够安静，你还能时不时看见一两只兔子经过——安妮和黛安娜就曾经遇到过这稀罕事。山谷下有条小路连接着大路，沿着大路翻过长满云杉的小土丘，便是学校了。

安维利学校的外墙粉刷成白色，屋檐很低，窗户宽敞而明亮。教室里配备的都是实用而简洁的带抽屉的老式书桌。课桌上写满了各种名字缩写或是鬼画符，那是历届就读于此的学生们留下的。校舍后面是茂密的云杉树林，一条小溪穿流而过。孩子们早上的时候把带来的牛奶放在小溪里，这样中午吃饭时牛奶便又凉又甜。

九月的第一天，玛瑞拉怀着复杂的情绪送走了安妮。她很为安妮担心，安妮是个古怪的小女孩，她能跟班上其他同学相处融洽吗？上课的时候她能管好自己的嘴巴吗？

事实却仿佛出乎意料的好。安妮又唱又跳地回到了家中。

“我想我会喜欢上学的，”安妮宣布，“不过我不太喜欢那个男老师。他总是不停地卷着自己的胡子，还不停地跟碧西·安德鲁斯眨眼睛。碧西是个大孩子，你知道的吧？她已经十六岁了，明年她想去夏洛特敦的皇后专科学院，现在正为入学考试做准备呢。提莉·波尔特说，老师已经神魂颠倒了。碧西的肌肤粉嫩嫩的，棕色头发微微卷曲，她做任何事情都好优雅啊！她坐在教室里最后一排的长凳上，男教师也老是坐在那儿，说是给她讲解功课。但是露比·吉利斯说，她看到男教师在碧西的写字板上写了一段话，碧西看完以后脸红红的，咯咯直笑呢！露比·吉利斯说，她觉得那段话肯定跟功课没有任何关系。”

“安妮·雪莉，不要再让我听到你在背后议论自己的老师了。”玛瑞拉严厉地说道，“你去上学不是为了评论老师的。他会教你很多东西，而你的任务就是学会这些东西。我希望你能搞清楚这一点，回家以后不可以说他的闲话。我很不赞同你这样闲言碎语，希望你能听话懂事。”

“我很听话的，”安妮依然很兴奋，“其实做个好孩子，没有你想象中那么难。我跟黛安娜坐在一起。我们的座位就在窗户边，我们可以远远地望见星芒池。学校里有好多女孩，我们吃饭的时候，玩得很开心！能有这么多女孩陪我玩真是棒极了！但是，我还是最喜欢黛安娜，而且我会永远最喜欢她。哦，我多么爱黛安娜呀！不过，说到学习，我发现自己掉队掉得太远了。他们都在学第五册了，而我才在学到第四册。我感觉有些丢人，但是我发现我们班上没有谁拥有跟我一样的想象力。我们今天上了阅读课、地理课、加拿大历史，还有听写课。菲利普先生说我的拼写非常难看，还举着我的写字板给全班看，上面都是错号。噢，我觉得太丢人了，玛瑞拉。他怎么对新生一点都不宽容呢？露比·吉利斯给了我一个苹果。索菲亚·斯洛那借给我一张粉色的卡片，上面写着‘我能送你回家吗？’我明天就还给她。提莉·波尔特把她的珍珠戒指给我戴了一下午。我可不可以也从那只旧针垫上取几颗珍珠，自己做一个戒指呀？噢！还有，玛瑞拉，简·安德鲁斯告诉我，米妮·麦克弗森说自己听到碧西·安德鲁斯跟莎拉·吉利斯说我的鼻子很好看。玛瑞拉，这辈子第一次有人夸我哎！你一定想象不到我心里有多么激动！玛瑞拉，我的鼻子真的那么好看吗？你一定要说实话呀！”

“你的鼻子长得还不错。”玛瑞拉简短地回答道，虽然玛瑞拉在内心觉得安妮的鼻子确实很漂亮，但是她可不打算告诉安妮。

那已经是三个星期以前的事了，到现在为止一切都很正常。如今，在这个清爽的九月早晨，安妮和黛安娜——安维利镇上最快乐的两个小女孩，正一蹦一跳地走在白桦路上。

“今天也许吉尔伯特·布莱斯会来学校，”黛安娜说道，“他整个夏天都在新布朗斯维克的叔叔家，上周六晚上才回来。他帅死了，安妮！不过他捉弄女孩子时也有很多鬼点子。这类人的存在，就是为了折磨我们的！”

可黛安娜的语气里，安妮听到的明明全是“我宁愿被他折磨而死”。

“吉尔伯特·布莱斯?”安妮问道，“这个名字是不是走廊里的墙上，跟茱莉亚·贝尔的名字写在一起，旁边还有一个大大的‘注意’呀?”

“是的，”黛安娜摇晃着脑袋说道，“但是我知道他并没有那么喜欢茱莉亚·贝尔，我听他亲口说过——他就是靠数她脸上的雀斑学会的乘法。”

“噢！不要跟我提起雀斑，”安妮请求道，“脸上有这么多雀斑的感觉，你是无法理解的。不过，我觉得在墙上把男孩、女孩的名字写在一起，这个主意真是蠢透了。我倒是想看看，有没有谁敢把我的名字跟男孩的写在一起呢！不过，”安妮又补充道，“我想大概不会有人那么写的吧。”

安妮叹了一口气，她当然不希望自己的名字被写在墙上。但是，想到自己连这样的潜在危险都没有，安妮又不免有些难过。

“胡说，”黛安娜说道。黛安娜的黑眼睛和亮丽的长发早就征服了学校里的一帮男生，她的名字已经是“注意”墙上的常客了。“这只是玩笑而已。而且你怎么知道不会有人把你的名字写上去? 查理·斯洛那就为你神魂颠倒啊！他告诉他妈妈——注意，是他妈妈哦——说你是学校里最聪明的女孩。那可比单纯的漂亮厉害多了！”

“才不是呢，”安妮说到底还是个小女生，“我宁愿漂亮，也不要聪明。而且我讨厌查理·斯洛那，我不喜欢男生的眼睛转来转去的。如果有人把我的名字和他的写在一起，那我永远也不会原谅这个人的。不过，对于我来说，能在班上名列前茅倒是件好事。”

“可是很快吉尔伯特就要来班上了，”黛安娜说道，“他以前一直是班上成绩最好的。他已经十四岁了，但他才学到第四册。因为四年前他爸爸生病了，必须去亚伯达省看病，所以吉尔伯特就休学跟着去了。他们在那里待了三年，吉尔伯特一直没怎么上学。他现在回来了，所以安妮，以后要想在班上领先可不是那么容易的了。”

“我很高兴，”安妮迅速说道，“领先一群九岁、十岁的小男孩小女孩真的没什么了不起的。现在有了真正的对手，我由衷地感到高兴呢。昨天我起来拼写‘沸腾’这个词，乔希·派伊竟然在我前面拼好了。我看到她看了一眼课本的，不过菲利普先生没看到——他目不转睛地看着碧西·安德鲁斯呢，但是我可看到了。所以我就冷冷地盯了她一眼，她脸立刻红了，之后就拼错了。”

“派伊家的女孩就喜欢作弊，”黛安娜敏捷地翻过大路旁的栅栏，一边还不忘义正言辞地谴责，“就在昨天，你知道么？歌蒂·派伊到溪水里冰牛奶的时候，竟然把她的牛奶放在我经常放牛奶的位置上，我再也不跟她讲话了。”

不知不觉中，安妮和黛安娜聊着天走到了学校。

趁着菲利普先生在教室后面听碧西·安德鲁斯练习拉丁语，黛安娜悄悄地对安妮说：

“安妮，坐在你过道对面的那个男生就是吉尔伯特·布莱斯。你说帅不帅？”

安妮转头望去，她的时机把握得很好，这时吉尔伯特正专心致志地把坐在前排的露比·吉利斯的金黄色长辫子钉在椅背上呢。吉尔伯特个子很高，棕色头发微微卷着，还有一双充满邪气的褐色眼睛，嘴上一副恶作剧式的调皮微笑。此刻，露比·吉利斯正好站起来准备发言，因为头发被钉在椅背上，扯得头皮钻心的疼，她不由地发出一声尖叫，然后重重地跌落在椅子上。每个人都看向露比，菲利普先生也生气地看着她，于是露比“哇”的一声哭了出来。而此时，吉尔伯特已经敏捷地把钉子取掉了，还装作一本正经的样子，严肃无比地看着历史书。闹剧结束之后，吉尔伯特冲着安妮夸张地做了个鬼脸，挤了挤眼睛。

“你们家的吉尔伯特·布莱斯确实很帅，”安妮对黛安娜说道，“但是他太大胆了，竟然对一个陌生女孩挤眉弄眼！”

可是，到了那天下午，一切都变了。

菲利普先生在教室后面的角落里给碧西·安德鲁斯解答代数问题，其他的学生则在教室里各做各的，不亦乐乎。有吃青苹果的，有说悄悄话的，有在写字板上画画的，有斗蛐蛐的，还有在走廊里疯跑的。吉尔伯特·布莱斯则一心想引起安妮·雪莉的注意，想让她看看自己，但是似乎怎样都不成功。其实，安妮不是故意无视吉尔伯特，准确地说，她现在眼里谁都看不见。安妮用双手托着下巴，眼睛一动不动地凝望着窗外星芒池上那蓝色的波光，心思早就飘到千里之外的幻想乐园去了。

吉尔伯特可不习惯这样挖空心思吸引女孩，到头来还一场空。这个女孩应该看到他的，这个红头发的叫做雪莉的女孩，这个有着尖下巴和与众不同的大眼睛的女孩，应该注意到他。

于是，吉尔伯特一步跨到安妮身边，拉起她长长的红辫子，高高地举起来，然后尖声叫喊道：

“胡萝卜！胡萝卜！”

这个可恶的家伙！

安妮猛地站起身，对吉尔伯特怒目而视，他竟然就这样毁了自己美好的下午！安妮眼中的熊熊怒火转瞬又变成了愤怒的眼泪。

“你这个卑鄙、可恶的家伙！”安妮大叫道，“你竟敢这样对我！”

接着，“啪！”的一声，安妮把写字板摔在了吉尔伯特的脑袋上，碎成了两半——写字板，不是脑袋。

安维利学校的学生们最喜欢看热闹，而这一场闹剧尤其精彩。每个人都发出“噢！”的一声惊呼。黛安娜像噎住了一般。经常情绪崩溃的露比·吉利斯，则意料之中地哭了起来。汤米·斯洛那张大嘴巴不肯错过剧情，丝毫没有意识到他的蟋蟀大军已经迅速叛逃了。

菲利普先生快速走到安妮身边，用手重重地搭在安妮的肩头。

“安妮·雪莉，你在干什么？”菲利普先生质问道。安妮说不出话来，要她再重复一遍刚才自己被喊成“胡萝卜”，还不如让她死了算了。吉尔伯特倒是勇敢地站了出来。

“是我的错，菲利普先生。我捉弄她来着。”

菲利普先生却当做没听见。

“我不希望看到自己的学生品行如此恶劣，报复心如此之重！”他严肃地说道，仿佛做他的学生，就应该根除内心里所有的负面情绪，不能有大喜大悲一般。“安妮，去站到讲台上。下午放学以后再下来。”

安妮心里一沉，她宁愿被鞭挞，也不愿接受这样的惩罚，这跟抽打她的心灵有什么区别？可是，老师的话是不可违背的。安妮脸色煞白地走上了讲台。菲利普先生拿起一支粉笔，在黑板上头写了一句话：

“安尼·雪莉脾气不好。安尼·雪莉要学会控制情绪。”然后他又当着全班的面念了一遍。这样，就算是初级班上那些刚开始学写字的孩子也明白这是什么意思了。

安妮头顶着那句话，在黑板前站了一个下午。她没有哭，也没有低下头。她满腔怒火还没有完全熄灭，尽管心有不服、满腹委屈，但她依然昂首挺胸地站在讲台上。她怒目圆睁，两颊绯红，气呼呼地迎着所有人的眼光——不管是黛安娜楚楚的同情的注视，还是查理·斯洛那愤愤不平的点头支持，还是乔希·派伊幸灾乐祸的微笑。而吉尔伯特·布莱斯，安妮决定永远不看他一眼。她再也不会朝他看了！她更不会跟他说一句话！

放学之后，安妮昂着头从讲台上走下来。吉尔伯特·布莱斯在门口拦住她。

“对不起，我不应该取笑你的头发。安妮，”他真诚地小声说道，“我真心地向你道歉。请你不要再生气了。”

安妮一步没停地大跨步走了，只当没听见。“噢，你怎么忍心拒绝他的啊？安妮。”走到半路时，黛安娜有些痴迷地问她。黛安娜感觉，自己是永远不会拒绝吉尔伯特的请求的。

“我永远不会原谅吉尔伯特·布莱斯，”安妮坚决地说道，“菲利普先生今天写我名字的时候没有加上‘女’字旁。吉尔伯特已经铸成大错了，黛安娜。”

黛安娜不太明白安妮的意思，但是她听得出来，事情很严重。

“你不用那么介意吉尔伯特取笑你的头发的，”黛安娜还在一旁劝慰，“班上所有的女生都被他取笑过。他还笑我是乌鸦呢，就因为我的头发很黑。他都喊了我好几十遍乌鸦啦！而且，我还从没见过他跟哪个女生道过歉呢，真的！”

“被称为‘乌鸦’和被称为‘胡萝卜’的区别太大了，”安妮高高地昂着头说道，“吉尔伯特·布莱斯已经‘极度’地伤害了我的感情，黛安娜！”

如果不发生别的事情的话，这场闹剧可能也就这么过去了。可是常常事与愿违，一波未平一波又起。

安维利学校的学生喜欢在午休的时候，去贝尔先生的云杉小树林里捡树胶果吃。这片云杉小树林就在小山坡后面的一片大牧场旁边。孩子们会时不时地瞄一眼伊本·莱特家的房子，因为菲利普先生常常寄宿在那里。只要看到菲利普先生的身影，孩子们便作鸟兽散，飞快地跑回学校。而莱特先生家旁边有一条小路通往学校，那条小路的长度，比起从云杉小树林到学校的距离大概只有三分之一。所以要想赶在菲利普先生之前到达学校，就必须拼命奔跑，可还是会时不时有不少学生迟到个几分钟。

第二天，菲利普先生忽然心血来潮，决定“改革”一下出勤制度。于是吃午饭之前，他在班上宣布：他希望自己回到教室的时候，每个人都规规矩矩地坐在自己的座位上，迟到者将受罚。

可是，到了午休的时候，孩子们还是一窝蜂地去了贝尔先生的云杉林，心里盘算着“只是稍微捡几个果子”就走。然而这片云杉林是那么的诱人，黄色的树胶果看起来那么的美味，孩子们三三两两地捡着果子，一不小心时间就过去了好久。跟往常一样，首先发现“敌情”的是吉米·格洛佛，他正爬在一棵老云杉树顶上观望，他大喊一声：“老师来啦！”

女孩们率先起跑了，因为本来就在地面上，所以及时回到了教室里。

而男孩们还得先从树上爬下来，所以比女孩们晚一些。安妮从不去捡果子，她只是喜欢在树林深处散步，或是走在齐腰高的欧洲蕨草中，轻声唱歌给自己听。她头上还会戴着由白百合编成的花环，然后把自己想象成得律阿德斯。这一次，安妮是最晚的一个。安妮跑步很快，但还是不足以改变自己跟男生们一起被堵在门口的命运。他们一窝蜂涌进教室，坐到自己的位子上，这时菲利普先生正缓缓地摘下头上的圆顶帽。

菲利普先生大刀阔斧的改革有些动力不足了，他实在不想大动干戈惩罚一大群小学生，但为了维护威严、以示警告，他还是决定杀鸡儆猴。他一眼就看到了安妮，安妮正瘫坐在椅子上，喘得上气不接下气，耳朵上还挂着忘记摘下来的百合花环，看起来尤其邋遢凌乱。

"安妮·雪莉，既然你这么喜欢跟男孩子做伴，那今天下午我就成全你。"菲利普先生阴阳怪气地说道，"把耳朵上的花扔掉，然后坐到吉尔伯特·布莱斯旁边去！"

其他的男生都在窃窃私语。黛安娜脸色煞白，把安妮耳朵上的花环拿下来，然后使劲地捏了捏安妮的手。安妮死死地盯着菲利普先生，一动不动。

"听见我说的话了吗，安妮？"菲利普先生质问道。

"听见了，先生，"安妮慢慢地吐出几个字，"但我想，您不是认真的。"

"我确定，我是认真的。"菲利普先生依旧用大家最讨厌的阴阳怪气的声音说道，这声音让人刺痛。他命令道："立刻照做！"

有那么一秒钟，安妮似乎想反抗。可是后来仔细一想，反抗也不会改变什么，于是安妮骄傲地站起身，走过过道，坐在了吉尔伯特·布莱斯的身旁，把脸深深地埋在臂弯里。坐在前排的露比·吉利斯回头看着安妮。在回家的路上，露比跟同学描述说"从没见过那样惨白的脸，还布满了红色的点点"。

而对于安妮来说，这跟世界末日没有什么区别。从一大群人中被挑出来单独受罚就已经够糟糕的了，竟然还要她跟男生坐在一起，而这个男生还偏偏就是刚刚嘲笑了安妮的吉尔伯特·布莱斯！安妮觉得自己再也承受不了这样的打击了，再怎样努力也无法改变这残忍的现实。她感到自己快要透不过气了，羞辱、愤怒、耻辱已快要将她淹没。

一开始，别的孩子还不停地看向安妮，嘀嘀咕咕，咯咯窃笑，或是推推搡搡。可一整个下午，安妮都没有再抬起头来，身旁的吉尔伯特则专心致志地做着分数习题，好像除了习题之外，这个世界上他什么都不关心。大家也渐渐淡忘了这场风波，开始各忙各的。菲利普先生宣布历史课下课的时候，安妮应该起身离开了，可她还是没有动。而菲利普先生在创作一首题为《致普里茜》的诗歌，此刻似乎正忙着推敲一个很难的韵脚，因此也顾不上看安妮一眼。终于，趁着没有人注意，吉尔伯特从课桌里拿出一块包着粉色糖纸的糖果，上面还用金字刻着一句话“你真甜美”，他把糖从安妮的臂弯下面塞给了安妮。安妮抬起头，用手指拈起那块糖果扔在地板上，用脚后跟狠狠地碾碎，然后又恢复刚才的姿势，看都没看吉尔伯特一眼。

放学了，安妮走到自己的课桌前，把桌肚里所有东西——课本、本子、钢笔、墨水、圣约和算术书，全都一股脑拿出来，然后堆在裂成两半的写字板上。

“安妮，干吗把这些东西都带回家呀？”刚走出学校，黛安娜便迫不及待地问道。她想了很久，还是决定问一下。

“我再也不上学了。”安妮说道。黛安娜倒吸一口气，瞪大眼睛看着安妮，想确认她是不是在开玩笑。

“玛瑞拉肯让你待在家里吗？”黛安娜问道。

“她必须让我待在家里，”安妮说道，“我绝不再去学校看菲利普先生一眼！”

“噢！安妮！”黛安娜差点哭出来，“你怎么可以这样无情。你走了，我可怎么办？菲利普先生一定会让我跟可怕的歌蒂·派伊坐在一起的！我一定会跟她坐的，因为现在她一个人坐着呢！求求你，回来吧，安妮！”

“我愿意为你做任何事情，黛安娜，”安妮伤心地说道，“如果对你有好处，我甚至愿意被撕成碎片。但是，我没有办法答应你这个要求，请你不要继续说了。你这样只会徒增我的烦恼。”

“想想你会错过的乐趣吧，”黛安娜嗫嚅地说道，“我们可以在小溪旁再搭一座可爱的小木屋，而且我们下周就要去打排球玩了！你还从没打过排球呢，安妮。排球超级好玩的！听说我们马上还要学唱一首新歌，简·安德鲁斯已经在练习了，而且爱丽丝·安德鲁斯说她下周会带新一册的《潘西》给我们朗诵。我们可以在小溪旁边朗诵。你多喜欢朗诵啊，安妮！”

安妮最终也没有为之动摇。她决心已定，再也不想回学校，面对菲利普先生那张脸了。一回到家，她就这么告诉玛瑞拉。

“胡闹！”玛瑞拉说道。

“我没有胡闹，”安妮严肃地看着玛瑞拉的眼睛说道，“你还是不明白吗，玛瑞拉？我受到了侮辱。”

"什么侮辱啊乱七八糟的！明天照常去学校！"

"不，"安妮轻轻摇了摇头，"玛瑞拉，我不会回去的。我可以在家自学，我保证乖乖的。我甚至可以保证一段时间不说话，但是我不会回去的，绝不！"

玛瑞拉从安妮的小脸上看到了一股不屈不挠的倔强。她知道这股子牛劲是怎么也拐不过来的，此时此刻明智的选择就是冷处理。"我还是今晚先去找雷切尔看看吧，"她想着，"现在跟安妮讲大道理也没用。她现在正在气头上，我有什么话都不好跟她说。从我刚才的理解来看，菲利普先生在这件事的处理上确实有些武断了，但是我不可以这样跟安妮讲。我还是先去找雷切尔商量一下吧。她有十个孩子都上过学，她一定知道怎么处理这样的问题。我估计，她应该已经听说安妮的事情了。"

到了雷切尔·林德太太家，玛瑞拉发现林德太太正如往常一样欢快而勤劳地缝着棉被。

"我想，你应该知道我此行的目的了。"玛瑞拉有点不好意思。

雷切尔·林德点了点头。

"我想，应该是为了安妮吧，"林德太太说道，"提莉·波尔特回家的路上跟我说过了。"

"我真不知道该拿安妮怎么办，"玛瑞拉说道，"她宣布不再去上学了。我从没见过那么倔的孩子。唉，自从她上了学校，我就知道迟早要出事。我每天都纳闷儿，怎么到现在都没有出事。终于还是轮上了，她现在就跟一个还没点燃的炸弹一样。雷切尔，你说我应该怎么办？"

"既然你来问我的意见，玛瑞拉，"林德太太欣慰地说道，她最喜欢别人向她询问建议了，"要是我是你，我就先由着安妮的性子。我觉得菲利普先生在这件事上确实有点离谱。当然，这可不能跟孩子说。安妮昨天乱发脾气，他惩罚一下安妮是对的。但是今天就不一样了，迟到的孩子有很多，不应该单独惩罚安妮。而且我觉得，再怎么样也不应该让女孩坐在男孩的旁边来进行惩罚，这太不成体统了。提莉·波尔特似乎很为安妮打抱不平，还说班上很多孩子都支持安妮。看来安妮在他们中间还挺受欢迎的呢！这我还真是没想到。"

"你真的觉得，我应该先让她在家里待一段时间吗？"玛瑞拉有些意外。

"是的，要是我是你，我不会先跟她说去上学，我会等到她自己说要去上学。相信我，玛瑞拉，过一个礼拜她就想清楚了，然后就会做好准备回学校去。如果你现在就让她回去上学，指不定会发生什么事情呢！这孩子脾气太暴了，谁都不知道她会做出点什么出格的事情。你要顺着她来，问题很快就能解决。而且，就算不去学校，也不会落下多少功课的。菲利普先生实在不是个称职的老师，他管理班级的办法实在让人没法赞同。而且他不怎么管年轻的孩子，他大多数时间都花在那些准备皇后专科学院入学考试的大孩子身上了。要不是他叔叔是董事会成员，他今年根本就不可能续签。董事会还有两个成员，却只会被他叔叔牵着鼻子走。唉，真不知道这岛上的教育有没有前途！”

林德太太摇了摇头，就好像在说，如果换了她来管理本省的教育系统，一切都会大为改观。

玛瑞拉听取了林德太太的建议，由着安妮待在家里，绝口不提去上学的事。安妮便在家自学，还做做家务。每天傍晚的时候，她会跟黛安娜在清冷的紫色夕阳里玩一会。可是不管是在路上，还是在主日学校里碰到吉尔伯特·布莱斯，安妮都会冷冰冰地擦肩而过，吉尔伯特百般示好，安妮却不理不睬。无论黛安娜这个和事佬怎么努力，都得不到任何回应。显然，安妮已经下定决心，与吉尔伯特·布莱斯势不两立了。

尽管安妮对吉尔伯特极其厌恶，对黛安娜却是无比热爱。向来爱憎分明的她全心全意地爱着黛安娜。一天晚上，玛瑞拉挎着一篮苹果从果园回到家里，发现安妮正就着微弱的霞光，坐在东边的窗台上哭成个泪人。

“怎么啦，安妮？”玛瑞拉问道。

“是因为黛安娜，”安妮大声抽泣着，“我太爱她了，玛瑞拉。没有她我会活不下去的。可是我知道，等我们长大了，黛安娜一定会结婚的，然后就会离我而去了。噢！到时候我可怎么办啊？我恨她丈夫——我太恨他了！我想象过她的婚礼，还有一切一切事情。黛安娜穿着雪白的婚纱，罩着头纱，看起来就像皇后一样美丽又高贵。我是伴娘，也穿着一件可爱的裙子，有泡泡袖的，可是我脸上笑着，心却碎了。然后，我就与黛安娜道……别……呜呜……”安妮整个人崩溃了，泣不成声，话都说不全了。

玛瑞拉立刻转过身，不想安妮看到自己抽搐的五官。可玛瑞拉还是没忍住，顺手抓了一把椅子坐下，笑得前仰后合。马修从院子里经过时，忽然听到屋里震天的笑声，吓得停住了脚步。玛瑞拉什么时候笑得这么开心过啊？

“安妮·雪莉，”玛瑞拉好不容易平复了语气，“如果真想自找麻烦，我建议你找点实在点的！我这下是相信了，你想象力实在太丰富了！”

第十六章

黛安娜的悲惨茶会之约

绿山墙的十月美极了，山谷里的白桦树叶都染成了金色，果园后的枫树都变成了尊贵的绛红色，小路两旁的野莓树则披上了暗红色和黛绿色的外衣。新割的麦子在阳光下涌起了金色的麦浪。

安妮在这五彩斑斓的世界中陶醉了。

"噢，玛瑞拉！"一个周六的早上，安妮怀里抱着各种各样的树枝，欢叫着回到家里。她不停地赞叹："我们生活的世界里有十月，这真是太美好啦！如果过完九月，就直接是十一月该多无聊啊！你看这些枫树树枝，是不是很美？你有没有感觉到为之一颤——还是有好几颤？我要拿这些去装饰我的房间！"

"瞎折腾，"玛瑞拉批评道，她的审美观并没有多大的改善，"你不是已经从野外带了一大堆东西进屋了吗？安妮，卧室是给人睡觉用的。"

"噢，卧室也是做梦用的呀！玛瑞拉，如果房间里有那些美丽的东西，那做的梦也会很美丽的！我要把这些树枝放在那只蓝色的旧花瓶里，然后搁在我的桌子上。"

"好吧，记得别把树叶掉在楼梯上。今天下午我要去一趟卡莫迪，参加一个互助会的例会。我可能要天黑以后才到家，所以你得给马修和杰里做晚饭。你不要跟上次一样，坐到饭桌前才想到要烧茶！"

"对不起，我上次确实做得不对。"安妮充满歉意地说道，"那天下午我正好在绞尽脑汁地给紫罗兰山谷取名字，脑子有些不够用了！马修最好了，他从不责怪我。他把茶水备好，然后说等一会就好了。在等水开的时候，我给他讲了一个美丽的神话故事。不过，我忘记结尾了，所以就自己编了一个。马修说，他一点都听不出来我是从哪里开始编的。"

"马修当然不会觉得有什么问题了，安妮。我猜就算你半夜起床说要吃饭，马修也不会觉得不对。但是，这次你一定要仔细一些。还有，我真不知道这样做对不对，也许只会让你更加疯狂呢，你下午可以请黛安娜一起过来喝茶。"

"噢，玛瑞拉！"安妮一下子握紧小手，"太棒了！看来你还是很有想象力的，不然你怎么知道，我盼望这一天已经那么久了！啊，这看起来一定很优雅，很像大人！既然有客人要来，我就不会忘记烧茶啦！噢！玛瑞拉，我可以用那套玫瑰花蕾的茶具吗？”

“不行！玫瑰花蕾茶具？哼，接下来还想要什么？你知道的，只有牧师或是互助会的人来做客的时候，我才会用那套茶具。你用那套旧的土陶茶具就够了。不过你们可以打开那个黄色罐子，尝尝里面的樱桃酱，现在也到了吃樱桃酱的时候了。你们还可以就着吃一些水果蛋糕，再吃点饼干什么的。”

“我已经想象出下午的场景了。我坐在桌子的那一头，给黛安娜倒茶，”安妮紧紧闭着眼睛，如痴如醉地说，“然后我问黛安娜要不要加点糖。我知道她不会加的，但我一定要装作不知道的样子问她一遍。然后，我劝她再吃一块水果蛋糕，再吃一些樱桃酱。噢！玛瑞拉，单单是想一想就已经让我开心得要飞起来了！我可以带她去客房放帽子，然后坐在客厅里聊天吗？”

“不行，起居室就够你们用了。不过，我那里还有上次教堂集会剩下的半瓶覆盆子甜酒，就放在起居室橱柜的第二层架子上。要是想喝，也可以就着饼干喝一点。我估计马修晚上很晚才会回来，他下午要把土豆运到船上去呢。”

安妮飞也似的跑过山谷，穿过得律阿德斯清泉，然后沿着云杉小路一直跑到果园斜坡，第一时间向黛安娜发出了诚挚的邀请。玛瑞拉刚刚出发去卡莫迪，黛安娜就到了。黛安娜穿着她第二好的裙子，打扮得体，一看就是参加茶会的夫人样子。换了以前，黛安娜会门都不敲，直接跑到厨房里。但是这次，她矜持地敲了敲前门。同样穿着第二好裙子的安妮给她开了门，二人严肃地握了握手，就好像以前从没见过一样。这种不自然的正经一直延续了好久，黛安娜被带到东山墙放帽子，然后二人正襟危坐了大概有十分钟。

“你母亲还好吗？”安妮礼貌地询问道，就好像她早上没有看到巴里太太神采飞扬地摘苹果一样。

“她很好，谢谢。我想，卡斯伯特先生今天下午要把土豆运到‘百合沙滩号’上去，是吗？”黛安娜也礼貌地问道，她上午刚刚坐着马修的卡车去哈蒙·安德鲁斯家。

“是的，今年我们的土豆收成很好，我由衷地希望您父亲的收成也很好。”

“确实很好，谢谢你。那你们的苹果摘得怎么样了？”

“噢，可多了！”安妮一下子把礼仪和优雅抛在了脑后，像弹簧一样跳起来，“我们去果园摘一些红果子吃吧，黛安娜！玛瑞拉说我们可以尽情地摘树上剩下的苹果。玛瑞拉可大方了！她还说我们喝下午茶的时候，可以吃一点水果蛋糕和樱桃酱呢！但是似乎告诉客人自己准备了什么不是太得体，所以我决定不告诉你我们即将喝什么饮料！我只告诉你它的名字的第一个字是‘覆’，而且颜色是亮红色的。我最喜欢明亮的红色的饮料了，你呢？我感觉，红色饮料比其他颜色的饮料加倍好喝。”

果园里，苹果树的大枝桠被累累果实压到地面上。女孩们在那里度过了一个开心的下午，她们找到一块没有霜冻的草地坐下来，享受着秋日的温暖阳光。一边吃苹果，一边自由自在地聊着学校里发生的事情。黛安娜告诉安妮，她果然跟歌蒂·派伊坐在一起了，她恨死歌蒂了，因为歌蒂总喜欢刮铅笔，发出“吱吱”的声音，让她头皮发麻。露比·吉利斯把身上所有的疣子都去掉了，这绝对是真事，她用的是来自迪拜河的老玛丽·乔给的一块神奇的鹅卵石。只要用鹅卵石在疣子上摩擦，然后在新月的晚上把鹅卵石丢到左肩后面去，疣子就会消失了。艾姆·怀特气坏了，因为她的名字和查理·斯洛那的一起被写在了走廊的墙上。山姆·波尔特跟菲利普先生顶嘴，结果菲利普先生抽了他一顿。山姆的爸爸来了学校一趟，告诉菲利普先生，如果他胆敢再碰一下山姆就完蛋了。马蒂·安德鲁斯戴了一块新的红头巾，头巾上有一个蓝色十字架，下面还缀着流苏，她戴上那头巾的表情简直让人反胃。莉琪·莱特再也不跟玛米·威尔逊说话了，因为玛米的姐姐抢了莉琪的姐姐的男朋友。还有，戴丹娜告诉安妮，大家都很想念她，希望她早点回学校来，吉尔伯特·布莱斯尤其如此。

可是安妮一点也不想听到有关吉尔伯特的消息，所以赶紧爬起来岔开话题，说是时候回去喝点覆盆子甜酒了。

回到屋里，安妮在橱柜的第二层找了个遍，也没有看到覆盆子甜酒的影子。于是，安妮在橱柜另外几层找，终于在顶层找到了。安妮把酒瓶和酒杯都用托盘乘着，放在桌上。

“好了，请慢用，黛安娜。”安妮礼貌有加，“我是一点都喝不下了。吃了那么多苹果，我已经饱了。”

黛安娜给自己倒了一杯，赞赏地看着这明亮的红色，然后优雅地抿了一口。

“这覆盆子甜酒真是太好喝了，安妮，”黛安娜说道，“原来覆盆子甜酒这么美味！”

“你喜欢就好，尽情喝吧！我要去生火了，作为一家之主，肩上的责任可真不少啊！”

安妮从厨房回来的时候，看到黛安娜已经在给自己倒第二杯甜酒了。安妮为尽好客之道，又劝黛安娜再饮一杯，于是黛安娜半推半就地饮下了第三杯。杯子的容量可不小，看来这覆盆子甜酒确实很好喝。

“这是我喝过的最棒的覆盆子甜酒了！”黛安娜说道，“比林德太太酿的好喝多了，尽管她总是吹嘘说自己的甜酒酿得最好。可这个尝起来跟林德太太家的味道一点都不一样嘛！”

“我就说，玛瑞拉的覆盆子甜酒的味道一定要比林德太太家的好很多，”安妮一本正经地说道，“玛瑞拉可会烧菜了。她说她准备教我怎么烧菜，但是黛安娜，做饭可不是一件容易事啊。在做菜的流程上几乎没有一点可以自己发挥的空间。不管烧什么菜，你都得按照步骤来。上次我做蛋糕的时候就忘记放面粉了，因为当时我正在想有关我们俩的一个美丽的故事。我想象有一天你得了天花，病得很严重，大家都离你而去了，可我还是坚守在你床边。我没日没夜地照顾你。终于，你恢复健康了，可我却染上天花死掉了。我被葬在墓地里的白杨树下，你在我坟前种了一丛玫瑰。你每天都用泪水浇灌它们，日日夜夜想念这位不惜为你牺牲生命的儿时好友。噢，这是一个悲剧故事啊，黛安娜。我在搅拌的时候，眼泪就不自觉地落下来了。不知不觉忘记放面粉，结果蛋糕就做失败了。你知道的，做蛋糕不能不放面粉的。玛瑞拉气坏了，我也自知有错。唉，我总是给她惹麻烦。上星期，我还做了一件事情，给玛瑞拉抹黑了。星期二的时候，我们吃葡萄干布丁，结果还剩下半块布丁和一小罐蜜汁。玛瑞拉说这些还够再吃一顿，就让我把盘子放到橱柜的架子上盖起来。我本来想着是要盖起来的，黛安娜，可我后来又想象着自己是一个修女，虽然我是新教徒，但我想象着自己是天主教的。作为修女，我的面纱下隐藏着一颗不为人知的心，我过着与世隔绝的隐居生活。想着想着我就忘记在蜜汁上盖盖子了。我第二天早上忽然想起来，赶忙跑到橱柜旁边。黛安娜，你可不知道那有多吓人！我打开橱柜一看，一只老鼠竟然淹死在蜜汁罐里了！我赶紧用勺子把老鼠给挑了出去，扔在院子里，然后把勺子给洗了三遍。玛瑞拉当时正在挤牛奶，我想等她一回来就告诉她，然后把蜜汁拿去喂猪。可是，当她回到家以后，我又在想别的事情了。我想着，自己是一个冰霜仙女，在森林里穿行，并依照树木自己的愿望，把它们染成红色或是黄色，所以我把布丁蜜汁的事情忘得一干二净。后来玛瑞拉又让我去摘苹果，我就更加想不起来了。结果那天早上，切斯特·罗斯夫妇从斯潘塞威尔来拜访玛瑞拉和马修。你知道的，他们都是上流社会的人，尤其是切斯特·罗斯太太。所以，当玛瑞拉叫我回去吃饭的时候，大家都已经坐在餐桌旁了。我尽量表现得乖巧有礼，落落大方，我希望切斯特·罗斯太太认为我是一个淑女，尽管我并不漂亮。一切都进展得很好，直到我看到玛瑞拉从厨房出来，一手拿着葡萄干布丁，一手拿着热好的蜜汁罐头。黛安娜，那一刻真是太恐怖了！我一下子想起了所有的事情，于是我站起来，尖叫道：'玛瑞拉！不能吃这个蜜汁！有一只老鼠死在里面了！我早上忘记跟你说了！'噢，黛安娜，哪怕活到一百岁，我也不会忘记这一刻的。切斯特·罗斯太太只是瞪大眼睛看着我，而我却想找个地洞钻进去。她是一个完美的主妇，她会怎么看我们啊？玛瑞拉脸涨得通红，但还是一句话没说——当时确实没说。她把蜜汁和布丁都拿出去，然后重新拿了些草莓酱来。她还给我挖了一勺，可我怎么也吃不下。我感觉自己的脑袋里只有嗡嗡的蜂鸣声，羞愧得无地自容。切斯特太太走了以后，玛瑞拉狠狠批评了我一通。黛安娜，你怎么啦？"

黛安娜艰难地站起身，然后又重重地坐了下去，用手不停地揉着头。

"我……我很难受，"黛安娜虚弱地说，"我……我要回家。"

"噢！还没喝茶，你怎么可以回家呢？"安妮绝望地叫道，"我马上就把茶泡好。我现在就来泡！"

"我必须回去。"黛安娜语气坚定，虽然有些语无伦。

"起码让我给你准备些吃的吧，"安妮穷追不舍，"我给你切一些水果蛋糕和樱桃酱吧！先在沙发上躺一会，你马上就会好的。你哪里不舒服呀？"

"我要回家。"黛安娜现在只会说这一句话了。不管安妮说什么，黛安娜似乎都听不见。

"我还从没听过客人还不喝茶就回去的呢，"安妮哭喊道，"噢！黛安娜，你不会真的得天花了吧？如果你真的得了也不要怕，我会照顾你的！你放心好了！我永远不会抛弃你的。但我还是希望你留下来喝茶，你哪里不舒服呀？"

"我头很晕。"黛安娜说道。

确实如此，她走起路来踉踉跄跄的。安妮含着满眼的泪水，去给黛安娜取帽子，又搀扶着她一路送到巴里家的小院子。她抹着眼泪走回绿山墙，伤心地把剩下的覆盆子甜酒放回了橱柜，然后把晚饭给马修和杰里准备好，完全没有了往日的热情。

第二天是星期天，天空下起滂沱大雨，从早上一直下到晚上。安妮没法出去玩，只得待在绿山墙。星期一下午，玛瑞拉有事让安妮去找林德太太一趟。不一会儿，安妮就沿着小路飞奔回来，脸上还挂着泪珠。一跑进厨房，她就一头扑在沙发上号啕大哭。

“这次又怎么啦，安妮？”玛瑞拉不安地问道，“你不会又惹林德太太生气了吧？”

安妮没有说话，只是不停地抽泣。

“安妮·雪莉，我问你话呢！赶紧坐直了，告诉我怎么回事！”

安妮坐了起来，整个人像蔫了一样。

“今天林德太太去找过巴里太太，巴里太太很生气。”安妮擦了擦鼻涕，“她说我礼拜六的时候把黛安娜灌醉了，让她不省人事地回家。她还说，我是一个坏极了的、品行恶劣的女孩，她永远也不会让黛安娜跟我一起玩了！噢！玛瑞拉！我好伤心呀！”

玛瑞拉听得一头雾水。

“把黛安娜灌醉！”玛瑞拉声音抬高了八度，“是你疯了还是巴里太太疯了？你到底给黛安娜喝了什么？”

“就是覆盆子甜酒啊，”安妮呜咽道，“我也没想到，原来覆盆子甜酒也可以把人灌醉的。玛瑞拉，我本以为，就算像黛安娜那样喝上三大杯也不会醉的。天啊，这一切听起来太——太——太像托马斯太太那个嗜酒如命的老公了！可我真的不是故意要把她灌醉的。”

“胡说八道什么呢！”玛瑞拉不可置信地走到起居室的储藏柜前面。她一眼便看到架子上的那只酒瓶，里面的液体还剩一半，那是让她享誉安维利镇的三年家酿葡萄酒。玛瑞拉的家酿葡萄酒味道是出了名的好，就连最是反对喝酒的巴里太太也不得不点头称好。玛瑞拉这才想起来，剩下的那瓶覆盆子酒早就已经被她放在地窖里了。

玛瑞拉哭笑不得地拿着这半瓶葡萄酒回去找安妮，一边强忍着不要大声笑出来。

“安妮，你可真是太聪明了。你给黛安娜喝的是葡萄酒，不是覆盆子甜酒。你不知道这两种酒不一样吗？”

“我又没喝过，”安妮说道，“我以为那就是覆盆子甜酒呢！我只是想好好地招待她。可是黛安娜说她不舒服，要回去休息。巴里太太跟林德太太说，黛安娜喝得烂醉如泥。据说，巴里太太问她哪里不舒服的时候，黛安娜只是一个劲地傻笑，然后倒头就睡，一睡就是一整天。巴里太太从她的嘴里闻到一股很浓的酒味，才知道她是醉了。昨天黛安娜头疼了一整天，巴里太太气坏了，她一定不会相信我不是故意的！”

“我倒是觉得，巴里太太该好好给黛安娜上一课——再怎么美味，也不能一下子喝下去三大杯啊！太馋了！”玛瑞拉坚定地说道，“这怎么行呢，就算是覆盆子甜酒也不能喝三大杯啊！那一定会喝坏肚子的！这事要是传出去，安维利镇上的人可就有话说了——他们本来就不同意我酿葡萄酒。自从牧师找了我以后，我就不再酿葡萄酒了。这瓶葡萄酒是我留着，身体不舒服的时候喝的。唉，好啦好啦，孩子，别哭了。这件事不会怪罪到你头上的，不过，我还是很抱歉，害你难过了。”

“我怎么能不哭？”安妮说道，“我心都碎了。我真是天生不幸，玛瑞拉。我要与黛安娜永别了。噢，玛瑞拉，当初我跟黛安娜许下誓言的时候，是做梦都想不到我们会有这样的结局的。”

“别傻了，安妮。巴里太太知道真相以后一定会原谅你的。我想，她一定以为你是想恶作剧才给黛安娜喝酒的。你最好今晚就去找巴里太太说明情况。”

“一想到要面对黛安娜那暴跳如雷的妈妈，我就一个劲地打颤。”安妮叹了一口气，“玛瑞拉，你可不可以替我去说一下。你比我有地位多了，巴里太太一定更愿意听你讲。”

“好的，好的。”玛瑞拉想着，这样做或许更明智一些，“别哭啦，安妮。事情不严重。”

可是当玛瑞拉从斜坡果园回来的时候，她脸上的表情却告诉小安妮“事情很严重”。安妮远远地看到玛瑞拉的身影，便飞奔到门口来迎接她。

“噢，玛瑞拉。一看你的表情我就知道了，”安妮悲痛地说道，“巴里太太不会原谅我的。”

“巴里太太！”玛瑞拉愤愤不平地说道，“她真是我见过的最蛮不讲理的女人！我已经很清楚地告诉她，这只是个误会，不应该怪孩子。可她就是不相信我，还捉住我的话柄，数落了好一阵我不应该酿葡萄酒，说我以前总说这酒不会伤人，怎么今天会有这样的事情。于是我毫不客气地告诉她，葡萄酒不是让人三大杯一下子喝下去的。如果我的孩子这样贪吃，我一定好好教训她一番！”

玛瑞拉发着牢骚跨着大步走到厨房里去，留下魂不守舍的小安妮独自一人在门廊处。安妮想了想，一鼓作气冲进了寒凉的秋日暮色中。她帽子都没有戴，像一阵风一般，快步穿过枯萎了的苜蓿田，走过伐木小桥，又翻过云杉谷。一轮苍白的圆月挂在西边树林的枝头，发出幽幽的微光，指引着安妮一路来到巴里太太门前。听到门外一阵微弱的敲门声，巴里太太犹豫地打开了门。门外，一个哭得惨兮兮的，眼泪汪汪的小人儿正站在台阶上。

发现是安妮，巴里太太脸色一沉。巴里太太是一个爱憎分明而又无比固执的女人。从没有人能够说服她，或是劝解她。就巴里太太而言，她确实认为安妮这么做，完全是不怀好意地捉弄黛安娜，是故意给黛安娜灌那么多酒的，想让她喝得烂醉，让她出丑。她一定要禁止宝贝女儿跟这样的坏孩子继续做朋友。

“有什么事？”巴里太太冷冰冰地说道。

安妮绞着小手：“噢，巴里太太，求求你原谅我吧！我真的——不——不是故意要把黛安娜灌醉的。我怎么可能那样做呢？请您想象一下，如果您是一个被好心人家收留的孤女，而您好不容易找到了一位知心朋友，您怎么会忍心把她灌醉呢？我真的以为那就是覆盆子甜酒，我坚信那就是覆盆子甜酒来着。求求您，不要不准黛安娜跟我一起玩啊。如果您这样做的话，我的人生就乌云笼罩了。”

这番话或许可以瞬间感化善良的林德太太，可在这位巴里太太身上似乎一点作用都没有。在她听来，安妮这些夸张的修辞和戏剧化的手势就是一种挑衅与嘲笑。巴里太太毫不留情地说道：

“我认为，你不适合继续与黛安娜来往。你还是规规矩矩地回家吧。”

安妮的嘴唇剧烈地颤抖着。

“就让我再见黛安娜最后一面吧，我还没有跟她告别！”安妮恳求道。

“黛安娜跟她爸爸一起去卡莫迪了。”说完，巴里太太便头也不回地把门关上了。

安妮平静而绝望地回到了绿山墙。

“我最后的希望也破灭了，”安妮告诉玛瑞拉，“我自己去见了巴里太太，她对我非常无礼。玛瑞拉，我真的觉得她不是一个很有教养的女士。现在，除了祈祷，我什么都做不了。我祈祷某一天巴里太太会回心转意，让黛安娜继续跟我做朋友。不过，我觉得祈祷也不会有什么用处。像巴里太太这么固执的人，大概上帝他老人家也无可奈何吧。”

“安妮，不准这样讲话！”玛瑞拉立刻制止道，同时竭力忍住自己想要大笑的冲动，这种冲动是很不合时宜的，准确地说是很不对的！不过，当她向马修复述安妮的“惨痛磨难”时，终究还是没忍住，笑得眼泪都出来了。

然而，当玛瑞拉轻轻地走上阁楼，看到安妮泪痕斑驳的小脸蛋时，一股不常见的温柔爬上她的脸颊。

孩子明显是哭着入睡的。“可怜的小东西！”玛瑞拉轻声叹道，拨开孩子脸上一缕卷卷的头发，然后俯下身子，亲了亲枕头上绯红的小脸蛋。

第十七章

生活中的新乐趣

第二天下午，安妮如往常一样在厨房的窗户旁边缝布垫子。突然，她发现，在得律阿德斯清泉旁，一个熟悉的身影正遥遥地向绿山墙招手，那不正是黛安娜吗？安妮想都没想，疯了似的跑出屋子，沿着山谷一路飞奔。她眼里满是惊讶，但更多的是希望。可是看到黛安娜一副委屈的样子，安妮心中的希望又破灭了。

“你妈妈还是不同意？”安妮喘着气问道。

黛安娜无力地摇了摇头。

“她不同意。噢，安妮！她说，再也不准我跟你一起玩了！我哭啊，哭啊！我告诉她，这不关你的事，可她还是不肯原谅你。我好不容易求她给我些时间，来跟你告别。她只给我十分钟，这会她正掐着时间算呢。”

“十分钟怎么够用来永别呢，”安妮泣不成声地说道，“噢，黛安娜，你能不能答应我，不管你将来会有多少亲爱的朋友，你都永远不忘记我——你儿时的朋友？”

“当然！”黛安娜也哭成了个泪人，“而且，我永远也不会再交知心朋友了。我做不到，我不可能像爱你一样地去爱别人了。”

“噢，黛安娜，”安妮激动地攥紧小手，叫喊道，“你说你爱我？”

“我当然爱你了，难道你不知道吗？”

“我不知道，”安妮倒吸一口气，“我想，你应该是喜欢我的，可我从没奢望你会爱我。黛安娜，我从来不知道，我也是可以被人爱的。从我记事起，就从没有人爱过我。这太美妙了！你对我的爱，就如同穿破黑暗的一束阳光，会照亮我往后的路。黛安娜，请你再说一遍吧！”

“安妮，我全心全意地爱你。”黛安娜坚定地说道，“并且，请你相信，我会一直爱你。”

“我也会永远爱你，黛安娜。”安妮庄严地伸出双手，“就像我们刚看的那本书里说的一样，在未来的日子里，与您在一起的记忆将如恒星一般指引我孤独的旅程。黛安娜，您可以给我一束墨玉般的黑发作为临别礼物，给我珍藏吗？”

“你有工具来剪吗？”黛安娜刚被安妮那一番浪漫的演讲感动得流下了眼泪，听到这话又抹了抹泪花，最后还不忘回到现实，思考一下拿什么剪头发的实际问题。

“有的。我围裙口袋里正好放着手工活要用的剪刀呢。”安妮说道。她庄重地剪下黛安娜一缕卷发：“永别了，我亲爱的朋友。自此以后，我们成了陌路人，但我的心会永伴你左右。”

安妮站起身，一直看着黛安娜走远。黛安娜也是一步三回头，每每回头便会看到安妮在使劲地招手。最后，安妮心如止水地回到了绿山墙，心情并没有因为这次浪漫的分别而有所平复。

“都完了，”安妮告诉玛瑞拉，“我再也不会有朋友了。太糟糕了，我现在既没有凯蒂·莫里斯，也没有薇奥列塔。而且，就算我能找回这两位朋友，也不会再如以前一样了。幻想出来的朋友，再怎么样也比不上真正的朋友啊。黛安娜跟我在泉水旁进行了最最感人的告别。这将成为我最宝贵的回忆。我使用了我能想到的最最动人的句子，我还用了‘您’跟‘您的’。‘您’跟‘您的’总是比‘你’听起来要浪漫得多。黛安娜给了我一束她的头发，我要用一个小袋子装起来，一辈子挂在脖子上。请您在埋葬我的时候也不要将它摘下，因为我感觉我一定活不长了。可能，等巴里太太看到我冰凉的尸体的时候，她会对她的所作所为有所悔意，会允许黛安娜来参加我的葬礼的……”

“只要你还能像现在这样唧唧嘎嘎说个不停，我就一点也不担心你会有这个危险，安妮。”玛瑞拉毫不同情这个话痨。

又到了礼拜一，可这一次不同寻常。安妮臂弯里挎着一篮课本，嘴巴抿成一条线，一副去意已决的样子。玛瑞拉有些摸不着头脑了。

“我要回去上学，”安妮宣布道，“现在我的生命里，就剩下这唯一一件还有些意义的事情了。我与我的朋友已经被残忍地分离了。至少，在学校里我还能看见她，还能重温那些逝去的美好岁月。”

“你还是先‘重温’一下落下的功课和作业吧！”玛瑞拉说道，一边努力隐藏嘴角的笑意，事情正在朝着积极的方向前进呢！“如果你坚持要回学校，我希望你不要再拿石板敲别人脑袋了。你要规规矩矩的，要听老师的话。”

“我会努力做一个模范生的。”安妮语气凄凉地说道，“可我觉得，做模范生不会有多大的乐趣。菲利普先生觉得，像米妮·安德鲁斯那样的学生就是模范生。可我在她身上看不到一点想象的火花。她又沉闷又古板，似乎永远都开心不起来。不过，我现在也挺不开心的，或许正适合做模范生。我要走大路去上学，因为我实在忍受不了一个人走白桦小径，我一定会流一路的眼泪的。”

回到学校，安妮受到了大家的热烈欢迎。大家都表示无比地想念安妮：没有安妮，玩游戏时就没人能想出有创意的点子；没有安妮，在午休的合唱和诵读会上，就没有人像安妮一样有表现力。鲁比·吉利斯在圣约朗读时递给安妮三颗青李子。艾拉·梅·麦克弗森从花卉杂志的封面上剪下来一朵精美的三色堇送给安妮，这是安维利校园里最洋气的桌面装饰物。索菲亚·斯洛那主动跟安妮说，她可以教安妮织一种优雅的蕾丝花边，这种花边非常适合用来点缀围裙的裙摆。凯蒂·波尔特给了安妮一个香水瓶，可以用来盛石板水。茱莉亚·贝尔找来一张淡粉色的花边卡纸，写下了这样一段话送给安妮：

当夜色渐渐收拢暮光，
采来一颗星星别在窗上，
朋友啊请记得，
你一直拥有一位朋友，
尽管她不在身旁。

“能够被人欣赏的感觉真是太好了！”晚上回到家，安妮一脸陶醉地告诉玛瑞拉。

可“欣赏”安妮的并不只有这些女孩子。现在，菲利普先生让安妮跟模范生米妮·安德鲁斯坐在一起。第二天午休过后，安妮回到自己的座位上时，发现桌上放着一只大大的“草莓苹果”。安妮抓起苹果，正准备痛快地咬一口时，忽然想起来，整个安维利镇上，只有星芒池那边老布莱斯家的果园里有这种草莓苹果。想到这里，安妮猛地抽回手，就好像抓了一块滚烫的煤球一样，她又用手帕夸张地擦了擦手。一直到第二天早上，这只苹果都安然无恙地躺在安妮的桌子上。负责打扫卫生和生火的蒂莫西·安德鲁斯，理所当然地把这只苹果当成了犒劳自己的奖品。查理·斯洛那准备了一支新的石板笔，还费尽心思地用红黄色条纹彩纸包装好，在午休的时候送给了安妮。普通的石板笔只要一分钱，而这种石板笔是比较高档的，需要两分钱。安妮感激地收下来，并回报一个甜美的微笑。乐不可支的小男孩一下子如同飞上九霄云外，结果在听写课上错误百出，付出了惨痛的代价。菲利普先生毫不留情地让他放学后留下来重写。

可出人意料的是，被安排坐在歌蒂·派伊旁边的黛安娜·巴里，却没有向安妮致以任何欢迎。这让安妮的涨满喜悦的心如同被泼了一盆凉水。

“我感觉，黛安娜好像只是对我笑了笑。”放学回家后，安妮向玛瑞拉抱怨道。可是第二天早上，一张精心折叠好的小纸条和一个小小的纸包就一起被送到了安妮的手里。

亲爱的安妮：

妈妈说，就算在学校我也不可以跟你一起玩，或是跟你讲话。这不是我本意，请不要对我生气，因为我太爱你了。我是那么地想念你，恨不得把所有的心事都告诉你，可是我不能那样做。我一点也不喜欢歌蒂·派伊。我用红棉纸给你做了一个书签，现在学校里超级流行这个的！整个学校里只有三个女孩会做这个！希望你看到这书签的时候，能够想起我。

你忠实的朋友：黛安娜·巴里

安妮读完了小纸条，亲了亲书签，然后立刻写了回信，再传到教室的另一头。

我亲爱的黛安娜：

我当然不会生你的气，我知道你要听你妈妈的话。我们的精神还是可以相互交流的。我会永远珍藏你给我的礼物。米妮·安德鲁斯是个不错的女孩，尽管她没什么想象力。可是，有了黛安娜这样的至心①朋友之后，我便再也无法把米妮当做至心朋友了。请原谅，我可能拼写有错，尽管我已经进步很大啦。

你至死不渝的朋友：安妮·雪莉　或者科迪莉亚·雪莉

另外：我会把你的信放在枕头下入眠的。

自从安妮重新回学校之后，玛瑞拉便一直忧心忡忡地等待着下一次麻烦降临。可是，到现在为止，似乎一切都风平浪静。也许安妮真的从米妮·安德鲁斯身上学到了点“模范生”的优点吧。不管怎么样，安妮现

① 此处是安妮的拼写错误，译者注。

在跟菲利普先生相处得还不错。安妮现在是一心扑在学习上了，她拼尽全力只为了能在每一门功课上都超过吉尔伯特·布莱斯。二人之间的竞争日渐明朗。吉尔伯特这边倒是一片好意，可安妮那边就不同了，她倔强地把自己隔绝开来，拒绝吉尔伯特的任何示好。安妮本来就是一个爱憎分明的孩子，可是再怎么样她也不会亲口承认自己是在与吉尔伯特竞争。因为这样就相当于承认了吉尔伯特的存在，而安妮打心眼里无视吉尔伯特这个家伙。可是，竞争是实实在在地存在着的，荣誉在二人之间替换。要是有哪一次，吉尔伯特在拼写课上拿了第一，安妮就会把红色的长辫子结结实实地往肩上一甩，恶狠狠地诅咒他。一天早上，吉尔伯特的计算题做了一个全对，名字理所当然地被写在了光荣榜里。于是安妮誓不罢休地与小数点进行了一整个晚上的斗争，换来了第二天数学题全对的荣耀。终于有一天，两个人都是全对，打了个平手，于是二人的名字被一起写在光荣榜里。这在安妮看来，就跟走廊里的“注意”墙一样让人倍感屈辱，而吉尔伯特似乎对这一结果非常满意。每个月末，学校都会进行一次月考。每到这时，悬念便愈加引人入胜。第一次，吉尔伯特以三分的优势领先，获得第一。第二次，安妮便不甘示弱地以五分的优势将吉尔伯特挤到了第二的名次。可是安妮还未来得及品尝这份幸福，吉尔伯特就真心实意地在全班面前恭喜安妮。安妮气坏了，她更想看到的是吉尔伯特错失第一的难过与沮丧，而不是这样的微笑。

也许菲利普确实不是个好老师，可是对于安妮这样一个不拿第一誓不休学生，想不教出成绩也是很难的。学期末的时候，吉尔伯特和安妮一起升入了五年级，开始学习“基础课程”，也就是拉丁语、几何学、法语还有代数。安妮也终于遭到了“滑铁卢战役”一般的重挫——几何。

“这太难学啦！玛瑞拉！”安妮抱怨道，“我怎么也弄不清楚其中的道理，而且一点想象的余地都没有。菲利普先生说我是他见过的最笨的学生，而吉尔——”安妮赶忙改口，“其他学生在这门课上就学得不错。玛瑞拉，这真是太让人难过了！”

“就连黛安娜都比我学得好。当然了，我不介意被黛安娜打败。尽管我们现在形同陌路，但是我的心还是爱着她，矢志不渝地爱着她。有时候想到她，我会忍不住落泪。但是话说回来，玛瑞拉，我觉得世界这么美好，谁都不会难过很久的，对不对？”

第十八章

安妮大显身手

世界上所有的大事，其实都是由一些小事引起的。乍一看，谁都不会想到加拿大总理在爱德华王子岛上的政治讲演，与绿山墙的小安妮·雪莉的命运会有什么关系，可联系就是这样发生了。

加拿大总理决定在一月的某一天到爱德华王子岛上进行讲演，一方面是为了慰问他忠实的拥护者们，一方面也是为了说服那些反对者。演讲选在了夏洛特敦的一次大型群众集会上进行。安维利镇上大多数居民都是支持总理所属的党派的，于是当天晚上，安维利镇上的男女老少几乎全员出动，奔赴三十英里外的夏洛特敦了。雷切尔·林德当然不会错过，她是一位极度热心的政治爱好者。这样的集会要是少了林德太太，那必然是不能顺利进行的。于是，林德太太带上玛瑞拉和丈夫托马斯出发了，托马斯去是为了帮妻子照料马匹。玛瑞拉其实私下里也对政治有些兴趣，而更重要的是，这大概是她有生之年唯一的机会去亲眼见一下总理了，于是她毫不犹豫地接受了邀请，丢下安妮和马修二人看家，直到她第二天回来。

当玛瑞拉和林德太太在集会上听得热血沸腾的时候，安妮和马修则惬意地赖在绿山墙的厨房里享受美好时光。老式的滑铁卢式壁炉里，明亮的火光不断跳跃。窗檐上闪烁着莹莹的白霜花。马修坐在沙发上，细细研读一本《农民主张》，而安妮则在饭桌上专心致志地做功课。她不时抬起头看看挂着时钟的书架，上面正放着简·安德鲁斯借给她的小说。用简的话说，“这本书一定会让你激动得掉鸡皮疙瘩，全身抖好几抖的！”安妮伸出手，想去够那本书，可是这就意味着，她会在第二天的功课上输给吉尔伯特。安妮迅速抽回手，转身背对着书架，试图忘记那本书的存在。

“马修，你上学的时候学过几何吗？”

“呃，没有，我没学过。”马修怔了一下，才回过神来。

“噢，真希望你学过，”安妮叹了口气，“这样你就知道我现在有多痛苦了。你从没学过，所以你不会理解我的。几何，就如同我生命中一块乌云，挥之不去，避之不及啊。在几何面前，我就是个笨蛋，马修。”

“呃，这个我不同意。”马修安慰道，“我觉得你做什么事都很好。上周我去卡莫迪，在布莱尔家开的店里，我碰到菲利普先生了。他告诉我，你是整个学校里最聪明的学生，进步也最明显。他就是这么说的，‘进步最明显’。是有不少人说泰迪·菲利普的坏话，还说什么他不像个老师什么的，可我觉得他人挺好的。”

在马修心里，只要夸安妮的人，都是“挺好”的。

“要是老师不要总是改变代换的字母的话，我的几何也不至于学得这么差。”安妮抱怨道，“我总是能一下子就把公式记住，可是每次老师在黑板上写公式的时候，都会用一些不一样的字母来表述，跟书本上的不一样，那我当然就搞混啦。我觉得作为一个老师，这样做实在是很过分的，你说对不对？现在我们已经学到农业啦，我终于知道为什么土地是红色的了。这可真是解开了我多年以来的疑惑呢！也不知道，玛瑞拉和林德太太现在怎么样了。林德太太总是说，我们这个国家要是都像渥太华那样发展的话，一定会每况愈下的。她说这正是选民应该关注和警惕的事情。她还说，要是女性也拥有选举权的话，国家就会有比较大的改观了。马修，你会选哪一派呀？”

“保守党。”马修立刻回答。为保守党投票，一直是马修的信仰。

“那我也支持保守党！”安妮点了点头，“吉尔伯——学校里一些男生就是自由党。我猜，菲利普先生一定也是自由党，因为普里茜·安德鲁斯的爸爸是自由党。露比·吉利斯告诉我说，如果一个男人要想获得女孩的芳心，就必须在宗教上与女孩的妈妈保持一致，而在政治取向上与女孩的爸爸保持一致。马修，是不是这样的？”

“呃，我不知道。”马修老实地回答道。

“你追过女孩子吗？马修。”

“呃，我不知道。我好像没有追过。”马修说道，追女孩子是马修想都不曾想过的事情。

安妮用手托着腮帮子，若有所思地说：“我觉得一定很有意思，你不觉得吗，马修？露比·吉利斯说等她长大以后，她要谈好多好多的男朋友，让他们都为她疯狂。可是我觉得，那样也未免太刺激了。我觉得有一个真心的男朋友就好了。不过，露比·吉利斯比我懂的多多了，她有好多个姐姐，经常给她讲这些事情。用林德太太的话说，吉利斯家的女孩就像刚出炉的蛋糕一样抢手。菲利普先生几乎每天晚上都会去给普里茜·安德鲁斯补课，可是明明米兰达·斯洛那也要考皇后学院啊，而且我觉得她比普里茜更需要补课，因为她有点笨。可是菲利普先生却从来没去给她补过课。唉，这个世界上真的有很多事情是我们无法弄明白的呢，马修。”

“呃，这个我就不知道了，我当时都是自学的。”马修坦白说道。

“哎，我还是先做功课吧。我一定要先把功课做完，才能看简借给我的那本书。可是，我就算转过身，背对着那本书，还是能感觉到它强大的存在感。简告诉我说，她看完那本书之后哭得死去活来的。我喜欢那种会让我哭的书。不过，我还是决定把书放到起居室里去，锁在放果酱的橱柜里，然后把钥匙给你。而且，马修，你千万千万不可以把钥匙给我，就算我跪下来求你都不行。一定要等到我把功课都做完了，才可以把钥匙给我。要想抵挡诱惑确实太难了，不过要是想到反正自己拿不到钥匙，那就好办多了。我去地窖拿点苹果。马修，你也吃点吧？”

“呃，我想，好吧。”马修是不怎么吃苹果的，但是想到安妮喜欢也就算了。

就在安妮满心欢喜地捧着一大盘苹果从地窖里爬上来的时候，一阵迅疾的脚步声由远至近地传入安妮的耳朵里。安妮还没来得及反应过来，厨房的门就被猛地打开了，门口正站着上气不接下气的黛安娜·巴里。黛安娜脸色惨白，头上胡乱裹着一条围巾。安妮吓了一跳，手一松，蜡烛和一盘子苹果便啪的一声掉在地上，滚到地窖里去了。第二天玛瑞拉回到家里收拾屋子的时候，才发现掉在地窖里的一片狼藉和融化了的蜡渍，心里还不断地念叨着谢天谢地，还好没把房子给点着了。

“怎么了，黛安娜？”安妮激动地大声问道，“是不是你母亲回心转意了？”

“安妮，赶紧来一趟吧！”黛安娜慌张地叫道，“米妮·梅这会儿病得很严重，小玛丽·乔告诉我说是喉炎。我爸妈都出城听讲演去了，没人去请大夫。米妮·梅现在状况很糟糕，而小玛丽·乔又不知道该怎么办。安妮，我好害怕啊！”

马修一言不发，径直去拿了帽子和大衣，从黛安娜身边绕过，一躬身钻进了浓浓的夜色中。

“他一定是去套马车，要到卡莫迪请大夫去。”安妮说道，一面也急忙穿上兜帽和夹克，“马修和我算是知己。我们有些心电感应，他不用说出口，我就知道他要表达什么。”

“我觉得他是请不到卡莫迪的大夫的，”黛安娜抽泣着说道，“我听说，布莱尔大夫去镇上听演讲了，我估计斯潘塞大夫也会去的。唉，小玛丽·乔从来没见别人得过喉炎，就连林德太太也不在。天啊，安妮！”

“不要哭，黛安娜，”安妮鼓励道，“我知道怎么照顾有喉炎的孩子。你忘了吗，我以前照顾的哈蒙德太太生过三对双胞胎呢！你要是也像我一样，照顾过三对双胞胎，一定也会很有经验的！他们都经常得喉炎。等一下，我去拿一下吐根药，你家里可能没有。好了，我们走吧！”

两个小女孩手牵着手一起走过恋人小径，又穿过结满冰霜的田野。本想抄近道过去，可是雪实在太深了，她们没法通过。安妮虽然一心为米妮·梅担忧，却还是无法忽视此情此景的浪漫与美好。安妮和黛安娜，终于又可以在一起了。

天空很晴朗，却又凝固得像一块冰一样。月光下，影子如黑檀木一般凝重，而白雪皑皑的田野上闪烁着晶莹的光亮。又大又亮的星星挂在沉寂的田野上空。到处长满了云杉树，枝头上覆盖着沉甸甸的白雪，风在树枝中呼啸。安妮心里暗自想着，能够与久别的知心朋友一起见证这样奇幻的美景，实在是一件幸运的事情。

刚刚三岁的米妮·梅现在情况确实不容乐观。她发着高烧，在厨房的沙发上不停地滚来滚去，喉咙里还发出一阵阵嘶哑的呼吸声。小玛丽·乔是住在小溪对面的一个法国女孩，长得很是健壮，此刻她正捂着自己宽宽的脸颊，轻声呜咽。巴里太太临时外出，请了小玛丽·乔来代她照看孩子。可此时，小玛丽·乔是那样的无助而绝望，似乎一点主意都想不到，而且照她这个状况，就算想到什么主意，也没有力气来执行了。

安妮麻利地干起活来。

“米妮确实得的是喉炎，她现在情况很严重，但不用担心，我还见过更严重的。首先，我们得准备很多很多热水。黛安娜，壶里怎么只剩这么一点了！来，我装满了。玛丽，赶紧把炉子生起来。我并不想伤害你，但是我觉得，只要你还有一点脑子，就该知道要多烧些热水呀！好了，我来给米妮脱衣服，送她上床。黛安娜，你去找些软和的法兰绒布来。现在，先给她服一剂吐根粉。”

然而米妮却吃不下去药了，不过安妮也不是吃素的，她很快便成功地把药喂进米妮的嘴里。一剂，两剂……两个小姑娘耐心协作，在这漫漫长夜里相守相伴，照顾了米妮一整晚。而心急如焚的小玛丽·乔，则把内心的焦急都化作了干活的动力，把火烧得旺旺的，烧了足足够一整个医院人喝的热水。

凌晨三点的时候，马修请的大夫终于赶到了。因为镇子里的大夫都不在，所以马修专程赶去斯潘塞威尔才请到这个大夫。这时，情况已经好多了，米妮正甜甜地睡着呢。

“我差点就要绝望了！”安妮说道，“服了那么多药下去，可是米妮却越来越糟糕，甚至比以前哈蒙德家的三对双胞胎还要严重！有那么一刻，我真的以为她要呛死了。我把瓶子里所有的吐根药都喂下去了，在她咽下最后一口的时候，我心想这是最后的希望，但愿不要还是没用。可是，过了大概三分钟吧，米妮就把痰给吐了出来，然后立刻就好多了。大夫，您能想象我当时有多开心吗？我实在不知道要怎么描述那种感觉。您一定知道，世界上有些东西是无法用言语表达的吧。”

“是的。”大夫点了点头，他看着安妮，思索了很久，似乎这个小姑娘对他来说就是那个“无法用言语表达”的东西。不过后来，他还是找到合适的词语，并向巴里夫妇说明了情况。

“卡斯伯特家的那个红头发小姑娘真是个聪明的小家伙。我只能说，是她救了宝宝的命。如果不是她的话，等我赶到的时候就太迟了。对于这个年纪的小姑娘来说，她有着不同寻常的经验和冷静。我从没见过像她那样会说话的眼睛。”

晴朗的清晨，虽然眼皮在打架，身体也疲乏得要命，可安妮还是兴高采烈地在和马修聊天。田野里已盖上了厚厚的白雪，而恋人小径的枫树林里，融化了的露珠依附在树叶的边缘，摇摇欲坠，闪烁着七彩光芒。

“噢，马修，这可真是一个美丽的清晨啊！世界看起来多么像完美的童话王国！这些树就像棉花糖一样，好像我一口气就能把它们吹跑似的！噗！我能够生活在这样一个积满厚厚白雪的地方，真是好美啊！现在想来，真是庆幸哈蒙德太太生过三对双胞胎。如果她没有生那么多孩子，我就不一定知道该怎样照顾米妮·梅了。唉，我以前还埋怨她生那么多孩子烦人呢。可是，马修，我好困啊。我想我是去不成学校了。我现在眼睛都快睁不开了，而且脑袋里也是一团糨糊。不过，我还是非常不想留在家里，因为这样一来，吉尔伯——班上其他人就会在功课上领先了，而要赶上落下的进度是很难的。当然了，如果能赶上去，那成就感一定也是加倍的！你觉得呢？”

“呃，我觉得你做什么都是最棒的。”马修看着安妮没有血色的小脸和深深的黑眼圈，说道，“你上床好好睡一觉吧，家务就交给我好了。”

安妮累坏了，她睡得又香又甜。以至于她醒来的时候，已经到下午了。她一醒来，就跑到厨房去找玛瑞拉。而玛瑞拉此时已经在打毛衣了。

“噢，你看到总理没有？”安妮大声问道，“他看起来什么样？”

“我能肯定的是，他反正不是靠长相爬到现在的职位的。”玛瑞拉说道，“那鼻子实在是……不过他很擅长演讲。我很自豪，自己是一个保守党人。林德太太是自由党，所以不怎么待见这位总理。安妮，你的饭放在炉子里了。你还可以去食品柜里拿些青李子酱来吃，我猜你一定饿坏了。马修已经把昨晚的事情跟我讲过了。我很庆幸，你知道该如何处理这样的情况。换了是我，我一定不知道怎么做，因为我从没见过人得喉炎。好了，别说话了，先吃饭吧。我一看就知道你有一肚子话要说。”

玛瑞拉也有好多话要告诉安妮，可是她很清楚，一旦打开话匣子，这个小话唠就一定会激动得没了胃口或是忘记吃饭的。于是，一直等到安妮把一盘李子酱吃完，玛瑞拉才慢慢开口：

“巴里太太下午来找过你了，安妮。她想见你，但是你当时正睡觉，所以没把你叫醒。她要我告诉你，是你救了米妮的命，她很抱歉自己之前在葡萄酒的事情上表现得那么不近人情。她说，她知道你不是要故意把黛安娜灌醉的，她还说希望你能够原谅她，并重新和黛安娜做朋友。如果你愿意，你今晚就可以去看望黛安娜了。好像是因为昨晚受了风寒，黛安娜感冒了，还很严重。所以，安妮·雪莉——我的天啊，不要手舞足蹈的！”

警告太迟了，没有起到应有的预防作用。安妮整个人都看起来一副飘飘然的样子，她兴奋地站起身，脸上绽放着喜悦的神采。

“噢，玛瑞拉！我可不可以现在就去？我回来以后再洗盘子好吗？在这激动人心的一刻，我实在不想做这么不浪漫的工作。”

“好的，去吧。”玛瑞拉宠溺地说道，“安妮·雪莉，你是不是疯了？赶紧回来加件衣服！天啊，我真是对牛弹琴。这孩子帽子没戴，外套也没穿就跑出去了！披散着头发像个疯子一样在果园里跑，要是这样还不感冒就怪了！”

在傍晚紫色的霞光里，安妮穿过白雪皑皑的田野，蹦跳着回到家中。在西南角的夜空中，已经有一颗珍珠般的明星，从薄暮中渐渐透了出来，天空忽而鹅黄色忽而玫瑰色，映衬得那颗星星格外动人。天空下面，便是莹莹的白雪和如墨一般的云杉山谷。隔着山谷传来的雪橇铃声叮叮咚咚的，就像小精灵演奏的空灵音乐，可即便是这样的声音，也美不过此时安妮心中吟唱的旋律。

“现在站在你面前的，是这个世界上最最开心的人了，玛瑞拉！”安妮宣布，“我就是这个世界上最最开心的人。尽管我头发还是红色的，可现在我心里一点儿都不在乎这个了。巴里太太亲了我，还哭着跟我说对不起，说她永远也无法报答我。我感到很不好意思，玛瑞拉，可我还是尽量大方地回答说：‘巴里太太，我从来就不曾怪过您。我向您保证，我不是有意灌醉黛安娜的。这件事就这样过去吧，最好的解药便是遗忘。’我说得很棒吧，对不对，玛瑞拉？

“我觉得，我真是帮了巴里太太的大忙。接着，我跟黛安娜一起过了一个美好的下午。黛安娜教给我一种时髦的钩针法，据说是她在卡莫迪的阿姨教她的。安维利镇上只有我们俩知道这种织法，我们还发誓永远不告诉第三个人呢！黛安娜还给了我一张精美的卡片，上面印着玫瑰花环，还有一首小诗：

> 如果你爱我如同我爱你，
> 死神也无法将我们分离。

“这首诗写得太好了！玛瑞拉。我们准备去跟菲利普先生说，让我们继续坐在一起，然后歌蒂·派伊可以和米妮·安德鲁斯坐在一起。我们还享用了丰盛的下午茶。巴里太太用的是她最高级的那套茶具，玛瑞拉，就好像我是一个贵客一样！我实在难以描述那种激动的感觉！以前从没有人用那么高级的茶具招待过我。我们还吃了水果蛋糕、奶油蛋糕和甜甜圈，还吃了两种果酱呢，玛瑞拉！巴里太太还问我要不要再加一点茶，还说‘爸爸，怎么不多给安妮些饼干呢？’啊！玛瑞拉，长成大人一定很棒！因为被当作大人看待的感觉实在是太好了！”

“这我可不知道。”玛瑞拉叹了口气。

“不管怎么样，等我长大了，”安妮似乎下了很大的决心，“我一定也会把小女孩当作大人一样与她们交谈，哪怕她们用夸张的字眼，我也不会嘲笑她们。从我的亲身经历来看，嘲笑真的很伤人。吃完下午茶，黛安娜和我一起做了太妃糖。太妃糖做得不是很好吃，可能是因为我跟黛安娜以前都没有做过太妃糖吧。黛安娜让我搅拌，而她去给盘子上涂黄油。结果我忘记搅拌，所以就煳了。然后我们把糖浆倒出来冷却的时候，有只猫从盘子上走过去，于是那个盘子里的糖浆就不得不被倒掉了。但话说回来，制作太妃糖的过程确实是很有趣的。临走前，巴里太太不停地跟我说，要我常去玩。而黛安娜则一直站在床边，向我飞吻，直到我走到恋人小径才停下来。玛瑞拉，我向你保证，我今晚一定会想出一段精美绝伦的祷告词来感恩这一切的！”

第十九章

一场音乐会、一场灾难和一次坦白

“玛瑞拉，我可不可以去见一下黛安娜?”一个二月的傍晚，安妮上气不接下气地跑下楼来。

“天都黑了，还有什么好逛的?”玛瑞拉简短地回绝道，“你跟黛安娜每天一起上学、放学，然后又站在雪里聊半个多小时的天，嘴巴就没歇过，跟上了发条一样。这会儿都这么晚了，还有什么要紧事，不能明天讲吗?”

“可是她要见我啊，”安妮恳求道，“她说她有非常要紧的事要告诉我呢!”

“你怎么知道的?”

“她刚刚从窗口给我发信号了呀! 我们设计了一套信号来传递信息。我们把蜡烛放在窗口，然后用卡纸来回遮挡，这样就会一闪一闪的，闪几下都是有固定含义的。这是我想出来的，玛瑞拉。”

“我猜就是你想的，”玛瑞拉没好气地说道，“你接下去就该把窗帘点着了!”

“噢，我们很小心的，玛瑞拉。而且这真的很有意思，我们是这样设计的:闪两下就是说‘你在吗?’闪三下就是‘在’，闪四下就是‘不在’，闪五下就是‘快过来吧! 我有重要的事情要告诉你!’黛安娜刚才在窗口闪了五下，所以我现在内心无比煎熬，好想知道她要跟我说什么。”

“行了，不用煎熬了，”玛瑞拉无可奈何地说道，“你去吧，但是记住必须在十分钟内回来。”

安妮记在心里，并且按时回来了。可谁都想不到，小姑娘为了把这次重要的会面和讨论压缩在十分钟之内，做出了多少牺牲。不过事实证明，她时间分配得刚刚好。

“噢，玛瑞拉，你猜怎么着? 明天是黛安娜的生日! 她妈妈告诉她，明天放学以后，可以请我去她家住一晚上。黛安娜的表兄们正好要坐着箱型雪橇来听明天晚上的音乐会。这次音乐会就在大会堂举行，是由辩论俱乐部举办的。如果你同意的话，他们想带黛安娜和我一起去听音乐会。你会同意的，对不对，玛瑞拉？噢！我实在太激动了！”

“你可以不用那么激动了，因为我不同意你去。你还是老老实实地待在自己的床上吧。至于什么俱乐部办的音乐会啦，这都是胡闹。小女孩根本就不应该去那种地方。”

“我觉得辩论俱乐部是很正式的啊。”安妮继续恳求。

“我没说它不正式。但我不希望看到你们一路闲晃着去参加什么音乐会，然后大半夜在外面待几个小时。这可不是小孩子应该做的事情。我真不懂巴里太太怎么想的，竟然会让黛安娜去听音乐会。”

“可这是多么难得的机会啊！”安妮难过极了，眼泪已经在眼眶里打转，“黛安娜一年只有一次生日啊！生日可不是什么寻常日子，玛瑞拉。听说，普里茜·安德鲁斯会在音乐会上朗诵《今夜，宵禁不会响起》，这真的是一首很励志的诗啊！玛瑞拉，我保证，听这种诗对我是很有帮助的呀！然后合唱团会唱四首悲伤的歌，几乎就跟唱诗班的唱诗是一样的啊！而且，对了玛瑞拉，据说牧师也会去参加呢！是的，他好像要去致辞呢！这音乐会其实就跟布道是一样的啊！求求你了，玛瑞拉，让我去吧！”

“你听到我说的话了，安妮。把靴子脱了，上床睡觉。这会儿已经八点多了。”

“还有一件事，玛瑞拉。”安妮怀抱最后一丝希望说道，“巴里太太告诉黛安娜，明天晚上我们可以住在客房。想想吧，你的小安妮即将住在客房里呀，这是多么大的荣耀啊！”

“没有这荣耀，你也可以活得好好的！立刻上楼睡觉去，我不想再听到一句废话了！”

安妮抹了抹泪花，垂头丧气地上楼睡觉去了。这时，刚刚一直不曾开口，在躺椅上睡得很香的马修忽然睁开眼睛，说道：

“呃，玛瑞拉，我觉得你应该让安妮去见识一下。”

“我可不这样觉得，”玛瑞拉反驳道，“话说回来，是谁负责教育孩子来着，你还是我？”

“呃，当然是你了。”马修不得不承认。

“那就请你不要插手。”

“呃，我不是想插手，我只是表达自己的观点。而我的观点就是，我觉得你应该让安妮去。”

“就算安妮说要到月亮上去，你也会觉得我应该让她去的，不是吗？”玛瑞拉讽刺道，“好吧，安妮可以在黛安娜家过夜，但就此打住！我坚决不同意孩子去听音乐会。大半夜出去，她一定会感冒的，然后脑袋瓜里还会冒出各种乱七八糟的思想和情绪。这样子一来，起码一个礼拜没个消停。我比你更懂得这孩子的心性和习惯，马修。”

“我觉得，你还是应该让安妮去。”马修坚定地重复着这句话。马修从来都不擅长辩论，但是笃定地坚持自己的观点，是马修最最擅长的事情。玛瑞拉无力地叹了一口气，沉默无语。第二天早晨，安妮在厨房刷早饭的盘子。马修正要去谷仓，但是看到玛瑞拉之后还是不忘说了一句：

“我觉得，你应该让安妮去听音乐会，玛瑞拉。”

有那么一秒钟，玛瑞拉感到自己快要被这个蛮不讲理又冥顽不灵的男人逼疯了，但她最终还是妥协了，抬高嗓门说道：

“好好好，让她去！你这下满意了？”

听到这话，安妮立即从厨房里跑出来，手里的抹布还在滴水。

“噢，玛瑞拉，玛瑞拉！请你再说一遍好吗？”

“说一遍大概是不够的。这都是马修的主意，我是不想再做恶人了。要是你睡了客房的床而沾染了肺炎，或是因为大半夜在外面游荡而感染了风寒，请你不要怪我，要怪就怪马修吧！安妮·雪莉，你看你手里的抹布一直在滴水啊！你怎么这么粗心大意！”

“噢，对不起，我给你带来太多麻烦了，玛瑞拉！”安妮悔悟道，“我犯了太多错误，可是请您想一想那些我没有犯的错误吧，因为我现在已经比以前好多了！我马上就去拿些沙子来，把地板上的水渍擦掉，然后再去上学。噢，玛瑞拉，我感到自己的心此时此刻正为了音乐会而跳动！我这一辈子还从没听过音乐会呢，学校里其他孩子讨论音乐会的时候，我感觉自己特别落伍。你可能很难理解我的感受，但是马修懂的！马修理解我的感受，啊，能够被理解的感觉真是太棒了，玛瑞拉。”

安妮太兴奋了，以至于这天早晨上课时表现得很不怎么样。吉尔伯特·布莱斯在拼写课上赢了安妮，在心算课上更是取得了前所未有的胜利。而安妮并没有感到多大的屈辱，因为一想到晚上的音乐会和客房，她便什么都不在乎了。安妮和黛安娜一整天都在讨论这事，上课都没怎么听讲。要是换一位比菲利普先生严厉些的老师，这两个小姑娘一定会被严惩的。

安妮感觉，如果这次她不能去听音乐会的话，一定会被内心的渴望折磨致死的。因为整个学校里，人人都在讨论晚上音乐会的事。安维利镇的辩论俱乐部每两周组织一次活动，也办过几次小型的免费活动。但这次，是一场由图书馆赞助的大型集会，门票要十分钱。安维利镇上的年轻人已经排练好几个礼拜了，学生们也都十分关心这次演出，因为他们的大哥哥大姐姐们要上场表演呢。学校里所有九岁以上的孩子都打算去参加这场音乐会，除了凯莉·斯洛那，因为她的爸爸和玛瑞拉一样，觉得小孩子不应该去听晚上的音乐会。凯莉用语法书盖住脸哭了一下午，好像活不下去了一样。

从放学的那一刻开始的，安妮就十分激动，然后情绪一路高涨，终于在音乐会开始时达到顶峰。放学之后，她们首先享用了“极度精美的下午茶”，然后在黛安娜楼上的小房间里精心打扮了很久。黛安娜把安妮的前刘海盘成最时髦的高卷发，安妮用自己独特的手法给黛安娜打了一个发饰。然后，她们又在彼此的脑后试验了不下十种的辫子。最后，两个小姑娘终于梳妆完毕，小脸蛋都红彤彤的，眼睛里闪着兴奋的光。

可安妮还是颇有些沮丧，她头戴朴素的黑毛线帽子，身穿袖子窄小的不合身的灰布大衣，这与黛安娜那精致的毛皮毡帽和精神的小短夹克形成了鲜明的对比。是的，但那又怎么样呢？安妮转念就想到，自己拥有这个世界上最华丽的配饰——想象力。

两个小姑娘下楼没多久，黛安娜的表兄——穆雷一家就从纽布里奇来了。他们一同挤进箱式雪橇，地上铺着干草和皮绳。在乘雪橇去大会堂的路上，安妮一路陶醉。道路两旁是如绸缎一样光滑的雪坡，不时有雪块松塌，发出清脆的声响。夕阳西下，天空中一片壮观的美景。白雪皑皑的群山，靛青色的圣劳伦斯海湾，都在夕阳的映照下镀上一层金色，如同火焰，又如同一汪荡漾的美酒，盛在一只由珍珠和蓝宝石镶嵌着的华美酒杯中。雪橇的铃铛叮当作响，远处传来此起彼伏的笑声，似乎是成群结队的森林小精灵，在每一个角落里唱着动听的歌谣。

“噢，黛安娜，”安妮好不容易才在毛皮大衣下摸到黛安娜带着半指手套的手，“这一切就跟做梦一样！我看起来跟平常一样吗？我感觉十分不一样，我觉得我肯定长相也有变化了！”

“你看起来美极了！”黛安娜不吝赞美地说道。她刚刚从表兄那里收获了由衷的赞美，觉得应该把这份赞美传递下去：“你看起来光彩照人！”

这一晚的节目令人激动不已，起码对于某位小观众来说，绝对是这样的。用安妮的话说，每一次激动都要比上一次激动更让人激动！普里茜·安德鲁斯当晚穿着一条崭新的粉色丝绸束腰裙，光滑的脖颈上戴着一条珍珠项链，发髻上还别着几朵康乃馨。有谣言说，是菲利普先生花了大价钱从城外邮购回来的。当她朗诵到“爬上那湿滑的梯子，黑夜中没有一丝亮光”的时候，安妮整个人感动得浑身颤抖。当合唱团齐声唱《温柔的雏菊之上》时，安妮望着穹顶出神，就仿佛那里描绘着天使一般。当山姆·斯洛那表演《斯克里让母鸡抱窝》的脱口秀时，安妮笑得前仰后合，引得身边的人也不由得大笑起来。准确地说，这笑是出于同情，而不是因为有趣。这个段子就算是放在安维利镇，也算是老掉牙的段子了。而菲利普先生上台，重现了马克·安东尼在恺撒遗体身旁的演说，用最激昂人心的语调念出每一句话，并在每句话结尾时意味深长地看一下普里茜·安德鲁斯。安妮感到自己正热血沸腾，她几乎相信，只要此时有一个罗马公民愿意开路，她必然愿意赴汤蹈火死而后已。

然而，还是有这么一个节目让安妮提不起兴趣。当吉尔伯特·布莱斯朗诵那首《莱茵河上的宾根》时，安妮夸张地拿起罗达·穆雷从图书馆借来的书，罩在自己的脸上直到这个节目结束。而就在安妮挺直腰板，快要坐成雕塑的时候，黛安娜却猛地站起身，使劲地鼓起掌来，小手拍得通红。

当她们好不容易回到家，已经是十一点了。虽然疲惫不堪，但是一想到可以彻夜畅聊，两个小人儿又变得活力十足。大家似乎都睡了，屋子里黑漆漆的，一点声音都没有。安妮和黛安娜蹑手蹑脚地走到门厅里，穿过这条细长的走廊，那一头便是客房。屋子里很暖和，壁炉里的余火还星星点点地闪动着，正好给两个小姑娘照明。

“我们就在这里脱衣服吧，”黛安娜说道，“这儿够暖和的了。”

“今晚玩得可真开心啊！”安妮满足地叹了一口气，“能站上台朗诵诗歌，这种感觉一定非常棒！你觉得我们以后也会有机会上台演出吗，黛安娜？”

“当然了，一定会的！他们总是会安排大一点的学生上台朗诵。吉尔伯特·布莱斯就经常上台演出，他只比我们大两岁而已。噢，安妮，为什么你刚才要装作不听他朗诵呢？当他念到那句‘还有一位很重要的人，她并不是我的姐妹’的时候，还专门朝你看了一眼呢。”

“黛安娜，”安妮义正词严地说道，“你是我的知心朋友，可即便如此我也不希望从你嘴里听到有关那个人的任何事。你准备好上床了吗？我们来比赛，看谁先跑到床上去吧！”

这个建议得到了黛安娜的响应。两个穿着白色睡裙的小家伙沿着门廊一路奔跑，冲进客房，“嘭”的一声同时跳在了大床上。可是突然，她们身下好像有什么东西在蠕动，先是几声喘息然后是一声尖叫，一个含混的声音响起：

“我的亲娘祖宗啊!”

安妮和黛安娜来不及多想,便急忙从床上跳下来,跑出房间。两个小人儿不约而同地往楼上颤颤巍巍地跑去。

“噢,刚才那是谁啊?那到底是什么啊?”安妮又冷又怕,牙齿还不断地打颤。

“是约瑟芬祖母。”黛安娜喘着气大笑道,“噢,安妮,是约瑟芬祖母啦!原来她也来了,她一定会火冒三丈的!太糟糕了!太糟糕啦!不过,安妮,我还从没碰到这么好玩的事情呢!”

“约瑟芬祖母是谁啊?”

“她是我爸爸的阿姨,一直住在夏洛特敦的。她可老了,都七十多了。我实在想象不出她年轻的时候是什么样子。我们是听说她要来看我们的,但没想到这么快就到了。她是一个特别特别古板严肃,又循规蹈矩的人。谁要是坏了她的规矩,一定会受到责罚。唉,我们就跟米妮·梅一起睡吧!你是不知道她有多会踢被子呢!”

可是亲爱的约瑟芬·巴里小姐第二天早饭的时候并没有现身,倒是巴里太太亲切地问候了两个小姑娘。

“昨晚玩得开心吗?我本打算等到你们回来再睡的,也好告诉你们约瑟芬阿姨来了,你们就不好睡客房,只能到楼上睡了。可我晚上实在太困了,没能等到你们回来。你们没有吵醒约瑟芬阿姨吧,黛安娜?”

黛安娜不说话,而是穿过早饭桌,冲安妮眨了眨眼睛,两个小姑娘内疚地笑了。吃完早饭,安妮便早早回家,所以巴里太太家里后来如何的鸡犬不宁,她一无所知。直到当天傍晚,她帮玛瑞拉去给林德太太送信时,才听到消息。

“也就是说,昨晚是你跟黛安娜把老巴里姑婆给吓个半死的咯?”林德太太严厉地质问道,眼睛里却闪着一丝狡黠的光,“刚才巴里太太去卡莫迪的路上顺道来我这里坐了一会儿。她现在非常担忧,你不知道老巴里姑婆的脾气,她今早狠狠地发了一通火。我只能告诉你,约瑟芬·巴里不是好惹的。她现在已经完全不理黛安娜了。”

“可是,那并不是黛安娜的错啊,”安妮懊悔地埋下头,“是我出的主意。我提议我们两个赛跑,看谁先跳上床的。”

“我就知道!”林德太太高兴地叫了起来,语气里满是未卜先知的自豪感,“我就知道这样的事情只有你这个小脑袋瓜能想出来。好啦,这下你可是惹了个大麻烦。老巴里姑婆本来打算在这里住一个月的,但她已经改主意啦,她一天都不多待了,明天就走。她还说,要不是没有顺路车，她今天就走了。她本来答应要资助黛安娜上三个月的音乐课的，但是现在她不想为这个'假小子'花一分钱了。噢，我猜今天早上他们家一定上演了一出好戏呢。巴里一家肯定失望透啦。老巴里姑婆很有钱的，巴里一家从不怠慢她老人家。当然了，这不是巴里太太亲口跟我说的，但是你知道的，我这个人很擅长洞悉人性的。"

"我真是很不走运，"安妮哭诉道，"我不但自己老惹麻烦，还总给我最好的朋友们惹麻烦。我多想为他们做点力所能及的事情啊！要我奉上一颗心都可以的！林德太太，你觉得为什么我会这么不走运呢？"

"这是因为你太粗心大意，又太冲动莽撞了啊！你从来不会停下来想一想，总是脑子里有什么想法，就一股脑全说出来。脑子里一有主意，就一刻不停地去做。"

"噢，可是这样多棒啊！"安妮抗议道，"脑袋里灵光一现，然后立刻就把这想法变成现实！这多棒啊！如果你停下来思考，就不会有那种灵光一现的感觉了。难道你从来没有过这种感觉吗，林德太太？"

噢，林德太太可从不曾有过这种感觉，她不敢苟同地摇了摇头。

"你必须学会多思考，安妮。有句话说'三思而后行'，就像昨天的情形，如果你三思而后'跳'，就可以避免这样的麻烦事了嘛！"

林德太太为自己的幽默逗乐了，笑得前仰后合。小安妮依旧深陷在沉痛的自责中无法自拔。在她看来，眼前这情形一点都不好笑，反而糟透了！她与林德太太告别之后，便毅然地踏上了去斜坡果园的路。安妮在厨房门口碰到黛安娜。

"听说，约瑟芬姑婆气坏了，是不是？"安妮小声问道。

"是的，"黛安娜咯咯笑了几声，又小心地回头看了看起居室的房门，"她大发雷霆！噢，安妮，她教训起人来一套一套的！她说，我是她见过的最没有教养的女孩，还说我爸妈应该好好反省一下对我的教育方式。她说她一天都不想多在这里住了。我才不在乎呢，不过我爸妈似乎很在乎。"

"那你为什么不跟他们说，这是我的错啊！"安妮问道。

"我是那种人吗？"黛安娜有点不服气，"我可不是会打小报告的人，安妮·雪莉。再说了，在这件事上，我跟你一样都有错。"

"那……那我自己去告诉她。"安妮点了点头。

黛安娜呆住了："安妮·雪莉！你疯了吗！她会把你活活吞下去的！"

"不要再吓我了，"安妮请求道，"我宁可去给老虎拔牙，也不想去见这位老太太，可我必须这么做啊，黛安娜。这是我的错，我必须承担起责任。还好，我在认错这方面颇有心得。”

“那好吧……她正在房间里呢，”黛安娜说道，“你要是实在想去，就去吧。反正我是不敢的，而且我觉得，你这样做也不会有用。”

虽然黛安娜已经反复警告她这样做是自投罗网，安妮还是毅然决然地走向起居室。她畏畏缩缩地敲了敲门，门里传来一声尖刻的“进来”。

约瑟芬·巴里是一位干瘦的老太太，她看起来严肃而古板。此时，她正面朝着火炉，用力地织着毛衣，金丝边的眼镜搭在鼻梁上，眼皮沉重而有力地一开一合。听到门开后，她转过转椅，脸色铁青。本以为进来的是黛安娜，可眼前却站着一个脸色煞白的小姑娘，一双大大的眼睛，神情既勇敢又惶恐。

“你是谁?”约瑟芬·巴里姑婆毫不顾忌地问道。

“我是绿山墙的安妮，”小客人瑟瑟发抖地说道。一双小手在身子前面紧紧攥着，这是一副标志性的道歉姿态：“我是来认错的。”

“认什么错?”

“昨晚，是我出了馊主意，要跳上床，才把您惊醒的。那都是我的主意，我敢肯定，黛安娜是无论如何也想不出这样的主意的。黛安娜是一位非常文静的淑女，巴里小姐。我想，您一定能意识到，这样责罚她是很不公平的。”

“噢，是吗? 我倒是觉得，她昨天那一跳可是没有需要任何人帮忙啊。好端端的，竟然在屋子里这样胡闹!”

“可是我们只是想着好玩呀，”安妮恳求道，“我相信，巴里小姐一定会原谅我们的，我们已经知道错了。就算您不愿意原谅我，也请您原谅黛安娜，继续帮助她上音乐课吧。黛安娜一心一意想要学习音乐呢，巴里小姐。我太了解那种迫切渴望得到一件东西，却最终不曾得到的感觉了。如果您一定要发火，就请冲着我来吧。我小时候已经习惯了每个人都对我发火，所以我比黛安娜更能承受!”

此刻，这位老小姐的眼里已经不像刚才那样严厉了，取而代之的是一种饶有兴趣的火花。不过，她还是厉声说道：

“我可不认为，小姑娘可以因为‘好玩’就这样胡闹。我小的时候，我们从小就被教育要举止大方端庄。你知道那种，舟车劳顿了一天，好不容易睡下，却在睡得正香的时候从天上掉下两个小姑娘，在床上大蹦大跳的，把你一下子惊醒的感觉吗?”

“我不‘知道’，但我能‘想象’。”安妮急切地说道，“那种感觉一定很难受。也请您想象一下我们当时的感觉好吗？如果可以的话，请您设身处地地想一下我们当时的情境吧。我们当时根本不知道床上有人，所以您把我们吓了一大跳啊！我们真是吓坏了，但不管怎样，我们没法在客房睡啦。我想，您一定经常睡客房。可是您知道，对于一个小孤女来说，睡客房是多么大的荣幸吗？”

这时候，所有的怒意都已经烟消云散，老巴里小姐竟然笑出声来。这让一直守在门外默不作声紧张等待着的黛安娜长长地舒了一口气。

“恐怕我的想象力有点生锈咯，我很长时间不用想象力啦！”老巴里小姐说道，“我敢说，你的感觉跟我昨晚的感觉是一样强烈的。这件事情，完全取决于我们从什么样的角度来看。好了，快过来坐下，给我讲讲你自己吧！”

“很抱歉我做不到，”安妮坚定地说道，“我很想跟你说说话，您看起来是位很有意思的夫人。我甚至感觉，您跟我有些心灵相通呢，尽管您看起来不太像。不过，我这会儿必须得回家，回到玛瑞拉·卡斯伯特小姐那里去啦。玛瑞拉·卡斯伯特小姐是一位心地非常善良的小姐。她好心地收留了我，还无微不至地照顾我，虽然我总惹她生气。请您也不要因为我而去责怪玛瑞拉小姐。不过，在我走之前，我希望您能告诉我，您现在愿意原谅黛安娜了吗？您可不可以依照原来的计划在安维利住一段时间？”

“行啊，那你可得常来看看我啊。”巴里姑婆说道。

当天晚上，巴里姑婆便豪气地送给黛安娜一只纯银手镯，又告诉家里的大人们，自己暂时不收拾行李箱了，打算住一段时间再走。

“我之所以改变主意要留下来，就是想好好认识一下这个叫‘安妮’的小姑娘。”巴里姑婆直言不讳地承认，“这小姑娘很有意思，我这辈子还很少见到这么有趣的小姑娘呢。”

玛瑞拉知道整个事情的原委之后，淡淡地说了一句：“我就知道。”马修听完之后，心里更是喜滋滋的。

巴里姑婆在安维利镇上住满一个月后，又多住了几天才走。自从有了安妮跟她作伴之后，巴里姑婆心情一直很不错，脾气也收敛了许多。这两个人简直成了忘年交。

巴里姑婆临走前许诺道：

“记住啦，叫安妮的姑娘，来城里玩的时候一定要来看我，我会请你在我最高级的客房里住的。”

“这样看来，巴里姑婆真是我的知音啊。”安妮向玛瑞拉说道，“她看起来实在不像个知音的样子，但是她就是与我心灵相通。一开始你也不理解，为什么马修能跟我成为知音，可现在你看，你理解了吧，知音其实并不那么难找。啊，这个世界上我竟然有这么多的知音！这种感觉太棒了！”

第二十章

是想象还是幻想

春天又一次来到了绿山墙，加拿大的春姑娘总是这么美丽而又婀娜多姿，从四月到五月间，每天都伴着甜美、清新、俏寒的日子。粉色的夕阳下，万物复苏，欣欣向荣。情人大道的枫树枝上顶出了嫩红色的芽儿，得律阿德斯清泉的周围，蜷曲的蕨草植物一个劲地往上窜。在斯洛那先生家后面的荒地上，五月花正在如火如荼地开放着，粉色的和白色的花朵在褐色叶片的映衬下显得娇嫩欲滴。学校里所有的男生女生花了一个下午来采五月花，然后踏着清澈幽静的暮光回家了，每个人的胳膊里都挽着一篮盛开的鲜花。

“没有五月花的地方，生活得多么无聊啊！那里的人们太可怜了。”安妮说道，“黛安娜说，或许那儿的人们会有其他更美的花朵，可是，这个世界上怎么可能有比五月花还美的花呀？是不是，玛瑞拉？然后黛安娜告诉我，那里的人们没有见过五月花，也就不会为看不到五月花而难过了。可是听完这句话以后，我比之前更同情那些看不到五月花的人了。因为他们未曾目睹五月花的美丽，所以丝毫意识不到自己错过了什么，这太‘悲惨’了，玛瑞拉。你知道我把五月花想象成什么？我一直觉得这些五月花就是去年夏天陨落的花朵的灵魂，而这里便是花儿们的天堂。我们今天过得可开心啦！玛瑞拉！我们在一口古井旁的凹地上吃了午餐，那里生满了青苔，真是一个浪漫的地方！查理·斯洛那挑战亚提·吉利斯，要他从井上跳过去，然后亚提就照做了，因为他从不服输，我们学校里没有人愿意服输。现在，‘挑战’这个游戏可流行了！菲利普把他采到的所有五月花都送给了普里茜·安德鲁斯，然后还对她说‘鲜花配美人’。我知道，这句话是课本上的，不过至少说明他还是有些想象力的。我也收到别人送的五月花了，可是我才不屑收呢，而且我不能告诉你是谁送的，因为我发过誓，绝不重提他的名字。我们把五月花做成花环，然后扣在自己的帽子上。放了学之后，我们就排成两排，手拿花束，头戴花环，沿着马路并肩而行，嘴里还高唱着《土坡上的家》。噢，这可真是太振奋人心了，玛瑞拉！塞拉斯·斯洛那先生家的佣人都跑出来看我们！路上的行人纷纷驻足，目光紧紧盯着我们，很是轰动啊！”

“当然轰动了！一群小傻瓜！”玛瑞拉毫不留情地回应。

五月花谢了之后，便迎来了属于紫罗兰的季节，紫罗兰山谷被漫山遍野的花朵染成了紫色。安妮上学路过这片地方时，总是下意识地放慢脚步，用虔诚的眼睛深情地望着这片美景，仿佛自己正踏入圣境一般。

“不知怎地，”安妮告诉黛安娜，“当我走在那里的时候，我感觉自己可以忘却所有的烦恼，甚至可以不管吉……不管班上任何人会不会在学习上超过我。可是我一到学校，这种感觉就消失了，又像以前一样患得患失了。在我内心有好几个不一样的安妮，可能这就是为什么我总是惹人烦吧。如果我只是一个单纯的安妮，那就简单多了，不过那样可能就不会像现在这样有趣了。”

一个六月的傍晚，果园里再次绽满粉色的花朵，白雪皇后长长的枝桠上，沉甸甸地点缀着饱满的花骨朵；青蛙在星芒池尽头的草丛里唱着银铃般的歌谣；空气里弥漫着苜蓿田的香味和杉树的气息。此时此刻，安妮正坐在绿山墙的窗户旁温习功课。屋内昏黄一片，书上的字也模糊不清了。安妮睁着大眼睛看着窗外，再次陷入了沉思。

乍一看，绿山墙这间小屋似乎一点都没有变。墙依旧是雪白色，针垫依旧很坚固，椅子依然僵硬、发黄地挺立在地板上。然而，小屋的整个气氛却因小主人的到来而悄然地发生着变化。安妮的冲动和热情，为这间小屋涂上了不一样的色彩。她的梦幻，像薄纱一样蒙在这暗淡无光的小屋上，为它增添了亮丽的颜色。这时，玛瑞拉拿着几条刚熨好的学校围裙大步流星地走了进来，她把裙子挂在椅背上，然后轻轻叹了一口气，坐了下来。今天下午，玛瑞拉又头疼了好一阵。现在已经不怎么疼了，但她还是感觉“精疲力竭”，正如她自己说的那样。安妮清澈无瑕的眼睛里，盈满了深深的担心。

“我真希望能代替你头疼，玛瑞拉。为了你，我宁愿愉快地忍受它。”

“你已经做得很好了！你做家务，我就可以休息一会儿了。”玛瑞拉说道，“最近，你进步很明显，不再像从前那样毛毛躁躁了。当然，你给马修的手帕上浆，这是不对的。还有，我们把馅饼放到烤箱里加热，是为了待会儿把它拿出来吃掉，而不是为了把它烤焦。唉，我本以为你知道该怎么热馅饼的。”

头疼总是让玛瑞拉有些冷嘲热讽的。

“噢，对不起，”安妮悔悟道，“我这会儿才想起来这事！在饭桌上，我一直感觉自己似乎忘了点什么事情，可当时就是想不起来。今天早上你把活儿交给我的时候，我还一直告诉自己，一定不要胡思乱想，要专注于眼前的事实呢！我一直坚持得挺好的，可是等我把馅饼放到烤箱里以后，就又开始想象了。我感到一种无法抵抗的诱惑让我不得不去想象，想象着自己是一个正被关在寂寞塔楼里的美丽公主，有一位骑着黑马的英俊骑士前来营救我。就这样，我忘记了烤箱里还有馅饼这件事。另外，我都不记得我把手帕给上浆了。熨衣服的时候我就一直想着，要给我和黛安娜新发现的那个小溪上游的小岛取个名字。啊，玛瑞拉，那里真是美若仙境啊！小岛上有两棵枫树，小溪环绕着小岛潺潺流动。最后，我突然想到，其实给它取名'维多利亚'就很不错！因为我们就是在女王生日那天发现这个小岛的，黛安娜和我都对女王忠心耿耿。不过，我还是对馅饼和手帕的不幸遭遇表示深深的自责。我一直希望自己今天能够表现好一点的，因为今天是周年纪念日呢！你还记得去年的今天发生了什么事吗？玛瑞拉？"

"我想不到有什么特别的事情。"

"噢，玛瑞拉！去年的今天，我来到了绿山墙呀！我永远也不会忘记那一天的，那是我生命中的转折点。可能在你看来，那一天并没有那么特别。我已经来绿山墙一年了，感到每一天都那么开心。当然了，我是遇到过不少麻烦事，可是人总是可以挺过来的。玛瑞拉，你后悔收留我吗？"

"不，我不感到后悔。"玛瑞拉说道。有时候玛瑞拉会纳闷，不管自己如何努力地回忆，却怎么也想不起来在安妮来绿山墙之前她是怎么过日子的。"不，不能说是后悔。安妮，如果你作业做完了，不如帮我去找一下巴里太太，问她借一些黛安娜的裙样吧。"

"噢，可——可是天太黑了！"安妮叫了出来。

"天黑？明明才是傍晚啊！你不是经常晚上去找黛安娜吗？"

"我明天一大早去吧！"安妮急切地说道，"太阳一升起来，我就过去！"

"你这小脑袋瓜里在想什么啊，安妮·雪莉？我今晚就想依着裙样把你的新围裙裁好。现在就去，快点！"

"那我从大路绕过去吧。"安妮不情愿地去取帽子。

"从大路走得多花半个小时呢！真不明白你是怎么想的！"

"我不敢从鬼魂树林里走，玛瑞拉！"安妮终于歇斯底里地哭了出来。

玛瑞拉怔住了。

"鬼魂树林？你疯了吗？鬼魂树林是什么玩意儿？"

"小溪那头的云杉林啊。"安妮胆怯地小声说道。

"又开始胡说八道！哪来的什么鬼魂树林啊！这都是谁告诉你的？"

"没有谁告诉我，"安妮坦白，"是黛安娜和我想的。我们想象这片树林闹鬼。安维利镇上所有的地方都太——太正常了，所以我们自己设计了一块闹鬼的地方。四月的时候我们就已经决定了，要这片树林闹鬼。闹鬼的树林多么浪漫啊，玛瑞拉。我们之所以选云杉谷这里的树林，是因为这里总是雾蒙蒙的。我们都想好了在这树林里会碰到的恐怖而悲惨的故事。有一位白衣女人总爱在晚上的时候沿着小溪散步，然后绞着双手发出阵阵惨叫。每当这安维利镇上哪户人家有丧事，她就会出现在那户人家的门口。还有一个被掐死的小孩的鬼魂，每当夜晚到来便在爱德怀特四处游弋。他在你身后慢慢地靠近，然后冰冷干瘦的手指一下子抓住你的手。噢，玛瑞拉！我一想到这些就浑身发抖。另外，还有一个爱在小路上忽隐忽现的无头男尸，以及在枝桠间冲你怒目斜视的骷髅。噢，玛瑞拉！我无论如何也不能从鬼魂树林走，我敢肯定，那些白色的鬼魂会从大树背后窜出来把我抓住的！"

"真是闻所未闻！"默默惊讶的玛瑞拉破口而出，"安妮·雪莉！你是想告诉我说，你被你自己想象出来的东西吓了个半死吗？"

"没有那么严重，"安妮支支吾吾地说道，"至少我在白天是不害怕的，可是天黑了以后就不一样了，玛瑞拉！天黑了，就该鬼魂们出来散步了！"

"世界上是没有鬼魂的，安妮。"

"噢，有的，玛瑞拉！"安妮快要哭出来了，"我认识好几个人都见过鬼魂的，而且他们都是可敬的人呢！查理·斯洛那说，他的祖母有天晚上看到他的祖父赶着牛群回家呢！而那个时候，他祖父已经入土一年了！你知道的，查理·斯洛那的祖母可是一个很老实的人，从不编故事的，她可是一个非常虔诚的女教徒。另外，托马斯太太的父亲有一天晚上被一只全身着火的羊羔追赶，而且那只羊羔的头被砍断了，靠着一点皮挂在脖子旁边。他说，那就是他兄弟的鬼魂，那场景预示着他会在九天内死掉。结果，你猜怎么着？他第九天的时候没死，但是两年之后死掉了！所以你看，鬼魂是真实存在的！鲁比·吉利斯还说——"

"安妮·雪莉，"玛瑞拉坚定地打断了她，"我再也不想听你讲这些神叨叨的东西了。我以前就一直担心你过分发达的想象力，如果你的想象力成天产生这种想法的话，那我真得好好管教一下它了。你现在就走到巴里太太家去，从云杉山谷走过去！就当是个教训，也当做是一次警告！

还有，以后你要是再敢提一个字的鬼魂树林试试!”

安妮号啕大哭了起来，她感到恐惧渐渐吞噬了她每一个细胞。都怪自己的想象力，此刻的云杉谷在安妮看来，是这个世界上最恐怖的地方了。可是在玛瑞拉的字典里，从来就没有“退让”这两个字。玛瑞拉一路把这个“鬼魂先知”一路押送到小溪边，然后命令她过桥，看她穿过那埋伏着哭喊的女鬼和无头幽灵的昏暗境地。

“噢，玛瑞拉，你怎么可以如此残忍?”安妮抽泣着说道，“如果有个白色幽灵追赶我，把我带走可怎么办啊?”

“那就看运气吧!”玛瑞拉不为所动，“不要讨价还价，走完这一趟，我就能治好你这个胡思乱想的毛病了！现在，快走。”

安妮咬着牙往前挪，她踉踉跄跄地过了桥，然后瑟瑟发抖地上了那条“不归路”。这段经历成了安妮记忆中最难忘的片段。她一路走，一路狠狠地诅咒着自己过于丰富的想象力。一眼望过去，树林里每个阴暗的角落里都似乎躲藏着小树精，似乎随时都会伸出它们冰冷而瘦骨嶙峋的双手来抓住这个小女孩，是她自己把它们创造出来的。一根白色的桦树条从树顶上刮落到地上，安妮的心在那一刻漏跳了三拍。风吹得枝桠摩擦，发出阵阵嚎叫，安妮额头上的汗珠也越渗越大了。头顶黑色的树枝织成的网里，成群的蝙蝠横七竖八地飞来飞去，好似幽灵无形的翅膀。安妮终于来到了威廉姆·贝尔先生的田地里，她飞快地往前跑去，就好像身后有无数的僵尸在追赶她一样。好不容易安全到达巴里家的厨房大门，这时候安妮已经跑得喘不上气了，于是只得断断续续地说明了来意。黛安娜刚好不在家，于是她也没有理由久留了，只得硬着头皮回去，恐怖旅程再次拉开序幕。安妮这一次是全程闭着眼睛走的，她宁愿让自己的小脸被树枝刮花，也不愿再看到任何白色的东西。最后，她再一次踉踉跄跄的走上木桥，然后长舒一口气。

“怎么，你没被抓走啊?”玛瑞拉毫不客气地问道。

“噢，玛——玛瑞拉，”安妮牙齿不断打颤，“从此以后我会——会适——适应这些正常的地方的。”

第二十一章

一次意料之外的离别

六月的最后一天，安妮把写字板和课本放在了厨房的餐桌上，然后用一条湿漉漉的手帕擦了擦眼睛，难过地说道："天啊，就像林德太太说的，这个世界上除了分分合合，再没有别的什么了。玛瑞拉，幸好我今天多带了一条手帕去学校，是不是？真是太幸运了，我就有预感，一条手帕肯定不够擦的。"

"我可真是没想到，你与菲利普先生感情这么深啊。就因为他要调离学校，你就需要两条手帕来擦眼泪？"玛瑞拉说道。

"我可不是因为舍不得他才哭的，"安妮想了想说道，"只是因为大家都哭了，所以我才哭的。鲁比·吉利斯是第一个带头哭的，她总是说自己很讨厌菲利普先生，可是菲利普先生才站起来发表临别感言，她就'哇'地一声哭了出来。然后，班里所有的女生也都开始哭了，一个接一个的。我本来不想哭的，玛瑞拉。我一直在脑海里重现那些场景，他让我跟吉……呃，一个，男生坐在一起，还有他念我的名字'安妮'的'妮'时不加'女'，并在几何课上说我是他教过的最笨的学生，还嘲笑我的拼写。他总是那么讨厌，还总是冷嘲热讽的。可是我还是没忍住，于是我也哭了出来。简·安德鲁斯一直说，如果能把菲利普先生调走就好了，到时她一定不会掉一滴眼泪。可是，今天她哭得比谁都厉害，最后还不得不向她弟弟借了一条手帕——男生们都没哭——她自己没带手帕，因为觉得根本用不到。哦，玛瑞拉，那场景真是让人心碎啊！菲利普先生做了一番精彩的离别演讲，开头是这样说的：'离别的时候到了，该说再见了。'这句话太感人了！他自己的眼睛里都盈满了泪水。玛瑞拉，那一刻我多么为我自己曾经的所作所为感到羞愧和后悔啊！我在班上说他的坏话，还在写字板上画他的漫画，还总是取笑他和普里茜。我真希望自己也能像米妮·安德鲁斯一样是个模范生，她就没有任何心理负疚感。女孩们是一路哭着回家的，每次我们稍微平复一下情绪，卡莉·斯洛那就会重复一下那句'离别的时候到了，该说再见了'。每次听到，我们大家又会哭作一团。菲利普先生这一走，我心里感到有些空落落的，玛瑞拉。不过，一想到眼前还有两个月的假期，谁都不会难过太久的，对不对？而且，我们今天路过车站的时候见到了新来的牧师和他的妻子。尽管菲利普先生的离开让我感到难过，可是我还是不由得对这位新牧师充满了兴趣呀！他的妻子很美，倒没有美到很惊艳的程度，但是看起来很舒服。而且我觉得，作为一名牧师，娶一位惊艳的女子为妻似乎也有些不太合适，这样只会带来一些负面效应。林德太太说，纽布里奇一位牧师的妻子就因为穿着过于时髦而成了反面教材。我们这位牧师的妻子这次穿的是一件蓝色细棉布的泡泡袖裙子，头上还戴着一顶点缀着玫瑰的礼帽。简·安德鲁斯说，她觉得牧师妻子的泡泡袖显得很俗气，我没有简那么尖刻，玛瑞拉，因为我太了解渴望拥有一件泡泡袖裙子的感觉了。再说了，她才刚刚嫁给这位牧师没多久，自然在穿着行事上还没有那么成熟，我们应该多体谅她，对不对？据说，他们准备先在林德太太家住下，等手续办齐了再搬到牧师馆去。”

当天晚上，玛瑞拉便去了林德太太家“还去年冬天借来的棉被框子”，对于陌生人的热心真是安维利人一个可爱又可气的缺点。不仅如此，镇上那些借过林德太太东西的人，这天晚上都约好了似的来“还东西”了。一个新牧师，还有新牧师的妻子，就像扔进池塘的一颗石子，激起了这个安逸祥和，许久没有新闻的小镇中的居民们不多见的好奇心。

老宾特利在安维利镇上已经做了十八年牧师了。这个被安妮定义为“缺乏想象力”的牧师刚来到这镇上的时候是个鳏夫，十八年过去了，他依旧没有找到新的夫人，尽管在他呆在安维利镇的这些年，关于他要娶某位女士的流言蜚语一直漫天飞。今年二月，他辞去了这里的工作。安维利镇上的人总是念旧的，听了十八年的布道，一下子要换一位牧师，心里总是有几分不舍，尽管他的布道一直很枯燥乏味。接下来，安维利教堂经历了一段漫长的等待与选择期。每个礼拜日，从各地赶来的牧师一个个地走上布道台给人们讲经释义，人们则乐此不疲地对各个牧师进行着各个方面的讨论。对于这些牧师来说，他们不仅要接受长老会各位前辈的审查，还要接受一位坐在角落里、长着红头发的小姑娘的审视——那就是卡斯伯特家的小安妮。安妮十分热衷于对这些牧师的表现进行评价，而且还要津津有味地与马修讨论一番。而玛瑞拉则会提醒安妮：不管是好是坏，评论牧师总是不对的。

“我觉得这位史密斯先生不行，马修，”安妮最后总结道，“林德太太说他的布道一点都不吸引人，我倒是感觉他跟宾特利牧师当时的问题是一样的——太缺乏想象力了。不过，那位特里先生的问题就是想象力太过丰富，他总是讲着讲着就走题了，就跟我在‘鬼魂森林’那件事上犯的错一样，太由着自己性子了。而且林德太太说他的理论基础并不是太扎实。那位格雷沙姆先生倒是一位很正直也很忠诚的牧师，但是他总喜欢讲笑话，逗得教堂里的人哈哈大笑，这样做实在太不成体统了。作为一名牧师，还是应该注意一下自己的威严的，是吧，马修？我倒是挺喜欢那位马歇尔先生的，但是林德太太说他现在还没有结婚，甚至连个对象都没有，这些都是她听说的。林德太太说，她是永远也不会同意让一个未婚的年轻人到我们安维利镇上来做牧师的，因为他很有可能在我们镇上找一个女子结婚，然后就会引来一大堆麻烦事。林德太太真的是一位很有远见的女士呢，马修，你觉得呢？他们最终定了艾伦先生，我对这个结果还是很满意的。我挺喜欢这位牧师的，因为他的布道一点也不枯燥，而且他的每次祷告听起来也都那么真诚。我能听得出来，他是真心实意地感恩主，而不是因为要应付差事。林德太太说，这位艾伦先生并不算出色，但是毕竟年薪只有七百五十元，能找到艾伦先生已经很不错啦！而且，这位艾伦先生的理论基础很扎实。林德太太说，他对她提出来的所有关于教义的问题都对答如流。而且林德太太还认识艾伦先生妻子的娘家人，据说都是很有教养的人物，女人们都是勤俭持家的好手。林德太太说，男人钻研教义，女人相夫教子——这便是一个牧师家庭的完美组合了。”

新牧师和他的妻子是一对还在蜜月期的和善小夫妻，对自己选择的这项毕生事业充满了强烈的热情。而安维利镇上的居民也从一开始便敞开心扉，欢迎这两位年轻人。不出一个礼拜，这小岛上的老老少少，都喜欢上了这个负责而又真诚的年轻人，以及他那位聪明而又温文尔雅的妻子。艾伦太太在主日学校谋得了教师的职位，安妮瞬间就爱上了这位新老师。她激动地发现，自己又找到了一位知己。

“艾伦太太真是太让人喜欢了！”一个周六的下午，安妮宣布道，“她现在教我们班了，真是一位出色的老师啊！她在上课一开始就告诉大家，她觉得在课上应该每个人都有权利进行提问，而不仅仅是老师提问学生回答。玛瑞拉，你知道的，我一直就是这么认为的啊！她说，不管我们有什么问题，都可以问她！然后我就问了好多问题。玛瑞拉，我很擅长提问题的。”

“可不是！”玛瑞拉强调说。

"除了我，就只有鲁比·吉利斯问了一个问题，她问的是今年夏天主日学校还会不会再举办野餐。我觉得这个问题问得并不是很合适，因为这个问题跟这节课一点关系都没有，我们正在学习'狮子洞里的丹尼尔'呢！不过艾伦太太没有指责她，她只是笑了笑，然后说今年应该还是会有野餐的。啊，艾伦太太笑起来真美啊！她脸上有两个精致的酒窝！玛瑞拉，我真希望自己脸上也有酒窝。相比刚来的时候，我已经胖多了，但我还是没有酒窝。如果有酒窝的话，我应该会更讨人喜欢一些！艾伦太太说，我们应该尽可能地给人家留下好的影响。她教了我们好多东西啊！我现在才发现，原来教义可以这么有趣，这么鼓舞人心！我以前总觉得教义是很枯燥乏味的东西，不过艾伦太太却讲得很生动。我甚至想着，要是自己也能像她一样，那成为一个忠诚的基督徒又何妨！不过，我可一点都不想成为像主日学校的贝尔校长那样的基督徒。"

"不可以那样讲贝尔先生！"玛瑞拉严厉地说道，"贝尔先生是个真正的好人。"

"他确实挺好的，"安妮应承道，"可是他似乎并不为此感到开心，如果我像他一样也是个好人的话，每天都会载歌载舞的！因为我会感到自己非常了不起。不过，也可能贝尔先生年纪太大了，跳不动。当然了，作为牧师的太太，成天唱歌跳舞也是很不合时宜的。不过，我还是能打心眼里觉得，她为自己是一个基督徒而感到由衷的自豪和开心。而且我感到，就算不是作为基督徒而进天堂，她也会是一个很好的人的。"

"我们是得请艾伦夫妇哪天来喝个下午茶了，"玛瑞拉若有所思地说，"他们都去了好几家了，还没来过绿山墙呢。我想想——就定在下周四吧！可是安妮，你可一个字都不要对马修讲。如果他提前知道了，肯定会在那一天找个借口溜走的。他倒是很习惯跟之前的宾特利先生喝茶，不过要他跟还没见过面的新牧师喝茶，对他来说真是困难重重，更别提他太太了，哈哈，肯定会把他吓个半死的。"

"我会让这个秘密烂在肚子里的！"安妮保证道，"玛瑞拉，我可不可以在那天做一个蛋糕？我特别想给艾伦太太做点什么，而且你知道的，我现在做的蛋糕还不错！"

"那你做一个夹心蛋糕吧。"玛瑞拉答应道。

礼拜一和礼拜二两天，整个绿山墙忙得热火朝天。请牧师和太太来家里做客是一件大事，玛瑞拉可决不能在这个时候输给镇上其他的主妇，安妮更是又激动又开心。傍晚的时候，她跟黛安娜一起坐在得律阿德斯清泉旁边的红色石头上聊天，还不停地用刚折下来的冷杉树枝在水里画着彩虹圈。

“一切都已经准备妥当了，黛安娜，我明天早上再做一个蛋糕，然后加上玛瑞拉后天做的发酵饼干，我们就可以顺顺利利地请牧师夫妇来喝茶啦！黛安娜，这两天我跟玛瑞拉可真是忙坏啦！要请牧师一家来做客，真是一件天大的事情啊！我以前从来没经历过这样的事儿。你真应该去我们家厨房的储藏室看一下，可壮观了！我们已经准备了鸡脯和冻牛舌，配有红色和黄色的两种布丁，还有奶油冰淇淋、柠檬派、樱桃派、三种曲奇、水果蛋糕，外加玛瑞拉特意为牧师夫妇准备的黄杏子果酱。另外，我们还准备了重油蛋糕和夹心蛋糕，以及当天要做的发酵饼干。面包备有新的和陈的两种，以防牧师肠胃不太好，消化不了新面包。不过，我想，艾伦先生也刚刚做牧师没多久，所以肠胃应该还没坏吧。我一想到自己要做的夹心蛋糕就感到心惊胆战！噢！黛安娜，如果我做的蛋糕不好吃可怎么办啊？昨天晚上我做了个梦，梦到自己被一个长着巨大的夹心蛋糕脑袋的可怕的怪物追！”

“肯定不会有问题的，”黛安娜贴心地安慰道，“两个礼拜前，你在爱德怀德做的那个蛋糕简直完美极了！”

“那倒是……可是做蛋糕这事说不准的，当你特别想做好的时候往往很容易搞砸，”安妮叹了口气，然后把一根裹着香脂的树枝漂浮在水面上。“不管怎样，我想只要我相信主的引导，并且记得放面粉，就不会出大问题的。噢，黛安娜，你看，多甜爱的一道彩虹啊！你说，等我们走了以后，得律阿德斯会不会拿这道彩虹做围巾？”

“世界上根本就没有什么得律阿德斯。”黛安娜说道。自从上次，黛安娜的妈妈也发现了有关“鬼魂森林”的事情之后，便严厉地教训了黛安娜一顿，让她断了胡思乱想的念头。于是，黛安娜现在小心翼翼地恪守自己的承诺，尽量不去想象，就连这种毫无威胁的得律阿德斯都不敢再提起了。

“可是这太好想象了呀！”安妮说道，“我每晚上床的时候，都会从我的窗户看出去，想象一下得律阿德斯此刻会不会正坐在河边照着清澈平整的泉水梳理长发。有时候，我甚至会一大早起来，循着露水找寻她的脚印呢！噢，黛安娜，你怎么可以认为世界上没有得律阿德斯呀？”

盼望着的礼拜四终于来到了。看到太阳升起，激动得一晚上都没合眼的安妮立刻从床上蹦了起来。由于前一天傍晚在泉水旁边嬉闹得太久，安妮有些感冒了，不过对于此时此刻的她来说，只有肺炎才能让她停止在厨房里忙碌。早饭吃完以后，她便开始动手做蛋糕了。把烤箱门关上的那一刻，安妮长长地舒了一口气。

“玛瑞拉，我确定我这次什么都没有忘记放，蛋糕应该会发起来的吧？会不会因为发酵粉质量不好而发不起来啊？我这次开的是一罐新发粉。不过林德太太说，现在市面上掺假成风，发粉的质量也是一天不如一天了。林德太太还说，她觉得政府应该好好整治一下现在的市场，不过只要托力党还继续执政，那这个问题就永远得不到解决。啊，玛瑞拉，如果蛋糕真的发不起来可怎么办啊？”

“放心，我们又不是只做了一个蛋糕。”玛瑞拉冷静地回答。

事实是，蛋糕发起来了，而且发得非常成功。烤箱门打开，轻盈饱满的蛋糕仿佛一大块轻柔的金色泡沫一样呈现在大家的面前。安妮激动得小脸儿通红，赶忙把蛋糕分层，然后涂上了红色果冻酱，再把蛋糕粘合起来，脑海里全是艾伦太太要求再吃一块的美好画面。

“玛瑞拉，这次你一定会用那套最好的茶具了吧？”安妮问道，“我能再用羊齿草和野蔷薇来装点一下餐桌吗？”

“不要胡闹！”玛瑞拉否定了这个提议，“食物才是最重要的，别的乱七八糟的装饰只会让客人觉得幼稚。”

“巴里太太就装饰了呀！”安妮说道，她学会了“夏娃的诱惑”那一套，“据说牧师对她的餐桌布置大加赞赏了呢！他说，这不单是一场味觉的盛宴，更是一场视觉的狂欢！”

“嗯……那你就布置一下吧。”玛瑞拉说道，心里暗暗想着，自己绝不可以被巴里太太之流比下去。“千万记得，别把整个桌子铺满了，我们还要有地方放盘子和菜呢！”

安妮终于找到了用武之地，于是用满满的野蔷薇和羊齿草把桌子装点得别具一格而又典雅脱俗，品位远远超过了巴里太太。于是，意料之中地，牧师和夫人刚刚落座，便对美丽的餐桌给出了齐声的赞扬。

“都是安妮布置的。”玛瑞拉也赶忙解释道，于是艾伦太太赞许地看了看安妮，这个简单的微笑让安妮心里一下子暖如三月的春光。

马修也下楼来了，大概只有上帝和安妮知道是什么样的魔力才让他下来的。他一直都很不擅长与人交流，只会害羞又紧张地说不出话。说实话，玛瑞拉本来都已经放弃了。但不知何故，安妮竟然成功地说服了他，现在这个紧张的男人正穿着自己最好的西装和白色硬领衬衫从容地与牧师聊天呢。不过，他从始至终还是没有能跟艾伦太太讲一句话，这样的要求对他来说确实太高了。

一切都进行得十分顺利。接着，终于到了品尝安妮做的蛋糕的时候了。而早已经在各家各户品尝了各种美食的艾伦太太，这次委婉地表示自己吃不下了。玛瑞拉一转头，看到了安妮脸上失望的眼神，于是微笑着说道：

“噢，您还是尝一尝吧！这蛋糕是安妮特意为您做的。”

“噢，那我一定得尝尝了。”艾伦太太高兴地笑了，接着切下一大块蛋糕。牧师和玛瑞拉也各自切了一块。

艾伦太太先咬了一大口蛋糕，一丝古怪的表情从她脸上掠过，不过她什么都没说，继续一口一口地吃着蛋糕。玛瑞拉细心地发现了这个表情，于是赶紧尝了一口蛋糕。

“安妮·雪莉！”玛瑞拉提高了嗓门，“你到底在蛋糕里加了什么？”

“我都是照着食谱放的呀，玛瑞拉！”安妮窘迫地回答，“噢，是不是不好吃？”

“不好吃？简直难以下咽！艾伦先生，千万不要吃这蛋糕了。安妮，你自己尝尝！你到底放了什么调料？”

“香草啊！”安妮咬了一口蛋糕，脸涨得通红，“我就只放了香草精啊。噢，玛瑞拉，我知道了，肯定是发粉的问题，我一直就觉得那包发粉——”

“才不是什么发粉的问题！去把你用的香草精拿来我看看！”

安妮飞快地拿来了一个装着棕色液体的小瓶子，泛黄的标签还没撕掉，上面写着“美味香草”。

玛瑞拉接过瓶子，打开瓶塞闻了一下。

“上帝啊，安妮，你竟然在蛋糕里加了止疼剂！上周我把止疼剂的药瓶打碎了，于是我就把剩下的止疼剂都倒在一个空的香草精的瓶子里了。这事说来也有我的责任，我应该提醒你一下的，但是你难道在倒的时候没闻出这味道不对吗？”

安妮这下彻底崩溃了，“哇”的一声哭了出来。

“我闻不出来——我感冒了呀！”安妮边说边往小阁楼跑去，接着重重地扑到床上，止不住地号啕大哭。

过了一会，从楼梯上传来一阵轻轻的脚步声。接着，有人打开了房门，走了进来。

“噢，玛瑞拉，”安妮头也不回地继续抽泣着，“我这下没脸见人了，我永远也不会走出这件事的阴影了。这事一定会传出去的——安维利镇上什么事都瞒不住的。黛安娜一定会问我蛋糕做得怎么样,我不得不告诉她实话。然后,全镇上的人就都知道了,说我就是那个用止疼剂做蛋糕的女孩!吉……学校里那些男生一定会拿这事取笑我的。噢,玛瑞拉,如果你对我还有一丝同情和怜悯的话,求求你这会儿不要让我下去洗盘子好吗?等牧师和夫人走了,我一定会下去洗盘子的。这回我是没脸再见艾伦太太了,她说不定会以为我是故意要去毒害她呢!林德太太说,她就听说过有一个孤女曾经想下毒来杀死自己的领养人。不过,止疼剂也不算毒药啊,本来就是给人吃的——尽管不应该放在蛋糕里吃。可是,玛瑞拉,你帮我跟艾伦太太解释一下,好不好?"

"不如你直接起来告诉她一下好啦!"一个轻柔的声音说道。

安妮吓了一跳,从床上"腾"地跳了起来。艾伦太太正站在她床边,眼里含着温柔的微笑。

"亲爱的小姑娘,你可不能哭成这样啊!"艾伦太太看到安妮的小花脸,心疼地说道,"这没什么大不了的啊,人人都会犯些粗心大意的错误的。"

"不是的,只有我才会犯这样的错误,"安妮难过地说,"我是多么想给您做一个美味的蛋糕啊!艾伦太太。"

"我知道,亲爱的。听我说,我真的很为你的心意和努力感动。在我看来,这个蛋糕非常美味,一点瑕疵都没有,因为是你用心做的呀!好啦,不要哭了,快下楼带我去看看你的小花园吧!卡斯伯特小姐告诉我说,你自己种了一小块地,我很想去看看呢,因为我跟你一样,也喜欢养花!"

安妮接受了艾伦太太的宽慰,开心地跳下床,领着她看花去了。小安妮的心里别提有多高兴了,她觉得自己太幸运了,艾伦太太真是一位好知己!谁都没有再提那个"止疼剂蛋糕"的事,而且当客人走后,安妮发现这个下午过得比她想象的还要棒,尽管有那个不愉快的小插曲。安妮长长地叹了一口气。

"玛瑞拉,一想到明天又会是崭新的一天,不会再像今天一样错误百出,我就好开心啊!"

"放心,你还会再犯很多别的错误的,"玛瑞拉说道,"你在犯错这件事上无人能及,安妮。"

"是的是的,我知道这一点,"安妮埋怨道,"可是你有没有发现其实我身上还有一个优点,玛瑞拉?那就是我从来不会犯同样的错误!"

“这是优点吗？不断地犯新的错误是优点吗？”

“噢，玛瑞拉，你难道没有发现吗？一个人可以犯的错误是有限的，等我把所有可以犯的错都犯过了，我就不会再犯任何错啦！这样想就好多啦！”

“行了，赶紧把你的‘止疼剂蛋糕’送到猪圈去吧，”玛瑞拉说道，“反正我看是不会有人愿意吃这蛋糕了，就连从不挑食的杰里·波特都不想吃！”

第二十二章

安妮受邀喝茶

“你看你开心的，嘴巴都快咧到耳朵根了！又有什么新闻呀？”玛瑞拉看着面前这个两眼放光，神气活现的小家伙问道，“难道你又找到知音了？”刚从邮局跑回来的安妮手舞足蹈，就像一个被风吹起来的小精灵，在金色的阳光和慵懒的八月黄昏里穿梭嬉戏。

“这倒没有，但是——噢，你知道吗，我收到邀请，明天下午要去牧师馆喝茶啦！艾伦太太专门给我寄来一份邀请函呢！你看啊，玛瑞拉，‘致安妮·雪莉小姐，绿山墙’。啊！这是第一次有人称呼我为‘小姐’呢！我真是太激动了！我决定把它作为宝贝，珍藏一辈子！”

“艾伦太太告诉我，她打算把所有主日学校的学生都依次请去喝茶。”毫不为此激动的玛瑞拉说道，“你没必要这么大惊小怪的，什么时候你才能学会冷静下来呢，孩子？”

让安妮学会冷静地看待这个世界等于要抹杀她的天性，她就像是一个由“灵魂、火焰和甘露”化成的精灵，所有的喜与悲都以加倍强烈的形态呈现在她的面前。玛瑞拉已经越来越感觉到，这对于安妮的影响是多么的重大，可是她越是迫切地想找到一个解决途径，便越明显地发现，这条转型之路实在是障碍重重。玛瑞拉担心着大起大落会给安妮带来加倍的压力，却不曾意识到，其实那些惊喜与欢乐也在安妮的心里加倍放大。玛瑞拉下定决心要把这孩子好好调教，直到她出落成一个跟自己一样“处变不惊，冷静沉着”的大姑娘，尽管这个任务就跟在林荫溪流间找寻灿烂的阳光一样艰难。决心是有的，努力也是有的，但效果却并不明显。希望落空或是计划失败总是会让安妮“跌入深渊”；可另一方面，小小的满足与成功却又总会让她“飞上云霄”。玛瑞拉绝望地发现，想把这个热情的小流浪儿教育成一个落落大方、稳重懂事的淑女，现在看来已经不可能了。玛瑞拉打心底里是喜欢这样的安妮的，只是她自己也不曾意识到。

安妮一声不吭地上床睡觉了，她有点担心，因为马修说从东北方向吹来的风预示着明天可能会下雨。杨树叶在风中的沙沙声让安妮无法入睡，听起来非常像有节奏的雨滴声，也很像遥远的地方传来的海浪的尖叫。这些声音也许在其他时候听起来很让人惬意，他喜欢它们那奇特、洪亮、回荡的旋律，但是现在听来更像是预兆着一场暴风雨，这对于一个一心期待好天气的少女而言实在是一场灾难。安妮甚至认为，第二天的清晨都不会再来临了。

可是暴风骤雨总会停的，尤其是在小客人收到邀请去喝下午茶的前一天晚上。第二天一大早，阳光洒落一地。马修的"非专业天气预报"显然失败了，而安妮的心情则再一次"冲上云霄"。"噢，玛瑞拉！今天我感觉自己心里有股冲动，它让我爱我看到的一切！"安妮一边洗早饭的碗碟，一边激动地说着，"啊！你不知道我现在有多开心啊！如果能一直这么开心就好了。如果我能每天都被请去喝下午茶的话，那我觉得我一定会更有动力去做一个'模范生'的。不过，玛瑞拉，这也算得上是一个很正式的场合了吧？我好担心啊。如果我表现得很失礼怎么办啊？我以前从来没去过牧师馆喝下午茶，也不是很清楚那里的礼仪习惯啊。尽管从我来到这镇上的第一刻起，就一直在学习礼仪部出版的《家庭先驱报》，可我从没看到过在牧师馆喝下午茶应该怎么做呀……我好害怕自己会做些很傻的事情，或是忘记做一些很重要的事情啊！玛瑞拉，如果我非常非常想吃一样东西，于是我再要一份，这样是不是会显得很不得体呢？"

"安妮，你最大的问题就在于总是想着自己。你应该更多地想想艾伦太太，想一想她希望你怎么做，怎样才能让她开心。"玛瑞拉说道，这是她人生中第一次给出这么中听而且简洁实用的建议，安妮也立刻把这条建议默默地记在了心里。

"你说得对，玛瑞拉。我决定再也不只为自己考虑了。"

很显然，这一次安妮一点差错都没有犯，一点"礼仪规范"都没有违反，她顺利完成了拜访。回家的路上，小家伙一直兴高采烈地在小路上蹦达。玫瑰色的夜幕渐渐收拢了，在高远的天空下，藏红花和绚烂的云彩将小路点缀得迷离而美丽。安妮回到家，坐在厨房门口的红色砂岩上，疲倦的小脑袋枕着玛瑞拉的条纹棉布围裙，一五一十地给玛瑞拉讲着今天的光荣事迹。

西边山上的杉树林吹来一阵凉风，凉风掠过大片丰收的田野，直扑人的脸面。在越过杨树林时，那风还发出口哨一般的声音。果园的上空清晰地挂着一颗明亮的星星。萤火虫铺满恋人小径。不论是在沙沙作响的树枝里，还是在成片的蕨类植物里，都能看到星星点点的萤火虫。

安妮一边看着眼前的这一切一边喃喃自语，她觉得这徐徐凉风和天空中的星星以及萤火虫交织在一块儿，有一种说不出的甜蜜和妩媚。

“噢，玛瑞拉。今天下午的时光真是太美好了！我感觉我活了这么久，总算没有白活。我想，就算以后再也没有人请我去牧师馆喝下午茶，我也不会有任何的遗憾了。我刚走到牧师馆，就看到艾伦太太正在门口等我呢！她穿着一条中袖的淡粉色玻璃纱裙，带着百褶的裙摆。她看起来是那么的美丽，就跟天使一样！我甚至希望长大后，我也可以嫁给一个牧师作妻子，玛瑞拉。因为牧师不是普通人，所以他们肯定不会在乎像‘头发颜色是不是红色’这一类世俗的事情的。不过，话说回来，要作牧师的妻子，本身一定要非常善良和优秀，而我是永远也不会那么优秀的，所以还是算了，想了也白想。这个世界上总有一些人是天生的好人，而有的人就不是，我就属于不是天生好人的那一类。用林德太太的话说，我生下来便充满了原罪。不管我怎么样努力，也无法改变我是罪人这个事实，所以我永远也不可能像那些天生是好人的人一样成功的。这跟‘几何’很像呢——不管我怎样努力，都无法改变就是学不好这个事实。不过，我觉得，只要自己去努力向‘好人’靠拢，自己总会得到一些认可的。艾伦太太就是那种天生的好人，我好喜欢她呀！你看，像艾伦太太、马修这样的人，总是让人一看就喜欢。而像林德太太那样的，喜欢上就得花点劲儿。像林德太太那样见多识广又很活跃的教义拥护者，我们当然应该喜欢，只不过你得不断地提醒自己，不然很容易就忘记了。今天一起去喝茶的还有一位来自白沙镇主日学校的女孩，名叫劳蕾特·布拉德利。她是个很不错的女孩，说不上是知己，但是也很不错啦！我们一起享用了下午茶，我也一直规规矩矩地遵守着淑女礼仪。喝完茶，艾伦太太弹琴，还让我跟劳蕾特跟着一起唱歌。艾伦太太说我嗓音很好，还说一定要我在主日学校的唱诗班唱歌。啊，你是不会了解我当时有多么激动的！单是想一想，我都浑身发抖。我一直渴望能在主日学校的唱诗班唱歌，就像黛安娜一样，可是我一直不相信自己能有那个本事。后来劳蕾特提前回家了，因为今天晚上在白沙镇酒店有一场很大的音乐会，而她姐姐要在音乐会上朗诵诗歌。劳蕾特说，美国人每隔两周就会在白沙镇酒店举办一次这样的音乐会来给夏洛特敦医院筹款。每次都会有很多白沙镇上的市民上台朗诵诗歌。劳蕾特说，她也希望自己可以有机会站上那个舞台。我真羡慕她啊！她走了以后，艾伦太太跟我聊了好久的知心话。我把我知道的一切都告诉了她——托马斯太太、那对双胞胎、凯蒂·莫里斯和薇奥莉塔，还有我是怎么来到绿山墙的，以及我在几何上遭遇的痛苦。对了，你知道吗，玛瑞拉？艾伦太太说，她的几何也学得不太好！这对于我来说真是天大的鼓励啊！我刚要走，林德太太就到了牧师馆。你猜怎么着，玛瑞拉？董事会聘请了一位新教师，而且是一位女教师呢！新老师叫作穆里尔·史黛西小姐。这个名字就很浪漫，对不对？林德太太说，安维利镇上从来没有过女教师。林德太太觉得这样做实在很冒险，可我觉得学校能请一位女老师是一件很棒的事情啊！还有两个礼拜才开学呢！我觉得每一天都那么难熬，真想快一点看见她呀！”

第二十三章

安妮遭遇小意外

安妮最终还是熬过了这两个礼拜。距离上次“止疼剂蛋糕”风波已经有一个多月了，而在这期间一直循规蹈矩了这么久的安妮终于也到了犯新错误的时候。不过，除了把应该倒到猪食桶里的脱脂牛奶倒在了橱柜里的一篮纱球上，以及在做白日梦时光着脚走上独木桥然后“扑通”一声掉到水里这类小错误以外，似乎也没有什么“可圈可点”的大错。

在牧师馆喝过下午茶后一个礼拜，黛安娜·巴里举办了一次小型聚会。

“这是一次很小型的聚会，”安妮跟玛瑞拉保证道，“只有班上的女孩。”

女孩们一起玩得十分开心。一直到喝完下午茶，整个聚会都很和谐。大家一起簇拥着跑到巴里家的小花园。疲于各种陈旧的游戏和恶作剧的小家伙们，这时想起了一个新的游戏——“挑战”。这一阵，这个叫做“挑战”的游戏在安维利镇的孩子中间非常流行。

先是男孩子们发现了这个游戏，接着女孩子们也开始玩了起来。要是有人把整个夏天安维利镇上孩子们因为玩各种“挑战”项目而做过的蠢事都记录下来的话，估计都能写满一本书了。

首先是凯莉·斯洛那挑战鲁比·吉利斯，凯莉让她去爬前门旁边一棵大柳树。尽管明知那上面爬满了绿绿肥肥的毛毛虫，也知道如果不小心把这条新的细薄棉布裙子扯破的话，妈妈一定不会轻易放过自己，但鲁比·吉利斯还是身手敏捷地爬了上去，极大地挫败了凯莉的嚣张气焰。接着，乔希·派伊问简·安德鲁斯敢不敢左脚单立，绕着小花园跳一圈，中途不能停下，右脚也不准放下来。简·安德鲁斯努力尝试着跳一圈，可是在第三个转角的地方还是没能坚持下来，于是只能认输了。

乔希不依不饶地炫耀着自己的胜利，有点得意忘形。于是，安妮·雪莉走上前去挑战乔希，问她敢不敢在围起花园的木栅栏上走。在木栅栏上行走,对于从来没有尝试过走木栅栏的人来说,他们是很难理解这项任务对于身体协调力和头脑敏捷性的要求的。然而,乔希轻松地就走过了,脸上洋溢着得意的笑容,仿佛在嘲笑安妮:哼,这样的项目也能拿出来挑战!其他女孩子不得不对乔希的精彩表现大加赞扬,毕竟能这样做的人实在少之又少。乔希从木栅栏上跳了下来,一脸胜利的表情,并朝安妮投去充满挑衅的一瞥。

安妮不服气地把两根红辫子往脑后一甩,“在这么一排又矮又小的木栅栏上走有什么了不起的?我听说玛丽斯维尔有个女孩能在屋脊上走呢!”

“是吗?”乔希夸张地问道,“我不相信有人能在屋脊上走,反正你不能。”

“我不能?”安妮大声反问。

“你能吗?你敢吗?”乔希毫不让步,“那好!我挑战你爬上巴里太太厨房的屋顶,然后从屋脊上走一遭。”

安妮脸色瞬间煞白,但是既然“战书”已下,自己只得迎战。她走了过去,发现一架梯子正倚靠在屋顶旁。五班所有的女孩都发出一阵尖叫,半是激动半是害怕。

“不要啊!”黛安娜劝道,“要是掉下来就没命了!别理乔希,让人做这么危险的事情太不公平了!”

“我必须这么做,我是为了荣誉而战。”安妮庄重地说道,“黛安娜,我必须要走这屋脊,要么过去,要么毁灭。如果我死了,你就来保管我的珍珠戒指。”

大家屏息凝视,见证这神圣的一幕。安妮在众人的注视中慢慢地爬上梯子,登上横梁,扶着屋顶慢慢地站了起来,然后摇摆着往前尝试着走了两步。在一阵眩晕中,她渐渐意识到自己其实是有点恐高的,而且自己一直引以为豪的想象力现在也帮不上什么忙。不管怎样,她还是鼓起勇气继续往前走去。刚走了几步,她一个踉跄,失去了平衡,接着脚下开始打滑,终于结结实实地摔在被太阳晒得滚烫的屋顶上,然后翻滚着跌进屋旁一团爬山虎藤叶里。吓呆了的人群还没来得及发出惊叫,安妮就已经跌坐在了地上。

如果安妮是从她爬上去的那一头摔下来的话,她最宝贝的珍珠戒指可能就真的要交给黛安娜了。幸好,安妮是从另外一头掉下来的,那头的屋檐一直延伸到了走廊上,因此,从这种屋檐上摔下来不会摔得太严重。黛安娜和其他的女孩只看到安妮摔了下去,却不知道摔到了哪里。

鲁比·吉利斯好像脚底生根了一样吓得一动不动，所有的女孩子都疯狂地冲到屋子的另一头，只见一个苍白的小人儿正虚弱地躺在乱七八糟的爬山虎藤结里。

“安妮，你还好吗?”黛安娜拼了命地尖叫，扑倒在安妮的身旁，“噢！安妮！亲爱的安妮！说句话啊！你没死吧?”

最紧张的要算乔希·派伊了，尽管她想象力并不丰富，但对于这件事她还是有些预见的，如果安妮·雪莉真的夭折了，那她无疑会成为被人们指责一辈子的罪魁祸首。不过，接着传来的声音让大家都长长地舒了一口气，安妮晕乎乎地坐了起来，支支吾吾地说：

“不，黛安娜，我没死，但我好像有点不舒服。”

“不舒服?”凯莉·斯洛那问道，“哪里不舒服，安妮?”安妮还没来得及回答，巴里太太已经走到了女孩们身边。这时，安妮极力地想站起来，可她突然感到一阵刺痛，一声惨叫之后便跌坐在了地上。

“怎么回事？伤到哪儿了?”巴里太太问道。

“脚踝，”安妮呻吟着，“噢，黛安娜！请帮我找一下你爸爸好吗？让他送我回家吧。我想我应该是没办法走回家了，而且就算单脚跳也没办法跳回去的，刚才简连这小花园都没能单脚跳下来。”

当巴里先生和巴里太太一前一后地从小木桥那边走来时，玛瑞拉正在果园里摘夏令苹果。巴里先生的怀里正抱着一个女孩，女孩的脑袋无力地倚在巴里先生的肩头。那女孩不是别人，正是安妮。

这时，玛瑞拉真切地感受到了什么叫做五雷轰顶。她只感到，好像有人在她胸口刺了一刀。她第一次意识到安妮对于她的意义。

她承认，她一直挺喜欢安妮的，不，应该是爱着安妮。玛瑞拉像疯了一样冲出果园，而正是在此时，玛瑞拉才意识到，安妮已经成为她生命中最重要的东西。

“巴里先生，安妮怎么了?”玛瑞拉大口喘着气，脸色苍白，全身颤抖，再也不像从前那么淡定从容了。

安妮听到了这个问题，摇晃着抬起脑袋，说道，“不要担心，玛瑞拉，我在屋脊上走时不小心摔了一跤。我可能把脚踝给扭断了，但是玛瑞拉，我本来有可能把脖子给扭断了呢！所以，凡事还是朝好的方面看呀!”

“我准你去参加聚会的那一刻，就知道你肯定会给我惹个大乱子!”玛瑞拉叹了口气，重拾严厉训斥起来。“好了，巴里先生，麻烦你把安妮放到沙发上吧！我的天啊，这孩子晕过去了!”

是的。因为疼得太厉害,安妮晕过去了,这下她又实现了一个愿望。她一下子昏了过去。

马修被人急忙从田里叫了回来,然后他二话没说就去请大夫了。大夫赶到后,发现伤情比大家预料的更严重些,安妮的脚踝骨折了。

那天晚上,玛瑞拉再次走上东山墙的阁楼,看着床上这个脸色惨白的小家伙。一阵痛苦的声音传了过来:"你不为我难过吗,玛瑞拉?"

"这都是你自找的。"玛瑞拉一边说,一边合上百叶窗,又点亮了台灯。

"就是因为都是我的错,你才更应该为我难过呀。"安妮说道,"就是因为都是我自己的错,才让我如此难过。如果我可以怪罪别人的话,我心里也会好受一些。可是玛瑞拉,换成你被人'挑战'去走屋脊,你会怎么做呢?"

"我会牢牢站在地上,让他们的'挑战'去见鬼!真是荒唐!"玛瑞拉说道。

安妮叹了口气。

"玛瑞拉,你的意志力真是太强了。可我不像你啊,一想到乔希·派伊那副蔑视别人的样子,我就气不打一处来。如果我不接受这个'挑战',她一定会嘲笑我一辈子的。而且,我这次可是受到了充分的惩罚了,你就不要再对我生气了,玛瑞拉。毕竟,晕倒的感觉很不好受。还有,刚才大夫给我矫正脚踝的时候弄得我疼极了。我可能要六七个礼拜不能下地走路了。啊!我一定会很想念我们的新女老师的。等我回到学校的时候,她都已经不是'新'老师了。而且吉……班上每个人都会超过我的!噢,我真是历经百般劫难啊!可我想过了,玛瑞拉,只要你不继续生我的气,那什么样的苦难我都可以扛下来的!"

"好了,好了,我不生气。"玛瑞拉说,"你啊,就是个讨债鬼。这一点是毫无疑问的了。不过,你自己也说了,你已经受到责罚了。现在,来吃点晚饭吧。"

"啊,幸好我有想象力!"安妮说道,"我想,它会帮助我度过这些寂寞的时光的。玛瑞拉,你说,如果那些没有想象力的人骨折了,他们可怎么办啊?"

在接下来的七个礼拜里,拜她丰富的想象力所赐,安妮度过了一段充实的时光。不过,仅靠想象力是不够的,她还需要很多小访客。绿山墙的小客人一下子多了起来。几乎每天都会有一两个女生带着鲜花、书本或漫画来看安妮,有时他们还会聊起安维利镇"少儿圈"内发生的一些趣事。

“大家都这么善良和美好，玛瑞拉！”安妮幸福地感叹着，那天她刚刚能下地挪步，“卧病在床确实无聊，但是也有好处，马瑞拉，我这才发现自己原来有这么多好朋友。啊，就连贝尔校长都来看我了！他人真不错，虽然不能算知已，但是我还蛮喜欢他的！想想我以前还批评过他的布道，真是太不好意思了。我现在相信，他的布道其实是非常用心的，只是他讲起话来总是很平淡，就好像在背书一样。我觉得只要他再花点心思，就一定可以解决这个问题的，而且我已经委婉地给他建议了。我告诉他我怎样煞费苦心地把简短的祷告词说得更有趣一些。他还给我讲了自己是个小男孩的时候把脚踝弄骨折的经历。要把贝尔校长想象成小男孩可真是不容易！甚至靠我的想象力都想象不出来呢！我每次尽力想把贝尔校长想象成小男孩的时候，他脸上那一把银白色的胡须和眼镜就一块儿跟着浮现出来。我只能想象出一个小一号的贝尔校长，还是站在主日学校讲台上的样子。而要把艾伦太太想象成一个小姑娘就容易多了！艾伦太太已经来看我十四次了！我真是太荣幸了，玛瑞拉！你说，作为牧师的太太，她每天该多忙啊！她还能抽空来看我！而且，她每次的到访都那么让人舒服！她从来不会批评我，也不会像林德太太那样说什么‘这都是你的错’或是‘希望你下次可以乖一点’之类的话。林德太太每次来看我都会这么说，听得多了，就好像她只是希望我成为一个好女孩但是却从不相信我能做到一样。甚至连乔希·派伊也来看我了，我也尽量礼貌地接待了她，因为我觉得她已经够后悔的了。如果我真的摔死了，那她一定会后悔一辈子的。黛安娜真的是一位忠诚的知已，她每天都会来到我身边陪伴我，鼓励我。我还听说了好多有关新教师的消息！我真希望能够早一点回学校啊！女孩们都觉得新老师特别棒！黛安娜说，她留着可爱的金色卷发，还有一对迷人的大眼睛。每天她都穿得漂漂亮亮的，她的泡泡袖比任何一个人的都要大！而且，每个隔一周的礼拜五下午，她还会组织一次朗诵会，每个人都要背一段诗或是准备一段独白。噢，单是想象一下，都让人激动不已啊！乔希·派伊说她讨厌这样的朗诵会，不过那只是因为她太缺乏想象力！黛安娜、鲁比·吉利斯还有简·安德鲁斯说她们正在准备下周五的对白，题目叫《晨访》。然后，在没有朗诵会的礼拜五下午，史黛西小姐就会带着大家一起去树林里过‘野外实验日’，大家一起观察各种花花草草，还有小鸟。而且，现在每天早上和傍晚的时候，大家都要进行体育锻炼了。林德太太说，她从没听过这样的教学方法，还说这都是聘请了一位女教师的结果。可我觉得这主意特别棒，而且我能感觉到，史黛西小姐也会是我的知己。”

“不管怎样，安妮，有一件事是非常清楚的。”玛瑞拉说道，“那就是，尽管你从巴里家的屋顶上狠狠地摔了下来，可你的舌头是一点都没有受伤。”

第二十四章

史黛西小姐和学生们组织的一场音乐会

又到了十月,安妮又可以回学校去了。这是一个灿烂的十月,红色和金色铺满了整个世界。清晨的山谷披上了一层薄雾,香甜的气息里渗透着各种花香。幽紫,珍珠白,银色,玫瑰红,烟青色,各种颜色应有尽有,仿佛秋天女神将这些花精灵倒出来晒太阳一样。露水把树叶压得低低的,整片田野好像铺上了一层水晶薄纱。丛林密布的山谷间,一阵风吹过,随之而来的是一堆堆轻舞飞扬的树叶清脆而爽朗的声音。白桦小径上已经连接起一片暖黄色的华盖,树下曾经密布着的三叶蕨已经枯萎焦黄了。空气中弥漫着的独特气息,引得小姑娘们心中热血沸腾,上学的脚步尤其轻快了起来,而不似从前那样"蜗牛爬"了。当然,对于安妮·雪莉来说,没有什么能够比再次回到学校更让她高兴的了!她再次坐回到了黛安娜身旁,鲁比·吉利斯隔着过道频频向她扮鬼脸,凯莉·斯洛那则写来贴心的小纸条,茱莉亚·贝尔还从后排递来一块口香糖。安妮满足地叹了一口气,然后就开始削尖铅笔,整理好卡片准备上课。真是阳光灿烂的生活!

不仅如此,安妮又找到了一位新的知己——史黛西小姐。史黛西小姐是一位聪明而又亲切的年轻老师,她身上具备了一种气质,可以让他赢得所有学生的尊敬,同时又能够激励学生们健康茁壮地成长并进步。有了这种"春风化雨"般的老师的谆谆教诲,安妮回到家之后再也没有了对作业的抱怨,有的只是满口的褒奖和喜欢。这倒是让老实的马修和严厉的玛瑞拉着实吃了一惊。

"我全心全意地爱着史黛西小姐,玛瑞拉,她是那么的淑女,讲话的声音都甜甜的。每当她喊我名字的时候,我都能明显地感觉到她念的是带了'女'字旁的'安妮'!今天下午,我们举行了朗诵会。我真希望当我背那段《玛丽,苏格兰女王》的时候你能在场啊!我表演得可动情了!回家的路上,鲁比·吉利斯告诉我说,当我念到那句'为了父亲的臂膀,我不得不抛开女人的柔弱!'的时候,她的心都停止了跳动!"

"呃,那你什么时候也念给我听听吧!就在谷仓里念。"马修说。

“没问题啊!”安妮若有所思地想了想,“可是说实话,我可能不会再像今天一样表现得那么好了!因为面对一整个学校的人的感觉跟只面对你一个人的感觉是不一样的。当我面对那么多观众的时候,我每字每句都读得非常振奋人心,可是面对你,我肯定没有办法达到那种状态,然后让你的心也停止跳动。”

“林德太太说,上周五,她的心也‘停止跳动’了一回。据说她看到男孩们爬上贝尔家后山的大树树顶去摘乌鸦窝,真不知道史黛西小姐为什么会出这种主意。”

“可是在生物研究课上,我们需要一个乌鸦窝啊。”安妮解释道,“那天正是我们的‘野外实验日’,每次都那么让人开心!玛瑞拉,史黛西小姐把每一件事情都描绘得特别美丽。野外实验日结束之后,我们每个人都要写一篇报告,我写的报告总是最棒的!”

“哪有自己夸自己的,这话要是老师说出来还差不多!”

“这话就是老师说的呀,玛瑞拉!而且我可没有夸大其词!我的几何已经学得很差了,我当然要在别的科目上加把油啦!不过,我感觉我最近进步还是蛮大的,因为史黛西小姐的几何课上得很通俗易懂。当然,这门课我还谈不上学得很出色,想想还是觉得挺丢人的。不过我喜欢写作课。大多数时候,史黛西小姐都会让我们自己决定作文题目,不过下周的题目是规定好的,叫我们写一篇有关名人的作文。啊,这个世界上有那么多名人,我可怎么选呢?你说,如果自己能成为一个名人,然后在死后还会有后人为你写作文,这种感觉是不是特别棒?要是真能成为名人就好了!等我长大了,如果我不能成为一个传教士的话,那我要做一个在战场前线传播仁爱的红十字会护士。那一定非常浪漫!不过,要做传教士的话,自己一定要非常出色,这对于我来说太难了。我们现在也每天都进行体育锻炼了!这样可以使我们身形优美,胃口棒棒!”

“真是无语。”玛瑞拉说道,心里想着,这都是些什么玩意啊。

可即将到来的一个大型活动,让所有的野外实验日和朗诵会都黯然失色了。史黛西小姐在十一月为安维利学校提出了一个绝妙的计划——在圣诞夜那天在礼堂举办一次音乐会,以此筹得资金来购置一面国旗。学校里几乎每一个人都在为这个伟大的计划献策献力。在所有那些被选上的表演者之中,最激动的就要属红发安妮了,她几乎是全身心地扑在了音乐会的准备上。而另一方面,她的举动使冷淡的玛瑞拉产生了不满情绪,玛瑞拉觉得这简直就是浪费时间。

“这些事情只会让小孩子的大脑里充满了虚荣和浮夸的东西,一天到晚不思进取，就知道玩！这样只会耽误功课。”玛瑞拉抱怨道，“我一点都不赞成让小孩子去准备什么音乐会，还一天到晚地为排练来回奔走，这只会让孩子贪图虚荣，到处游荡！”

“你往好处想想嘛！”安妮说道，“国旗可以培养我们的爱国主义精神呀，玛瑞拉！”

“胡说吧！你们这些小脑瓜里，哪个真的有爱国主义情怀呀？你们就是为了玩！”

“嗯……可是能把爱国主义和玩乐结合起来不是很棒嘛！当然了，准备音乐会其实也是很有意义的呀！我们要准备六段合唱，而且黛安娜还有一段独唱。我要准备《远离流言的社会》和《精灵女王》这两段对白，男生们也要准备一段。玛瑞拉，我要表演两段对白啊！一想到这一点，我就浑身颤抖！当然了，是好的那种颤抖。而且我们大家最后还要表演一出短剧，名叫《信仰，希望和慈爱》，黛安娜、鲁比和我都要参演。那天我们都要穿上白色的百褶裙，头发都披在后面。我要演《希望》那一段——就像这样，手攥得紧紧的，眼睛上扬！我准备在顶楼里准备这段背诵。如果你听到我叹息，可千万不要担心，因为这段诗歌里有一段话是需要我深深地叹息的！而且，要把这一声叹息念得有感情而不失美感可不是一件容易的事情。玛瑞拉，乔希·派伊有点生气，因为她没能得到她想要的角色。她想当‘精灵女王’，可是谁见过像乔希那么胖的‘精灵女王’呀？‘精灵女王’应该非常苗条，所以大家选了简·安德鲁斯来当，我则是她身旁的一个侍女。乔希还说，让一个红头发女孩扮演侍女很愚蠢，可我并不介意，我到时候会在头上戴一个白色花环，鲁比·吉利斯还会借一双便鞋给我穿。你知道的，精灵就是应该穿便鞋的，要是精灵穿着靴子那就感觉太古怪了，是吧？那种有铜鞋头的就更不合适了！到时候，我们会在云杉树枝和冷杉树叶上缠绕一些粉色的褶皱纸来装点整个大礼堂，等到观众入座之后，艾玛·怀特奏起管风琴，我们就一对一对手牵着手走进去。噢，玛瑞拉，我知道你并不像我那么热衷于这次音乐会，可是想到你的小安妮即将闪亮登台，你难道不感到高兴吗？”

“我只希望你能够安分守己。这些事情之后你能够安下心好好学习时我才能真高兴呢！现在，你的脑袋瓜里装的都是些没用的东西，什么对白、叹息、戏剧……你能滔滔不绝地讲到现在，而且舌头都没有烂掉，这才是真正的奇迹呢！”

安妮叹了口气，只身走到后院。在众多光秃秃的白杨树枝的间隙中，一轮新月正挂在满是苹果绿的天空上。马修正在院子里劈柴，于是安妮找来一块木桩坐了下来，津津有味地跟马修聊起了音乐会。这次，安妮终于找到了一位懂得欣赏与赞扬的听众。“嗯，我觉得这次音乐会很不错，你一定会表现很出色的！”马修看着那张焦急而又渴望的小脸，微笑着给出了这样的评价。安妮的小脸上立刻绽开了一朵花儿似的笑容，这两个人现在成了世界上最好的朋友。马修常常会感谢上天的安排——教育安妮的事情都交给了玛瑞拉，不用他管。如果让马修来负责教育安妮的话，他一定会常常在“包庇”和“原则”之间摇摆不定的。正因为如此，用玛瑞拉的话说，“马修便可以放心地溺爱安妮了”。不过，这样的安排也并不一定是件坏事，时不时地有个人来“赞赏”一下，对于严厉的“教养”也是一个很好的补充。

第二十五章

泡　泡　袖

马修刚刚度过了难熬的十分钟。他在十二月的一个昏暗又阴冷的夜晚，拖着疲惫的步伐走进厨房，坐在角落里的木箱子上准备换下沉重的靴子。但是他却一点都没有意识到，安妮跟她那一帮同学正在起居室里排练“精灵女王”。这时，女孩们嬉闹着走进厨房来，他们没有看到马修，因为他吓得躲到了木箱子后面。马修一手拿着靴子，一手拿着脱鞋器，狼狈地藏在木箱子后面度过了十分钟。女孩们纷纷穿上大衣，戴上帽子，讨论着排练的对白和音乐会。安妮就站在这一群女孩中间，跟旁人一样神采飞扬。但马修立刻发现，看安妮有些不一样的感觉，但是他并不希望安妮跟别人不一样。从他的角度看来，安妮的脸庞似乎更精致一些，眼睛也似乎更大一些，整个人看起来都跟别人不一样。就连害羞且不善观察的马修都发现了这一点，但这到底是怎么回事？到底是什么让安妮看起来这么不一样呢？

女孩们终于互挽着胳膊走了，可马修还是沉浸在刚才这个问题里无法自拔。他不想跟玛瑞拉说这事，因为他知道玛瑞拉肯定会对这个问题嗤之以鼻，然后说“安妮跟别的孩子之间唯一的区别，就在于别的孩子有时候会闭嘴不说话，而安妮永远不会”之类的话，这对于马修来说可帮不上什么忙。

当天晚上，马修不顾玛瑞拉厌恶的神情，再次拿起烟斗思考了起来。经过两个小时边抽烟边苦苦思考的过程，马修终于找到了最根本的原因——安妮跟别的女孩子穿得不一样！

马修思来想去，越来越确定安妮跟别的孩子穿得很不一样。玛瑞拉总是给安妮准备一些朴素的、暗色系的裙子，而且裙子的样式从未变过。当然了，就算马修懂得时尚，他也不会看出这衣服有什么不对劲的，可马修一眼便能看出安妮的衣服袖子跟别人的袖子完全不一样。他想起刚才安妮身旁围着的那些女孩穿的衣服，它们有红色，有蓝色，有粉色也有白色的，于是马修不禁想到，为什么玛瑞拉总要把安妮打扮得这么老气横秋呢？

当然了，这也没有什么要紧的，毕竟教育安妮是玛瑞拉的事。不过，给孩子买一件漂亮裙子，就像黛安娜·巴里那样的漂亮裙子，也没什么大不了的。于是马修毅然决定，要给安妮买一件新裙子。这也不能算是插手马瑞拉的管教吧！距离圣诞节就还有两个礼拜了，一件漂亮裙子肯定会是一个很特别的礼物。马修满足的叹了口气，放下烟管，安心地上床睡了，玛瑞拉则忙不迭地打开所有门窗，散烟通气。

第二天傍晚，马修便一个人去卡莫迪买裙子了。一路上，他预设了各种尴尬的情境，也想了千百种对策，因为在他看来，此事非同小可。买别的东西马修是很有经验的，也不会过分地讨价还价，可是要说到买女孩穿的裙子这件事上，零经验的马修认为自己只能任人摆布了。

思考了良久，马修决定不去常光顾的威廉姆·布莱尔家的小店，而改去塞缪尔·劳森家。卡斯伯特一家最常去的便是威廉姆家的小店，这对于他们来说就好像周末要去长老会教堂做礼拜或者投票要投保守党一样，已经成了一种习惯。但是对马修来说，最大的挑战便是威廉姆家的两个女儿经常会在店里招呼客人，到时他会很紧张。当马修很清楚自己要买什么，并且知道去哪里取货的时候，这样的情形还不是那么难对付，但是一想到买裙子是必须要跟店员进行一些解释和商量的，马修就完全惊慌失措了。于是他下定决心，一定要确保去一个只有男店员的商店。所以，还是去劳森家的小店吧，看店的不是塞缪尔就是他儿子。

啊呀！一个女店员！马修没想到，塞缪尔家店铺因为扩张，现在竟然又聘请了一位女店员，她是塞缪尔老婆的侄女。女孩长相出众，青春活力，烫了一个夸张的大波浪卷。她褐色的大眼睛炯炯有神，脸上则一直挂着迷人的微笑。穿着也很新潮，手腕上戴着好几个手镯，一摆手臂它们便会发出叮叮咚咚的响声。马修一点都没有想到会在这里碰上一个女店员，而那些叮叮当当的手镯则更是让他找不着北。

“需要帮忙吗？卡斯伯特先生？”露西利亚·哈利斯热情地问道，一边用手轻轻敲打着柜台台面。

“你——你——有——有没有——那个，呃——花园耙子？”马修有些结巴。

哈利斯小姐有些意外，怎么会有人在十二月的中旬来买花园耙子？

“大概还有一两把吧，”她说道，“我得到楼上的杂货间拿一下，请稍等。”哈利斯小姐走了，马修这才又理清头绪，准备再试一次。

不一会儿，哈利斯小姐拿着耙子回来了，又亲切地招呼道，“还要点别的什么吗，卡斯伯特先生？”马修攥紧双手，鼓起勇气说道，“呃，既然你都这么问了，那我就再买——那个——我看一下有没有那个——干草种子。”

哈利斯小姐听说过，马修·卡斯伯特先生是一位颇为古怪的人，而她现在深有体会地认为，卡斯伯特先生确实不太正常。

“春天才卖干草种子呢，”哈利斯小姐有些不耐烦了，“现在我们可没有。”

“哦，当然——当然——是的。”马修窘迫极了，一手拿着耙子往门口走去。走到门口，他又突然想到，自己还没给钱，于是又无比尴尬地走回柜台给了钱。趁着哈利斯小姐找零钱的空当，马修决定鼓起全身的勇气，孤注一掷，再试一次。

“呃——如果不麻烦的话——我也——那个，我想看——看一下——糖。”

“白糖还是红糖？”哈利斯小姐询问道。

“呃，那个——红糖。”马修声音很低，都快听不见了。

“那有一桶红糖呢，”哈利斯小姐手指着那桶红糖说道，手上的手镯再次发出叮叮当当的响声，“我们只有这种红糖。”

“那——那我拿二十磅。”马修说着，豆大的汗珠从他脑门上渗了出来。

马修驾着马车回家了，走了一大半路程他才回过神来，这真是太可怕了！不过，吃一堑长一智，马修得了教训，决定再也不去陌生的商店买东西了。到家后，马修把耙子给藏了起来，然后把红糖交给了玛瑞拉。

“红糖？”玛瑞拉大叫，“你到底是怎么想的？就连给下人做粥或是做黑蛋糕，我也从不会用红糖的啊！而且现在杰里已经不在咱们家帮工了，我也好久不做黑蛋糕了啊！何况这也不是什么好红糖，又粗又黑的，廉姆·布莱尔家的糖不是这样的啊！”

“我——我觉得，说不定什么时候能用上。”马修说完，便转身消失了。

马修又重新思考了一下这件事，决定还是找一位女性来帮忙解决这个问题。玛瑞拉就算了，马修不用想都知道，她对此提议一定会泼冷水的。剩下的就只有林德太太了，安维利镇上也就只有林德太太是马修可以进行正常对话的女人了。于是马修直接去找了林德太太，她立刻就把这件麻烦事揽了过来。

“给安妮挑件裙子？没问题！我明天正好要去卡莫迪，那我就顺便看一下。你有没有什么特别中意的式样？没有？那行，那我就自己决定了。我觉得，暖棕色应该很适合安妮。威廉姆·布莱尔家正好进了一些漂亮的绸布。那干脆就由我来做这件裙子吧？要是玛瑞拉做的话，安妮肯定会提前知道的，这样就没有惊喜了，对不对？好的，就我来做吧！不不，一点都不麻烦，我喜欢缝纫。那我就照着我侄女珍妮·吉利斯的身形来做了，说到身材她们俩看起来就像一个豆荚里的两颗豆子——几乎一模一样。”

“呃，那——那真是太好了，”马修说道，“那个——呃——我不知道——不过我想——就是现在的衣服袖子好像跟以前都不太一样，如果做起来不麻烦的话，请您就按照这种新袖子的样式来做吧。”

“泡泡袖？当然啦！马修，你就放一百个心吧！我一定会按照最时髦的样子给她做的。”林德太太送走了马修，转身自言自语道。

“唉，这可怜孩子终于能穿点像样的衣服了，玛瑞拉把孩子打扮得太古板了。就为这事，我自己都快要忍不住说说玛瑞拉了。不过，我还是忍住了没开口，像玛瑞拉这样的人是听不进去任何建议的，在她心里，她觉得自己比谁都懂怎么教育孩子。她虽然年纪挺大，但是在教育孩子方面却一点经验都没有。有过孩子的人都知道，教育孩子没有捷径可走，并且得因材施教，这可不像做数学题，一加一等于二。所以说，教育有血有肉的人，仅仅有一个聪明的头脑是不够的，这就是玛瑞拉·卡斯伯特最大的问题所在。我想，玛瑞拉把安妮打扮成那样，无非就是为了培养她朴素严谨的品格，但实际上她那样做更有可能培养出‘嫉妒’和‘不满’。那孩子自己肯定早就发现自己的衣服跟别人不一样，想想看吧，就连马修都发现了！那个男人都已经浑浑噩噩地过了六十多年了，在这件事上难得清醒了一回！”

在接下去的两个礼拜里，玛瑞拉能够明显地感觉到马修正在密谋什么事情，但到底是什么却猜不出来。直到平安夜林德太太带着一条新裙子登门拜访时，玛瑞拉才终于知道是怎么回事。尽管对林德太太的“外交辞令”很不满，她还是拿出了特有的风范，客气而又不失礼仪地感谢了林德太太。林德太太解释说，马修之所以没有让玛瑞拉亲自来做这裙子，完全是因为担心会被安妮提前知道，这样就没有惊喜了。

“噢！过去两个礼拜马修成天神秘兮兮的，还时不时傻笑，原来是为了这事啊！”玛瑞拉有些不满，但还是用一种调侃的语气说了出来，“我就知道他要做什么傻事。要我说，安妮根本不需要这么多裙子。你知道吗？今年秋天我又给她做了三条既结实又暖和舒适的裙子，再多一条就浪费了！你看这裙子，单是袖子的布料就足够做个腰身的了！马修，你这样做会助长她的虚荣心的，她现在就已经跟一只小孔雀似的了，等穿上这裙子就更了不得了。安妮从刚来到绿山墙那会儿就一直盼着能有一件傻乎乎的泡泡袖裙子，这下可要开心死了。现在，这袖子真是越做越大，都快赶上气球了。明年说不定会更大，到时候人们都得侧着身子进门了。”

安妮睁开眼，在一片雪白的世界中迎来了美丽的圣诞节。今年的十二月一直很暖和，大家都以为会有一个“绿色”的圣诞节，不过昨天夜里的一场雪还是给安维利小镇穿上了一件圣诞白裙。安妮睁大眼睛，从结满窗花的玻璃窗望了出去。“鬼魂森林”里的杉树们已连接成一片白色，细密的杉树枝和树叶此时更像是一片片绵绵羽毛。桦树和野樱花树上也覆满了雪花，晶莹的轮廓在阳光下闪烁夺目。刚刚被翻过土的田地，此时像被挖出小坑的奶油，空气里都有一股香甜的气息。安妮一边唱着歌，一边欢快地走下楼，歌声很快便传到了绿山墙每一个角落。

“圣诞快乐，玛瑞拉！圣诞快乐，马修！今年的圣诞节真是太棒了，对不对？我最喜欢白色圣诞节了。其他颜色的圣诞节都不是很有气氛。我不喜欢绿色的圣诞节，哪能叫绿色呀，明明是恶心的褪了色的棕色和灰色嘛！为什么大家会说是绿色呀？啊呀！马修——这——这是给我的吗？噢！马修！”

马修迟疑着从包装纸里拿出裙子，一面还胆怯地看着玛瑞拉。玛瑞拉则一副事不关己的样子，一心一意地泡茶，可还是有意无意地从眼角的余光中饶有兴趣地看着这一幕。

安妮接过裙子后一言不发，仔细地端详着。这是一条可爱的棕色薄棉裙，裙摆上是精致的褶花边，腰部设计很别致，领子处则点缀着由细蕾丝做成的褶皱。再看到袖子——这简直就是仙女一样的袖子啊！它长到臂肘，上面是两个漂亮的泡泡袖，下面是丝绸做成的缎带花边。

“安妮，这是给你的圣诞礼物，”马修害羞地说道，“你——你不喜欢吗？怎——怎么了？”

马修看到，安妮的眼睛一下子盈满了泪水。

“喜欢！噢，马修！”安妮把裙子挂在椅背上，握紧了自己的小手，“马修，这真是太精美了！我要怎么感谢你呢！看那袖子，太漂亮了！这简直就是一个梦！”

“好啦，吃早饭吧！”玛瑞拉打断了他们，“我首先想说的是，安妮，你其实并不需要这样的裙子，你的裙子够多的了。不过，马修已经买了，那我就希望你穿的时候小心点。林德太太还给你做了一条棕色的发带，正好可以配你这条裙子。好了，坐下吃饭。”

“我觉得我吃不下早饭了，”安妮激动地说，“在这么激动人心的时候吃早饭多扫兴啊！我宁愿看着这条裙子，我看着看着就饱了。啊，还好泡泡袖现在还流行！我以前一直想，如果我还没穿过泡泡袖它就已经不再流行了，那我得多遗憾啊！我从没这么开心过！林德太太人真好。我感觉，我现在非常想做一个好女孩，每到这种时候，我就会特别后悔自己不是一个模范生。我总是想着我以后肯定会成为一个模范生的，可是把决心变成现实不是那么简单的。但不管怎么样，我这次一定会倍加努力的！”

平淡无奇的早饭过后，一个穿着深红色大衣的小家伙欢快地跑过山谷里的白色小木桥，来到了绿山墙，是黛安娜。安妮看到了，立刻奔下果园斜坡来见这位知己。

“圣诞快乐，黛安娜！啊，这个圣诞节真是太棒了！来，我给你看一个特别棒的东西！马修给了我一件超级漂亮的裙子，是带那种袖子的！我真是想不出还能有什么比那更美！”

“我也有礼物给你呢！”黛安娜上气不接下气地说，“给！约瑟芬姑妈寄来了一个大盒子，里面有各种各样的东西，这个小盒子是给你的。我昨天晚上就想拿给你了，可是晚上好黑，而且我又不敢从‘鬼魂森林’里走。”

安妮打开小盒子，首先映入眼帘的是一张卡片，上面写着“给叫‘安妮’的小姑娘，圣诞快乐”，卡片下面是一双精致的儿童便鞋，鞋头上点缀着串珠和缎带蝴蝶结，鞋带上也点缀着亮片。

“噢！”安妮叫了出来，“黛安娜！这太贵重了！我一定是在做梦吧！”

“我觉得这就叫缘分！”黛安娜说道，“这下你就不用去借鲁比的便鞋了，这样也好，她的脚比你大两号呢！看着一个仙女拖着大两号的便鞋多奇怪呀！跟你说，上次我们排练完了以后，罗伯·莱特和歌蒂·派伊一起回家的。你敢相信吗？”

那天，所有安维利小学的学生们都兴高采烈的，因为除了下午最后一次彩排，大家还能帮忙把整个大礼堂装饰一下。

夜晚降临了，音乐会也如期开始，可以说，这是一次辉煌的胜利。整个小礼堂里座无虚席，所有的表演都顺利开展，没出一点差池。而安妮则无疑是这整场音乐会中最耀眼的明星，就连心有不服的乔希·派伊也不得不承认安妮很出色。

“今晚真是太棒了，对不对？”安妮满足地长叹了一口气。演唱会结束了，安妮和黛安娜正走在星光闪烁的夜空下。

“一切都进展得十分顺利！”黛安娜一边总结，一边务实地算了一下，“我觉得我们起码募集了十块钱。另外，据说艾伦先生正准备为我们这次音乐会写一篇新闻稿，寄给夏洛特敦报呢！”

“黛安娜，你的意思是我们很快就能看到自己的名字被打印出来了吗？天啊！想一想我都全身颤抖。黛安娜，我觉得你的那段独白非常动人！当观众齐声要求你再来一段的时候，我为你感到自豪！我对自己说，‘这个受人赞扬的美丽姑娘，正是我最要好的知己呢！’”

“安妮，你的那段朗诵才真的打动了全场观众呢！那段难过的台词尤其棒！”

“我紧张死了，黛安娜，艾伦先生喊出我的名字的时候，我都不知道自己是怎么被两条腿带上舞台的。我感觉好像有一百万双眼睛看着我，都快把我看穿了。有那么一会儿，我感觉自己根本开不了口了！然后，我想到了我可爱的泡泡袖，顿时就有了勇气！黛安娜，我知道，我不可以辜负这对泡泡袖，所以就开口了。我听着自己的声音，感觉是从非常遥远的地方传过来的一样，而自己就像一只鹦鹉，一点感觉都没有。还好，我之前已经在阁楼里反复练过很多遍了，不然我真不知道自己要怎么下台了。我那声叹息怎么样？”

“非常好！你叹息得非常好！”黛安娜保证道。

“我坐下去的时候，还看到斯洛那老太太在抹眼泪呢！想到我竟然可以真的打动一个人的心，这种感觉真好。音乐会真是太棒了！这一定会成为我一段难忘的回忆的！”

“男生的对白也很不错呀，”黛安娜说道，“吉尔伯特·布莱斯的那段尤其精彩。安妮，你觉不觉得你对他太冷淡了一点呀？当你从舞台上跑下来的时候，你头上戴着的一朵玫瑰花掉了下来，我看到吉尔把它捡了起来，还放到了自己的衣服口袋里。这下，就算你是很讲究浪漫的人，也应该被打动了吧！”

“他做了什么对我都没有关系，”安妮冷酷地说道，“我不想在这个人身上浪费时间，黛安娜。”

那天晚上，等到安妮上床睡觉了，玛瑞拉和马修两个人坐在厨房的炉火旁聊了很久。两个快二十年没有听过音乐会的人，这次终于又去听了一次。

“嗯——我感觉我们家安妮跟别的人表现得一样出色！”马修自豪地说。

“是的，”玛瑞拉点了点头，“她确实是个聪明的小家伙，而且模样也好看。我之前一直很反对这样的音乐会，不过现在倒是觉得并没有什么坏处。不管怎么样，我今天很为安妮骄傲，不过我还是不打算告诉她。”

“我也很为她骄傲，我已经在她上楼之前告诉她啦！”马修说道，“玛瑞拉，我觉得我们得为安妮考虑下未来了，等上完安维利学校，她总归还是会有别的追求的。”

“我们有的是时间考虑这事呢！”玛瑞拉说道，“她到今年三月才满十三岁。不过，今天晚上我突然觉得她成了个大姑娘，林德太太的那件裙子做得很长，安妮穿上去就显得高了许多。安妮很聪明，如果能把她送到女王预科去读书就再好不过了，但是现在，我们还是不要跟她说一个字的好。”

“先想清楚也没什么坏处，”马修说，“这种事情还是想仔细一点好。”

第二十六章

故事俱乐部

安维利镇上的“小公民”们发现，他们已经再也无法满足于现在这样平淡的生活了。尤其是对安妮来说，在那场“举世瞩目”的音乐会之后，一切都显得那么平淡无奇。她还能回到音乐会之前那段安详而幸福的日子吗？安妮告诉黛安娜，她一开始真的觉得，自己再也无法回到从前了。

“我非常确定，黛安娜，日子再也不会像从前那样了。”安妮无限惋惜地说，就像在回忆半个世纪前发生的事情，“也许过一段时间，我也会慢慢适应的。可是我感觉，这样的音乐让人们对生活怀着更高的期待。大概，这就是玛瑞拉不同意这次音乐会的原因吧。玛瑞拉真是一个理智的女人。我觉得，如果能做一个理智的人，其实是非常好的，可我并不想做一个十分理智的人，因为那样就一点都不浪漫了。林德太太让我放心，说我永远也不可能变成一个理智的人。可是谁能说得准呢？我刚才还想着长大后要做一个理智的人呢！不过也有可能只是因为我有点累了。我昨天晚上睡了很久都没睡着，就那样躺在床上翻来覆去想着那次音乐会。这类事情都有一个共同点：回忆起来特别甜蜜。”

不管怎样，安维利小学还是渐渐步入了正轨，并再一次找回了从前的那些乐趣。可以确定的是，音乐会还是留下了一些后遗症。鲁比·吉利斯和艾玛·怀特在挑选音乐会座位优先权这件事上闹了点小矛盾，于是现在在学校也不坐同桌了，一段持续了三年的友谊破裂了。乔希·派伊和茱莉亚·贝尔三个月不再“讲话”，只是因为乔希·派伊对贝茜·莱特说，当茱莉亚·贝尔鞠躬谢幕的时候，看起来很像一只啄米的鸡，而后贝茜又把这段评论转述给了茱莉亚。除此以外，斯洛那家的人现在都不和贝尔家的人来往了，因为贝尔家的人说斯洛那家的人在这次音乐会中干涉太多，而斯洛那家的人反驳说，贝尔家连自己份内的一点小事都无法处理好。查理·斯洛那跟穆迪·斯波打了一架，因为穆迪·斯波说安妮·雪莉朗诵诗歌的时候“特别做作”。于是，穆迪·斯波的妹妹，艾拉·梅，决定整个冬天都不跟安妮·雪莉说话。除了这些摩擦以外，史黛西小姐的“儿童王国”运转得还是有条不紊的。

冬天悄然而至。今年冬天异常温暖和煦,没下几场雪。安妮和黛安娜几乎每天都从白桦小道步行去上学。那天正是安妮的生日,两个小女孩迈着轻快的步子沿着白桦小道走着,眼睛睁得大大的,耳朵也都竖了起来,因为史黛西小姐刚刚布置了一篇作文——“冬日树林漫步”,还要求大家亲身体验,仔细观察。

“黛安娜,你相信吗,我今天就十三岁啦!”安妮用一种充满敬畏的语气说道,“我还没注意,自己就已经是一个青少年啦!今天早上醒来的时候,我感觉眼里的一切都不一样了!你已经十三岁零一个月了,你现在肯定不会理解我这样一个刚满十三岁的人的感受。我感觉,生活比以前更有趣了!再过两年,我就成年啦!到时候,我就可以放心地使用一些大词,而且也不用担心被大人笑话了!”

“鲁比·吉利斯说,她一满十五岁就要找个男朋友。”黛安娜说。

“鲁比·吉利斯就会想男朋友,”安妮轻蔑地说道,“有人把她的名字写上墙上的‘关注’栏时,虽然她装作一副懊恼的样子,但其实谁都看得出来,她心里乐开花了!我好像不应该发表这样的评论。艾伦太太说,我们不应该说别人的坏话。可有时候还没来得及想,这些话就已经从嘴巴里溜出去了,我们也控制不了呀。反正,一想到乔希·派伊,我就想不到什么好话,所以我尽量不去提她。你应该发现了吧,我在尽可能地向艾伦太太靠拢呢!我觉得她是完美的,艾伦先生也这么觉得。林德太太说,艾伦先生简直把艾伦太太当作仙女供奉了。林德太太说,她认为一个牧师不应该把这么多的情感投入在一个凡人身上。可是黛安娜,牧师也是人啊,他们跟我们一样,总归有一些难改的恶习的!上个礼拜六,我跟艾伦太太聊了很久,说的就是如何改掉这些恶习。周末很适合拿来探讨一些比较深刻的话题,恶习就是其中一个。我最大的恶习就是想象力过于丰富,忘性又太大。我一直非常非常努力地想要改掉这些恶习,我现在已经十三岁了,我觉得我应该很快就能改掉啦!”

“再过四年,我们就可以把头发盘起来啦!”黛安娜说道,“爱丽丝·贝尔才十六岁,就已经把头发盘起来了。我觉得她看起来特别荒唐,我一定要等到十七岁再盘头发。”

“要是我的鼻子也跟爱丽丝·贝尔似的——”安妮立刻评论道,“我就不会,哎呀,我不能把这句话说出来,这太不礼貌了。我竟然把她的鼻子跟我的作比较,这太虚荣了。自从以前听别人夸过自己的鼻子以后,我就很难忘记这一点了,这对于我来说真是一个莫大的慰藉。噢,黛安娜，看啊！那儿有一只兔子。嗯，这一点可以写进作文里去。我觉得，冬天的小树林就跟夏天的时候一样可爱！你看，这些树又高又白，笔直地耸立着，就好像在熟睡，做着美梦。”

“我一点都不担心这篇作文，该写的时候我总能写出来的。”黛安娜叹了口气，“写树林并不难，我担心的是星期一要交的那篇。史黛西小姐竟然要我们自己编一个故事！”

“为什么啊？我觉得很简单啊！”安妮说道。

“你当然觉得简单啦，你想象力那么丰富。”黛安娜气呼呼地说，“可如果你没有想象力，你该怎么办呀？你的作文是不是已经写好啦？”

安妮点了点头，极力地想表现出不那么得意，可还是失败了。

“我上周一晚上就写好了，题目叫‘嫉妒的情敌’或者‘至死不渝’。我把这个故事读给玛瑞拉听，玛瑞拉说这全是胡说八道。然后我又读给马修听，马修说这个故事很不错。这才是我要的评价嘛！这是一个又悲伤又动人的故事。我写作的时候，眼睛都哭肿了。主角是两个少女，一个叫科迪莉亚·蒙特莫伦西，另一个叫杰拉尔丁·西摩。她们两个住在一个村子里，每天都形影不离。科迪莉亚高贵典雅，肤色浅棕，发色如墨，眼睛忽闪忽闪的，目光迷离；杰拉尔丁则高傲冷艳，一头金发，还有一双天鹅绒般紫色的眼睛。”

“我从没见过谁有紫色的眼睛。”黛安娜疑惑地说道。

“我也没见过呀，我都是靠想象的。我希望我的角色与众不同嘛！杰拉尔丁还有如雪花膏般的额头。我现在已经知道，‘雪花膏般的额头’是什么样子的啦。可能这就是十三岁的好处。我比十二岁的时候懂得更多了！”

“科迪莉亚和杰拉尔丁后来怎么样啦？”黛安娜问道，不知不觉她已被这个故事吸引了。

“她们两个都很美丽，形影不离地一起长到十六岁。然后，伯特伦·德维尔来到了他们的村子，他与美丽的杰拉尔丁一见钟情啦。杰拉尔丁坐马车的时候，马儿受惊挣脱缰绳跑掉了，车厢被狠狠地摔到了山墙上，杰拉尔丁晕倒在了车厢里。幸好遇到了伯特伦·德维尔，伯特伦·德维尔抱起杰拉尔丁，走了三英里的路，把她送回了家。后来，伯特伦·德维尔就向杰拉尔丁求婚啦！可是我觉得，求婚的部分好难想象啊，我一点经验都没有。所以我就问鲁比·吉利斯，看她有没有什么经验。我觉得她在这种事情上，还是比我们都更权威一些的，起码她好几个姐姐都结婚了。鲁比告诉我说，当马尔科姆·安德烈向她姐姐苏珊求婚的时候，她就躲在厨房里听着。鲁比说，当时马尔科姆直接跟苏珊说，他爸爸已经把农场转到了他的名下，然后又说，‘亲爱的宝贝，我们今年秋天结婚怎么样？’苏珊则说，‘行，不，我不知道，我再想想吧。’随后，他们俩立刻就订婚了。可是我觉得，这样的订婚也太不浪漫了，所以最后我还是决定自己想象。我想了一段特别浪漫而诗意的求婚。伯特伦单膝跪地，向杰拉尔丁求婚。鲁比·吉利斯说现在没有人这样求婚了，可我还是觉得这样才浪漫。伯特伦说了好长一段浪漫的话，杰拉尔丁才终于接受他的求婚。我在想那段求婚词的时候，着实费了好多心思呢！我修改了五遍，最后才写出那段杰作。伯特伦给了杰拉尔丁一枚钻石戒指，一条红宝石项链，还计划去欧洲旅行度蜜月，他非常非常有钱。后来，灾难骤然而降。原来，科迪莉亚也一直偷偷地爱着伯特伦，所以当杰拉尔丁告诉科迪莉亚她的婚事，尤其还拿出钻石戒指和红宝石项链给科迪莉亚看的时候，科迪莉亚气疯了。她与杰拉尔丁所有过往的友谊，都被仇恨吞噬了。她暗暗发誓，决不让杰拉尔丁与伯特伦在一起。于是，科迪莉亚还是装作自己是杰拉尔丁的好朋友。然后，一天晚上，她们两人相伴来到一座小桥上，桥下是湍急的河水。科迪莉亚趁杰拉尔丁不注意，把她推进了冰冷刺骨的河里，还恶狠狠地笑了三声。可她不知道，这一切都被一旁的伯特伦看到了。伯特伦奋不顾身地跳进河水，嘴里还喊着：‘我来救你，亲爱的杰拉尔丁！’可是他忘记了，他并不会游泳啊。最后，他们两个都被淹死了，彼此相拥着死去。他们的尸体被河水冲上岸边，最后被埋在了一起。啊，我还给他们安排了一场豪华的葬礼。黛安娜，我觉得最浪漫的爱情故事应该用葬礼来结尾，而不是婚礼。而科迪莉亚呢，她因为悔恨和绝望而癫狂了，最后被关进了疯人院。我觉得，对于她的所作所为来说，这也算得上是一个浪漫的结局啦。”

“真是太浪漫了！”黛安娜感叹道，看来黛安娜是决定加入马修那一派了，“你怎么能想到这么跌宕起伏的故事呀，安妮！我要是能有你一半的想象力就好了！”

“只要你花心思去培养自己的想象力就好啦！”安妮鼓励道，“黛安娜，我突然想到一个主意，我们两个人成立一个故事俱乐部吧。我们平时可以自己写点小故事来进行练习。我会一直帮你来培养想象力，直到你能够独立编故事为止。你知道的，你是需要培养自己的想象力的哦，史黛西小姐上次说过的。不过，我们得让想象力朝着正确的方向发展。上次，我跟她说了鬼魂森林的事，但是她说那就把想象力用错地方了。”

故事俱乐部正式成立了。一开始，故事俱乐部只有黛安娜和安妮两个人，但很快便壮大了起来。除了简·安德鲁斯，鲁比·吉利斯以外，另外又有几个觉得自己的想象力需要培养的女生也加入了这个俱乐部。男生是不准加入的——尽管鲁比·吉利斯极力推荐说，有男生加入可以让整个俱乐部更有趣。俱乐部还规定，每周每个人都必须完成一个故事的创作。

"这太有趣了，"安妮告诉玛瑞拉，"每个女生都要大声朗读出自己的故事，然后我们大家一起讨论。我们决定把所有的故事都庄严地保存起来，留给我们的后代看。我们都是用笔名创作的。我的笔名是罗莎蒙德·蒙特莫伦西。大家都做得很棒！鲁比·吉利斯是一个特别感性的人，她写的故事里总有太多的男女之事，我觉得有些过犹不及。简从来不写爱情，因为她觉得把那些事情大声读出来很傻。简的故事都写得很理智。黛安娜则很喜欢写谋杀破案的故事。她说，很多时候她都不知道该怎么给书里面的角色安排结局，所以她只好都让他们死掉了。我经常得给他们想故事情节，不过对于我来说这并不难，我有成千上万个点子呢！"

"我觉得这些事情简直是最浪费时间的了！"玛瑞拉批评道，"你的脑袋瓜里会充满各种乱七八糟的怪主意，只会耽误你的功课！看小说就已经够糟糕的了，现在竟然开始编故事了！"

"可是我们编故事的时候都分外注意道德导向的哦！玛瑞拉，"安妮解释道，"我一直非常注重这一点。所有的好人都要得到嘉奖，所有的坏人都要被惩罚。我觉得这对于我们的教育非常重要。艾伦先生常说，对于现在的我们来说，道德是最需要遵守的东西。有一次，我把我编的一个故事读给艾伦先生和他的太太听，他们俩听完了以后都对我故事中宣扬的道德大加赞赏呢！只不过，他们听的时候总是在不该笑的地方笑。我更希望让我的读者感动，而不希望他们笑……简和鲁比就很好，她们每次听到感人的地方都会流眼泪的。黛安娜把我们成立故事俱乐部的事写信告诉了约瑟芬姑妈，结果约瑟芬姑妈让她寄一些我们写好的故事给她看。我们就挑了四个自我感觉写得非常棒的故事寄给了她。约瑟芬·巴里姑婆立刻回信说，她这辈子都没读过这么有趣的故事。我觉得非常不可思议，因为我们寄过去的几个故事明明都是悲剧，是很悲伤的！故事里几乎每一个角色都在故事的结尾死掉了。不过我还是很高兴的，起码约瑟芬姑妈是喜欢这些故事的。这说明，我们的俱乐部还是为这个世界做了点有益的事情了！艾伦太太说，我们做任何事情的时候都应该想想这是不是有益的。我倒是一直把这一点记在心上的，只不过有时候乐过头了就忘了。我真希望等我长大了，我也能成为像艾伦太太那样的人呀！你觉得我有希望吗，玛瑞拉？”

“我觉得希望不大，”玛瑞拉“鼓励”道，“我非常确定，艾伦太太小的时候完全不像你现在这样，又疯又傻，还一脑子糨糊。”

“她确实不像我，不过也并不像现在这样呀！”安妮严肃地说道，“她跟我说过她小时候的事。当她还是个小女孩的时候，她非常喜欢恶作剧，身上常常弄得青一块紫一块的！当我听她这么说了以后，我感到自己受到了莫大的鼓舞！听到别人说自己曾经又坏又调皮，我竟然会感到很高兴，这样是不是很恶劣呀？林德太太说我们不应该因为别人糟糕而感到高兴，这是不对的；林德太太还说，她讨厌一切调皮的人，不管这个人年纪有多小；林德太太说，有一次她听一个牧师向大家坦白说，自己还是个小男孩的时候曾经从他姑妈的食品柜里偷过一块草莓馅饼。从那之后，林德太太就再也不愿意去听这位牧师的宣讲了。我倒是没有这种感觉。我觉得，这位牧师能有勇气向大家坦白，就已经很了不起了！而且，一想到这样一个小时候偷过草莓馅饼的小男孩，长大之后竟然可以成为一个伟大的牧师，我就感到深受鼓舞！玛瑞拉，我就是这么感觉的！”

“我现在的感觉就是，安妮，”玛瑞拉说道，“你该洗盘子去了。你已经啰嗦了半个多小时了。先把活干完，再说别的吧！”

第二十七章

内心的虚荣与苦恼

四月的一个傍晚，玛瑞拉参加完了互助会，走在回家的路上。寒冷的冬天已经悄然而去，温暖的春天如约而至了。镇上的老老少少、男男女女都如期感受到了春天的气息。一种踏实又喜悦的感觉从玛瑞拉的心底油然而生，但这与互助会、募捐箱或是法衣室的新地毯毫无关系。玛瑞拉的眼前，夕阳映照下的红色的田野上升腾起了淡紫色的薄暮，瘦长而锐利的冷杉树的影子在小溪边的草地上被慢慢拉长，明镜般的水池边，零星发芽的枫树正静静地等待着晚归的人。这个世界似乎正睁开惺忪的睡眼，渐渐醒来。这灰白色的草地下，蓬勃生机正蓄势而出。玛瑞拉几乎能感觉到脚下跳动的脉搏。这使得这个冷静沉着的中年人的脚步轻快了起来，仿佛充满了希望与期待。

玛瑞拉的眼睛充满深情地落在远处的绿山墙上。穿过丛林的树枝缝隙，窗户上反射出夕阳的光彩，在晚霞的映照下格外动人。玛瑞拉踩着泥泞的小路，心情却是格外轻松，一想到回到家就可以坐在发出清脆干柴声的暖暖的炉火旁，吃上一顿美味的晚餐，而不用靠着互助会上人走茶凉的热闹来安慰自己，玛瑞拉就感到幸福与满足。而这一切都是因为，安妮来到了绿山墙。

但是，当玛瑞拉兴致高昂地走进厨房，却发现炉火冰凉、饭也没烧、安妮更是不见人影的时候，她不由得怒火中烧。她记得很清楚，自己已明确告诉安妮要在五点前把晚饭准备好！于是，她不得不换下自己那套第二好的衣服，忙不迭地开始准备晚饭，这样马修耕完田回来才有饭吃。

“等这位安妮小姐回来，我一定要好好教训一下她！”玛瑞拉一边狠狠地说道，一边分外用力地用砍刀削着柴火。马修刚刚回来，此时正饿着肚子呆在角落。“她肯定又跟黛安娜去什么地方游荡了！编什么故事或是准备什么对话，或是别的什么乱七八糟的玩意！她从来没有一点时间观念，也从来没有一点责任心！不行，这回我再也不准她碰那些无聊的玩意了！我可不管艾伦太太是怎么说的，什么安妮是她见过的最聪明最可爱的孩子之类的。安妮也许确实是挺聪明伶俐的，可是她的脑袋瓜里装的永远是一些胡思乱想。谁知道这样的孩子将来会变成什么样子呢！好不容易认识到一个错误了吧，她马上又会再惹一个新麻烦！哎呀，我刚才这番话就是雷切尔·林德今天下午在互助会上说的，当时我差点就要跟她翻脸了，还好当时艾伦太太开口帮着安妮说了几句，否则我可要当着所有人的面跟雷切尔不客气了！安妮确实毛病不少，天知道有多少，这一点我也无可否认。可是教养安妮的人是我，关雷切尔·林德什么事？她那种女人，就算是把天使加百利放在她面前，她也能挑出几百个毛病来。不过话说回来，安妮怎么可以就这样走了呢！我明确告诉她下午哪儿都不要去，好好收拾家务的！唉，安妮毛病确实不少，可我还从没见过她这么不听话的呢！现在竟然连我的话都不听了，这太让人失望了。”

“这个，我不清楚。”马修说道。马修虽然老实，可是在关键的时候还是很清楚自己该做什么不该做什么的。比如说此时，饥肠辘辘的他，面对狂暴的玛瑞拉，闭嘴无疑是他最好的选择。要是马修此时辩驳一两句，那玛瑞拉一定会放下手中的活，跟马修理论一番的。这样一来，吃力不讨好，还得继续饿肚子，马修才没那么笨呢。“也不要这么急着给她贴标签，玛瑞拉。我们还不能确定她到底怎么了呢，说不定是发生了什么突发情况。安妮总是能解释清楚的。”

“我让她待在家里，而她不在！”玛瑞拉一听马修这么说，火气更大了，“我倒要看看她准备怎么解释！我就知道你会站在她那一边，马修。可是你别忘了，教养安妮的人是我，不是你。”

等晚饭做好了，天也已经全黑了。可是安妮还是没有出现，没有人上气不接下气地从小木桥上或是恋人小道上跑过来，也没有人一脸忏悔地自责。玛瑞拉气呼呼地把碗碟都洗干净，然后又都收拾妥当了。这时候，她打算下地窖去看看，可是手头没有蜡烛，突然想到东山墙安妮的房间的桌上正放着一根蜡烛。于是玛瑞拉走到东山墙的阁楼，点燃了桌上的蜡烛，转身准备去地窖。就在这时，她惊讶地发现，安妮正倒在床上，脸深深地埋在枕头里。

“我的天啊！”玛瑞拉吃惊地叫道，“难道你一直在这里睡觉吗，安妮？”

“不是的。”咕哝着的声音从枕头里传了过来。

“那你是生病了？”玛瑞拉担心起来，赶紧走到了安妮身边。

“也没有。玛瑞拉，请你走吧，我不想让你看见。我现在正处于绝望的深渊，我再也不在乎班上谁排名第一、谁的作文写得好、谁在主日学校的合唱团唱得最好听了！对于我来说，这种小事简直无足挂齿！因为，我觉得我再也没有办法出门了。我的理想已经走到头了。求求你了，玛瑞拉，走吧，不要看我。”

“胡说八道些什么呢！”玛瑞拉又急又恼，“安妮·雪莉！你到底是怎么了？你又干了什么好事了吗？现在就坐起来，告诉我！我说了，现在就坐起来！好了，到底怎么回事？”

安妮充满绝望地从床上爬了起来。

“玛瑞拉，我的头发……”安妮小声说道。

于是，玛瑞拉举着蜡烛仔细地照着安妮背后的头发——颜色看起来确实有点怪。

“安妮·雪莉！你把头发怎么了？怎么是绿色的！”

这是什么颜色呢？姑且称之为绿色也是可以的，但更像是一种泥土色，古怪的，泛着古铜色的颜色，偶尔还夹杂着一些原本的红色，使得整个头发看起来格外诡异。玛瑞拉感到自己这辈子都没见过像安妮的头发这么诡异的东西了。

“是的，绿色。”安妮哽咽道，“我以前都没想过还会有比红头发更可怕的东西，现在我知道了，更糟糕的是绿色的头发！噢，玛瑞拉！你一定不会理解我现在有多么痛苦的！”

“我确实不太理解你是怎么想的，但我会弄明白的！”玛瑞拉说道，“现在就到厨房来，这里太冷了。你给我好好讲讲事情的来龙去脉。你已经两个月没惹麻烦了，算一算也确实是到了你惹新麻烦的时候了。好了，跟我说说看，你这头发是怎么回事？”

“我染了一下。”

“染了一下？你染了一下头发！安妮·雪莉，你不知道这种行为非常恶劣吗？”

“我知道这样做是有些恶劣，”安妮承认道，“可是我觉得为了摆脱这红色的头发，稍微恶劣一点还是可以接受的。玛瑞拉，我都仔细地衡量过了。再说了，我已经打算用好表现来弥补我的行为了。”

“这样啊，”玛瑞拉讽刺道，“要是我想用好表现来弥补这次染头发的话，我好歹也会把头发染成一个好看点的颜色，这样也算平衡了。反正我是不会把头发染成绿色的。”

“我也没想染成绿色的呀！玛瑞拉，”安妮沮丧地回应，“我是想染头发，但从没想过要染成这个样子呀！他说，这种染料会把我的头发变成漂亮的乌鸦黑的，而且他非常确定地向我保证过的。玛瑞拉，我怎么会怀疑他的话呢？我以前被怀疑过，我知道那种感觉太难受了，所以我绝不会去怀疑别人的！艾伦太太说，我们在没有证据之前，谁都不可以怀疑别人欺骗自己。不过，我现在有证据了，这头绿色的头发，谁都能看见。可我当时没有怀疑他呀，我太相信他了！”

“他是谁？谁给你的染发膏？”

“今天下午路过的小贩。我从他那里买来的染发膏。”

“安妮·雪莉！我跟你说过多少次了，不要让那些意大利人进我们家！我一点都不希望那样的人出现在我们这镇上！”

“噢，我没有让他进家门。我一直记得你说的话呢！所以我出去了，还很仔细地关上了门！我就站在台阶上看了看他箱子里的东西，而且，他也不是意大利人，他是一个德国犹太人。他的大箱子里装满了各式各样的好玩的东西。他还告诉我说，他之所以现在这么努力，就是为了早一点赚到足够的钱，好把自己的妻子儿女从德国接过来。他讲得那么真诚，我都被他感动了！所以，我就想向他买点有用的东西，也好帮他早日与家人团聚。当时，我立刻就看到了那瓶染发膏。小贩说，这种染发膏可以把任何颜色的头发染成乌黑亮丽的黑发，而且永远都洗不掉。有那么一瞬间，我就幻想着自己披着一头美丽的黑发。这种诱惑实在是无法抵挡啊！那个小瓶子上标着七毛五分钱，而我只有五毛钱的零钱。小贩心肠很好，他说他看在我的份上，给了我一个特价，五毛钱，几乎相当于白给了。所以我就花了五毛钱，把这瓶染发膏买下来了。他一走，我就找来一把旧梳子，按照说明书把染发膏涂在头发上了。我用光了一整瓶呢，噢，玛瑞拉！后来我就看到自己的头发变成了古怪的铜锈色，我好后悔自己当初不听话啊！然后，我就一直在房间里后悔了。”

“但愿你能真的知道自己错在哪里了，”玛瑞拉严厉地说道，“现在你好好睁开眼睛看看吧，这就是虚荣给你带来的下场。这可怎么办是好呢，行了，我想，现在能做的第一件事就是去好好洗一洗头发，看能不能把这颜色洗掉。”

安妮立刻找来一块肥皂，又打了一大盆水，奋力地搓着自己的头发。结果，就跟她之前想把自己的红头发洗掉一样，惨遭失败。看来，尽管那个小贩花言巧语说了很多谎话，在“不掉色”这一点上，他确实一点都没有夸张。

“噢，玛瑞拉！我该怎么办呀？”安妮脸上挂满了泪水，“我再也没办法在这里待下去了。大家都已经快忘了我之前犯的一些错了，比如止痛药蛋糕，把黛安娜灌醉，跟林德太太斗嘴。这次我又惹了新麻烦了，而且这次大家肯定不会忘的了。他们一定会觉得我就是个天生的烦人精。噢，玛瑞拉！‘开始欺骗时，我们便在编织一张网。’这虽然是诗歌，可是说得句句是实话呀。噢！乔希·派伊肯定要笑死了！玛瑞拉，我再也无法面对乔希·派伊了！现在这爱德华王子岛上再也找不到比我难过的女孩了！”

安妮的不开心持续了一个礼拜。期间她哪儿也不去，只是坚持每天用洗发露搓洗头发。黛安娜也一直对外坚守这个秘密，因为她向安妮郑重许诺自己不会告诉任何人。一个礼拜后，玛瑞拉做了一个决定：

“没用的，安妮，这种染发膏是没办法洗掉的。只能把你的头发剪掉了，别无他法。你这个样子是没法出门的。”

安妮的嘴唇剧烈地颤抖着，但她很快便接受了这个残酷的事实。她深深地叹了一口气，转身去拿剪刀。

“玛瑞拉，请你一刀下去，快点结束我的痛苦吧！噢！我感到我的心正在裂成碎片。这实在太不浪漫了。我读过的书里的女孩都是因为发烧，或是要把头发卖了换钱买东西才会剪短长发的。要是我也能有这样浪漫的理由，我也不会这么介意把头发剪短了。可是，谁会因为自己把头发染成可怕的颜色而决定把头发剪短呀？我准备一边哭，一边看着自己的头发被剪掉。请不要试图来安慰我。这实在太悲惨了！”

接着，安妮抹着眼泪剪掉了长发。她走上小阁楼，看着镜子里的自己，内心充满绝望的冷静。玛瑞拉这次修剪做得十分彻底。安妮的头上再也看不到古怪的绿铜色了。稍微委婉点讲，效果并不是很令人满意。安妮有些措手不及，她飞快地把镜子扣在墙上。

“在头发长长之前，我永远永远不要看见自己的样子！”安妮激动地说道。

“不，我要看！我要为自己的恶习赎罪。每次回房间，我都要照一下镜子看看自己有多丑，而且我也不会去想象自己长头发的样子。我从没想过，自己会喜欢那一头红色的头发，可是现在，我多么怀念那一头浓密的长卷发呀！不知道接下来，我的鼻子是不是也会遭受点意外。”

礼拜一，安妮的新发型在安维利学校引起了一阵轰动。不过让安妮欣喜的是，没有一个人能猜出她剪头发的原因，就连乔希·派伊也没有猜到。不过乔希·派伊还是不失时机地告诉安妮，她现在的样子看起来活像一个稻草人。

“乔希说那句话的时候，我什么都没说，”安妮发自肺腑地告诉玛瑞拉。玛瑞拉又犯头疼了，正躺在沙发上休息。“因为我认为这也是对我惩罚的一部分,我应该默默接受。听别人说自己像稻草人真的挺不好受的,我真想冲动顶她几句,但我还是忍住了,一句话都没有说。我只是轻蔑地看了她一眼,然后就原谅她了。当你原谅别人的时候,你会感觉自己特别崇高,对不对?有了这件事,我决定以后自己要更加全身心地为做一个好人努力!我再也不去想那些漂不漂亮的事情了。做个好人是好,可是要真的坚持下来就很难了,虽然我们都知道应该做个好人。玛瑞拉,我是真的想做一个好人,就像你、艾伦太太和史黛西小姐一样。我希望自己长大以后可以为你争光。黛安娜说,等我头发再长长一点之后,就在头发上用黑色丝绒发带缠一圈,然后在一边打一个蝴蝶结,那样会非常好看。我决定称之为'束发结',这个词听起来好浪漫啊!玛瑞拉,我是不是又讲太多话了,让你头疼了,是吗?"

"现在已经好多了,今天下午头疼得更厉害。我这头疼的老毛病真是越来越严重了。看来,我是得去看看医生了。至于你的唠叨嘛,我并不介意,我已经习惯了。"

这便是玛瑞拉表达她喜欢听安妮讲话的方式。

第二十八章

不幸的百合少女

“当然得由你来演伊莲恩啦，安妮，”黛安娜说道，“我可不敢乘小船漂下去。”

“我也不敢，”鲁比·吉利斯哆哆嗦嗦地说道，“要是我们两三个人都一起坐在船里的话，我倒是可以尝试一下。那样是蛮有趣的。可是要我躺在船里装死，然后顺流而下，我可没那个胆量。我觉得我会直接吓死的。”

“确实是很浪漫，”简·安德鲁斯承认道，“可我觉得我肯定不能坚持很久不动的，我一定会忍不住睁开眼睛看看周围的，看看自己会不会已经漂远了。这样的话，安妮，戏剧的效果就完全被毁了。”

“可是红头发的‘伊莲娜’也未免太搞笑了吧，”安妮嘟哝着，“我倒是不害怕躺在船里漂下去，我也很愿意扮演‘伊莲娜’，可是这样实在太奇怪了。还是让鲁比来当‘伊莲娜’吧！她皮肤雪白，而且还有一头金色长发。你们还记得吧，书里是这么说的，‘她金色的长发如瀑布般倾泻而下。’‘伊莲娜’是百合少女呀，红头发女孩是不可以做百合少女的。”

“你的皮肤跟鲁比一样雪白呀！”黛安娜恳切地说道，“而且自从你把头发剪短以后，你的发色看起来也深了很多。”

“噢，真的吗？”安妮开心地问道，小脸涨得通红，“有时候我也这样觉得，可是我不好意思问别人，我怕别人告诉我他们不觉得。黛安娜，你觉得我现在的发色可以被称之为‘茶褐色’吗？”

“我觉得可以，而且我觉得你现在的发色漂亮极了。”黛安娜一边说道，一边羡慕地看着安妮这一头柔顺的小卷发。安妮头发的一边还用黑丝绒发带打了一个蝴蝶结。

这时，几个小姑娘正站在果园斜坡下面的池塘岸边。从岸边延伸出去了一小块泥地，沿途还种着几株白桦。在这块泥地与河水相接的地方，有一处木平台，平时是为了方便渔民和打野鸭的猎人们设置的。鲁比、简和黛安娜常在这里享受仲夏天的下午时光，这次安妮也加入了她们。

安妮和黛安娜这个夏天的一大半时间都是在这片池塘边上度过的。埃德怀特已经是过去式了。贝尔先生已经在春天的时候残酷无情地砍掉了他后院里的小树丛，安妮甚至还为此流了不少眼泪。不过，她很快便“痊愈”了，就像她经常跟黛安娜讲的那样，她们现在已经是十三岁的大姑娘了，马上就要十四岁了，继续玩过家家的游戏就太幼稚了。而且，在这片池塘边上，好玩的东西多着呢！比如，在木桥上钓鳟鱼，或者乘着巴里先生猎杀野鸭用的平底小渔船顺流直下。

扮演“伊莲娜”当然是安妮的主意了。她们去年冬天刚刚学了丁尼生的诗歌——教育司的负责人把丁尼生的诗歌纳入了爱德华王子岛上学校的英文课程。她们把这些诗歌分析、解读，几乎把每字每句都进行了深度挖掘。因此，像美丽的“百合少女”，以及兰斯洛特、桂妮薇儿还有亚瑟王这样的角色已经深入人心了，几乎成了活生生的角色。而安妮则一直深深懊悔，懊悔自己为什么没有出生在卡密洛特年代。那个年代是多么浪漫啊！

安妮的提议得到了热烈的响应。大家想着，如果把贝尔先生那艘平底船从上游推下去的话，小船会顺流直下，穿过小桥，最后在池塘边上拐弯处停泊。女孩们已经这样玩了好几次了。这样的情景拿来模拟伊莲娜真是再合适不过了！

“好吧，那就我来演伊莲娜吧。”安妮最后妥协了。虽然她很高兴自己能演主角，但考虑到自己的艺术修养，她并不是很满意这样的安排。“鲁比，你就来演亚瑟王吧，简就演桂妮薇儿，黛安娜演兰斯洛特。不过你们得先扮演那对兄弟和父亲。还有个老仆人的角色，这里我们就把这个角色略去吧！船里躺下一个人之后，几乎没有地方给第二个人待着了。不过，我们现在还需要一块乌黑的织锦来铺满整个船底。黛安娜，我觉得用你妈妈的那条黑色围巾就可以了。”

黑色围巾很快就被取过来了。安妮把整条围巾小心地铺展开，然后躺了下来，眼睛紧紧地闭着，两手叠在胸前。

“噢，她看起来好像真的死了！”鲁比·吉利斯紧张地嘀咕着。小船上，苍白的小脸在晃动的白桦树树阴里一动不动，一丝表情都没有。“好可怕呀！你们觉得这样做合适吗？林德太太说，凡是扮演呀、戏剧呀什么的都是非常败坏风气的。”

“鲁比，你真的不应该在这个时候提起林德太太，”安妮严肃地制止道，“你知道这样有多煞风景吗？我们所处的时代根本没有林德太太，她还要几个世纪才出生呢！简，你跟鲁比讲吧。伊莲娜应该死了，实在不合适说这么多话。”

于是，简立刻拉过鲁比，小声教训起来。因为找不到金色的罩布，女孩们就找来一块原本用来罩钢琴的黄色日本绉布。伊莲娜的手里应该握着一束白色百合花，还是用一株高挑的蓝色鸢尾花来代替吧！除此之外，手头也实在找不到更好的代替品了。

“好了，这下都准备好了。”简说道，“我们要依次去亲吻她的眉心。黛安娜，你要说一句‘妹妹，永别了’，鲁比，你就讲一句‘再见，亲爱的妹妹’，你们两个人都要尽量表现出悲痛欲绝的样子。安妮，求求你微笑一点，好吗？你忘了吗？书里说，伊莲娜‘尽管已逝，但面容似微笑’。对，这样就好多了。好了，我们一起把这小船推下去吧。”

大家一起把小船推了下去，推的过程中小船擦到了嵌在河道中间的一根木桩。黛安娜、简和鲁比三个人一直看着小船随波逐流，直到小船从视线中消失，他们才飞快地冲了下去，穿过小桥，跑过小树林，沿着小路一直跑到池塘拐弯处。兰斯洛特、桂妮薇儿还有亚瑟王应该在此等待“百合少女”的到来。

有那么一会，安妮感到身心放松，为自己身在这样浪漫的美景中而陶醉。可接下去发生的事就不是那么浪漫了——小船开始漏水了。“伊莲娜”慌里慌张地站了起来，一把捞过湿漉漉的金色罩布和黑色织锦，瞪大眼睛呆呆地看着船底醒目的破洞。每一秒钟，湍急的河水都会从洞口涌进单薄的小船。刚才河道口的木桩硬生生地拔下了船底一块木条，谁都没有意识到那么一次小的摩擦会造成这样的后果。一直躺在船里的安妮自然是不知道刚才这个小意外的，但她很快便意识到此时自己正身处危险之中。如果按照这个速度继续下去，小船马上就会被淹没，然后沉到水底，根本不可能到达下面的池塘。船桨呢？船桨哪里去了？安妮这才想起来，船桨被丢在岸边了。

安妮慌了，颤抖着叫了一声，但没有回应。嘴唇已经被她咬得发白了，可她并没有缴械投降。她还有最后的获救机会，唯一一个获救机会。

“我都吓坏啦！”第二天，安妮跟艾伦太太绘声绘色地描述道，“待在那船上的每一秒，我都感觉自己备受煎熬。船一点一点往下沉，水顺着洞口汩汩地往上涌。艾伦太太，我祈祷了，我无比诚恳地祈祷了。不过在我祈祷的时候，我没有闭上眼睛，而是一直小心观察着周边。我是这么祈祷的：‘敬爱的上帝，请让这艘小船漂到树丛旁边去吧，剩下的让我来！’我在心底里一遍又一遍地默念这份祷告。在这种情况下，我也没有心思去琢磨优美的修辞手法啦！接下来神奇的事情发生了，我的祈祷应验了！小船撞到了河边一丛小树。于是我立刻用围巾兜成圈，然后套住一个木桩，靠着肩部的力气把船往岸边拖。然后，我终于幸运地爬到了一棵木桩上面。艾伦太太，我当时可狼狈啦！我就那样抱着那棵滑溜溜的木桩，站不起来也蹲不下去。那个动作可滑稽了，不过当时我可顾不得这些。当你刚从一个积水坟墓逃脱的时候，你可没那么多心思去想浪漫的事。于是我立刻做了一份感恩的祈祷，然后拼尽全身力气紧紧抱着那棵树。我猜想，以我当时的情况，除非有人路过，否则是很难有机会重回陆地的了。”

小木船则继续顺流直下，穿过小桥，但还没等漂到池塘，就已经在河流中段的位置沉没了。鲁比、简还有黛安娜本都在下面池塘边上虔诚地等待着“伊莲娜”的到来，但却眼睁睁地看到木船在她们眼前沉了下去。安妮一定被淹死了！三个女孩先是吓得愣了几秒，一个个面如纸色，从头到脚打着寒战，接着她们不约而同地发出尖叫，一路狂奔着穿过小树林、大马路。在穿过小桥的时候，她们甚至都没有停下来看一看岸边，所以并没有发现奋力挥手的安妮。安妮绝望地抱着那宝贵的木桩，看着这一群吓坏了的女孩，听着一声声尖叫，却无法让她们知道，她在这里。快来人帮个忙吧，安妮这个动作保持不了多久了。

时间一分一秒地过去了，而在这里的每一秒对于不幸的“百合少女”来说都有一小时那么漫长。为什么还是没有人来？女孩们到底去哪了？难道晕倒了？全都晕倒了？会不会到最后都没有一个人发现我呢？万一自己累坏了，手脚抽筋，再也支撑不了了怎么办？安妮脚下深绿色的河水，一眼看不到底。河水幽幽地反射着两岸摇摆的树影，在微弱的阳光下反射出油腻腻的光。安妮的想象力开始铺天盖地地制造出各种妖魔鬼怪来。

手臂的酸痛已经一阵阵地摧残着安妮的意志力。就在她觉得自己再也撑不住了的时候，一个人划着哈蒙·安德鲁斯的小船从小桥下方经过，那个人便是吉尔伯特。

吉尔伯特无意间抬头，发现了这一奇观——岸边的木桩上有一张吓得惨白的小脸，灰色的大眼睛既害怕又蔑视地看着他。

“安妮·雪莉！你怎么会跑到那里去的？”他问道。

没等安妮回答，吉尔伯特就靠到岸边，向安妮伸出手。没办法，安妮只得抓住吉尔伯特·布莱斯的手，狼狈地爬到了平底船上。安妮一屁股跌坐在船上，衣服上满是泥污，胳膊上五花大绑地缠着湿漉漉的罩布和织锦，脸上却还是一副气鼓鼓的样子。在这种情况下，安妮想要保持一如既往的优雅实在是太难了！

“怎么回事，安妮？”吉尔伯特一边收船桨，一边关切地问道。“我们在演‘伊莲娜’。”安妮面无表情，看都没看自己的救命恩人一眼，“我应该乘着驳船，也就是那艘平底船，顺流而下漂到‘卡米洛特’去。可是船漂到一半，就开始漏水了，我就爬到这棵树桩上来了。黛安娜她们求救去了。请问，你可以把我送到岸边吗？”

吉尔伯特很快便把安妮送到了岸边，整个过程，安妮都一动不动，一点都没有要帮忙的意思。直到船靠岸，安妮才飞快地跳上岸，并回头傲慢地补充了一句：

“我欠您一个人情。”

可没想到的是，吉尔伯特也跳上岸来，一把抓住安妮的手臂。

“安妮，”吉尔伯特急忙喊道，“呃……我想说的是，我们可不可以成为朋友？那次取笑你头发是我不好，可我并不是想故意惹你生气的，我只是想开一个玩笑。而且，这事也过去好久了。现在我觉得你的头发美极了，真的！我们还是做朋友吧。”

有那么一刻，安妮迟疑了。在她近乎冷漠的心里，一种奇怪的、从未有过的感觉正在渐渐苏醒，她忽然发现，吉尔伯特那半是害羞半是急切、欲言又止的眼睛里，正闪烁着令人心动的光彩。安妮的心跳似乎停了一拍。但有关过往的痛苦回忆再一次冰冻了她差点融化的心。两年前的那一幕再一次浮现在她的眼前，生动得就如同刚刚发生一样。吉尔伯特在全班面前叫她“胡萝卜”，还让她在全校面前出丑。这种仇恨，也许并不能为大人们所理解，但在安妮的心里，永不能被抹灭。不管时间过去多久，这股仇恨随时都可以重燃熊熊烈火。她恨吉尔伯特·布莱斯！她永远不会原谅他！

“不，”安妮冷冰冰地说道，“我不会跟你成为朋友的，吉尔伯特·布莱斯，因为我不愿意！”

“行！”吉尔伯特气呼呼地跳回自己的船上，“我也不要跟你做朋友了，安妮·雪莉，而且我也不介意！”

吉尔伯特使劲划了几下桨，小船迅速离开了岸边。枫树下的小路上长满了苔藓，安妮却顾不得那么多，一步一滑地踩着陡峭的坡壁走了上去。安妮高傲地昂着头，心里却不是一番滋味。隐隐地，她发现自己竟然有些后悔，她几乎有点希望自己刚才答应了吉尔伯特的请求。不错，他确实曾经非常过分，可是，毕竟……安妮感到一股错综复杂的感觉一下子涌上心头，她干脆找了块空地坐了下来，狠狠地哭了一场。疲劳、恐惧、孤独、自己强撑着抵挡住的困乏，此时终于突破了安妮的最后一道防线。

安妮拖着疲惫的身体前进着，走到半路的时候看到了简和黛安娜两个人。两个小姑娘正以一种近乎疯狂的状态朝着小池塘跑过来。女孩们先是去了斜坡果园，却发现巴里先生和巴里太太都不在家。接着，鲁比·吉利斯彻底陷入歇斯底里的状态，所以简和黛安娜决定让鲁比好好冷静一下，二人独自穿过鬼魂森林、小木桥来到绿山墙。结果，还是一个人都没见着——玛瑞拉去了卡莫迪，马修在后院整理干草垛。

“噢，安妮，”黛安娜哽咽着，一下子扑倒在安妮的肩膀上，长长地舒了一口气，“噢，安妮，我——我们都——以为——你——你被——淹死了，我们都觉得是自己杀了——你，因为——是——是我们——让你——演‘伊莲娜’的。鲁比已经彻底崩溃了——噢，安妮，你是怎么逃出来的呀？”

“我爬到一棵树桩上去了，”安妮有气无力地说道，“然后吉尔伯特·布莱斯刚好划着安德鲁斯的小船经过，就把我送上岸啦。”

“哎呀，安妮，他多好呀！这真是太浪漫了！”简不住地叫着，都快喘不上气了，“这下，你总算可以跟他和好了吧？”

“我才不！”安妮的脸涨得通红，刚才的怒气又冲上了脑门，“还有，简·安德鲁斯，我再也不想听到你讲‘浪漫’这个词了。不过，我还是很抱歉，让你们受惊了。我感觉，我这个人可能真的天生命不好，我总是会给自己，或是朋友，或是家人带来各种麻烦。黛安娜，你爸爸的小船被我们弄丢了。我有一种强烈的预感，大人们肯定再也不准我们在小池塘里划船了。”

事实证明，安妮的预感无比准确。巴里一家以及卡斯伯特一家在听到这个惊天新闻之后都像炸开了锅一样。

“你到底长没长脑子啊？”玛瑞拉咆哮道。

“我下次就知道了呀，玛瑞拉！”安妮乐呵呵地答应着。小姑娘刚才已经在东山墙好好地大哭了一场，此时的她已经平复了心情，又重拾往日的喜悦了，“我觉得，我现在比以往任何一个时刻都更希望自己能变成一个理智的人！”

“我一点都没看出来。”玛瑞拉毫不客气地说道。

“嗯，我觉得，”安妮解释道，“我今天真是上了一堂新课！自从我来到绿山墙，我就一直在犯错，好在每一次错误都会让我改掉一个毛病。紫水晶胸针事件就改掉了我爱拿别人东西的毛病，鬼魂森林治好了我胡思乱想的毛病，止痛药蛋糕则改掉了我粗心大意的毛病，把头发染成绿颜色治好了我的虚荣。我现在再也不会去想自己的头发和鼻子了，起码不像以前那么经常想啦！而今天的事情，则让我知道了，其实浪漫不一定是件好事。我现在慢慢发觉，在这安维利镇上想要制造浪漫本身就是一件很做作的事情。也许在几百年前的塔楼高耸的卡米洛特，浪漫是顺其自然的吧，可是现在这个时代，似乎大家并不是很看重浪漫！玛瑞拉，我敢肯定，你一定马上就能看到在我身上发生的巨大改变的！”

“但愿吧！”玛瑞拉毫不留情地说道。

等玛瑞拉出去后，一直坐在角落里默不作声的马修忽然站了起来，一只手搭在安妮的肩上。

“安妮，不要完全放弃‘浪漫’，”马修有点害羞地小声说道，“保留一点浪漫是好事，不要太多，一点就够了，安妮，保留一点点浪漫。”

第二十九章

安妮生活的新篇章

安妮正沿着恋人小道慢悠悠地赶着牛群。这是一个九月的傍晚。恋人小道两边的云杉树的枝桠之间浸染着樱桃红色的日落霞光。小路上洒下一块又一块大小不一的光斑，大部分都被枫树高大的树阴遮蔽着。云杉下的那些天空被淡紫色的薄暮掩盖，仿佛一杯装满了香醇红酒的高脚杯。树枝端头，清风拂过。树叶簌簌作响，在安妮听来，便是这世界上最美的交响乐。

牛群摇摇摆摆地沿着恋人小道走着，安妮的心思却早就飘到了九霄云外。安妮一边念念有词地朗诵着《马米恩》，一边情绪澎湃、斗志昂扬地手舞足蹈——这是上学期的英语课文，史黛西小姐要求他们背诵这段。当念到"顽强的士兵毫不退缩，仿若一片密不透风的森林"的时候，安妮不禁停下脚步，闭上了眼睛。她不禁幻想着，自己就是一名战场上的士兵，头上正顶着英雄的光环。再睁开眼睛的时候，安妮猛然发现黛安娜推开了自家的小门，从巴里家的山坡上冲了过来。安妮立刻猜到，一定有什么爆炸性新闻了！不过，她可不愿意表现得那么猴急。

"今晚的夜色就如同一个紫色的梦境，对不对，黛安娜？我能活在这么美丽的世上，真是让人高兴呀！每天早上的时候，我都会觉得早上是最美的，可是到了晚上，我又会觉得晚上更可爱！"

"晚上是挺不错的啦，"黛安娜说道，"可是我有新闻哦！安妮，给你三次机会猜猜！"

"夏洛特·吉利斯决定在小教堂结婚，艾伦太太让我们帮着一起布置婚礼！"安妮大声叫着。

"不是啦！夏洛特的男朋友怎么会同意呢？还从没有人在那个小教堂结过婚呢！他说他觉得那个小教堂只适合办葬礼。我们是觉得挺有意思的，不过大人们似乎看法很不一样！再猜！"

"简的妈妈要给她办生日聚会！"

黛安娜又摇了摇头，眼睛里闪烁着喜不自禁的火花。

"我实在想不到了，"安妮失望地说道，"难道是昨晚祈祷会后，穆迪·斯波·麦克弗森送你回家了!”

“当然没有啦!”黛安娜生气地说道,“而且就算他真的送我回家了,我也不至于把这件事当作喜讯来告诉你吧!就他那副样子……算啦!我就知道你肯定猜不到的。今天,妈妈收到一封约瑟芬姑妈的来信,她在信里写,邀请我们俩下周二去她那里小住一段时间,然后顺便参观一下博览会!”

“噢,黛安娜,”安妮激动得快要站不稳了,倚在一棵枫树上小声说道,“你不是在开玩笑吧?可是,我觉得玛瑞拉不会同意我去的。她一定会说,她不支持这样到处闲逛的行为。上个礼拜,简邀请我跟她一起坐双座马车去白沙旅馆听美国音乐会的时候,玛瑞拉就是这么说的。我好想去啊,可是玛瑞拉让我待在家里温习功课,而且她还跟简说,简也应该回家温习功课。黛安娜,当时我真的好失望啊,以至于晚上睡觉前,我都难过得没说祷告词。不过我后来还是很后悔没有祷告,所以半夜爬起来念完了祷告词。”

“这样吧,”黛安娜说道,“我们让我妈妈去跟玛瑞拉讲。我妈妈比我们更有说服力。要是我们真的可以一起去看博览会,那可是十分难得的经历!安妮,我还从来没去参加过博览会呢!每次听到别的女生说她们在博览会的经历的时候,我都好羡慕啊!简和鲁比都已经去过两次了,据说今年她们俩还要去。”

“我决定在确定我能去看博览会之前都不去想这事,”安妮毅然地决定,“如果我现在就开始幻想去博览会的事情,结果到头来却去不了,那我一定会崩溃的。不过,要是我真的能去的话,到时候我正好可以穿上我的新大衣。玛瑞拉说,我其实并不需要新的大衣。因为去年做的那一件还很新,而且今年我又刚刚做了一条新裙子。那条裙子可漂亮啦!黛安娜,那是一条藏青色的裙子,样式非常时髦。玛瑞拉现在做的裙子都非常时髦了,因为她说,她不希望马修老是去麻烦林德太太。我好高兴啊!我觉得,衣服变得时髦之后,我整个人都比以前更懂事了!至少,对我来说确实是这样的。可能对那些天生品德高尚的人来说,这不应该会改变什么吧。不过,马修说我确实需要一件新大衣了,于是,玛瑞拉就买来一匹蓝色绒呢布,然后请了卡莫迪一个真正的裁缝,给我做了一件大衣。据说,星期六晚上就能拿到了。我现在尽量控制自己不去想象那幅画面——自己穿着新大衣,戴着新帽子,在周日的礼拜会上光鲜照人地走过教堂的走廊。总是想象这些事情是不对的。可是,这个想法一趁我不注意就钻到我脑子里。我的帽子也非常可爱,那是上次我跟马修一起去卡莫迪的时候，他给我买的。帽子是用那种特别精致的蓝丝绒做的，非常非常的时尚！上面还镶着一圈金色的链子和流苏呢！黛安娜，你的新帽子也非常有品位，而且非常流行！上个星期天，当我在教堂里看到你戴着这顶帽子迎面走过来的时候，我不禁为能够做你的朋友而感到自豪！你觉得，像我们这样总是挖空心思地想着如何打扮自己是不是不太好啊？玛瑞拉总说，这是一种罪孽。可我觉得，打扮自己明明是非常有趣的事情嘛！”

玛瑞拉最终同意让安妮去镇上看博览会了。巴里先生负责把两个小姑娘在星期二的时候送到镇山去。因为夏洛特敦镇离这里有三十英里，而巴里先生又希望能够当天去当天回，所以大家决定一大早就出发。不过，对于安妮来说，这一点都不是问题。星期二的早上，安妮没等太阳升起来便起床了。她从窗户看出去，鬼魂森林后方东面的天空正绽放出一片绚烂的银白色，一丝云都没有，天气好极了！从树枝的缝隙里看过去，斜坡果园上的小房子里也有一扇明亮的窗户，这说明，黛安娜也起床了！

马车走了很久，沐浴在这火红的朝阳中，在马车上的每一分每一秒对安妮和黛安娜来说，都物超所值。空气新鲜而凉爽。一抹浅蓝色的雾气，缠绕着远处的山谷，顺着山坡氤氲而下。在那些穿过树林的小路上，大家时不时会看到深红色的栅栏外挂满了枫叶；路过小河或者小桥的时候，那种喜忧参半的感觉会让安妮蜷起身子；沿着港口岸边走，大家又会看见一排渔民住的灰色小屋；上山的时候，大家会看到天空中缠绕着的浅蓝色的雾气。无论哪里的风景，都会成为有趣的讨论话题。快到中午的时候，他们抵达镇上，并且找到了去“山毛榉山庄”的路。山毛榉山庄是一座有着悠久历史却保留得很好的大楼。这里和街上其他建筑完全不同，宛如一座世外桃源，被绿色的榆树和山毛榉包围着。巴里小姐在门口热情地迎接他们。

“你总算来看我啦，安妮小姑娘！”约瑟芬姑妈招呼着，“哎呦！孩子，你长得真快啊！我敢说，你现在比我都要高了！而且越来越好看了！不过，我想不用我说，你自己也知道的吧？”

“我还真是不知道呢，”安妮兴奋地说道，“我知道我脸上的雀斑没有以前那么多了，这已经够让人欣慰的了，但我从没想过自己别的方面也变好看了。约瑟芬姑妈，你能这么说，真是太让人高兴了！”用安妮告诉玛瑞拉的原话说，约瑟芬姑妈的房子“富丽堂皇”。约瑟芬姑妈让两个小姑娘在客厅里坐下以后，自己就去准备午饭了。就在这空隙里，两个小姑娘被这豪华的客厅迷晕了，她们都看得目瞪口呆。

“这简直就跟宫殿一样啊！”黛安娜小声惊呼道，“我以前还从没来过约瑟芬姑妈家呢，我都不知道原来她家这么大！要是茱莉亚·贝尔也能来看看这里就好了。每次她说到他们家客厅的时候，都是一副不可一世的样子。”

“丝绒地毯！”安妮夸张地倒吸一口气，“丝绸窗帘！黛安娜，我也曾幻想过这些东西！可是你知道吗？我好像并不是很喜欢它们的样子。这个房子里美丽的东西太多了，我一点想象的空间都没有了。可能清贫一些也是有好处的，起码，可以想象的东西非常多。”

安妮和黛安娜在这之后很多年之后，还是会记起她们在镇上逗留的这段时光。从头到尾，每一刻都是那么精彩。

“太棒了！”安妮跟玛瑞拉描述道，“我从没见过这么有趣的博览会！很难确定哪一个展馆是最有趣的。不过，我觉得我最喜欢的是马匹展览馆、花卉展览馆还有刺绣展览馆！乔希·派伊织的一条蕾丝得了一等奖。我为她高兴，然后我才为我自己高兴，这说明我进步了呀！玛瑞拉，我可以不计前嫌地为乔希的成功而感到高兴了！哈蒙·安德鲁斯种的伏花皮苹果得了二等奖，贝尔先生养的猪得了一等奖。黛安娜说，她觉得作为一个主日学校的校长，因为养猪而得奖是一件非常不可思议的事情。不过我觉得无所谓，你觉得呢？黛安娜还说，从这以后，每次看到贝尔先生肃穆地进行布道的时候，她都会不自然地想到他养的猪。克莱拉·路易斯·麦克弗森的一幅画也获奖了。林德太太的手工黄油和奶酪得了一等奖。这样看来，我们安维利镇上还真是人才辈出呢！那天林德太太也去了，在我见到她的那一刻，我才知道，原来我真的很喜欢她呢！在一大群陌生人里，看到一张熟悉面孔的感觉真是太好了！约瑟芬姑妈还带我们一起去大看台看了赛马比赛。林德太太没有去，因为她说赛马是一种赌博，而作为教会的一分子，她一定要给大家树立一个好榜样！可是说实话，去看赛马的人太多了，我估计没有人会注意到林德太太去没去吧。不过，我还是觉得我以后也不会去看赛马了，因为赛马实在太容易上瘾了！黛安娜激动极了，后来还跟我赌一毛钱，说那匹红色的马一定会赢。我倒是不觉得那匹马会赢，但我还是没有跟她打赌，因为我希望等回来之后，我可以把每一件事情都讲给艾伦太太听。而如果我真的跟黛安娜打赌了，那我会不好意思把这件事告诉艾伦太太的。如果有一件事连牧师太太都不能告诉，你只能说明这不是一件好事。所以说，能够拥有一位牧师太太作为自己的朋友，实在是一件非常明智的事情啊！而且好在我没有跟黛安娜打赌，因为后来那匹红色的马真的赢了，我差点就输了一毛钱啊！所以你看，好心有好报嘛！后来，我们还去看了热气球升空。我也好想坐一下热气球啊，肯定非常刺激！我们还看到有人算命，只要给一毛钱，他就会让笼子里的一只小鸟把你的命运纸签衔出来。约瑟芬姑妈给了我俩一人一毛钱去算命。最后算出来说，我会嫁给一个黝黑肤色的有钱人，然后住在大洋彼岸。这之后，我便格外关注我所看到的每一个黝黑肤色的人，可我一个都不喜欢。不过，现在就开始找这个人，确实是有点太早了啦。噢，玛瑞拉，那真是难忘的一天啊！晚上我太累了，但差点睡不着觉。约瑟芬姑妈如约让我们住在了客房。玛瑞拉，那间客房可真是太讲究了！可不知怎么的，我觉得这跟我想象的感觉不一样。我渐渐意识到，也许这就是成长的代价。在孩童时期渴望期盼的东西，就算在长大以后真的得到了，感觉也不会一样了。”

星期四的时候，女孩们去了一趟公园。傍晚的时候，约瑟芬姑妈又带着大家去音乐学院听了一场音乐会。一位著名的首席女高音要献唱。对安妮来说，这一晚是无比动人的。

“噢，玛瑞拉，这简直难于言表。我太激动了，都说不出话来了，这下你知道我有多激动了吧！我的心扑通扑通直跳，可我一句话都没说。赛力特斯基夫人穿着一件白色缎面裙子，戴着钻石项链——美极了。她还未开口，我就已经完全被她吸引住了。噢，这种感觉实在不知道该如何形容。总之，在我看来，似乎做一个好人并不是那么难的一件事了。当我抬头看星星的时候，我也有这种感觉。眼泪盈满了我的眼眶，那是幸福的泪水啊。音乐会结束后，我特别难过。我告诉约瑟芬姑妈，我感觉自己再也无法回去过普通的生活了。约瑟芬姑妈说，也许我们去街对面的饭店吃上一点冰淇淋会好很多。这听起来很奇怪吧？吃冰淇淋怎么会让心情好起来呢，可事实上，吃完冰淇淋我的心情真的好多了！玛瑞拉，冰淇淋实在太美味了！我觉得在晚上十一点坐在饭店里吃冰淇淋，实在是一种过于奢华的享受！黛安娜说，她是为了城市生活而生的。于是约瑟芬姑妈就问我，我想不想一样生活在城市里。我说我需要好好思考一下，然后再来回答这个问题。于是，上床之后我好好想了想。这个时候最适合思考问题了。我终于得出了一个结论，玛瑞拉！那就是：我并不想生活在城市里。我很庆幸，我没有生活在城市里。当然了，能偶尔在晚上十一点坐在华丽的饭店里吃冰淇淋，实在是一种享受，可是，要是每天如此的话，我就受不了了。我宁愿十一点准时钻进我东山墙的被窝，美美地睡上一觉。在梦里，我能够清楚地知道，窗外星光闪烁，微风正吹过小桥边的杉树。于是，第二天早饭的时候，我便告诉了约瑟芬姑妈我的答案。约瑟芬姑妈听完以后哈哈大笑。约瑟芬姑妈总是笑个不停，不管我说什么她都笑，就算我说一些非常严肃的话题她也会笑得前仰后合。我其实并不希望她笑，我又没在开玩笑。不过，她确实是一位好客的夫人，对我们真是太好了！”

回家的日子到了。巴里先生星期五一大早便赶到了。

“希望你们这段时间过得开心呀！”约瑟芬姑妈跟两个小姑娘道别。

“真的特别开心！”黛安娜说道。

“你呢，安妮？”

“我享受在这里的每一分每一秒。”安妮说着，便跑过去，抱着约瑟芬姑妈的脖子，亲热地吻了吻她满是皱纹的脖子。黛安娜可从来不敢做出这样的事情，她甚至觉得安妮有点过分了。不过，这一次，约瑟芬姑妈并没有生气，反倒表现出很高兴的样子。她站在台阶上，看着马车渐渐走远，直到一点都看不见了。接着，约瑟芬姑妈叹了口气，回到了自己那栋大房子。没有了那些活蹦乱跳的小家伙，这栋房子显得格外空旷起来。说实话，约瑟芬姑妈是一位自私的老太太，她从来都只关注自己的感受，而从不会去为别人考虑。她如果欣赏一个人，那只是因为这个人对她有用，或者能够逗她开心。安妮就是一个能够逗自己开心的小家伙，自然也就获得了这位老太太的青睐。可渐渐地，约瑟芬姑妈发现，自己印象最深的并不是安妮的那些稀奇古怪的长篇大论，自己最喜欢的，是安妮冲动的小性子，从不拘泥做作的表达，开心地手舞足蹈的样子，以及她眼角唇边甜甜的笑容。

“当我听说玛瑞拉·卡斯伯特从孤儿院收养了一个女孩的时候，我也以为她一定是蠢透了，”约瑟芬姑妈暗自想道，“事实证明，她这个决定是明智的。如果我这屋里也能有个像安妮这样的孩子，我一定也会成为一个更开心的老太太的。”

安妮跟黛安娜一路开心地回家了，更准确地说，这一路甚至比来时更有趣。一想到路的尽头有温暖的家在等候，女孩们的心里便涌起一股说不出的激动。穿过白沙镇的时候，太阳已经落山了。马车一拐，便拐到了海滨大道上。安维利的小山丘在暖橘色的天空下映出深灰色的轮廓。远处的海面上，月亮已经渐渐升起。海面被映射得波光粼粼，不断幻化出各种图形来，持续来回激荡的波浪在路边每一处凹陷处盘旋，并反射出一道道圆弧扩散开来。波浪被岸边的岩石打碎，发出“哗哗”的水声。而海水的淡淡咸味则浸透在了浓郁而新鲜的空气里。

“噢，能回家真是太棒了！”安妮深吸一口气。

安妮穿过小木桥，一眼便看到从绿山墙的厨房里照射出来的烛光。烛光摇曳，仿佛在向这个久违的小主人眨眼。打开的门里透出壁炉里熊熊的火光，这份温暖横穿整个寒夜，指引着安妮蹦蹦跳跳地回家去。安妮一下子跑上小坡，冲进厨房——房门的餐桌上正摆着满满一桌热腾腾的晚饭。

“你回来啦？”玛瑞拉放下手中的针线活问道。

“是的！能回家真是太好了！”安妮高兴地朝玛瑞拉走去，“我真想亲吻这绿山墙的一切呀！就连这个钟都显得这么可爱！玛瑞拉！烤鸡！这不会是为我准备的吧？”

“是的啊，”玛瑞拉说道，“我想，你长途跋涉了这么久，一定饿坏了。快把你的行李放下，马修一回来我们就吃饭。哎呀，你能回来真是太好了。这屋里没有你显得特别冷清，这四天真是太难熬了。”

吃完晚饭，安妮坐在马修和玛瑞拉的中间，一五一十、绘声绘色地把这次出城旅行讲述了一遍。

“我真是开心极了！”安妮总结道，“我感觉，这开启了我人生的新篇章！但这新篇章里最精彩的一部分，就是回家。”

第三十章

女王培训班成立了

玛瑞拉把针线活放在膝盖上，靠在椅背上休息，感觉眼睛好酸。玛瑞拉模模糊糊地想着，下次去镇上一定要记得换一副眼镜，最近眼睛总是很容易酸。

天色已经全部暗下来了，此时已是十一月了。厨房里唯一的照明，来自于火炉里星星点点的火花。

安妮蜷着身子躺在火炉前的毯子上，定神看着火炉里的枫树木条。吸饱了几个夏天的阳光的枫树树枝，此时正用尽力气绽放生命的最后一丝精彩。原先抱在怀里的书已经滑落到地板上了，此时的安妮再一次进入了自己的幻想世界。安妮的两片嘴唇微微张着，脸上还挂着傻乎乎的微笑。在她的幻想世界里，闪闪发光的西班牙城堡从迷雾与彩虹中渐渐现出形状，伟大而神奇的冒险即将开始——即将迎来的必然是胜利，生活中的琐事与失败从来都与这个极乐世界无关。

玛瑞拉带着不常见的温柔看着地板上的这个小家伙。要不是这昏暗的灯光和烛火，换一个环境的话，玛瑞拉是绝不会让自己的感情这么直白地暴露出来的。用简单明了的语言和表情来表达爱，是玛瑞拉永远也学不会的。但是，她学会了用一种更深沉的、更强烈的、更难以发觉的形式，来爱这个瘦小的、长着一双灰色眼睛的小家伙。她的爱是如此强烈，以至于她都担心，自己会过分溺爱安妮。玛瑞拉一直觉得，把如此多的感情完全投入在某一个人身上是非常有风险的，甚至可以说是一种罪过。所以，玛瑞拉一直要求自己对这个小女孩更严厉、更苛刻一些。当然了，安妮是无从知道玛瑞拉对她的爱的。安妮有时候也颇为不满地想：为什么自己做什么都不能让玛瑞拉高兴呢？她甚至会认为，玛瑞拉有些不通情达理，不善解人意。但每一次有这样的想法之后，安妮都会立刻反省自责，她心里知道，玛瑞拉对她有多么照顾。

“安妮，”玛瑞拉忽然想起来一件事，“今天下午你跟黛安娜在外面玩的时候，史黛西小姐过来了。”

安妮怔了一下，思绪从自己的幻想国度转了回来，轻声叹了口气。

“是吗？哎呀，太可惜了，我那会不在家。玛瑞拉，你为什么不去喊我呢？我们就在鬼魂森林里玩呢！现在这片森林可美了！所有的植物，蕨类草、山茱萸、绸缎一样叶子的植物，都悄悄入睡了。就好像，有人帮它们盖上了一条树叶做的被子一样！我觉得肯定是昨天晚上，有一位灰色的围着彩虹色围巾的精灵踏着月光来到这里，给它们盖上被子的！黛安娜现在都不怎么加入这样的讨论了，因为到现在她都记得，自己上次因为害怕从鬼魂森林里经过而被她妈妈训斥的场景。这对于黛安娜的想象力真是‘摧毁’性的打击啊。说到‘摧毁’，林德太太有一次告诉我，说莫特尔·贝尔也被‘摧毁’了。于是，我就去问鲁比·吉利斯，为什么莫特尔被‘摧毁’了。鲁比就告诉我说，她猜，可能是因为莫特尔的男朋友背叛了她。现在，鲁比·吉利斯的脑袋里想的尽是男朋友，随着年纪越来越大，想的就越来越多。男人本身倒没有什么问题，可是总不能事事都跟男人搭上边呀！黛安娜和我最近在很认真地思考：要不要一辈子不结婚，做两个高尚的老处女，然后相依为命永远在一起。当然了，黛安娜还没有最终决定，她觉得如果能够跟一个狂野、冲动而又邪恶的男人结婚，然后通过自己的爱把他改造成一个好人，会是一件非常伟大的事情。你看，我们现在谈论的话题都是比较深刻的了。我们觉得，既然自己现在长大了，就不应该再像以前一样讨论一些幼稚的话题了。玛瑞拉，十四岁对于我们来说是一个非常严肃的年龄。史黛西小姐上个周三带着我们一起去小河边，并且聊了很久。她告诉我们，我们现在应该格外注意自己的言行举止和细节，因为十几岁的年纪正是一个人性格养成时期。我们现在就要为将来好好打一个基础。如果我们的基础打得好，那么我们就可以在这个基础上取得各种骄人的成绩。而如果基础打得不牢的话，那么不管建什么，都只会一事无成。回家的路上，我和黛安娜一直在讨论这件事。玛瑞拉，我们都感觉这件事非常重要。于是，我们决定，从现在开始关注自己的一言一行，形成良好习惯，尽自己所能地往正确的路上走。这样，等我们长到二十岁的时候，我们就可以成为非常出色的人了。想到自己某一天会成为二十岁的人，我就感到无比激动。听起来真是好老啊，而且好成熟！噢，对了，史黛西小姐今天下午为什么过来呀？”

“我正准备跟你说呢，如果你能给我机会插句话的话。她是来谈你的事情的。”

“谈我的事情？”安妮看起来有些害怕，小脸腾地一下红了，于是忙不迭解释道，

“噢，我知道了。玛瑞拉，我本打算主动告诉你的，真的，可我后来忘记了。昨天下午，史黛西小姐发现我在加拿大历史课上看《宾虚》了。那本书是简·安德鲁斯借给我的。我本来是吃午饭的时候看的，可当我看到最激动人心的战车赛的时候，下午的课就开始了。我好想知道比赛的结果啊！尽管我非常确定，宾虚应该是赢得了这场比赛，不然这本小说的主旋律就有问题了。于是，我就把加拿大历史书放在桌面上，然后把《宾虚》放在腿上。这样，当我埋头的时候，看起来就好像我在看历史书一样，其实我是在看《宾虚》。我看得太入神了，所以一点都没有注意到，史黛西小姐已经从过道里走到我身边了。突然感觉身边有人，我一抬头，便看到史黛西正严厉地看着我。玛瑞拉，我真是难过极了，我还听到乔希·派伊在一旁咯咯直笑。史黛西小姐把书收走了，一句话都没说。下课之后，她把我叫了过去。她说，我犯了两个错误：首先，我浪费了学习时间来看故事书；其次，我欺骗了老师，因为我表面上看是在学习，但其实是在看故事书。可是，玛瑞拉，我从没有意识到，自己竟然犯了‘欺骗老师’这样的错误啊！我吓坏了，哭了好久。我请求史黛西小姐原谅我，我保证自己永远不会再犯这样的错误了，我甚至还向史黛西小姐承诺，为了惩罚自己，我决定一整个星期都不去看《宾虚》了，就连战车赛的结果我也不去看了。史黛西小姐说，我不必这样惩罚自己，然后就让我走了。可是她现在竟然又来找你告状，这不是出尔反尔嘛。”

“人家史黛西小姐一点都没提这事，安妮，是你自己罪恶感作祟了。你实在不应该把故事书带到学校去！你都已经看了那么多小说了。我在你这么大的时候，连一本小说都没看过。”

“噢，《宾虚》怎么能叫小说呢？这明明是一本宗教教义的书嘛！”安妮抗议道。

“虽然这本书确实有点过于刺激了，不太适合在主日的时候看，但是周末的时候拿来看看还是无妨的嘛！只要史黛西小姐或者艾伦太太认为这本书不适合像我这样十三岁九个月大的女孩看，那我就坚决不去看。这是我答应史黛西小姐的。有一天，她看到我在看一本叫做《闹鬼庄园的离奇案件》，那是鲁比·吉利斯借给我的。那本书真是惊悚吓人，让人欲罢不能！我读那本书的时候，感觉自己血管里的血都要凝固了。不过，史黛西小姐说，这是一本没用的闲书，她让我再也不要去读那本书，或是那一类书了。我倒是答应了不再看这类书，可是要我在不知道故事结局的情况下把书还回去，实在是一种莫大的折磨啊！不过，对史黛西小姐的爱最终战胜了我内心的欲望。玛瑞拉，知道自己为了喜欢的人可以做任何事情，这种感觉真棒！”

“行了，我还是去把灯点上，继续干活吧！”玛瑞拉说道，“我算是看出来了，你其实一点都不想知道史黛西小姐下午说了什么。你对自己的长篇大论更感兴趣。”

“噢，不是的，玛瑞拉，我想知道的！”安妮叫着，“我不说话了，一个字都不说了。我知道我又说个不停了，可是你要看到我正在一点一点进步嘛。而且，尽管我已经说了好多了，但你要知道其实我还有更多的话没来得及讲，而且我也不打算讲了！你要给我点信心嘛！好啦，玛瑞拉，告诉我吧！”

“是这样的，史黛西小姐打算召集班上成绩领先的孩子，并且是那些打算考女王学院的孩子，成立一个小班。在下午放学后，再给你们上一个小时的课，给你们做专门辅导。她就是过来问我和马修打不打算给你报名的。安妮，你是怎么想的？你想不想上女王学院，将来做个老师？”

“噢，玛瑞拉！”安妮一下子直起身子，跪了下来，紧紧攥着小手，“这是我一生——不，这半年以来的梦想啊！自从鲁比和简讨论女王学院入学考试时起，我就一直在想着这事。可是我又不好意思说出来，因为我觉得说出来也没用。我是很想做个老师，可是上女王学院不是特别贵吗？安德鲁斯先生说他花了一百五十块学费呢！而且普里茜几何学得那么好，我可没她那么厉害。”

“这个你就不用担心了。马修和我决定收养你的时候就已经想好了，一定要给你提供最好的条件，给你最好的教育。我觉得，不管一个女孩子在将来的生活中需不需要自食其力，她都必须具备自食其力的本领。不错，只要我和马修还在绿山墙，这里就永远都是你的家，只是我们谁都不知道，在这绿山墙外会发生些什么。所以对于你来说，做好一切准备便是最好的选择。所以，安妮，只要你想，我们就送你去上这个辅导班。”

“噢，玛瑞拉，谢谢你！”安妮挥舞着胳膊跑到玛瑞拉身旁，亲昵地抱着玛瑞拉的腰，抬起那张无辜而又真诚的小脸，“你们对我太好了！我一定会尽我所能地刻苦学习，希望我能为你们争光！不过，我要提醒你噢，不要对我的几何抱太大的希望。但我觉得只要我认真学习，别的学科都不会成问题。”

“我知道你一定会做得非常好的。史黛西小姐说你很聪明，而且很勤奋。”就算拿整个世界来换，玛瑞拉都会咬紧牙根，死也不把史黛西小姐评价安妮的原话告诉安妮的，那只会助长安妮的虚荣心，“现在还早，你不必即刻就开始刻苦用功，不用急。还有一年半的时间准备呢！不过，早点准备也好。就像史黛西小姐说的，早点开始，系统整理总是好的。”

“我感到，我现在比以往任何时刻都更热爱学习了，”安妮幸福地说道，“因为我的生活终于找到目标了。艾伦先生说，每个人都应该在生命中找到属于自己的目标，并持之以恒地坚持下去。他还说，在我们坚持这个目标之前，还得先确定一下这是不是一个值得坚持的目标。我觉得，成为一个像史黛西小姐一样出色的老师是可以作为一个有意义的目标的，你觉得呢，玛瑞拉？我觉得教师是一份非常高尚的职业。”

女王学院培训班如期召开了。吉尔伯特·布莱斯、安妮·雪莉、鲁比·吉利斯、简·安德鲁斯、乔希·派伊、查理·斯洛那，以及穆迪·斯波·麦克弗森都在班上。黛安娜·巴里没有上这个班，因为她爸妈并不打算送她去上女王学院。这对安妮来说简直是天大的灾难。自从那天晚上米妮·梅得了哮喘，安妮和黛安娜两人一起帮着照顾之后，便再也没有分开过，她们俩就像连体婴儿一样，做什么都在一起。放学后，女王学院培训班第一次留了下来，黛安娜跟其他同学一起走出了教室。看到这一幕，安妮内心难过极了。她一直看着黛安娜走过白桦小径，紫罗兰山谷，然后回家。安妮回到座位上，极力忍住快要夺眶而出的泪水。她只感到自己的喉咙好像堵住了一样，差点就要哽咽出声了。安妮拿过一本拉丁语法书，挡住自己的泪水。安妮绝不会让吉尔伯特·布莱斯或是乔希·派伊看到她流泪的。

“可是，玛瑞拉，当我看着黛安娜一个人走出教室的时候，我真的尝到了生离死别的痛苦，就像艾伦先生在上个主日做的布道里说的一样。”那天放学回来，安妮跟玛瑞拉说道，“我想着，如果黛安娜也能留下来上这个培训班该多好啊！不过，就像林德太太说的，这个世界上不能事事完美。林德太太有时候确实不太让人舒服，但她却说了很多非常有道理的话。而且我觉得女王学院培训班一定会非常有趣的！鲁比和简已经决定将来要做老师了，这是她们的梦想。鲁比说，她打算教两年书，然后就结婚。简说她会把自己的一生都奉献给教育事业，然后永远不结婚，因为教书是有钱拿的，而老公是不会给自己发工资的。如果多嘴问自己的老公要一些买鸡蛋或是黄油的钱，等待自己的说不定就会是一顿大发雷霆！我觉得简之所以得出这样的结论完全是有感而发，因为林德太太告诉我说简的父亲就是一个没装导火线的爆竹，比流浪汉还要吝啬。乔希·派伊说她只是为了去上大学镀一下金，因为她觉得将来的生活根本不需要自己辛苦工作，赚钱养家。她还补充了一句：‘哦，我的意思可不是像孤儿一样依靠福利机构的那种生活，那儿可不是人待的地方。’穆迪·斯波说他将来要做一个牧师。林德太太说，取了这样的名字的人，除了做牧师还真不知道该做点别的什么了呢。可是玛瑞拉，我一想到穆迪做牧师的样子，就想笑。我是不是很坏啊？穆迪那圆圆肥肥的脸上长了一对蓝色的眼睛，还有一对招风耳，看起来可滑稽了。不过等他长大一点，他也有可能看起来会聪明一些。查理·斯洛那说他要进入政界，成为议会的一分子，可是林德太太说他永远不会成功的。因为斯洛那家都是老实人，而现在能进入政界的都是一些无赖。”

“那吉尔伯特·布莱斯打算将来做什么呢？”玛瑞拉发现安妮已经打开自己的历史书了，就关心地问道。

“我怎么会知道吉尔伯特·布莱斯的打算呢？他有没有打算都是个问题。”安妮阴阳怪气地说道。

班级里，吉尔伯特和安妮之间的战争已经公开化了。如果说之前的战争只是单方面行动的话，那么此时此刻的战争无疑是双方互相开火的。吉尔伯特铁了心要成为班级里的第一名，而安妮同样如此。两个人就像针尖对麦芒一样互不相让。班级里的其他成员深感自己与这两位劲敌之间的差距，也从不斗胆加入他们的战争。

自从那天在池塘边上安妮拒绝了吉尔伯特的道歉之后，吉尔伯特便决定完全无视安妮的存在，除了两个人在班上的竞争以外。他与别的女生聊天、开玩笑，交换课本和习题，讨论功课和计划，有时候还会跟祈祷会或是辩论会的女孩一起走回家。可是对于安妮，吉尔伯特采取的是完全无视的态度，这一点让安妮很不痛快。安妮不断地告诉自己，她一点都不在乎，可她心里知道，她在乎。尽管外表任性，但安妮骨子里依旧是一个小女孩。她现在非常肯定，如果再给她一次机会回到星芒池旁，她一定会用不一样的方式对待吉尔伯特的道歉。就在这一瞬间，她发现自己对于吉尔伯特的仇恨竟然就这么烟消云散了，而她此时最需要的便是对吉尔伯特源源不断的仇恨，这样她才能继续战斗下去。安妮竭力回忆起那段不堪回首的往事，极力地想要重新找回那种新鲜的仇恨感，但却依然无济于事。也许，那天在池塘边的最后一次交锋，已经让安妮内心所有的愤怒找到了发泄的出口。安妮发现，自己已经在不知不觉中淡忘了仇恨，原谅了那个人。可这番顿悟来得太迟了。

不过往好的一方面看，这个世界上，还没有人知道安妮现在有多么后悔自己当初高傲冷漠的决定，吉尔伯特不知道，就连黛安娜也不知道。

安妮决定“用遗忘来埋藏自己的感情”。正是安妮毫不在乎的态度，再一次刺痛了吉尔伯特。对安妮的无视和冷漠竟然没有得到应有的回应，吉尔伯特的内心涌起一丝心酸。他能寻找到的唯一的安慰便是，安妮对于查理·斯洛那一如既往的冷漠无情。

不管怎样，这一年的冬天在有趣的功课和活动中圆满结束了。对安妮来说，这些日子就好像金项链上的珠子一样悄悄滚落。时光如梭，安妮过得既快乐又颇有成就感——有丰富的功课要学，有荣誉要去争取，有有趣的书要读，主日学校上有新的合唱曲目要练习，周六的下午跟艾伦太太的交谈。就在安妮发觉之前，春天已经悄然而至，扣响了绿山墙的门。世界再一次生机勃勃起来！

于是，这个时候的学习便显得有些无趣了。当其他孩子蹦跳着走上绿色的小路，去往郁郁葱葱的小树林，或是在广袤无垠的草地上打滚的时候，女王培训班的孩子们却只能乖乖地坐在教室里，看着窗外的风景。这个时候，拉丁的动词和法语练习，便不知怎么地失去了往日的魅力。就连安妮和吉尔伯特都有些懒散，有些不在乎了。所以，当这学期终于画上句号的时候，老师和学生们都非常开心。美好的假期就像玫瑰色的地毯，在无限精彩的前方等候！

“你们今年已经做得非常出色了！”史黛西小姐在放假前一天的傍晚跟孩子们说道，“你们应该好好犒劳自己一下！去户外玩个痛快吧！为来年的备考做好准备，积蓄健康的体魄、充沛的活力还有满满的信心！明年是你们为考试做准备的最后一年了。那将是一场拉锯战！加油！”

“明年，还是您来教我们吗，史黛西小姐？”乔希·派伊问道。

乔希·派伊从来都是有什么说什么的，此时此刻，全班都无比感激能有这样一个角色替自己问出他们都想问的问题，因为谁都不敢亲口去问史黛西小姐。史黛西小姐明年不继续在安维利镇教书的传言不绝于耳。大家都听说，在史黛西老家的镇上，有一个小学给她提供了一个职位，而史黛西小姐也准备接受这个职位了。此刻，整个女王学院培训班的孩子们都屏气凝神等待着史黛西小姐的回答。

“是的，我会继续留在这里。”史黛西小姐说道，“我想过要不要去另外一所学校，但我还是决定留下来。说实话，在这里待了这么长时间，我已经离不开你们啦！所以，我会留下来，继续给你们上课的。”

“耶！”穆迪·斯波喊了一嗓子。穆迪以前从没有这么忘乎所以过，所以当他意识到自己有点失态时，脸刷地一下红了。并且，在这之后的一个礼拜，每每想起这一幕他还是会情不自禁地脸红。

"噢，那可真是太好了！"安妮眨巴着亮闪闪的大眼睛说道，"亲爱的史黛西小姐，如果你不能继续给我们上课，那对于我们来说就太悲惨了！我觉得不管换哪位老师来接替你，我都不会再像现在一样努力了。"

当天晚上，安妮回到家的第一件事，便是把所有的课本都堆到阁楼上的一个大木箱里，用锁锁上，然后把钥匙扔到了放毯子的衣柜里。

"放假这段时间我一眼都不想看到这些课本了！"安妮告诉玛瑞拉，"这个学期我已经尽我所能地努力学习了，我甚至还削尖了脑袋把几何里的每一个公式都给背了下来。现在给我看任何一个公式，我都能解出来了，就算是那些把字母换掉的公式我也能！我再也不想看那些客观科学的东西了，我只想给自己的想象力放一个暑假！好啦，你不用太担心，玛瑞拉。我会把自己的想象力控制在合理的范围之内的！今年夏天我一定要玩个痛快，因为这个暑假很有可能是我作为小女孩过的最后一个暑假了！林德太太说，如果我明年还像今年这样疯长的话，那我很快就要穿长裙了。她说，现在我的腿越来越长了，眼睛也越来越大了。而且我想过了，如果要我穿上长裙，那我一定会努力地让自己言行端庄，配得上长裙。当然，到时候要是还想着仙女啊，什么幼稚的事情就不太合适了，所以我决定用整个暑假来思考这些！鲁比·吉利斯马上就要开一个生日聚会了，而且主日学校也马上要组织大家进行一次野餐，下个月还有一次传教士音乐会。巴里先生还说，他会挑一个晚上带着黛安娜和我一起去白沙镇酒店吃晚饭。你知道的，他们有时候会去酒店吃晚饭的。简·安德鲁斯说她去年夏天去过。她说那里是一片令人目炫的华丽美景，有电灯，有鲜花，还有穿着各式各样漂亮套裙的女士。简说，这是她第一次有机会窥见上流社会的生活，而且还说她到死都不会忘记这一幕的。"

第二天下午林德太太来到了绿山墙，因为礼拜四的时候玛瑞拉没有如期来参加互助会。玛瑞拉不来参加互助会，那只能有一个解释：绿山墙出事了。

"礼拜四的时候，马修心脏不舒服，"玛瑞拉解释道，"我不敢离开半步。对，现在好多了，可他现在心脏发病的机会比以前频繁多了，我真是担心啊。大夫说，他应该尽量避免情绪激动，这倒是很容易，马修这个人从来不喜欢激动，也从来没激动过。不过大夫还让他不要再去干重体力活，可是你知道马修这个人的，不让他干活，就跟不让他呼吸一样。雷切尔，喝个茶吧？"

"哎呀，既然你这么盛情邀请，那我就不推辞了。"林德太太说道，虽然她本来就没打算走。

林德太太和玛瑞拉舒舒服服地坐在客厅里，安妮准备好了下午茶和热乎乎的饼干。这些饼干烤得酥脆金黄，就连最苛刻的林德太太都挑不出毛病来。

“不得不说，安妮现在已经出落成一个大姑娘啦！”林德太太说道。此刻，玛瑞拉正陪着她一起走在日落的小路上，“她现在一定能帮上你不少忙了吧？”

“是的，”玛瑞拉说道，“而且她稳重懂事多了。我以前倒是担心过，这孩子会不会永远改不掉这毛毛躁躁的毛病呀，但是她现在已经完全没有这毛病了。我现在可以放心地把很多事都交给她来做了。”

“第一天见到她的时候，我可一点都没有想到三年后她会出落成这个样子，”林德太太说道，“说实话，我到现在都还记得第一次见她发脾气的样子！那天晚上一回到家，我就跟托马斯说：‘你看吧，托马斯。玛瑞拉·卡斯伯特一定会为她今天这个决定后悔的！’可是我错了，还好，我的预言错了。玛瑞拉，我可不是那种犯了错也抵死不承认的人，不，那可不是我的风格，谢天谢地！我在评判安妮这件事上确实犯了个错误，但说实话在我们身边哪里出现过那么古怪、格格不入的小家伙啊？我们根本不能用评判别的孩子的方法来衡量安妮。这三年来，她的变化可真大啊，尤其是长相上。现在她已经是一个漂亮的大姑娘了，不过我还是不喜欢像她这样肤色苍白、眼睛大大的类型，我更喜欢健康活泼那一类的，像黛安娜·巴里或是鲁比·吉利斯那样的。鲁比·吉利斯现在可真是出众啊。但是不知道为什么，我也想不出为什么，每次安妮跟其他姑娘在一起的时候，别的女孩看起来都特别平凡而艳俗——尽管安妮并没有别的女孩看起来漂亮——就好像白水仙旁边摆了一圈红牡丹一样。”

第三十一章

少女初长成

安妮这个夏天过得十分充实，每分每秒都玩得尽兴无比。安妮跟黛安娜几乎不回家了，成天在户外疯跑。她们享受着恋人小道、得律阿德斯清泉、垂柳池以及维多利亚岛提供的一切乐趣。玛瑞拉却意料之外地一点都没有去干涉安妮的“吉普赛生活”。为什么呢？原来，那天来给米妮·梅看喉炎的斯潘塞威尔镇来的大夫，在一个病人的家里看到了安妮。他若有所思地盯着安妮看了很久，撅了撅嘴，又摇了摇头，托别人给玛瑞拉·卡斯伯特捎了一句话：

“让你们家那个红头发的小姑娘别再看书了，多到户外走走，养好了精神再说。”

这个口信着实把玛瑞拉给吓到了。她从这封口信里读到了不一样的信息：如果不让安妮出去玩，安妮就会有生命危险！于是，安妮过了一个绝无仅有的自由而又充满了嬉闹的暑假。她又跑又跳，划船，采浆果，无忧无虑地做白日梦。于是，当九月再次来临的时候，安妮再次成为了那个眼睛闪闪发亮、聪明灵巧的小姑娘。她轻巧的脚步让斯潘塞威尔镇来的大夫舒了一口气。安妮已经整装待发，时刻准备加入战斗了！

“我现在一心一意地想要好好学习！”安妮把自己的课本从阁楼上拿了下来，“噢，我亲爱的老朋友啊！真高兴再一次看见你们，是的，包括你，几何！玛瑞拉，我这个暑假过得太开心了！现在的我，用上个主日布道时艾伦先生的话来说，壮得就像马上要参加赛跑的运动员一样！现在艾伦先生的布道真是越来越精彩了！林德太太说，她觉得艾伦先生每一天都在进步。据说，城里有几个教堂想把艾伦先生请走，那样的话，我们就又没有牧师了，又只得听新牧师来试讲了。但我觉得这样杞人忧天是没用的，你觉得呢，玛瑞拉？我觉得与其提前灰心丧气，还不如趁着艾伦先生在这里的时候，尽情享受他的每一次布道！如果我是男人的话，我也希望自己能够成为像他那样的牧师。他们可以给人们非常积极的引导，而且可以用有力的理论来带领人往正确的方向前进。而且我觉得，用精彩的布道来打动、震撼人心，是一件非常了不起的事情！玛瑞拉，你觉得女人可不可以做牧师呀？我问林德太太怎么看，她觉得很震惊，她觉得让女人做牧师是一件很荒唐的事情。她说，在美国倒是有一些女牧师，但还好，加拿大现在还没有这么不成体统，她希望加拿大永远也不要准许女人做牧师。可我不明白这有什么大不了的。我觉得女人一样可以做出色的牧师的。每当我们要组织集会，或是教会茶会，或是募捐会的时候，都是女人出面组织承办的呀。比如说，林德太太完全可以像我们主日学校校长贝尔先生一样念祷告词，所以我觉得，只要她再努力练习一下如何布道，她就完全可以做一个牧师了。”

“噢，这一点我毫不怀疑，”玛瑞拉干巴巴地说道，“她做的‘非正式’布道可不少。在这安维利镇上，只要想到有林德太太的监督，就没有人敢做坏事。”

“玛瑞拉，”安妮好像鼓足了勇气，“有件事我想问问你。这件事困扰我很久了，尤其是周日的下午，就是我专心思考宗教和道义问题的时候。我确实非常想做一个好人，尤其是当我跟你，或是艾伦太太，或是史黛西小姐在一起的时候。我愿意尽我所能地去让你们高兴，讨你们喜欢。可是当我跟林德太太在一起的时候，我就忍不住地想变坏。她不让我做什么，我就偏要那样做。我觉得自己好像忍不住一样。你认为，这是为什么呢？是不是因为我天生就是个坏孩子，难以调教呢？”

玛瑞拉暗自想了一会，忽然大笑了起来。

“安妮，不单单你一个人这么想，我也是这么想的。其实她是个好人，也总是给大家树立好榜样。可她的问题就在于，她太啰嗦了，她总是说教个不停。在说教这件事上，是应该有个限度的。不过，我这样说其实有点过分了。雷切尔是一个非常好的基督教徒，她心地善良，在这个安维利镇上再也找不到像她那么善良的人了，而且她非常无私，从不偷懒占小便宜。”

“原来你也有这种感觉，太好了，”安妮终于解决了一个长久以来的疑问，“这对我来说实在太重要了！我决定再也不去想这件事了。但是我觉得，一定还会有其他的事情来困扰我的。现在总是会有这样那样的问题出现，让人头疼。解决完一个问题，马上又会有新的问题出现。人在成长的过程中总是会有这样一个阶段的吧？不停地思考问题，做出选择。长大真是一件严肃的事情，对不对，玛瑞拉？可是一想到，我有你、马修、艾伦太太和史黛西小姐这样的好朋友，我就觉得，我一定会成长为一个很好的人的！而且我觉得，如果我失败了的话，那一定是因为我自己不够努力。我现在觉得责任重大，因为我只有一次机会长大成人呀！

如果我没有成为一个好人，我也没有办法回到过去重新长大。今年夏天我已经长了两英尺了，玛瑞拉，吉利斯先生在鲁比的生日宴会上给我量了一下。我真高兴，你现在给我做的裙子都更长了。那条墨绿色的裙子太美了，而且你还别出心裁地缝上了荷叶边。我知道其实这并不是必需的，但今年秋天特别流行荷叶边——乔希·派伊每条裙子上都有荷叶边——所以我谢谢你！我觉得，裙子上有了荷叶边之后，我更容易刻苦学习了。因为一想到我的裙子上有荷叶边，我就感到无比高兴！”

“看来这荷叶边做得是值得的。”玛瑞拉应承道。

史黛西小姐再次回到了安维利小学，这一次她发现全班的学生又一次燃起了学习的热情。而上女王培训班的孩子们更是个个意气风发。每个人心里都惴惴不安，因为年底将要经历的那场磨难，已经给他们的生活蒙上了一层阴影，那就是“入学考试”。一想到入学考试，每个人的心都会一沉。万一考不过可怎么办啊？那年冬天，安妮只要醒着，就无时无刻不在思考着这个问题，除了星期天的下午，那是她专门留出来思考道德教义问题的时间。这年冬天，安妮反复做着同一个噩梦：她眼巴巴地看着入学考试的上榜名单，却发现自己榜上无名，而吉尔伯特的名字却高高地挂在第一的位置上。

但总的来说，这还是一个快乐、忙碌而又过得飞快的冬天。学校的功课一如往常的精彩，课堂上的竞争依然火药味很浓。新世界里，太多想法、感觉、理想的撞击，未开发的知识海洋，正在安妮的眼前渐渐揭开了它神秘的面纱。

正如书里所说的“山外有山，人外有人”一样，每个人都在不断进步着。

这一切都必须归功于史黛西小姐睿智、仔细而又开明的引导。她带领全班同学去思考，去探索，去发现，并鼓励他们放弃老一套的学习方法。这一点让林德太太和学校董事会成员颇为惊慌，在他们看来，所有的创新都是有风险的。

除了学习以外，安妮还积极参加了各类社会集会。自从有了上次斯潘塞威尔镇上大夫的忠告以后，玛瑞拉便再也不干涉安妮的户外活动了。辩论俱乐部的活动开展得十分成功，还举办了好几次集会，其中有一两场完全达到了成年人的规模，除此以外还组织过雪橇竞赛和溜冰游戏。

日子一天一天悄悄地溜走，安妮也在渐渐长大。有一天，当玛瑞拉无意间跟安妮站在一起的时候，玛瑞拉惊奇地发现，女孩已经比她还要高了。

“哎呀，安妮，看你现在都这么高了！”玛瑞拉简直不敢相信自己的眼睛，她惊奇地说道，说完，又不经意地叹了一口气，心里涌上一种复杂的情绪。不知怎么的，绿山墙那个自己一直爱着的小女孩好像一夜之间消失了，取而代之的是这个个子颀长、目光严肃、两眼炯炯有神、一直高昂着脑袋的十五岁的少女。玛瑞拉也爱这个少女，但她非常清楚，不久之后便是离别。那天晚上，等安妮和黛安娜一起去了祈祷会以后，玛瑞拉一个人坐在摇曳的暮色里，第一次放任自己流下了眼泪。马修提着灯笼回到家，一打开门就看到玛瑞拉正在哭，一时间惊慌失措，没了主意。玛瑞拉看到这副情景，又忍俊不禁，含着眼泪笑了出来。

“我在想安妮，”玛瑞拉解释道，“她已经是一个大姑娘了，明年冬天，她就要离开我们了。我一定会非常想念她的。”

“她一定会常常回家来看我们的。”马修安慰道，在他的心里，安妮永远都是那个四年前被他从布莱特河镇上带回来的活泼热情的小姑娘，“到明年冬天的时候，通往卡莫迪的火车应该开通了。”

“可是，那跟她住在家里是不一样的，”玛瑞拉难过地叹着气，“算了，男人是理解不了这类事情的。”

安妮除了样子上的变化以外，性格上也有了明显的变化。起码，她现在比以前安静多了。也许，她还是跟以前一样想法很多，但至少她不再把自己所有的想法都说出来了。玛瑞拉也发现了这一点，于是问道：“安妮，你现在怎么不像以前那样喜欢长篇大论了？而且你现在再也不用夸张的字眼了，为什么呀？”

安妮脸红了一下，笑了，放下手中的课本，抬头看了看窗外。在春天阳光的诱惑下，爬山虎上的花苞已经跃跃欲试，随时准备绽放了。

“我也不知道，我不像以前那么想讲了。”安妮一边说道，一边用食指若有所思地顶着自己的下巴，“我觉得，把那些可爱、有趣的想法藏在心里，就像珍宝一样，也是一个不错的选择。我不希望自己讲出来之后被大人笑话，或是被问个不停。我现在也不像以前那么喜欢用夸张的字眼了。这其实挺让人遗憾的，对吧？我好不容易长大了，却又不想再用大人的语言了。从某些方面来看，长大是件很有趣的事情；但有的时候，我感觉，长大跟我想象中的样子并不一样。需要学习的、做的、想的事情太多了，我根本没有时间去思考该用什么样的华丽辞藻。而且，史黛西小姐告诉我们，简洁明了的句子才更有力！她让我们尽量用简单的语言来写作文。一开始我觉得太难了，因为我曾经最喜欢做的事情就是堆砌辞藻，我想到什么就用什么，可现在我不得不改变自己的写作习惯，而且逐渐发觉，确实简短的句子更好。”

“那你的‘故事俱乐部’怎么样了？我好久没有听你提起了。”

“故事俱乐部已经不存在了。我们没时间进行活动了，而且我觉得，好像我们大家都有点厌倦编故事了。总是写一些爱情、谋杀、私奔或是神秘事件确实有点幼稚。史黛西小姐有时候会让我们通过编故事来练习写作，但她只让我们描述自己身边发生的故事。而且写完之后，她会非常严厉地评判每一篇作文，有时候也会要求我们进行自我评判。直到我开始进行自我评判，我才发现原来我的作文里有那么多的错误。我感到无比羞愧，都有些想放弃了。可是史黛西小姐说，只要我坚持不断地写作并进行严厉的自我评判，那么我的作文就会越写越好。所以，我现在正在努力。”

“距离入学考试只剩下两个多月了，”玛瑞拉说道，“你觉得你能考过吗？”

“我也不知道。有时候我觉得自己挺不错的，但一旦这样想了，我就会特别害怕。我们都非常用功，而史黛西小姐也确实管得很严，但仅仅如此是不够的，我们每个人都有一个弱项。我的当然就是几何了，简的弱项是拉丁语，鲁比和查理的弱项是代数，乔希的弱项是算数，穆迪·斯波说他有一种预感，自己的英国历史这门课一定会挂科。六月的时候，史黛西小姐准备用相同难度的卷子给我们模拟一次，到时候我们就能心里有数了。我真希望现在就结束吧，玛瑞拉。一想到这些事，我就紧张得吃不下饭。有时候我半夜惊醒，然后就不停地想，要是自己考不过该怎么办。”

“这有什么要紧的，再学一年，再试一次呗！”玛瑞拉毫不在意地说道。

“我觉得我会坚持不下去的。要是考不过的话，那真是太丢人了，而且要是吉尔……要是别的同学都过了的话，那我就更丢人了。我一遇到考试就容易紧张，一紧张就发挥失常。我真希望，我也能够像简·安德鲁斯一样沉着冷静。什么事都烦不倒她。”

安妮轻轻叹了一口气，把目光从窗外的美好世界收了回来。窗外樱红柳绿，天空湛蓝，微风轻拂，像施展巫术一般吸引着安妮，可安妮却毅然地埋头看着自己的课本。还会有无数个春天的，可是安妮知道，如果这次她没有通过入学考试，那么再多的春日美景在她看来也只会是过眼云烟，她将永远找不回欣赏这美景的心情了。

第三十二章

录取榜单新鲜出炉

六月临近了，学期就要结束了，史黛西小姐在安维利镇小学的任期也将结束了。安妮和黛安娜又是哭着回家的。她们红彤彤的眼睛和湿漉漉的手帕证明，这一次史黛西小姐的告别辞一点都不比三年前菲利普先生的告别辞差。黛安娜站在云杉小山的山脚下，回头看了看校舍，深深地叹了口气。

“就好像世界末日一样，对不对？”她有气无力地问道。

“你还没有我一半痛苦呢！”安妮一边说着，一边徒劳地在手帕上寻找一块干一点的地方，“你下个冬天就回来了，而我却有可能永远离开这所学校了——如果我运气好的话。”

“可是一切都会不一样了。史黛西小姐不在了，你、简、鲁比也可能都不在了。我只好一个人孤零零地坐在位子上，因为除了你，我再也不想要第二个同桌了。安妮，我们一起度过了多么美好的日子啊！想想看，这一切竟然就这么结束了。”

两颗巨大的眼泪从黛安娜的鼻梁两边滚了下来。

“快别哭了，如果你不哭，我也就不哭了。”安妮恳求道，“我刚才都已经准备把手帕收起来了，现在一看到你哭，我就控制不住自己了。就像林德太太讲的，‘如果只能强颜欢笑，那就尽情欢笑吧。’而且，我敢肯定，明年我还会回来的。这一次，我预感自己一定过不了，最近这种想法越来越强烈。”

“怎么会这样呢？上次史黛西小姐组织的模拟考试，你不是考得非常好吗？”

“是呀，这种考试并不会让我紧张，但一想到真的考试的时候，我就感到像吞下一大块冰一样，浑身冰凉！而且这次我的考试号是十三，乔希·派伊说这个数字代表着不幸。我并不迷信，我也认为这不会给我的考试带来什么影响，可我还是希望我的考试号不是十三。”

“要是我能跟你一起进城就好了，”黛安娜说道，“我们一定会过上一段特别轻松的日子的！可是我觉得，你可能打算挑灯夜读吧？”

“不，史黛西小姐已经要我们保证不要再看书了。她说，现在再看书只会让我们头昏脑胀，而且越来越不自信。她建议我们出去走走，尽量不要去想有关考试的事情，然后早早上床睡觉。这是一条好建议，可是我觉得很难遵守，可能好的建议都是很难遵守的吧。普里茜·安德鲁斯说，那年她在入学考试的前一周，每天都要熬到半夜才睡，不停地温习功课。所以，我决定还是熬一会夜，至少她那样做了之后并没有什么坏的结果嘛！约瑟芬·巴里姑婆真是太好了，她竟然同意让我在城里的时候住到她山毛榉的房子里。”

“等你到了城里，你会给我写信吗？”

“我星期二晚上就给你写信，告诉你前一天发生的事！”安妮承诺。

“好的，那我星期三就去邮局等信。”黛安娜也承诺道。

礼拜一的时候，安妮出发了。礼拜三，黛安娜如约来到邮局，也如约拿到了安妮的来信。

“最最亲爱的黛安娜：

现在是星期二的晚上，我正在山毛榉房子的书房里给你写这封信。昨天晚上我感到特别孤单，我多么希望你能在这里陪我啊！最后我还是没有熬夜苦读，因为我答应史黛西小姐不那样做的。可是要我在考试之前不打开历史书，就跟要我在温习功课之前不读一篇小说一样艰难。

今天早上，史黛西小姐来接我了。一路上，我们叫上简、鲁比和乔希，然后一起去了女王学院。鲁比让我摸摸她的手，我一摸，感觉她的手冰凉得跟一块冰似的。乔希说，我看起来很憔悴，好像昨晚一刻都没睡的样子，她还说，就算我这次能考过，她也不相信我能有精力去应付女王学院接下来的师范课程。有时候我真觉得，逼迫自己喜欢乔希·派伊，真不是那么容易办到的！

到达学院之后，我发现爱德华王子岛上各地的学生都汇集在了这里。我们最先遇到的人就是穆迪·斯波，他正坐在台阶上，口中念念有词。简问他究竟在念什么，他回答说，他正在背乘法表，以此来平复情绪，还跟简说‘求求你，不要打扰我了’，他解释说，只要稍微被打扰，他就会心绪大乱，脑袋里学的东西都会一股脑忘光了。还好，乘法表是他背得最熟的知识！

然后我们就被分到自己的考场了，史黛西小姐也不得不跟我们分开了。简跟我在一个考场，她看起来好淡定啊！我都有点嫉妒她了。这么沉着、理智的简，哪里需要什么乘法表呀！我在想，我看起来是一副什么样子呢？我甚至还在想，也不知道房间那头的人能不能听见我如雷的心跳声。接着，一个男老师走了进来，发英文考试卷。我感到我的血液一下子凝固了，双手冰凉，天旋地转。就在那一刻，黛安娜，我突然感觉就像回到四年前我问玛瑞拉我可不可以留在绿山墙的那一刻一样，然后我的思绪就渐渐冷静下来了，心跳也恢复到正常的节奏了。噢，我忘记说了，前一秒我的心跳已经停止了！现在好了，因为我知道，这张卷子，我还是可以应付得来的。

中午，我们回去吃饭，下午再回到考场考历史。历史这份卷子挺难的，我在'日期'的问题上纠结了很久。不过，总的来说，我觉得今天自己还是发挥得挺好的。可是，黛安娜，明天就要考几何了！每想一次，我内心就要颤抖一次，我就愈加忍不住想要打开欧几里得几何课本。要是背乘法口诀表可以帮助我平复心情的话，那我就从现在一直背到明天早上好了！

晚上我去看其他女生了。路上，我遇到正在到处转悠的穆迪·斯波。他说，他感觉自己的历史一定考不过，他觉得对不起爸妈，准备第二天一大早坐火车回家，他还说做个木匠也挺好的，不像做牧师那么难。不管怎样，我还是鼓励了他，劝他坚持考到最后一门，因为如果连这都坚持不下来的话，就有点对不起史黛西小姐了。有时候，我挺希望自己是个男生的，但是看到穆迪·斯波真以后，我又庆幸自己是个女孩，而且我不是他的姐妹。

鲁比又有点歇斯底里了。我到她家的时候，她告诉我，她发现自己考英语的时候犯了一个低级错误！等她终于回复平静后，我们一起去城里吃了一顿冰淇淋。真希望你也在那呀！

噢，黛安娜，要是几何考试已经结束了该多好呀！不过，就像林德太太说的，不管我的几何考得怎么样，太阳都会照常升起的。这句话倒是不假，可是听起来并不是那么好受。我倒是希望，我的几何考得不好的话太阳就不要升起来了。

你忠诚的朋友
安妮”

几何考试在规定的时间结束了。安妮在礼拜五的晚上回到了家中。虽然身心疲惫，但还是带着一种饱受折磨之后重获自由的轻松。安妮一到家，黛安娜就来了。两个好朋友就好像分别多年一样，细数相思之苦。

“亲爱的，你能回来真是太好了！我感觉你就好像离开了一个世纪一样。安妮，你考得怎么样？”

“我感觉还不错，除了几何，其他科目考得都还行。我不知道自己能不能过，但我有一种古怪而又可怕的预感：我没过。噢，能回来真是太好了！绿山墙简直就是这个世界上最最亲切、最最可爱的地方！”

“其他人考得怎么样啊？”

“女孩们说她们知道自己肯定过不了，可我觉得她们应该考得也不错。乔希说她觉得这次的几何特别简单，十岁的小孩都能做。穆迪·斯波真还是觉得他的历史应该不及格，查理觉得他的代数可能过不了。但话又说回来了，我们每个人都不知道自己到底考得怎么样，还是要等到最后的录取名单出来才知道呢。还要两个礼拜才出最终成绩，这就意味着，我们要提心吊胆地过两个礼拜啊！我真希望自己可以一睡不醒，两个礼拜之后直接就知道结果了！”

虽然黛安娜还想知道吉尔伯特考得怎么样，但是转念一想，问安妮也等于白问，于是决定放弃，简单地鼓励了一句：“噢，你一定会被录取的！放心吧！”

“要是最终的排名不好，我还不如不过呢！”安妮突然冒了一句。这句话的意思，黛安娜比谁都清楚，如果她的排名没有吉尔伯特·布莱斯高的话，那这份成功就是不完整的。

正因为如此，安妮在考试中绷紧了每一根神经，绝不允许自己犯一个错误。吉尔伯特也是如此。两个人在路上遇到不下十次，可每一次两个人都对彼此视而不见。安妮只是把下巴抬得更高一点，一面殷切地希望自己上一次应该答应吉尔伯特和好的请求，一面又暗暗发誓在下一次考试中一定要超过吉尔伯特。安妮知道，整个安维利镇上的学生们都在猜，最后谁会夺得第一名。她甚至听说，吉米·格洛佛跟奈德·怀特为此还打了个赌。而最让人气愤的是，乔希·派伊逢人便说，她觉得最后的第一名毫无疑问会落在吉尔伯特的头上。在安妮看来，如果自己拿不到第一，那便是天大的耻辱。

但除此以外，安妮还有一个更为高尚一点的动机。她希望“名次高一点”，好为马修和玛瑞拉争光，尤其是马修。马修曾经很认真地对安妮说过，他认为安妮“可以打败岛上所有的学生”。对于这一点，安妮自知不应该太当真，但她还是热切地期望着，哪怕前十名也是好的呀！这样，她就能拿着好成绩去给马修看，马修就会闪着慈祥的棕色眼睛，露出为她自豪的微笑了。对于安妮来说，这辛苦付出的日子也就有了回报——

那些苦读课本的日子，那些绞尽脑汁背诵公式和语法变位的日子。

两个礼拜后，安妮便开始魂不守舍地在邮局里转悠。一起转悠的还有简、鲁比和乔希。每天，大家都会用冰凉的双手颤抖着打开《夏洛特敦日报》，这种石沉大海的感觉就跟考试前那几天一样。查理和吉尔伯特虽然没有跟大家一起，但也经常查看日报，只有穆迪·斯波是铁了心不去翻报纸。

“我可没有胆子去看报纸，”他告诉安妮，“我准备就在这等着，总会有人来告诉我，我到底有没有被录取的。”

三个星期过去了，可是报纸上还是没有任何有关录取名单的消息。安妮感到自己一刻都支撑不下去了。她吃不下饭，也看不进书，就连安维利的美景对她也失去了吸引力。林德太太说，负责大学录取的监管人是托力党，所以自然不会一帆风顺的。马修看着日渐消瘦的安妮，以及安妮每每从邮局回到家中愈加疲惫沉重的脚步，也开始认真地思考：下一次选举的时候，要不要把票改投给自由党。

一天晚上，录取消息终于出来了，当时安妮正坐在打开的窗户旁，只有这个时候，她才能让自己暂时逃离有关考试和录取消息带来的困扰。在甜蜜的夏日黄昏里，安妮嗅着盈满花香的空气，楼下的小花园此时正花团锦簇。微风吹得白杨树沙沙作响。杉树上空的天空被夕阳的霞光染成了暖粉色。安妮正沉浸在自己的幻想世界里，就在这时，她看到黛安娜飞快地跑过杉树林，跑过小木桥，又跑上斜坡果园，手里还举着一张报纸。

安妮立刻站起身，她很清楚报纸上写的是什么。录取名单出来了！她只感到头晕目眩，心跳越来越快，身体却动弹不得。黛安娜飞快地跑过长廊，冲上东山墙的小阁楼，门都没有敲。短短几分钟，安妮却觉得好像过了一个多小时。

“安妮，你考上了！”黛安娜叫着，“而且你是第一名，你跟吉尔伯特都是第一名，你们并列第一，不过你的名字排在前面。噢，我真是太为你自豪了！”

黛安娜把报纸丢在桌上，然后重重地把自己摔在安妮的床上，上气不接下气，话都说不连贯了。安妮想点上蜡烛之后再仔细看，可是因为太激动了，划了半盒火柴都没有点上，最后终于用颤抖的手把蜡烛点燃了。她举起报纸仔细看了看录取名单，是的，她考上了！两百人的录取名单的顶端，醒目地写着安妮的名字！这一刻真是让她永生难忘。

“你真是太棒了，安妮！”黛安娜坐起身，终于喘了口气。而安妮却忽闪着眼睛，陷入了沉思，一句话也没有说。“这是我爸从布莱特河镇上拿来的。这份报纸是今天下午的火车运来的，运到安维利镇上起码要等到明天呢！我看到录取名单的时候整个人都疯了！你们几个都考上了，你们每一个人，包括穆迪·斯波，尽管他历史考得不怎么好。简和鲁比都考得不错，中等的样子，查理也是。乔希只过了分数线三分，不过等着看吧，到时候她一定会摆出一副不可一世的样子的。史黛西小姐肯定高兴极了！噢，安妮，能在这样的入学考试中考第一名，你感觉怎么样呀？如果我是你，我一定乐疯了！其实，我现在就已经够激动的啦，可是你看起来倒像春天的傍晚一样平静呢。”

“我有点晕，”安妮说道，“我有太多想说的话，可是我找不到合适的语言来表达。我真的从没想过……其实我想过的，但就想过一次。有一次，就一次，我想着，‘要是我考了个第一可怎么办呢？’这样想是不是有点不可一世呀，听起来确实很自傲而且很虚荣，竟然认为自己可以考全岛第一。黛安娜，等我一下好吗？我想把这个好消息先去告诉在田里干活的马修，然后我们再沿着小路，去告诉简和鲁比她们！”

两个小姑娘飞快地跑到谷仓下面的干草地，马修正在那里垒草垛。幸运的是，林德太太和玛瑞拉正巧也在小路的篱笆旁聊天。

“马修！”安妮大声喊道，“我考上了！而且是第一名，或者说是第一名之一！我没有吹牛，我真的好幸运啊！”

“呃，我就知道！”马修一边说，一边眯着眼睛高兴地看着报纸上的录取名单，“我就知道你可以打败其他所有的学生！”

“安妮，我不得不承认，你这次做得很棒！”玛瑞拉一边说道，一边极力掩藏自己对安妮的自豪，起码不能在林德太太面前表露出来。可没有想到的是，林德太太也跟着真诚地贺喜道：

“我就知道她一定会考得很出色的。要是让我等个几天再来道喜，那我可做不到！安妮，你真给大家争光！我们为你自豪！”

那天晚上，安妮在牧师公寓跟艾伦太太促膝交谈，给这美好的一天画上了圆满的句号。睡前，安妮虔诚地跪在打开的窗户前，此时，月光倾泻在地板上，也洒在安妮的身上。安妮用最真诚的心作了一番祷告，感恩过去也期盼未来。祈祷完毕，安妮睡在洁白的枕头上，遨游在充满希望、光芒和美景的梦幻世界中。

第三十三章

酒店音乐会

“还是换上这件白色玻璃纱裙吧，安妮。”黛安娜颇为强硬地建议道。

两个小姑娘此时正呆在东山墙的厢房里。屋外是一片朦胧的暮色，淡黄浅绿的暮光像画笔一样描绘着没有一丝云彩的湛蓝的天空。又大又圆的月亮，正渐渐明朗起来，由灰暗的苍白转而变成了璀璨的银白，静静地挂在鬼魂森林的上空。空气里演奏着甜蜜的夏日奏鸣：婉转的鸟鸣，悠扬的风声，远处爽朗的欢声笑语。安妮房间的百叶窗紧紧地合在一起，蜡烛是点着的，她正在这里梳妆打扮。

现在的东山墙已经跟四年前的东山墙大相径庭了。当初安妮刚来到这个房间的时候，只感到彻骨的寒冷。变化在悄然发生，玛瑞拉也并没有太多干预。现在，这个房间终于像一间年轻姑娘的闺房了。

安妮最初幻想里的丝绒地毯、粉色玫瑰、以及粉色丝绸窗帘，这些当然是不太可能成为现实的啦。但随着安妮一天天成长，她的幻想也一天天变化，她渐渐发现，自己并不是那么在乎这些花哨的东西了。现在，东山墙的地板上铺着一层精美的地垫，高大的窗户旁装饰着柔美的窗帘。微风吹过，淡绿色的丝绵窗帘便迎风飘拂。墙面上虽然没有富贵的金色织锦，但却用雅致的苹果花的墙纸装点着，上面还挂着三幅艾伦太太送的画。史黛西小姐的照片被摆在醒目的位置，安妮已经形成了一个习惯，就是一定要在照片的旁边放一瓶鲜花。今晚，一束白百合正悄然开放，整个房间便飘着一股若有若无的清香。房间里虽然没有“桃心木家具”，但也有不少好东西——一架装满了书籍的白色书架，一把放着靠垫的柳条藤椅，一个用白色棉布扎边的精致梳妆台，以及一面挂在墙上的复古的金色梳妆镜，梳妆镜上的拱形木条上还画着爱神丘比特和紫色葡萄。安妮从客房里把这面梳妆镜挪了过来。另外，靠墙的地方还摆着一张白色矮床。

安妮此时的梳妆打扮，全是为了今晚白沙镇的公益音乐会。音乐会是为夏洛特敦的医院筹集资金而举办的，为此主办人邀请了附近的业界名流来助阵。白沙镇浸信会合唱团的贝莎·桑普森和珀尔·科雷将要表演一出二重唱;纽布里奇镇的米尔顿·克拉克将要表演小提琴独奏;来自卡莫迪镇的维尼·阿黛拉·布莱尔将要演唱一首苏格兰民谣;来自斯潘塞威尔镇的劳拉·斯潘塞和来自安维利镇的安妮·雪莉将要朗诵一段诗歌。

用安妮曾经说过的话来表达,这也算得上是她生命中的"新篇章"了,所以安妮激动不已。马修自然为了"他的安妮"而感到无比自豪,简直就要乐开花了;玛瑞拉的内心一点也不比马修淡定,但要她承认自己为安妮自豪,比要她下地狱还难。玛瑞拉喋喋不休地说着,这么一大群年轻人就这么到城里酒店乱晃,也没有个长辈带着,实在是很不合适啊。

安妮和黛安娜打算跟简·安德鲁斯以及简的哥哥比利,一起坐着双座马车去城里。安维利镇上还有几个男生女生似乎也打算去。音乐会之后,将有一场聚会,所有的表演嘉宾都将有机会享用一顿大餐。

"你真的觉得玻璃纱裙最好吗?"安妮焦急地问道,"我觉得这条没有我那条蓝色印花的棉布裙好看啊,而且也没有那条裙子时髦。"

"可是这一条最衬你的气质啊,"黛安娜说道,"这条裙子非常软,又垂顺又有百褶,看起来特别自然,简直就是为你量身定制的。而那条棉布裙就太硬了,会让你看起来很做作的。"

安妮叹了口气,决定采纳黛安娜的建议。因为黛安娜平时穿着打扮得体的缘故,渐渐地,大家都以她的穿着打扮为样板,而黛安娜在置装打扮上的一些建议也就成了"圣旨"。今晚,黛安娜穿着一件蔷薇紫红色的裙子,这种颜色是安妮永远无法挑战的。不过,黛安娜并不参加今晚的音乐会,自然也就不必那么关注自己的穿着打扮了。她把全部的心思都放在安妮身上了,因为在黛安娜看来,安妮此时不仅仅是一个人,她代表着整个安维利镇,她甚至还代表着一个即将进入女王学院学习的高材生,因此,这次的形象务必要万无一失,要百里挑一!

"再把裙褶拉出来看一下吧。很好,我来帮你把腰带系上。然后是便鞋。头发嘛……我准备把你的头发编成两股,然后在两根辫子中间的位置绑上一个白色的蝴蝶结。别,不要拉出一撮卷发,就让它自然地搭在额头上。安妮,你太适合这个发型了!艾伦太太说过,你把头发这样分的时候,看起来特别像圣母玛利亚。我来帮你把这朵白色玫瑰别在你耳边的头发上吧。我们家的花丛里就开了这么一朵,我特意给你留着的。"

"要不要再戴上一条珍珠项链?"安妮问道,"上个礼拜,马修专门从城里给我带来一条。我觉得,他肯定特别希望看到我带着这条项链。"

黛安娜撅起嘴巴，歪着脑袋认真地思考了一会，最后还是同意了安妮的提议。于是，一条光滑圆润的珍珠项链圈在了安妮细长雪白的脖颈上。

“安妮，你身上总是有一种特别高雅的气质，”黛安娜真心实意地夸赞着自己的挚友，“你昂头的姿势很美。我觉得是因为你身材颀长的缘故，相比之下，我的身材就是饺子状的。我一直担心自己会长胖，不过事已至此，没有挽回的余地了。我决定，是时候减肥了！”

“可是这样你才有可爱的肉坑啊！”安妮亲热地对身旁这个一样可爱、一样活泼的女孩微笑着说，“可爱的肉坑，就好像一坨坨奶油一样。我现在已经放弃拥有肉坑的希望了。这个梦想永远也不会成真的，不过我已经有很多梦想成真了，所以我实在不应该抱怨。现在这样可以了吧？”

“可以啦！”黛安娜拍了拍手。这时候，玛瑞拉走了上来，她佝偻的身体，日渐苍白的头发，愈加鲜明的骨骼棱角，还有一张比往日更柔和温暖的脸庞，映入了孩子们的眼帘。“快进来看看我们的演讲家吧，玛瑞拉！她看起来很美吧？”

玛瑞拉咕哝着应了一声，既有点像在抽鼻子，又有点像是在咳嗽。

“她看起来很得体大方。我喜欢她现在的发型。不过，我希望她今晚穿这条裙子可不要被灰尘和露水弄脏了。晚上天气这么潮，穿这么薄的衣服一定会挨冻的。玻璃纱简直就是这个世界上最中看不中用的东西了，马修买这条裙子的时候我就告诉他了。不过，现在跟马修说什么都没用了，他现在已经听不进我的建议了，只要是给安妮的好东西，谁都劝不住他的。卡莫迪的售货员都已经摸透他的秉性了。他只要一到店里，售货员就一个劲地跟他推销‘这个漂亮，那个时髦’，然后就等着马修一掷千金了！安妮，小心不要让裙子碰到车轮，还有，记得穿件厚外套。”

玛瑞拉走下楼去，心里满是对自家闺女的喜欢，安妮就像书里说的，“一束月光扫落前额，照亮了她头顶的皇冠。”玛瑞拉还默默遗憾着，遗憾自己不能亲自去音乐会听安妮朗诵。

“你说，外面的天气是不是真的很潮啊？”安妮焦急地问道。

“一点都不潮。”黛安娜打开百叶窗说道，“这会天气好着呢！而且一点露水都没有。你看这月光。”

“我真喜欢我的这间房间，每天太阳升起的时候，我都能第一个看到，”安妮边说边走向黛安娜，“看着太阳渐渐从连绵不绝的山谷升起，照耀在高耸的杉树树顶上，那种感觉真是太棒啦！每个早晨都是崭新的，我感觉自己的灵魂也重获新生了一样！噢，黛安娜，我太喜欢这个房间了！真不知道下个月搬到城里去之后，我该怎么办。”

“求求你今晚不要提离开的事，好吗？”黛安娜恳切地说道，“我一点都不想考虑这件事。每次想到你下个月就要走了，我就无比难过，可我今晚想玩得开心点，所以不要再说了。安妮，你今晚准备朗诵什么呢？紧张吗？”

“一点都不。我已经在公共场合朗诵过很多次啦，所以我现在已经一点都不紧张了。我准备朗诵《少女的誓言》。这是一首非常悲伤的诗歌。劳拉·斯潘塞准备朗诵一短搞笑的文章，可我更愿意让人感动，而不是让人发笑。”

“如果观众让你返场再来一个，你准备朗诵什么呀？”

“不会的啦！怎么可能呢！”安妮自嘲地笑了一下。可是在她的心里，她还是暗暗地希望观众能够让她返场。安妮已经在心里无数次地幻想过这一画面了，果真那样的话，第二天吃早饭的时候，她就可以无比自豪地告诉马修了。“一定是比利和简到了，我听到马车的声音了。快来吧！”

比利·安德鲁斯要安妮跟他一起坐在马车的前座上，安妮极不情愿地爬了上去。安妮其实更愿意跟女孩们一起坐在下面的位置上，这样她也好跟女孩们尽情地聊天说笑。比利不是一个擅长聊天或是开玩笑的人。他块头很大，胖胖的，在二十岁的同龄人中算得上是非常结实的了。他圆圆的脸上几乎很少有任何表情。不过，比利对安妮却情有独钟，所以当光鲜亮丽的安妮坐在他身旁的时候，他不禁有些得意起来，要知道，去白沙镇的这一路还很长呢！

一路上，安妮时不时地回头跟女孩们聊天说笑，出于礼仪，偶尔也会抛个话题给比利。而比利却只会咧嘴咯咯直笑，等到他终于想到该如何回答的时候，一般都太迟了。尽管有些不如意，安妮这一路还是非常开心。这是一个迷人的夜晚。马路上停满了各式马车，都是为今晚的音乐会而来的。笑声由远及近地不停地回荡在马路上空。终于，马车停在了酒店前方。这是一座通体光亮、明艳耀人的建筑。音乐会组委会的接待人员把他们领到了相应的位置。其中一位引导员把安妮带到了演员后场的化妆间。此时，化妆间里已经挤满了夏洛特敦交响乐俱乐部的成员，安妮忽然感到无比拘谨、胆怯，还有些自卑。在东山墙阁楼看起来那么华美的玻璃纱裙，此时看起来却是那么的简单朴素，甚至有些过于简单朴素了，因为身旁的演员们无一例外地穿着闪闪发光叮咚作响的精致蕾丝或是丝绸。她那串廉价的珍珠项链，与身旁这些高大俊美女士们戴着的闪烁钻石，形成了鲜明的对比；自己耳朵旁别着的那朵小巧的白色玫瑰，又怎能与身旁女士们身上戴着的温室里专门培育的硕大鲜花相提并论呢？安妮换下大衣和帽子，感到自己简直渺小得无地自容。她真希望，此时的自己还在绿山墙的白色阁楼里。

当安妮真的走上酒店的音乐大厅的时候，这种感觉便来得愈加明显了。华丽耀眼的电灯晃得她眼花，各种香水味和嗡嗡的讲话声让她头晕。她真希望自己此时正跟黛安娜和简一起坐在观众席上，现在，那两人似乎正聊得起劲呢。这时，她身旁挤着两位女士，一位矮胖的穿着粉色丝绸裙子的女士，还有一个高挑、目光高傲、穿着白色蕾丝裙的女孩。矮胖的这位总是转过头来跟高个子女孩讲话，还总是透过眼镜上上下下打量着安妮。安妮从没被人这样打量过，就快要忍不住冲着这位女士大吼了。而那个穿着白色蕾丝裙的女孩，则一直大声地跟同伴讨论着观众席里的“乡巴佬”和“乡下妞”，用轻蔑的语气说着“开眼界”之类的话。安妮相信，直到生命尽头她都会讨厌这个蕾丝裙女孩的。

不幸的是，一位著名朗诵家刚好也住在这个酒店，并且同意在本次音乐会上献上一首朗诵。这是一位身姿轻盈、眼睛乌黑发亮的女士，她穿着一件闪闪发光的银灰色长礼服，就如同把月光披在身上一样。她的脖子上以及黑色的头发里，都戴着宝石首饰。她的声音恢弘大气，表现力十足。观众都为她的朗诵倾倒了。安妮，已经全然忘记了刚才的担忧，聚精会神地听完了整场朗诵。朗诵结束之后，安妮再次回到现实，难过地捂住了自己的脸。前面有了这么精彩的朗诵，安妮怎么能再有勇气上台呢？绝不可能！安妮自问，自己竟然那么自信，认为自己会朗诵，真是可笑！还是回绿山墙吧！

就在这一刻，安妮的名字被大声报了出来。身旁的白色蕾丝女孩吃了一惊，立刻有些愧疚地补充了一句赞美，可这一切安妮都没有注意到，因为她已经完全放空了。她只感到自己好像站了起来，迷迷糊糊地走到了台前。安妮脸色惨白，坐在观众席的黛安娜和简，都紧张地拉着手，为安妮加油。

此时的安妮第一次感到自己患有严重的“舞台恐惧症”。以前她在公共场合朗诵的时候，从来没见过这样的阵仗。此时此景已经完全让安妮乱了阵脚。一切都是这么陌生、华丽、令人目眩：一排排穿着华贵晚礼服的女士，一张张苛刻的脸，周围的富丽堂皇和豪华气派。这跟家乡的辩论俱乐部完全不一样，在那里，熟悉亲切的面孔围坐在身旁，朋友、老师还有邻居们的脸上无不露出充满鼓励的表情。而眼前的这些人，完全是一群冷漠无情的批评家。也许就跟刚才的蕾丝裙女孩一样，大家都想看一看来自“乡村艺术家”们的表演，来“开开眼界”吧！她感到失望、无助、羞愧和难过。她的膝盖颤抖，心跳加速，一股从未有过的眩晕感从脚底涌来。她一个字都说不出，她想着，此时唯一的解药便是不顾丢脸地跑下台去！

可就在这时，当她感到自己的脸越涨越红，害怕的眼睛在观众席乱扫，企图找到一丝安慰时，她看到了坐在后排的吉尔伯特·布莱斯。吉尔伯特正前倾着身子，脸上挂着淡淡的微笑，这微笑，在此时的安妮看来，完全就是一种得意洋洋的挑衅。尽管事实并非如此。吉尔伯特之所以微笑，只是因为看到了安妮小巧的身姿以及在棕榈树的舞台上安妮那张神采奕奕的脸，自己便不经意地微笑了。乔希·派伊也一同赶来了，此时正坐在吉尔伯特身旁。她的脸上确实显露着标准的“得意洋洋的挑衅”，可是安妮并没有看到她，当然就算看到了，安妮也不会当回事的。安妮深吸一口气，骄傲地扬起头。勇气和决心像一股电流穿过她的每一寸肌肤，她绝不可以在吉尔伯特·布莱斯面前失败，他也永远不会有机会嘲笑她，永远不会！安妮内心的恐惧与紧张全然消失了，她开始了自己的朗诵。清凉甜美的声音穿透了整个大厅，没有一丝颤抖，没有一丝不应有的停顿。安妮重新找回了自我。经过刚才恐怖而无助的一瞬间，此时的安妮集合了身上全部的力量，以从未有过的激情朗诵完了这首诗。观众报以雷鸣般的掌声。安妮走回自己的座位，只感到脸发烫、心直跳，这时才发现自己的手正被那位胖胖的粉色丝绸裙女士紧紧攥着。

“亲爱的，你真是太棒了！”她喘着气说道，“我刚才哭得跟婴儿似的，真的！快，你看，观众正邀请你返场呢！我就知道他们一定会要求你再来一个的！”

“噢，我还是不去了吧，”安妮有些手足无措，“不，我决定还是去一下，不然马修一定会失望的。马修说过，观众一定会要求我返场的。”

“是呀，那你可不要让马修失望啊！”粉色女士笑着说道。

安妮走回台上，有些红晕的脸上挂着浅浅的微笑，眼神里却流露出淡定和坦然。这一次，安妮讲了一个古怪而又有些搞笑的段子，观众个个听得十分入神。接下去的节目中，再也没有人能超越安妮的演出了。

音乐会结束后，胖胖的粉色女士——一位美国百万富翁的妻子，一直拉着安妮的手，把她介绍给大家认识，每个人也都对安妮很好。那位专业朗诵家伊万夫人也过来了，和安妮亲切地交谈着，夸赞安妮“声音出众”，而且对于选段的“诠释”十分到位。就连那个蕾丝裙女孩也向安妮致以有些言不由衷的赞美。大家在宏大宽敞、装潢奢华的餐厅用完了餐。黛安娜和简作为宾客，也被邀请一同用餐，比利对于这一类集会则一直抱有恐惧心理，所以跟着大队人马在酒店外等候。吃完饭，三个小姑娘开开心心地回到了有着皎洁宁静月光的夜色中。安妮穿过杉树的新芽看向清澈的夜空，深深地吸了口气。

噢，能再次回到纯净宁静的室外真好！一切都是那么安静、祥和，远远地传来一阵阵海浪声，高耸的群山像一群武士那样守卫着魔力无穷的海岸。

“今晚过得真是太开心了！”马车再次出发了，简按耐不住激动的心情说道，“我真希望我也是一个有钱的美国人，整个夏天都住在豪华酒店里，每天戴着不一样的首饰，穿低领礼服，晚饭吃冰淇淋和鸡肉沙拉！我觉得这肯定比在学校教书好玩多了。安妮，你今晚的朗诵实在太精彩了！一开始的时候我们等了好久，还以为你不准备开口了呢！我觉得你的朗诵比伊万夫人的还要出色！”

“噢，不要这样说，简，”安妮立刻说道，“你这样说就有点过了。我的朗诵不可能有伊万夫人的好，你知道的，她可是一位专业朗诵家啊，我只是个学生，顶多算是一个懂一点朗诵皮毛的学生罢了。不过，我还是很高兴大家都挺喜欢我的朗诵的。”

“还有人夸你呢，安妮，”黛安娜说道，“反正我觉得这应该是一种夸奖，因为我听他的语气应该是夸奖的意思，至少听起来是在夸奖。有一个美国人，坐在简跟我的后面，长得可帅了，一头黑发，眼睛也是乌黑的。乔希·派伊说他是一位了不起的艺术家，她妈妈的一位在波士顿的堂妹就嫁给了这位美国人的一个同校同学。然后，我们听见他说……是的吧，简？他说：‘舞台上这个留着美丽的提香头发的女孩是谁？她的面庞让我想为之作一幅画！’怎么样，安妮，不过，提香头发是什么意思啊？”

“可能就是红头发的意思，我猜，”安妮大笑着回答道，“提香是一个非常著名的画家，他钟情于描绘红头发的女人。”

“你有没有看到那些女人戴的钻石啊？”简陶醉地叹了口气，“那么晶莹璀璨！成为富人真是太棒了！”

“我们已经很富有了啊！”安妮坚定地说道，“看，我们已经长到伟大的十六岁啦！我们就跟女王一样快乐，而且我们多多少少有着丰富的想象力！看那边的大海，月光下像洒满了碎银一样，光影交错，斑驳美丽。

如果我们现在腰缠万贯，被钻石束缚，那我们根本就没有机会欣赏到这番美景。就算真的有机会，你也不应该想成为她们那样的人。难道你想像那个蕾丝裙女孩一样，用一种尖酸刻薄的面孔对待这个世界，好像一出生就已经高人一等似的吗？或者，你想成为那个胖胖的粉色女士，尽管慈祥善良，可是又胖又矮一点身材都没有吗？或者，你想成为伊万夫人，你看到她眼睛里的悲伤了吗？她一定是有过什么痛苦的回忆，才变成现在这个样子的。简·安德鲁斯，你知道的，你不应该想成为那样的人！”

“我不——知道，说实话，”简有些不可置信地说道，“我觉得钻石真的可以让人心情好起来。”

“反正，我只想做我自己，我一点都不希望成为别的样子，就算我的生活里没有钻石也一样。”安妮宣布，“我能成为绿山墙有珍珠项链的安妮，就已经很好了。我知道，马修把这条项链给我的时候倾注了大量的爱，我相信，这份感情一点都不比粉红女士得到珠宝时获得的感情少。”

第三十四章

女王学院的女生们

在接下来的三个礼拜里，绿山墙呈现出一片忙碌的景象。因为，安妮要为去女王学院做开学准备了：缝制新衣，安排计划，联系确认。安妮的衣服其实已经够多的了，而且都很漂亮。因为这一次，玛瑞拉破天荒地没有对马修给安妮添置新衣的计划做出任何阻拦或是干扰。不仅如此，一天晚上，玛瑞拉手里还拿着一块淡绿色的精致布料来到东山墙的阁楼。

“安妮，我准备再给你做一件礼服。其实你不需要裙子了，你的裙子已经够多的了。但是我想，等你上了学，很有可能要去城里参加聚会或是出席一些比较正式的场合，所以你还是需要这样一条华丽点的裙子的。我听说，简、鲁比和乔希都已经准备好了‘晚礼服’。我可不想你比她们差，所以上个礼拜我就找艾伦太太陪我一起去挑了这批布。我准备请艾米丽·吉利斯来做这条裙子。艾米丽非常有品位，而且她的手艺也是相当棒的。”

“噢，玛瑞拉，这真是太漂亮了！”安妮说道，“谢谢你！我真的不值得你对我这么好。一想到我马上要离开了，就感到日子一天比一天难过。”

绿色的晚礼服做好了，依照艾米丽的设计，上面装饰着各种褶皱、花边。一天晚上，安妮特意为玛瑞拉和马修穿上了这条裙子，在厨房里给他们朗诵了《少女的誓言》。玛瑞拉看着这张生动活泼又光彩照人的小脸，以及她优雅的肢体语言的时候，不禁回想起安妮初到绿山墙的场景。回忆里，一个古怪的、有点受惊了的小家伙穿着那件黄不溜秋的破旧棉绒裙，含着泪水的眼睛里装满了令人心碎的悲苦。这一幕鲜活得就如同发生在昨天一样，玛瑞拉的眼睛里不禁盈满了泪水。

“一定是我的朗诵把你感动哭了，玛瑞拉，”安妮欢快地走到玛瑞拉的身旁，轻轻地在她的脸上啄了一下，“好啦，现在我可以说，我的朗诵成功啦！”

“不，不是因为你的朗诵，”玛瑞拉说道，在她看来，为了诗歌之类的东西哭实在是很软弱的表现，“我只是禁不住想起了你曾经的样子。我多希望，你一直都是那个小女孩啊，哪怕有些古怪也是好的。你现在已经长大了，马上就要离开绿山墙了。你现在看起来又高，又漂亮，又——又——陌生。我都快认不出来你了。一想到这些，我这心里就空落落的。”

“玛瑞拉！”安妮坐在玛瑞拉的腿上，捧起了玛瑞拉满是皱纹的脸，坚定而深情地看着玛瑞拉的眼睛，“我一点都没有变啊，真的。我只是像小树一样修剪了一些虬枝，舒展了一下身姿而已。真正的我，心里面的我，一点都没有变。不管我去哪里，或是外表如何改变，在我的心里，我永远都是你的小安妮，那个一天比一天更爱你、更爱马修和可爱绿山墙的安妮啊！”

安妮把自己年轻的面颊贴在玛瑞拉的脸上，又伸出手轻轻拍着马修的肩膀。玛瑞拉多么希望自己也可以像安妮一样，用语言准确地表达出自己的想法啊，可是事与愿违，玛瑞拉并不擅长言辞。她只能紧紧地抱着安妮，把她紧紧抱在心脏的位置上，希望以此可以不让安妮离开。

马修的眼睛里似乎也有些泪水，但他果断站起身，走了出去。在湛蓝的夏季夜空下，他借着星光穿过院子，来到了白杨树下的门旁。

“嗯，我感觉，安妮并没有被宠坏，”马修自豪地咕哝着，“尽管我事事都由着她，可她并没有变坏。她是个聪明又可爱的姑娘，而且富有爱心，这一点比别的都更重要。她是上帝赐给我们的福。我估计，这个世界上再也找不到比斯潘塞夫人犯的这个错误更幸运的了。这完全就是幸运。但我并不相信‘运气’一说，我倒是相信，这是上帝的安排，是万能的主发现，我们需要这样一个孩子。”

那一天终于还是来了，安妮要动身进城了。在一个晴朗的九月的早晨，在与黛安娜进行了泪水涟涟的依依惜别以及与玛瑞拉相对来说比较冷静的（起码玛瑞拉是比较冷静的）分别之后，安妮和马修驾着马车出发了。安妮一走，黛安娜便擦干眼泪，动身去了白沙镇，找她在卡莫迪的堂兄妹们一起去海滩野餐，以期借此转移注意力，化解掉一些痛苦。而玛瑞拉则全身心地投入到重体力活中，不能自拔，她把一天二十四个小时都拿来做家务了。后来，她感到头晕目眩，头疼得厉害，好像有什么东西在啃噬自己的神经。到了晚上，玛瑞拉睡到床上，却突然无比清醒无比悲痛地意识到，在走廊尽头的东山墙的阁楼里，已不再有那个活泼的小生命，空气里也不再有安妮香甜的呼吸。玛瑞拉终于再也忍不住了，她把脸蒙到枕头上呜呜咽咽地哭了起来，哭着哭着突然大声抽了一口气，这一声让玛瑞拉忽然平静了下来。她意识到，自己竟然为这样一个小生命投入了如此多的感情和心血，这是有罪的。

等安妮和安维利镇上其他的学生到城里的时候，他们发现时间已经不早了，于是大家决定直接奔赴学院。第一天在一阵阵激动和兴奋中安然度过了：认识新同学，拜见教授，被组织分班。根据史黛西小姐的建议，安妮准备一下子学两年的课程，而吉尔伯特·布莱斯也正有此计划。这就意味着，一年之后，他们就可以拿到一级教师资格证了，不过这也意味着，他们需要付出更多的辛苦和汗水。简、乔希、查理以及穆迪·斯波都没有安妮那样的野心，他们按部就班地一年学一年的课程，于是就被一起分到了二班。当安妮面对偌大的教室里五十多张陌生的面孔的时候，第一次感觉到了孤独。这些人里，她一个都不认识，除了斜对面那个高个子、褐色头发的男孩。可是认识他又怎么样呢？这并没有给自己带来亲切感。但不管怎么样，安妮还是很高兴自己能跟吉尔伯特分在一个班，因为她与吉尔伯特之间的竞争已经成了一种习惯。如果这个班上没有吉尔伯特，安妮还真有点不知道该如何学习了呢！

"要是没有竞争，我一定会不习惯的，"安妮暗自想道，"吉尔伯特看起来倒是一副胸有成竹的样子。我觉得他一定下了决心要去赢得金牌吧！咦，他的下巴还蛮好看的嘛，我以前从没注意过。唉，我真希望简和鲁比也跟我在同一个班级。要是我能有个熟人的话，也就不会像现在这样孤苦伶仃的了。也不知道，这些女孩里面哪些会成为我的朋友，这真是个有趣的预测。不过，我已经答应了黛安娜，不管我在女王学院遇到多么喜欢的女孩，我都不可以跟她成为第一好的朋友。但我还是有很多'第二好'的友谊可以建立的。我来看看，嗯，我喜欢那个有着褐色眼睛、戴着酱红色腰带的女生，她看起来很活泼可爱！窗户边上那个脸色白皙的女孩似乎正在做白日梦，她的头发很好看，而且她看起来似乎很有想象力！我真想认识她们两个，要是能成为朋友就好了，成为那种可以互相搂着胳膊、用昵称称呼彼此的朋友！可是现在我还不认识她们，她们也不认识我，说不定她们根本就不想认识我。唉，真是好孤独啊！"

到了傍晚，当安妮独自一人回到自己的寄宿房间的时候，一种更强烈的孤独感将她淹没了。因为别的女孩都在城里有亲戚，所以安妮没有找到同住的伙伴。本来，约瑟芬·巴里姑婆提出让安妮住到她在山毛榉的别墅里，可是那里距离学校太远了，所以这个选择也就自然被排除了。但热心的巴里姑婆还是给安妮找到了一处寄宿房间，并跟马修和玛瑞拉承诺说这块地方非常好。

"这间公寓的主人是一位没落的贵妇人，"巴里姑婆解释道，"她的丈夫是一位英国军官。她很注重寄宿在自己家的房客的身份，所以安妮一定不会遇到什么不入流的人的。安妮住的房间里的家具一应俱全。这房子离学院也近，而且位置也挺不错，在一个很安静的小区。”

也许这一切都是对的，事实证明的确如此，可这并没有帮助安妮解决自己的思乡之愁。她难过地环顾了一圈这个属于自己的狭窄的房间，发现墙上只贴了一层掉色的墙纸，其他什么装饰都没有。房间里还有一张小铁床，以及一个空壳书箱。当安妮转而想到自己在绿山墙的白色阁楼的时候，一种强烈的哽咽感便堵在了她的喉头。如果自己可以待在绿山墙，那她就可以看到门外满目的绿色、花园里正在盛开的香豌豆花、洒在苹果园上的银白月光、斜坡下的小木桥、在风中摩挲的云杉树枝，以及广袤的星空，还有从树叶缝隙里看到的黛安娜的明亮的窗口。而在这里，什么都没有。安妮很清楚，在这扇窗户的外面只有一条硬硬的马路，只有天空中交错纵横着电话线，只有陌生行人的脚步声，以及照在陌生面孔上的千万盏电灯。她感到自己快要哭了，于是便竭力忍住泪水。

“我才不会哭呢！那真是又蠢——又弱啊，可鼻子旁边已经流过三滴眼泪了，而且似乎还有更多的泪水要涌出来！我必须想点有趣的事情来阻止泪水。可是，那些有趣的事情为什么都跟安维利有关呢！这真是越来越糟糕了，四滴了，五滴了。我下个礼拜五就回家了，可为什么感觉似乎有一个世纪那么遥远呢？噢，马修这个时候一定在回家的路上了，玛瑞拉一定站在门口，张望着看向小路尽头，看马修有没有回来。六滴了，七滴了，八滴了，噢，这样数着眼泪好像一点用都没有嘛！我感到眼泪就要如潮水般涌来了！我却怎么也高兴不起来，我也不想高兴起来。就让我一次哭个够吧！”

要不是这个时候乔希·派伊准时出现在门口的话，估计安妮的眼泪真的要“如潮涌出”了。一看到这张熟悉的面孔，安妮便把伤心抛到九霄云外，开心地跑上前去跟这位安维利镇的姑娘打招呼。

“你能来看我，真是太好了！”安妮真诚地说道。

“你哭了吧？”乔希问道，语气里满是不屑，“我就知道你一定会想家的，有的人在这方面控制力确实很弱。我只能告诉你，我是一点都不想家的。跟破旧的安维利比，城里要好上一千倍一万倍。真不知道自己是怎么在安维利活了这么久的。安妮，你真不应该哭，你这样很难看，你的鼻子跟眼睛都哭红了，再说你的头发本来就是红的，所以现在你整个人看起来就像刚刚被煮过了一样，全身通红。我今天过得开心极了。我们的法语教授实在太迷人了，他的小胡子简直帅得让人停止心跳！安妮，你这儿有没有吃的？我真是饿死了。啊哈！我猜玛瑞拉肯定会给你带上很多蛋糕的，于是我就来啦！要不然，我这会早就去公园听弗兰克·肖克莱的乐队演奏了。他跟我住在一个小区，是个体育爱好者。今天在班上的时候，他看到你了，还问我‘那个红头发的女孩是谁’。于是我就告诉他啦，你是卡斯伯特一家收养的孤儿。后来大家都知道了你的身世，本来大家是不知道的。”

安妮正在思考到底哪个更让人讨厌：孤独的眼泪，还是乔希·派伊的陪伴。这时，简和鲁比来了，每人的大衣上都自豪地别着一段女王学院的彩色缎带，缎带是紫粉两色的。因为乔希已经决定不跟简“讲话”了，所以就自动闭嘴，也就自然少了很多恶毒的语言。

“呃，”简叹了一口气说道，“从今天早上开始，我感觉自己好像过了好几个月一样。我应该回家预习维吉尔的诗歌了，因为可怕的老教授已经给我们布置任务了，要我们明天就开始写二十行诗。可我还是没法静下心来看书。安妮，你的脸上怎么有泪痕呢？如果你真的哭了，那就承认吧。这样我也会好受一点，因为鲁比进来的时候，我正在哭来着。要是有人陪着我一起哭的话，我就不会觉得自己这么弱了。有蛋糕？也给我一点点吧！谢谢！尝起来还真是有点安维利的味道呢！”

鲁比拿起了安妮放在桌上的课程表，问安妮，是不是想拿金牌。

安妮脸红了，说自己确实有这个打算。

“噢，这个倒是提醒我了，”乔希说道，“女王学院最后会有一个艾弗里奖学金的名额，获奖学生可以直升大学。我是今天才听说的，是弗兰克·肖克莱告诉我的，他的叔叔是学校董事会成员。听说，明天学院就宣布这个消息了。”

艾弗里奖学金！安妮感到自己心跳加速，自己的抱负也像被施了魔法一样越来越远大。在听到这个消息之前，安妮最高的梦想就是在一年内取得省级教师资格证，上一班，以及最好能在年底排名的时候拿到第一名的金牌。但乔希话音刚落，安妮便梦想着自己能够拿到艾弗里奖学金，升入雷德蒙德大学修文学，然后穿着学士袍、戴着学士帽光荣毕业。艾弗里奖学金就是奖励给那些英文好的学生的，而安妮感觉自己在英文上简直拥有天生的优势。

新布伦瑞克省的一个富有的制造商，死后把自己的部分财产捐了出来，作为奖学金奖励给沿海几所高中和学院。在有关女王学院有没有资格获得这个奖学金的问题上，一直存在很多争议，但现在看来最后的结果还是好的。今年结束时，那个英文和英国文学成绩最高的学生将获得这份奖学金——直升雷德蒙德大学后，每年两百五十加元的奖励。这也难怪，晚上，当安妮终于上床睡觉的时候，她的脸颊还是发烫的。

“我一定会为了奖学金而拼搏努力的！”她下定决心，“如果我能拿到学士学位，马修一定会非常自豪的！噢，能够有个目标真是太好了！我真高兴，自己可以有这么多的目标。而且在定目标这件事上好像没个尽头，这才是最棒的！实现一个目标之后，你就会发现另一个更高的目标！这真是让生活精彩了不少！”

第三十五章

女王学院的冬天

安妮的思乡愁绪终于随着时间的推移而慢慢消退了，当然每周末的回家探访也起到了非常大的作用。只要天气允许，安维利的学生们每周五就会乘着新开通的铁路线来到卡莫迪。黛安娜还有另外几个安维利的年轻人一般都会提前来接他们，然后再结队走回安维利。安妮觉得每周最美好最浪漫的时光，便是每周五的傍晚，因为在那个时候，她可以在微凉的金色空气里、在秋日的山丘上漫步，身边是安维利镇上星星点点的的万家灯火。

吉尔伯特·布莱斯现在每次都会跟鲁比·吉利斯一起走，而且还会贴心地帮鲁比拿书包。鲁比现在已经长成一个漂亮的大姑娘了，而且也自认为很成熟了。她的裙子总是按照妈妈的要求，留得尽量的长。在城里的时候，她总是把头发盘起来，而一回到家，她就会乖乖地把头发放下。她的大眼睛总是像蓝宝石一样忽闪忽闪的，皮肤白里透红，身材也凹凸有致。她很爱笑，性格开朗又有好脾气，而且毫无保留地爱着身边美好的事物。

“可我并不觉得，她会是吉尔伯特喜欢的类型。”简对安妮说道。安妮也是这样认为的，不过思来想去，她认为，自己的生活重心还是应该放在艾弗里奖学金上，而不是吉尔伯特喜欢什么样的女孩上面，于是就此作罢，没有加入简的讨论。不过，安妮有时候也会忍不住地想，如果自己能够跟吉尔伯特成为朋友，那么平时可以一起交换理想、抱负，讨论书籍、学习，倒也是个不错的选择。吉尔伯特也是个有目标的人，这一点安妮是知道的，而鲁比·吉利斯显然并不是那种可以与之讨论目标和理想的人。

不过，安妮在有关吉尔伯特的事情上可是一点“非分之想”都没有的。对于安妮来说，男生只是纯粹的好同学，好战友，仅此而已。所以，就算吉尔伯特成了安妮的朋友，她也并不会介意吉尔伯特有几个朋友，以及与谁一起回家的。安妮在交友方面似乎有种天生的本领，她已经有许多女生朋友了，而现在她开始渐渐觉得，其实与男生的友谊也是一个必要的补充，不单单是多认识些朋友，更重要的是可以帮助安妮站在不一样的角度来思考问题，以及进行不一样的对比。安妮其实并没有对这个问题有很清楚的界定，但她隐约觉得，如果有机会可以跟吉尔伯特一起走回家的话，比如从卡莫迪的火车站一起走回家，那他们在绿油油的田野、沿着长满蕨类的小路漫步的时候，一定可以进行很多有趣又有意义的对话，有关这个世界、有关他们彼此的希望、有关他们的抱负和理想。吉尔伯特是个聪明的年轻人，对于事情和人总是有着自己独到的看法与见解，而他也总是为自己的生活设立高标准、制定高目标，并为之奋力拼搏。鲁比·吉利斯就曾经告诉简·安德鲁斯，吉尔伯特·布莱斯跟她讲的话有一半她都听不懂，他讲的话就跟安妮·雪莉讲的一样。鲁比实在不明白，一个人为什么要花那么多的精力在书本和无谓的努力上。弗兰克·肖克莱倒是很有意思的一个男生，活力四射，可是他还没有吉尔伯特一半好看呢！所以鲁比也很是纠结，不确定自己到底喜欢哪一个。

在学院里，安妮渐渐找到了属于自己的朋友圈，都是一群爱思考、爱幻想、有理想的女生。有了“玫瑰红”女孩斯特拉·梅娜德，以及“白日梦女孩”普里西拉·格兰特，因为有了亲密的好友，安妮不再孤独。可渐渐的，安妮发现，那个皮肤白皙看起来像精灵一样的女孩，其实满脑子都是恶作剧，爱捣鬼，而那个看起来很活泼的黑眼睛女孩斯特拉，则是一个爱做梦、脑子里尽是彩虹和幻想的女孩，就跟安妮如出一辙。

圣诞假期过后，安维利的学生们放弃了周末回家的安排，纷纷约定留在学校里刻苦复习。到了这个时候，女王学院的学生们都找到了属于自己的位置，而每个班也都形成了自己的特色。有一些事，则成了公认的真理。大家都相信，最后的金牌候选人会从以下三人中诞生——吉尔伯特·布莱斯，安妮·雪莉，以及刘易斯·威尔逊。而艾弗里奖学金的候选人就更扑朔迷离了，有希望赢得这个奖学金的人有六个之多。大家认为，数学的铜牌会被一个看起来乡土气息浓厚、有着凸出的前额、爱穿一件打补丁大衣的胖胖的男生获得。

鲁比·吉利斯被评为年度“最美女生”，而在一班，斯特拉·梅娜德也被评为“美女”，尽管一小部分人坚持认为安妮·雪莉更名副其实。埃塞尔·玛尔获得所有评审员的认可，留着整个学校里“最潮”的发型。而平凡、谨慎、勤勤恳恳的简·安德鲁斯，竟然在家政科目的考试中“拔得头筹”。就连乔希·派伊也获得了全校“最牙尖嘴利奖”。所以，总的来说，史黛西小姐的学生们在女王学院还是混得风生水起的。

安妮一直刻苦努力。她与对手吉尔伯特之间的竞争如同当时在安维利学校一样激烈。尽管班上知道这段往事的人并不多，但大家还是渐渐闻到了二人之间一触即发的火药味。不同之处在于，现在的安妮已经不是为了打败吉尔伯特而赢得第一名，而是为了战胜一个势均力敌的对手而感到骄傲。赢得考试固然是好的，但就算没有考到第一名，现在的安妮也不会怨天尤人，因为这并没有什么大不了的。

除了功课以外，大家还是找到了不少乐子。安妮大多数的课余时间都是在山毛榉庄度过的。周日一整天她几乎都待在那里，每周还会陪着巴里姑婆去教堂做礼拜。巴里姑婆常说，自己老了，可自己的眼睛一点也不近视，嘴巴也依旧不饶人。但巴里姑婆却从未对安妮发过火，安妮一直是这位苛刻老太太的心头好，这一点似乎从未改变过。

“安妮这个姑娘真是越来越讨人喜欢了，”她说道，“别的女孩总是很容易让我厌烦，她们身上总是有一种会激怒人的因素存在。而安妮却像彩虹一样多面，而且每一面都是那么可爱。她确实不像小时候那样了，可她依旧讨人喜欢。我喜欢那种讨人喜欢的人，这样我就不用费心去努力喜欢他们了。”

接着，就在人们还没来得及反应之前，春天再次来到了。安维利的五月花，已经迫不及待地从曾经覆盖着皑皑白雪的干枯树枝上吐露新芽了，绿色的薄雾也轻盈地缠绕在小树林和山谷之间。可是在夏洛特敦，苦不堪言的学生们口里说着的、心里想着的全部都是考试。

“简直一点都感觉不到这个学年即将结束了！”安妮说道，“怎么可能呢，我记得上次明明等了很久才等到春天的，为此，我们可是苦读了一整个冬天、上了一整个冬天的课呀！可是一转眼，下个礼拜竟然就期末考试了。不过有时候我也会想，其实考试并不能代表一切呀。当我看到栗子树上迸出的巨大花骨朵，以及街道尽头氤氲着的蓝色雾气时，我就觉得其实考试并不是那么重要的。”

刚刚进屋的简、鲁比和乔希都没有注意到这一景象。对她们来说，考试无疑是最重要的，至少远比什么栗子树开花或者五月薄雾要重要得多了！对安妮而言，她倒是没有考试不过的担忧，所以稍微谈论些风花雪月也是未尝不可的。可是对鲁比她们来说，考试简直就是决定命运的事情，所以她们根本不会从美学角度来看待这个问题。

“两个礼拜我就已经瘦了七磅了！”简叹了口气，“就算你不让我担心也是没有用的，因为我没法不担心啊。我觉得担心还是有好处的，起码当你担心的时候，你会觉得自己是有进步的。如果我考不及格，拿不到教师证书就惨了，花了那么多精力和金钱，到头来却一事无成。”

“我一点都不担心，”乔希·派伊说道，“如果我今年过不了，那我就明年再考。我爸爸绝对有实力负担我在这里的开销的。对了，安妮，弗兰克·肖克莱说，特里门教授认为吉尔伯特·布莱斯最后的总成绩排名应该能拿到金牌，然后还说艾米丽·科雷应该有可能拿到艾弗里奖学金。”

“乔希，这句话要是放在明天告诉我，说不定我还会为此而难过呢，”安妮大笑着说道，“可是说实话，我现在一点都不难过，因为，我只要想到绿山墙阁楼下的小山谷里紫罗兰正片片盛开，恋人小道上的各种蕨类植物正跃跃欲试地钻出地面，我就觉得，得不得到艾弗里奖学金都一样。我已经尽了我最大的努力，而且我发觉我现在开始慢慢理解了什么叫做‘奋斗的快乐’。努力了并且成功固然是最好的，但努力了如果没有成功其实也很棒！好了，我们不要再讨论考试了，看那边那群房子顶上淡绿色的天空吧！想想看，如果这片美丽的天空下，便是安维利镇上幽紫色的山毛榉树林，那该是一幅多么美丽的画面啊！”

“毕业典礼上你准备穿什么呀？简？”鲁比现实主义地问道。

于是，简和乔希便开始讨论起这个话题来，随后又很快地转移到时尚上去了。而安妮，手肘搭在窗台上，柔软的脸颊靠在她紧握的双手上，此刻，美景尽收眼底。她看着窗外一座又一座建筑物的屋顶，浮想联翩，在夕阳下的天空中编织关于自己未来的梦，这是一个年轻人乐观的、热情的、金色的梦。她的未来充满潜在的可能。这张梦想的网会年年扩张，每一次都会加入更多粉色浪漫的梦想。

第三十六章

荣耀与梦想

一大早，大家就得到消息，最后的考试成绩会在女王学院的公告栏张贴出来。于是安妮和简立刻围了上去。简满脸笑容，看起来开心极了，考试已经结束，而简相信自己过及格线应该没有问题，至于别的事情，就不是简要担心的了。她并没有远大的理想，因此对于身边这个焦躁不安的同伴，她完全做到了无视。这个世界上有得就有失，只有付出才能得到回报。虽说并不强求每个人都有自己的理想，但一旦有了理想，实现起来并不是那么简单，它需要大量的努力，忘我的付出，还需要承受焦虑以及不安。安妮脸色惨白，但依旧平静。十分钟后，她就会知道，到底是谁赢得了金牌，又是谁获得艾弗里奖学金了。除此以外，似乎一切都不再重要了。

“你一定能够赢的！起码二者之一！”简笃定地说道，她坚信公正的教职人员一定不会做出第二种选择的。

“我觉得艾弗里奖学金应该是没有我的希望了，”安妮说道，“大家都说艾米丽·科雷会得到这个机会。我不想走到公告栏前面了，当着那么多人的面看成绩，我真的是没有勇气。这样吧，我直接去女厕所好了，你知道结果以后就来告诉我吧。简，我们是多年的好友了，请你快去快回吧！还有，如果我没及格，请直接告诉我，千万不要同情我。答应我，简。”

简很严肃地点了点头。可是事实上，这样的约定根本没有必要。因为这两个人刚走到女王学院的大门，就看到一大群男生正把吉尔伯特·布莱斯托在肩膀上，喊着他的名字“布莱斯万岁！金牌获奖者布莱斯！”

有那么一刻，安妮感到脚下的地面正在崩塌。看来，最后的金牌确实是被吉尔伯特拿走了，而不是安妮！马修一定会难过的，他是那么相信安妮。

可就在这时……

又有人开始喊道：

“为雪莉小姐欢呼！艾弗里奖学金获奖人雪莉小姐！”

“噢，安妮！”简一下子懵了。两个女孩手拉着手在一阵欢呼声中飞快地跑到了女厕所，“噢，安妮！我太为你骄傲了！这简直太棒了！”

围在安妮身边的女孩们大声笑着，不停地向安妮道贺。安妮只感到自己的肩膀不断地被人轻轻拍打，自己的手更是被无数人激动地握住了。人群不断推搡、拥挤，安妮好不容易透一口气，转头跟简小声说道：

“噢，如果马修和玛瑞拉知道，他们一定会高兴极了！我马上就写信告诉他们！”

毕业典礼转眼就到了。仪式在学院的大礼堂举行：行致祝辞、朗读散文、唱歌、授予毕业证书和奖牌，一步一步，秩序井然。

马修和玛瑞拉都坐在台下，眼睛关注着台上那个身影——高高的、穿着淡绿色礼服、脸颊有些绯红、眼睛闪亮、正朗读散文、并被宣布为艾弗里奖学金获奖人——安妮！

“现在想想，把她留下来真是个明智的决定啊，玛瑞拉！”马修小声说道。自从走进这个大礼堂，马修就一直紧张着，直到安妮念完散文，他才终于决定分神讲一句话。

“我又不是第一次这么觉得了，”玛瑞拉反驳道，“你不要总是旧事重提，马修·卡斯伯特！”

坐在他们身后的巴里姑婆则靠上前来，用拐杖轻轻敲了敲玛瑞拉的后背：“你不为安妮自豪吗？我都为她自豪。”

晚上，安妮便和马修、玛瑞拉一起回到了安维利。从四月份起，安妮就没再回过家，所以她实在是一天都不想在城里多待了。苹果树已经开花了，整个院子里都沁着甜蜜清新的香气。黛安娜早早就来到绿山墙等安妮了。安妮又回到了自己的房间，玛瑞拉已经提前剪好了一束玫瑰放在了窗台上，安妮看了看四周，舒心地吸了一口气。

“噢，黛安娜，能够再次回到绿山墙真是太好了！我能再次看到指向粉色天空的云杉发芽，以及白色的苹果园，还有高贵的‘白雪皇后’，真是太好了！啊，薄荷味好香啊！你看这朵茶玫瑰，这简直就是集颂歌、希望与祈祷于一体的美的化身啊！而且，我终于又能看到你了，黛安娜！”

“听说你现在喜欢那个叫做斯特拉·梅娜德的女孩多过我噢？”黛安娜酸酸地说道，“乔希·派伊都告诉我了。乔希还说，你简直为她着迷了！”

安妮大笑起来，用一株有些枯了的百合花轻轻敲了敲黛安娜。

“斯特拉·梅娜德是我在这个世界上第二亲的朋友，第一亲的是你呀，黛安娜！”安妮说道，“而且我现在比以前更爱你了，我有好多事情要跟你讲呢。可现在我觉得,只要我能够坐在这里,静静地看着你,就已经很开心了。我有点累了,可能是因为学习和理想吧。我准备明天花上起码两个小时的时间躺在苹果园的草地上,什么都不做,什么都不想。”

“你已经非常出色了,安妮。现在你既然已经获得了艾弗里奖学金,是不是意味着你不准备回安维利教书啦?”

“是的。我准备九月就去雷蒙德大学了。这简直太棒了,对不对?我将有一个全新的理想,而且在这之前我还有三个月的黄金假期呢!简和鲁比好像打算去教书了。现在想想,其实我们真的都很出色,就连穆迪·斯波和乔希·派伊都拿到教师资格证了!”

“纽布里奇的学校董事会已经决定给简提供一个职位了。”黛安娜说道,“吉尔伯特·布莱斯也准备教书了,他不得不先工作,因为他父亲实在无力负担他的学费,所以他准备自己先赚点钱再说。我觉得如果埃姆斯小姐任期到了,那么安维利学校的职位基本上就归他了。”

安妮一半是惊讶,一半却是感伤。她倒是没有预见到这一点,她原本以为吉尔伯特一定也会去上雷蒙德大学的。没有了这样一个有力的竞争对手,安妮该怎么继续下去呢?失去一位亦敌亦友的好伙伴,就算可以不上班而去一个大学拿一份文凭,那又怎么样呢?

第二天早上,安妮看到马修脸色的时候,吓了一跳。很显然,马修比一年前憔悴多了。

等马修出门了,安妮终于忍不住了,问道:“玛瑞拉,马修最近身体还好吗?”

“不是很好,”玛瑞拉也有些不安,“今年春天的时候他发了好几次心脏病,却还是一点都不知道疼惜自己。我真的挺担心他的,不过,他最近已经好多了。而且我们还请了一个帮工,这样就可以帮马修减轻点负担。再说了,现在你回来了,我觉得他一定会很快好起来的。你总是能给他带去快乐的。”

安妮俯下身去,捧起玛瑞拉的脸。

“玛瑞拉,你看起来也不太好呀,看起来很疲惫。你一定是太辛苦了。现在我回家了,你就好好歇歇吧!我只用今天一天的时间去老地方转转,发发呆,然后就回来接替你的工作,换你‘懒’一下!”

玛瑞拉欣慰地看着她的安妮。

“不是干活辛苦,是我头疼的毛病。我现在经常头疼,就在眼睛后面。斯潘塞的大夫只知道给我配眼镜,可是根本没用。听说,六月底的时候会有一位著名的眼科医生来这里,斯潘塞的大夫建议我去看看。到时候，我想我还是去看一下吧。现在，我已经没办法看书或是缝衣服了。安妮，你在女王学院已经做得非常好了。你一年之内就拿到了一级教师资格证，还赢得了艾弗里奖学金。林德太太总是说骄兵必败，还说什么女子无才便是德，我反正是不同意她的观点的。说到林德太太，我倒是想起来一件事，你最近有没有听说阿贝银行的事，安妮？”

“听说这家银行很破。”安妮说道，“怎么了？”

“林德太太也是这么说的。她告诉我，上个礼拜她去了一回，然后听到了一些传言。马修知道以后吓坏了。我们所有的积蓄可都存在那家银行里啊，包括每一分钱。我一开始打算让马修把钱存在储蓄银行里的，可是老阿贝先生是我们父亲的老朋友，父亲生前就一直把钱存在那里的。马修说，只要是阿贝先生负责的银行，就永远不会出事，所以就全部存在了那里。”

“好像他已经不做实职了，只是做名义行长，而且已经很长时间了。”安妮说道，“阿贝先生年纪很大了，现在是他的侄子们在主要负责银行的运转。”

“是啊，林德太太告诉我以后，我立刻就让马修去把钱提出来，马修说他再想想。不过，昨天罗素先生又跟马修说，这家银行没有问题。”

安妮在户外度过了惬意且终身难忘的一天。天气是那么明亮、清透、美丽，那种穿梭于光明与阴影之间、嬉戏于尽情绽放的花朵丛间的任意挥洒的自由是那么美好。安妮花了大把时间泡在果园里，她还去了得律阿德斯清泉、去了垂柳池和紫罗兰山谷。安妮在牧师家和艾伦太太愉快地畅谈了一番。最后，傍晚时，安妮和马修一起穿过情人大道往牧场上赶牛群。傍晚，由于炎热渐渐从西边的山谷散去，小树林在夕阳的掩映下显得格外辉煌和壮丽。有些佝偻的马修低着头慢慢走着，而高挑的安妮，则一步一步跟在马修身旁，迈着步子一起欣赏这眼前的美景。

“马修，你今天太辛苦了，”安妮有些责备地说道，“你为什么不放松一下自己呢？”

“呃，这个我可做不到，”马修边说边打开院子门，让牛群进去，“安妮，我现在年纪大了，也容易忘事。我习惯了辛苦，我就是想赶紧把活儿干完。”

“如果当初你领养的是一个男孩，而不是我的话，”安妮有些惭愧地说道，“他就可以帮你分担不少农活了，你也就不用这么辛苦了。想到这一点，我真希望你当初领养的不是我……”

“呃，我宁愿领到的是你，给我十个男孩我都不换，安妮，”马修拍了拍安妮的头，“记住啦，十个男孩都不换！你看，这次拿到艾弗里奖学金的就不是男孩嘛！是一个女孩，是咱们家的女孩，是令我骄傲的咱们家的女孩啊！”

马修羞涩地笑了，然后走进了后院。安妮走回自己的房间，坐在敞开的窗户前想了好一会。想到了过去，也想到了未来。窗外的“白雪皇后”已经穿上了庄重的白裙，在月光下熠熠生辉，青蛙在果园斜坡对面的沼泽地里齐声歌唱。之后，安妮总是会想起那天晚上银色祥和而又温馨的月光。这是悲哀摧毁她生活的前一个晚上，而就在这一晚之后，一切都改变了模样。

第三十七章

死亡之神

“马修，马修，你怎么了？马修，你怎么了？”

这是玛瑞拉的声音，一声比一声急。安妮正在门厅里，手里还捧着一束水仙。这之后的一段日子里，安妮都无法再看水仙花一眼，或是再闻到水仙花的味道。安妮听到玛瑞拉的呼喊，立刻赶了过来。马修站在走廊里，一手扶着门廊，一手握着一张卷起来的报纸。他脸色发灰，表情有些扭曲。安妮扔下手中的花，立刻穿过厨房，跟玛瑞拉同时赶到马修的身边。可是她们还是太迟了，就在她们的双手触到马修的一瞬间，马修倒在了门槛上。

“他晕过去了，”玛瑞拉喘着气，“安妮，赶紧去喊马丁！快！快！他在谷仓里！”

刚刚从邮局赶回来的帮工马丁，一接到消息就立刻去请大夫了。在路过苹果斜坡的时候，又喊上了巴里夫妇，以及在那里串门的林德太太。等巴里夫妇和林德太太赶到绿山墙的时候，安妮和玛瑞拉正六神无主地企图帮马修恢复呼吸。

林德太太轻轻推开二人，摸了摸马修的脉搏，又贴近马修的心脏听了听。最后，林德太太遗憾地看着焦急的玛瑞拉和安妮，眼眶里立刻盈满了泪水。

“噢，玛瑞拉，”林德太太难过地说道，“我觉得，我们已经无能为力了。”

“林德太太，你不会认为——你不会觉得马修已经——已经——”安妮实在无法说出那个可怕的字眼，她一下子呆住了，面如纸色。

“是的，孩子。看他的脸，如果你也像我一样看过好几个这样的心脏病人，那你就知道这脸色意味着什么了。”

安妮看着那张一动不动的脸，难以置信，这个伟大的男人就这么走了。

医生赶来后观察了一下，说是突发性心脏病，病人当时应该是受到了什么突发刺激，应该还没来得及感到疼痛就走了。最后大家发现，所谓的突发刺激就来自于马修手里的那张报纸。那是马丁早上从邮局拿回来的。报纸上赫然写着几个字的大标题:阿贝银行宣布破产。

马修过世的消息很快便在整个安维利传开了。一天之内,所有的朋友、邻居都聚集在了绿山墙,大家一起为马修的后事献策献力。害羞、安静的马修·卡斯伯特第一次成了众人关注的中心。死神的荣耀光环落在了他的身上,他从此与世人挥别了。

当夜晚再一次悄悄降临绿山墙的时候,老房子里已经寂寥无声了。马修·卡斯伯特的遗体摆放在棺材里,灰白的头发下是他宁静而略带微笑的脸,就好像他只是睡着了,并做着一个甜美的梦。在他的身旁,放着一圈鲜花。那是马修的母亲结婚的时候种在院子的小花园里的,马修一直对这丛鲜花情有独钟。安妮把这些鲜花采来,放在他的身旁。痛苦而干涸的眼睛涨得发烫,都快要燃烧起来了。这是安妮能为马修做的最后一件事了。

那一晚,巴里夫妇和林德太太一直陪着玛瑞拉。黛安娜也来到东山墙,看到安妮独自站在窗前,便问道:"安妮,要不要今晚我陪你睡?"

"谢谢你,黛安娜。"安妮诚恳地看着好友的脸,"我想一个人待一会。请不要误会,我没有别的意思。我并不害怕。从马修走后,我还不曾有一刻是单独待着的,我想一个人待一会,想想事情。我想安安静静地思考一会。我实在不理解,有一半的时间里我觉得马修其实没有离开,可另一半的时间里我又觉得马修好像已经走了很久了。我只知道心很痛。"

黛安娜确实不太理解。玛瑞拉的发泄方式则很好理解,她不顾一切地哭喊,流尽了所有的眼泪。相对来说,安妮不流眼泪的悲恸确实很难理解。但黛安娜还是默默地走开了,留下安妮一人度过一个难过的不眠之夜。

安妮真希望自己可以哭出来。在她看来,自己不能为马修流下一滴眼泪是一件多么可耻的事情。她那么爱马修,马修对她也是那么体贴,就是那个前一天日落时跟她一起回家的马修,就是那个此时此刻躺在棺材里眉眼间再无表情的马修。尽管如此,可眼中还是没有眼泪,安妮甚至跪在了窗前,对着黑暗的夜空祈祷,看着山那头的星空,但依然没有眼泪落下来,有的只是一股空洞而又尖锐的刺痛感在啃噬着安妮的内心。最后,不堪疲惫的安妮,终于睡着了。

可是到了半夜的时候,安妮还是惊醒了。周围是一片死寂和黑暗,有关前一天的记忆再一次如潮水涌来。她想起了马修微笑的脸,前一天他们在门口分别时马修的笑脸，她甚至还可以听见马修慈祥的声音，“咱们家的女孩，令我骄傲的咱们家的女孩！”这时，安妮的眼泪终于止不住地夺眶而出了。玛瑞拉听到了哭声，便赶忙来安慰安妮。

“好了，好了，别哭了，亲爱的。眼泪并不能把马修带回来。这——这——这样哭是不对的。我知道这样哭是不对的，可我今天也没忍住。他是多么好、多么善良的一位哥哥啊！上帝会为他找到好的归属的。”

“噢，你就让我哭吧，玛瑞拉，”安妮抽泣着，“眼泪并没有心里的疼痛来得厉害。请在这里陪我一会，抱着我吧。我没有让黛安娜留下来陪我，她对我是真的好，可她并不能理解我的痛苦。因为她不是当事人，她没有办法走近我的心。这种悲痛只有我们能懂，只有你跟我。噢，玛瑞拉，没有马修我们该怎么办？”

“我们还有彼此，安妮。我真不知道，如果你不在，如果你根本不曾在我的生活中出现过，我会怎么办。噢，安妮，我知道我对你一直都很严厉，有时候还有些苛刻，但你不要认为，不要认为我爱你不如马修多。我想趁着现在告诉你。我一直不太会表达自己的感情，但现在似乎是一个不错的机会。我爱你，就如同你是我的亲生骨肉一样。从你来到绿山墙的第一天起，你就给我们带来了无数快乐，而我当时就已经喜欢上你了。”

两天后，她们带着马修·卡斯伯特来到了自家房前，又去了他翻过的田野、他钟爱的果园，来到他种下的树旁。接着，安维利的一切就回归正常了，就连绿山墙，一切也重新步入正轨，尽管偶尔还是会有些“物是人非”的感觉。安妮也终于走出了悲恸的包围，可就在她走出来的这一刻，她忽然有些难过——没有了马修，自己竟然还可以正常地生活下去！当她发现太阳从云杉树林后渐渐升起，而花园里一个个淡粉色的花苞开始萌芽时，自己的内心竟然还可以涌动着一阵狂喜！当黛安娜来到绿山墙，跟她说鼓励的话、逗她开心时，她竟然还能够开怀大笑！简单地说，安妮发现，这个美丽的充满了鲜花、爱和友谊的世界，竟然没有失去一点打动安妮的魅力，依然召唤着安妮不断进取！

“我感觉这就好像是背叛了马修一样，他走了，可我却还在寻找快乐。”安妮忏悔地告诉艾伦太太。此时，她们正在牧师公寓的小花园里。“我好想念他，一直都很想念，可是艾伦太太，这个世界以及这里的生活对我来说都太美丽太有趣了！今天黛安娜给我讲了个笑话，我竟然笑了出来。当我意识到这一点时，我便再也笑不出来了。我感觉，我根本没有资格笑。”

“要是马修在这里，他一定也愿意听见你大笑的声音！他一定希望你还能够在这美好的生活中找到乐趣！”艾伦太太温和地说道，“他只是暂时离开了，而且我敢肯定他希望你的生活一切照旧。我们不应该拒绝大自然提供给我们的治愈心灵的力量。我能够理解你的感受。我想，我们曾经有过类似的经历，就好像，当我们爱的人不在身边的时候，我们就觉得自己没有权利去开心，而且当我们发现生活中有乐可寻的时候会觉得自己背叛了应有的悲伤。”

“今天下午，我去马修的坟前给他种下了一株蔷薇花。”安妮欣喜地说道，“我从他妈妈当时种下的苏格兰蔷薇丛里采下一株，种在了马修身旁。马修一直都非常喜欢那种蔷薇的，这种花小而香，茎干多刺。我能够把这株蔷薇种在马修的身旁，就已经心满意足了，因为我知道，只有把这株花种到他身旁，我才有机会再去看看他。我真心希望，天堂里也有这样的蔷薇花。也许，他爱过的那些蔷薇花的灵魂正在天堂里等着迎接他呢。哎呀，我必须回家了。玛瑞拉现在一个人了，她在傍晚的时候会特别孤独。”

“等你上了大学，她一定会更加寂寞的。”艾伦太太说道。

安妮没有回答。她道了晚安，慢慢走回了绿山墙。玛瑞拉正坐在前门的台阶上，于是，安妮便坐在了她的身旁。身后的门开着，玛瑞拉用一只硕大的粉色海螺壳抵着门。海螺壳内部是一圈圈瑰丽的纹路，就如同日落时的大海一样。

安妮采了一些淡黄色的金银花夹在头发上。她喜欢这种天然的好似天赐的香气，只要她动一动，便会散发出淡淡的清香。

“今天你不在的时候，斯潘塞大夫来了一趟，”玛瑞拉说道，“他说那位专家明天在城里会诊，他坚持要我去看看。我想我明天还是去一下吧，把问题解决了才能一了百了。如果这位专家能给我配一副合适的眼镜的话，那我就谢天谢地了。我不在的时候，留你一个人在家可以吗？马丁要载我去城里，所以家里就没人了。还有些活儿要干，比如熨衣服，烤蛋糕。”

“没问题的，黛安娜会来陪我的。熨衣服、烤蛋糕我都会做得很好的！你放心吧！我这次不会再犯给手绢上浆或是给蛋糕加止痛剂的错误啦！”

玛瑞拉哈哈大笑起来。

“哎呀，真难想象当时的你是怎么做出这么多荒唐的怪事来的！你的想法总是很多，我都以为你脑子有问题了。还记得那次你染头发吗？”

“记得，记得，我永远也忘不了啊！”安妮笑了，用手摸着脑袋旁两根粗粗的发辫，“现在想到自己当初是那么地担心自己的头发，我就忍不住想笑，可我不会笑得很厉害，因为当时自己的头发真的是一个很大的问题。我曾经多么为自己的头发和雀斑苦恼啊！现在我的雀斑几乎已经消失了，而大家也告诉我，现在我的头发已经变成了金棕色。只有乔希·派伊不这么说，她昨天碰到我的时候还说，我的头发比以前更红了。可能是我的黑裙子衬得我的头发很黑吧。她竟然还问我，红头发的人怎么能忍受自己的头发是红的。玛瑞拉，我快要放弃了，我觉得自己实在没办法喜欢乔希·派伊。我已经牺牲了很多来喜欢她，可我觉得她根本就不值得被人喜欢。”

“乔希是派伊家的小孩，”玛瑞拉有些尖利地说道，“所以骨子里就是个爱挑刺的家伙。我想，这类人留在社会上总归是有些用处的，可我实在想不出来，除了像‘蓟草’一样让人难受以外，他们还有别的什么用。乔希是不是也要做老师啊？”

“不，她准备明年继续上女王学院。穆迪·斯波还有查理·斯洛那也一样。简和鲁比准备直接教书的，而且她们也都已经找好了学校，简就在纽布里奇，鲁比在西边一个地方。”

“吉尔伯特也准备教书了，是吧？”

“是的。”但不再有解释。

“那孩子长得挺好看的，”玛瑞拉心不在焉地说道，“上个星期六我又看到他了，他现在长得又高又壮，看起来就跟他父亲这个年龄的时候一模一样。约翰·布莱斯当时也是个很不错的男孩。我们以前是好朋友，约翰和我。大家都以为他是我男朋友呢。”

安妮饶有兴趣地抬起头。

“噢，玛瑞拉，那后来呢？你们为什么没有——”

“我们吵了一架。他求我原谅的时候，我没有接受，当时我实在是太气愤了，我想惩罚他一下。其实后来我已经原谅他了，可是，他却再也没有来找我。布莱斯家的人都很有骨气的。但我还是很后悔，我真希望，他向我道歉的时候，我随时就能原谅他。”

“原来，你也是个不乏浪漫的人呀！”安妮俏皮地说道。

“是的，我想你可以这么认为，但你不要以为我现在还是那样的人哦！而且你可千万不要跟外人讲啊，大家都已经忘了约翰和我的事了。我自己也忘了，只是上周六看到吉尔伯特的时候，才突然想起这件事来的。”

第三十八章

峰回路转

第二天，玛瑞拉进城了，晚上才回到家。安妮跟黛安娜在果园斜坡玩了一天，回来的时候发现玛瑞拉呆在厨房，手扶着额头坐着。安妮感到心跳停止了一秒。她从没见过玛瑞拉这么虚弱过。

“玛瑞拉，你是不是累了？”

“是的，不——我也不知道。”玛瑞拉疲倦地应付着，抬起头说道，“我以为我是累了，刚才没仔细想这个问题。但我应该不是累了。”

“你看那位眼科大夫了吗？他怎么说？”安妮急切地问道。

“是的，我去看了。他查了查我的眼睛，然后告诉我，如果我完全放弃所有的阅读和手工活、而且坚持不流眼泪、并且坚持戴他给我配的眼镜的话，我的眼睛就不会进一步恶化，我的头疼也就可以治愈了。可如果我不按照他说的做的话，半年后我就会丧失视力。瞎子！安妮，你能相信吗？”

安妮先是惊呆了，但很快就恢复了冷静。有那么一会，她不知道自己应该怎么开口。但很快，安妮便鼓起勇气，坚定地说道：

“玛瑞拉，不要这样想。你看，这位大夫其实给了你很好的建议啊。只要你仔细些，你就不会丧失视力。再说了，如果他的眼镜可以治好你的头疼病的话，那不是太好了吗？”

“这怎么能算好的建议呢？”玛瑞拉气愤地说道，“如果我既不能看书又不能缝补，那还活着干吗？我还不如瞎了算了，或者干脆死了算了。再说到不能哭，我这个人一孤独就会哭个不停，这是我控制不了的呀！算了，说这些也没用。安妮，给我倒杯茶吧！我觉得自己也算是快走到终点了！对了，不要跟旁人说这些啊，我可受不了大家伙一起来问这问那、嘘寒问暖的。”

玛瑞拉吃完晚饭，就被安妮劝说早早地上了床。接着，安妮一个人来到东山墙的阁楼，坐在了窗户旁。黑漆漆的屋子里，安妮任由自己的眼泪一滴滴流下来，心里像压了铅块一样，无比沉重。从自己回到家的那天开始，绿山墙发生了多少变故啊！可不一会，安妮又重新找回了希望和快乐，她眼前的未来再一次被涂上了美好的粉色。安妮感到，从那一刻开始，自己又重新活了好几年。但在她最后上床的那一刻，她的唇边挂着微笑，心里也是一片祥和。她决定挑起自己肩上的重担，并学会爱上这份责任，她相信，只要真诚面对，一切都会迎刃而解！

几天后的一个下午，玛瑞拉慢慢走到前院里，跟一个男人交谈着。安妮认出来，这个人好像是卡莫迪的萨德勒。安妮想着，萨德勒到底说了什么，会让玛瑞拉这样一副表情呢。

“萨德勒说什么了，玛瑞拉？”

玛瑞拉坐在窗户旁边看着安妮。她的眼里盈满了泪水，尽管这是那位眼科大夫明令禁止的，但她不能自已，刚一开口便失声了：

“他听说我要卖绿山墙，所以来看看可不可以买下来。”

“买下来？买绿山墙？”安妮怀疑自己刚才是不是听错了，“玛瑞拉，你想把绿山墙卖了？”

“安妮，除此以外别无他法。我已经想过了，如果我的眼睛没问题的话，那我倒是可以继续待在这里，做做家务，再找一个帮工。可现在我的眼睛不行了，我很快就看不见了，我实在不能再操持这么大的家了。我也从没有想过，竟然有一天我要卖掉这栋房子。可是如果不卖的话，一切都会越来越糟的，到最后说不定就没人愿意要这栋破旧不堪、没人打理的房子了。我们家的积蓄全存在那个银行里了，马修还有几张支票要付。林德太太建议我把农场卖了，先找个小一点的地方住下，可以先住在她家。虽然不值什么钱，这房子不大，而且挺旧的了，但还是够我活下去的。还好，你赢得了那笔奖学金，安妮，你在大学的开销也就解决了。不过，等你放假回家的时候，我恐怕实在没地方接待你了。但我认为，你会想到办法的。”

玛瑞拉说到这里再也忍不住了，放声大哭起来。

“你不可以把绿山墙卖了！”安妮坚决地说道。

“噢，安妮，我也不希望卖啊。但是，你看，我一个人也用不着这么大的地方。呆在这么空荡荡的房间里我会发疯的，而且我的视力也——我知道我的视力本来就没什么希望了。”

“你不是一个人住啊，玛瑞拉。我会陪你的。我不准备去雷蒙德大学了。”

“不去雷蒙德了！”玛瑞拉拿开捂着脸的手，瞪大眼睛看着安妮，“为什么？你什么意思？”

“就是不去雷蒙德的意思呀！我不准备拿那份奖学金了。你从城里看完眼科大夫回来的那天晚上我就已经想好了。玛瑞拉，我怎么可能丢下你一个人在这里受苦呢？你为我做了那么多。我都已经考虑好了。巴里先生准备下半年租下农场，所以你就不用担心没人干活的事情了。而我呢，准备去教书。我准备应聘安维利的学校，虽然我没有什么把握，因为据说董事会已经准备聘用吉尔伯特·布莱斯了。但不管怎样，我还是可以去卡莫迪的学校的，昨天晚上，布莱尔先生亲口告诉我的。当然了，在卡莫迪教书确实没有在安维利教书方便，但这样一来，我可以住在家里，每天去卡莫迪上班呀！至少在暖和的天气里，我是可以这样做的，就算天冷了，我也可以在周末的时候回来陪你。因此，我们得养一匹好马啊！噢，我都已经规划好了，玛瑞拉。还有，如果你不能看书，那我就读书给你听，逗你开心，这样你就不会空虚寂寞了。然后，我们就可以舒舒服服地永远在一起了！你跟我！"

玛瑞拉听得有些迷糊：

"噢，安妮，如果你能留下来，我当然很高兴，但我觉得，你不应该放弃自己的前途啊！这代价太大了！"

"胡说！"安妮假装生气地叫道，"这怎么能叫牺牲呢！没有什么比放弃绿山墙更可怕的了！除此以外，什么都不会伤害到我。我们必须保住这块可爱的家园。我心意已决，玛瑞拉。我不会去雷蒙德的，我就待在这里教书。你一点都不用担心了。"

"那你的理想和抱负——"

"我跟以前一样有理想有抱负，只不过，我改变了前进的方向。我要成为一个好老师，我还要拯救你的视力。除此以外，我准备在家自学，自己学习一些大学的课程。噢，我已经安排好了十几个计划啦，玛瑞拉。我花了一整个礼拜规划这些的。我相信，只要我全心全意对待生活，生活便会真心实意地对待我！当我从女王学院毕业的时候，我感觉我的未来好像一条延伸出去的笔直的路，我以为我能够一帆风顺地一直走下去。可现在，我遇到了一个拐弯。我不知道在这个拐弯之后会有什么，但我相信一定是更精彩的风景在等候我。玛瑞拉，这个拐弯本身就是一个奇迹！我想知道未来的路还会怎样——会不会有荣耀，有没有多变的光影，有没有新的风景，有没有新的美，有没有弯路，有没有山丘，有没有低谷——这一切都等待着我去发现。"

"我觉得，我不应该准许你做出这样放弃。"玛瑞拉想到直升大学的奖学金，感觉还是有些可惜。

"可你阻止不了我了，我已经十六岁半了，而且就像林德太太当初说的，我可是‘犟得跟头驴似的’噢！”安妮又笑了起来，“噢，玛瑞拉，不要为我可惜。我不喜欢被人同情，而且也实在没有必要。我能够留在亲爱的绿山墙，心里就已经十分满足啦！这个世界上，没有谁会比你或者我更爱这绿山墙的了，所以，保护绿山墙是我们的责任！”

“你这孩子，”玛瑞拉决定不再争辩，“我感觉你好像又给了我一次生命。我其实应该坚持到底，要你去上大学的，可我知道我做不到，我试都不想试一下。安妮，真不知道要怎么弥补你的损失啊。”

安妮·雪莉放弃了上大学的机会、准备待在家里教书的消息，在整个安维利镇引起了不小的轰动。大多数不知道玛瑞拉眼睛有问题的人，都认为安妮做了一个愚蠢的决定。但艾伦太太不这么想。她用最最肯定的话鼓励了这个心地善良的姑娘，安妮欣喜地流下了眼泪。林德太太也支持安妮的决定。一天晚上，林德太太来到绿山墙，她看到，在温暖而香气四溢的夏日黄昏中，安妮和玛瑞拉两个人坐在前门的台阶上。她们喜欢在日落的时候坐在那里，任由白色的蛾子在花园里飞舞，薄荷的香气盈满了这凉爽的空气。

林德太太挪动胖胖的身躯，一屁股坐在了门旁边的石凳上。她的身后种着一株高大的粉色和黄色相间的蜀葵花。林德太太长长地叹了一口气，似乎身心疲惫。

“能找个地方坐下来真好啊！我已经站了一整天了，说实话，两百磅的体重由两只脚来支撑实在是有点太重了。玛瑞拉，你应该庆幸自己并不胖。你应该感恩啊！对了，安妮，听说你放弃了上大学的机会了，我真为你感到高兴。作为一个女人，你受到的教育已经够多的了。我可不支持女孩跟男孩一起去上学，然后脑袋里装满什么拉丁语、希腊语还有别的什么乱七八糟的玩意儿。”

“可我还是打算学拉丁语和希腊语的呀，林德太太。”安妮忍不住大笑起来，“我打算在绿山墙自学文科课程，就跟上大学一样。”

林德太太似乎受到了惊吓，两只手提起来之后就没有放下去。

“安妮·雪莉，你这是要把自己给折磨死啊。”

“才不会呢！我会努力好好活下去的！噢，你放心，我不会累着自己的。就如《艾伦的妻子约西亚》中所说的一样，我会注意‘量力而行’的。卡莫迪冬天的夜晚实在是太漫长了，而我又不喜欢刺绣，所以我还是看书好啦。你知道吗，我准备去卡莫迪教书了。”

“我怎么能不知道。你不是准备在安维利教书吗？我听说董事会已经决定聘用你了啊。”

"林德太太!"安妮一下子站了起来,惊呼道,"怎么可能?他们不是聘用了吉尔伯特·布莱斯吗?"

"一开始是聘用吉尔伯特的,可是,吉尔伯特听说你也提出申请之后,昨天晚上他就去学校找到董事会,撤回了自己的申请,然后建议学校签下你。他准备去白沙镇的学校教书了。他一定知道你非常想留下来陪玛瑞拉。这孩子真是善良又细心啊,他这是在自我牺牲啊!因为到了白沙镇,他就得负责自己的食宿问题了,你知道的,他正攒钱去上大学呢!所以这样一来,安维利学校的董事会最终签的就是你了。托马斯告诉我的时候,我都高兴坏了。"

"我不应该这么做,"安妮喃喃自语道,"我是说,我不应该让吉尔伯特为我做出这么大的牺牲。"

"事已至此,不好改变啦!他已经和白沙镇的校董事会签了协议了。所以,就算你现在拒绝安维利学校的聘书,对他也不会有任何帮助了。你当然得来安维利学校啦。你放心吧,会一帆风顺的。派伊家不会再有孩子被送去上学了,乔希是他们家最小的一个,也是最能折腾的一个。在过去的二十多年里,派伊家送了一群娃娃到安维利学校去。我想,他们终生的目标就是要不停地提醒老师,他们绝不是为地球而生的!我的天啊,巴里家那一闪一闪的是什么啊?"

"是黛安娜在给我发暗号,要我过去呢!"安妮开心地笑了,"这是老习惯了。不好意思,我先去一下黛安娜家。"

安妮像一只小鹿一样蹦跳着跑下了长满三叶草的斜坡,渐渐消失在鬼魂森林里。林德太太宠溺地看着安妮的背影。

"她还是一副孩子样。"

"她也很有女人样啦!"玛瑞拉反驳道,似乎瞬间找回了自己曾有的气势。

但玛瑞拉已经很难像以前那般利落了。

林德太太如是告诉托马斯:

"玛瑞拉比以前温和了。就是这样。"

第二天傍晚,安妮来到安维利的墓场,给马修带来一束鲜花,又给马修坟前的苏格兰蔷薇浇了浇水。直到太阳落山,安妮才决定离开。安妮喜欢这里宁静安详的氛围,喜欢轻声低语的白杨,还有轻轻吟唱的小草。她终于起身离开了,当她沿着小土坡走到星芒池的时候,太阳已经完全落山了。在她的眼前,幽暗的夜色下,安维利像一张地图一样悄然展开,一种"古老的祥和"感油然而生。新鲜的空气迎面扑来,空气里夹杂着一丝香甜，似乎刚刚吹过一片三叶草田。在家家户户错落有致的树丛里，万家灯火星星点点地闪烁着。远处，大海依旧不厌其烦地拍打着海岸，海面上卷起紫色的迷雾。西面则是一片纠缠不清的柔光，水池的倒影更为模糊。眼前的美景让安妮屏住呼吸，她再次向这个世界敞开心门。

“亲爱的世界，”她喃喃自语道，“你真美好！我很感激自己能够活在这么美好的世界里。”

走到小土坡一半位置的时候，一个高个子男生吹着口哨从布莱斯家走了出来，是吉尔伯特！在看到安妮的一瞬间，吉尔伯特停止了吹口哨，他礼貌地举了举帽子，依然默默无声地擦肩而过。但就在这时，安妮伸出手，拉住了吉尔伯特。

“吉尔伯特，”安妮说道，脸颊绯红，“我想谢谢你，为我放弃这么好的机会。你太好了！我想告诉你，我非常感激你！”

吉尔伯特忙一把握住安妮的手：

“其实这算不了什么，安妮。我很愿意为你做任何事情。那我们现在可以做朋友了吗？你真的原谅我过去的所作所为了？”

安妮咯咯地笑了，努力想把手抽回来。

“你在池塘救我的那天，我就已经原谅你了，只是我当时还没有意识到。我真的是一个很固执的人呢！我也——就算是认错吧，从那以后，我就感觉很对不起你。”

“我们一定会成为最好的朋友的！”吉尔伯特激动地说道，“我们早就应该成为好朋友的，安妮。你在生活上已经受了很多苦，我希望我们能够互相帮助，互相扶持。你准备继续学习的吧？我也是。好了，我送你回家吧。”

当安妮回到家、走进厨房的时候，玛瑞拉好奇地看着安妮。

“刚才跟你一起走的人是谁啊，安妮？”

“吉尔伯特·布莱斯，”安妮一边回答，一边紧张地不知如何是好，因为她意识到自己的脸又红了，“我在巴里家土坡上碰见他的。”

“你们已经成了这么好的朋友啦？我还真的不知道呢！你们在门口聊了半个小时了！”玛瑞拉不怀好意地笑着。

“我们本来——我们本来也不是敌人啊。但我现在觉得，以后还是当朋友处比较好。我们聊了半个小时吗？我感觉只有几分钟啊！不过，你知道的，我们可是五年没有讲过话呢，自然有很多话要讲了！玛瑞拉。”

那天晚上，安妮心里暖洋洋的，她愉快地坐在窗户旁。风轻轻地吹着樱花花蕾，薄荷清香再一次飘到了房间里。山谷里的云杉树上空，星光闪耀。黛安娜房间的灯，也悄悄地关上了。

也许，在安妮从女王学院回来的那一天，安妮眼前的路便有了转向。但就算眼前的路狭窄又崎岖，安妮都坚信路边一定种着幸福的花朵。辛勤的努力，真诚的褒奖，意气相投的朋友，这一切都将成为一路上美丽的陪伴。什么都不能阻止她与生俱来追逐快乐的权力，什么都不能削弱她用梦想给现实引路的本领。而未来，总是会峰回路转的！

“有上帝在，一切都会好起来的。”安妮轻轻地、轻轻地说道。